責任編集◉齋藤愼爾

太宰治・坂口安吾の世界

反逆のエチカ

【新装版】

柏書房

目次 *contents*

太宰治の世界

無頼の流儀

太宰治の世界

私は無頼派《リベルタン》です。
束縛に反抗します。
時を得顔のものを嘲笑します。——太宰治

I

虚構の彷徨

作品／対談

合作小説

洋之助の気焔

太宰　治＋井伏鱒二

前がき★井伏鱒二

この短篇は、学生時代の太宰君が、謂はゆる「倉庫」のなかに入れてゐた未完の作品の一つであつた。それを或る事情のもとに、最後の一行アキから後を太宰君の智恵を借りながら私が書きたして、年月は忘れたが、某誌に私の名前で掲載した。或る事情とは、私の都合と太宰君の都合と、それに二人で共通するところの都合をつけることであつた。つまり太宰君の代作を発表したのである。

この作品は太宰君の著作集には集録されてゐない。無論、私の著作集にも入れてない。私はこの作品を二度と人前に出さないつもりでゐたが、自分に代作が一つあることを人に話したので、本誌編輯者の巌谷君が問ひあはせに来た。私は題名も発表年月も思ひ出せなかつたので、冒頭の文句の「かつて私が相当のものであつたころの話である」といふのを覚えてゐると話した。一箇月ばかり前の話である。

今朝、巌谷君がやつて来て、このたび太宰治追悼号を編輯するについて、上野図書館で古雑誌からその作品の全文を写しとつて来て本誌に再録すると云つた。写しの原稿も見せた。拙いことをするもので、「雑誌の面目にかかりませんか、止しませう。止しなさい。」と断わると、「決してそんなことありません。太宰さんの著作集に漏れてゐる作品ですから、出します。前がきを三枚ほど書いて下さい。」と云つた。これなら無断で出されるよりも増しだらう。

今度、太宰君の碑が御坂峠に出来ることでもあり、かねがね自分の気になつてゐた代作のことがさつぱりするかもしれないので、それならそれでもいいのかもしれぬ。一方また、身から出た錆だといふやうな気持もある。

この作品が某誌に出た翌月か翌々月、同人雑誌「朱門文学」に小田切秀雄氏の批評文が出た。まとまつた可成り長い論文であつた。論旨の大要は、この作品には感覚と才能が埋もれてゐて、この作者の他日の大成を望んでゐるが、不健康性からは一日も早く出てもらひたいといふ好意的なものであつた。太宰君も私も小田切氏には面識がない。だから代作とは知らないで、才能の萌芽をこの一つの習作で認めたわけである。太宰君はその論文を私の前で一気に読み終つて、にやりと笑つた。私としても複雑な気持であつたやうに覚えてゐる。太宰君はその雑誌を持つて帰つた。

これの再録について、すべての体裁は巌谷君の判断に任せたい。最後の一行アキより前は、殆ど太宰君の書いた原文のままである。

かつて私が相当のものであつたころの話である。いまでも私は自分をやつぱり相当なものだと思つてゐるが、ふと全く駄目な男だと思つたり、それで半分々々くらゐなのであつて、その頃の私は「一朝目ざむればわが名は世に高し」といふ栄光が明日にでも私を訪れることを信じてゐたし、目ばたき一つするにも、ふかい意味ありげにしてゐたほどで、私のどんな言葉も、どんな行ひも、すべて文学史的であると考へてゐた。

私は然る城下町の高等農林学校の一学生として二年間くらしたことがある。その第二年目の二学期のなかば、ちよつと自慢していいくらゐの艶聞があつた。

そのころ私は悠々として何もしなかつた。学校へは毎日出てゐたけれど、それは先生をあざ笑ふためであつた。私は大詩人になりたかつたのである。私の笑ひ声は隣りの畜産科の教室にまできこえ、私の名前はそこの畜産科の生徒たちのあひだにさへ有名であつた。午後の実習が終るとたいていい私は街へ出てゆつくりと歩いた。さうして酒に酔つたときは人通りのにぎやかな場処をえらび、しやんとして歩いて見せた。街に出ぬ日は私の下宿の優雅に装飾された部屋で葡萄酒を飲みながら、ゲーテ、シルレルそのほか天才の作品を声たてて読んだ。天才でない作家のものは黙読した。

私は何の仕事にも手をつけてゐなかつたが、いまに始めたなら、きつと大きなことをするにちがひないと信じてゐた。

その頃の話である。

霧の深い夜、私は街に出て酒を飲み、下宿へ帰つてくる途中、杉の並木路にさしかかつた。真暗い小路で、普通ならばおそろしいところであつたが私は酔つてゐたので、たいへんゆつくり歩いた。霧のなかを一歩一歩あゆむ度ごとに、霧は頬にも感触され、口真似の詩の言葉が口をついて出るのであつた。一歩すすめば、「わがふるさとよいざさらば」また二三歩すすめば、「なほも悩みのありやなしや」さうして二三歩すすめば、「時はよし、友よ、時は来たりぬ」といふ風であつた。

私は背後に、たぶん塗り下駄をはいつ《ママ》てゐるらしい足音を聞いた。私はふりむかなかつた。やはり詩の言葉の「ああ、誰もゐないのだ」をこつそり呟いて、私が足を早めると背後の跫足も急ぎはじめた。私はそれが若い女性の跫音だといふことに気がついた。しかしはじめはかう思つてゐた。この女は、夜みちが怖くて、誰か安心出来さうな道づれをほしくて、かうして私を追ふのだらう。私は制服を着た学生であるし、そんなに荒らくれた姿もしてゐないし、夜みちの保護者として、可成り信用のおける風采なのではなからうか。さう考へたのである。私は後ろの女のひとを尚ほいつさう安心させたく思つて、無邪気らしく首を左右に振つて見せたり、上品に咳をしたりした。けれども、そんなゆとりは永くつづかなかつた。酔つてゐるせゐもあつたらうし、霧のふかいせゐもあつたらうが、私はいよいよ近くにせまつて来た女の一律の跫音ばかりに気をつけてゐるうちに、なにやら調子のちがつた心地になつた。そのときの私の即興詩でいへば「私は魔女にみこまれた。私は沼へ沈む。ぬるま水の沼の水。ああ、足の裏に触はるやはらかな沼の泥」といふやうな面妖な感じの心地であつた。この杉並木はもうすこし半町ほどつづき、それを抜け切れば、私の下宿してゐる家の白い門がすぐ右手に見える。私は目だたぬやうに少しづつ足を早めた。それにつれて背後の跫音も速度をましてついて来る。私は「沼の水も濁れ！」といふ工合ひにいまいましくなつたので、大事な主義を破つて振りかへつた。直ぐまぢかに若い女が立ちどまつてゐた。

女は顔を両手で覆つて立つてゐた。衣物に何本も並んでゐるふとい赤の横縞と、帯にちらばつてゐる大きな椿の花。泣いてゐた。しかし私が夢から醒めずに女の顔をのぞき込むと、女は笑つてゐた。

「なにか僕に用でもあるのか？」

女はひつそりしてゐた。

「僕は君を知つてゐる。野鴨のひとだ」

私はあらたまつて、なんだか芝居がかりで言つたやうだ。この女はどこかで見たことがある。この町で威張つてゐる酒好きの或る新聞記者が、私たちの学校のつい裏に野鴨といふ小さい喫茶店をひらいてゐて、そんなのはそのころ珍らしくて私もときたまそこへ行つて主人と一緒に酒を飲み、世の中をののしるのであつた。その喫茶店で見かけたことのある女である。一月ほどまへに行つたとき、この女が、やはりこんな着物を着て、のんびりと笑ひながら私に挨拶して、その日の夕刊をほかのテエブルから私のテエブルへ持つて来てくれた。それから四五日してまた私がその喫茶店を訪れたときには女はゐなくて、主人が鉢植ゑの枯れかけた木のかげで、仲間の新聞記者と思はれる客と二人してウイスキイを飲んでゐた。その後、私はそこへ行かないし、女のことも気にしない。大がらで、色が白く顎の丸い、私の好きでもなければ嫌ひでもない一さい私の好みに無関係な女であつた。

霧が濃淡になつて押しよせ、私の頬をひんやりと撫でた。女は女くさい匂ひを散らして、まだ顔を覆つてじつとしてゐた。私は手持ちぶさたな思ひをして、この女くさい匂ひから逃げるならいまのうちだと考へついたが、反つて女に肩が触れるほど近寄つた。ぢつとして動かない女の女くさい匂ひは、われわれを吸ひよせる。

「歩かう」

前途ある私が女とこんな暗いところでまごついてゐるところを、顔見しりの人に見つけられたなら、どういふことになるかを私は知つてゐた。自分は、いまにえらくなるのだから、ひとに知られては絶望だ。私は名誉が惜しかつたので、さうするのをひどく後悔しながらも、もと来た路へ引返して女とあとになりさきになりしながら、ゆつくりと歩いた。さうすると女の匂ひがふんわりにほふので何ともいへない。したがつて私は更らに後悔してゐた。

杉の並木を通り抜けると、霧の底の方でまばらに鈍く光つてゐる街全体の明りが、私たちの眼の下に見えはじめた。ここは少し高台になつてゐて、だらだら坂をおりると街へ出るが、左手の落葉松の並木路にはいれば、木の茂つた丘にぬけ出る。私はなかば逃げるつもりで、なかば女といつしよに歩くつもりで、躊躇せずに、落葉松の森のなかにはいつて行つた。私の胸は動悸をうつ筈がないのに動悸をうつた。

女ものそそと私のあとについて来た。もう顔を覆ふことはやめて、両方の袂で帯のところを抑へ、木の下枝をくぐりぬける必要から絶えずうつむいて歩いてゐた。

私が立ちどまると、私のかげ法師みたいに女も立ちどまつた。

「なにか僕に御用ですか？」

場所が場所であるし、女が怖がるとおだやかでなかつたので私はおとなしくたづねた。

女は笑つてゐるやうに見え、暗闇をすかしても女の顔は笑つてゐるらしい輪廓をもつて白く見えた。

私は、ふと嬉しかつたが、いらだたしい気持になるのが当然だと信じ、粗雑に言つてのけた。しかし声がふるへ、すでに不気味なことになりはじめてゐるのを痛感した。

「何の用か早く言ひなさい。僕は今日いそがしい」

いそがしいといふのは嘘でなかつた。私は何もしてゐなかつたけれど、心はいつでもいそがしかつた。無駄な時間といふものを知らなかつた。諦念や無為の世界のあることを私は知らなかつたのである。

女はなんとも答へなかつた。そこで私が歩き出すと女も歩き出した。酔ひがさめて頬が引張るやうであつた。私は解決をいそぎたいと思つた。ひとに見つけられたなら、これは街の中で発見されることにもまして不名誉であることに私はやうやく気がついてゐた。こんな淋しいところに人の来る筈はなかつたが、私は解決を急いだ。要するに私は急ぎ足に歩いた。

落葉松の並木がつきて、私たちは樹木でとりかこまれた十坪ほどの原つぱへ出た。その一隅にころがり出てゐる大きな岩に手をふれてみると、岩は霧のためにべつとりと濡れてゐた。女は私が岩の根もとにしやがんだと思つたのか、私のそばに来てしやがんだ。

「ひとが来ると変てこだらうな。僕をからかつてゐるのぢやないかな？」

「いいえ」

おとなしい女は静かに答へた。女は、はじめてものを云つたのであるが、私はそれを聞いて内心、安堵した。私は女を、口のきけない不具者ではないかと疑つてゐたのである。

「ぢや、云へばいいでせう？　僕はいそがしい」

どんな用事であらう。女はだまつてゐた。

私はだんだん複雑な気持になつて来さうで、どことなく難かしかつたので深い溜息をついた。

「もう十二時すぎたでせう」

「ええ」

なかなか女はおちついてゐた。私は逃げだしたい衝動を感じるのが当然ではないかと思つた。

「君は、ひとの迷惑といふものを考へないのだらう？　僕の下宿では、十二時すぎると門をしめてしまふ。君のおかげで僕は今夜、ともだちの家にでも泊らなければいけない。それもよい。用事とは、いつたいなんです？」

岩のそばを離れて、せきこみながらそれだけ云ふと、私はふつと悲しくなつた。口を噤んで、足もとの木の根つこを靴先きでこつこつと蹴ると、あるかなしかの山彦がきこえた。

やはり女は岩の根にしやがんで、なにか考へてゐるやうに見えた。私は期待した。しばらくたつて女は囁いた。

「すみません」

「すみませんといふばかりぢや駄目だよ」

私はちよつと浮き浮きした気分になつた。

「君は変つてる。若い女がこんなところで男とふたりきりでゐるといふの

昭和23年、三鷹の飲み屋で　撮影＝田村茂

は大冒険だよ」

さう云つてしまつてから、私は闇のなかで、頬があからむのを覚え、そのために雄弁になつた。

「僕は、さつきから考えてゐるが、君の用事といふのは、たいていは三いろぐらゐに推量できる。僕は君のとこの店の主人を知つてゐる。あれはよい気性のひとだが癇癪もちだから、今夜あたり君をなぐりつけたのではないかな。君は怒つて店をとび出した。それからあのへんをうろうろしてゐるうちに僕を見つけたんだらう。さうだらう？ それなら、これからふたりで野鴨へ行かう。僕が主人に話してあげるから」

女はひつそりうづくまりながら膝の下の草をむしつてゐた。

「この推量は違つてゐるかしら」

女ははつきり首をふつた。あどけない仕草であつたので、「俺は堕落」だと私は思つた。

「ぢや、君はなにか主人にすまないことをして、それで店へ帰れなくなつたのかな。それなら尚ほさら早く帰つた方がいい。僕がつれて行つてあげよう」

最早やこの女は、私の頭脳のよさと私が仲裁がうまいのと私の頼もしさとを認めたに違ひないと私はやや満足した。私は自分のえらさを逢ふひとごとに認められたいばかりに、ふんばつて生きてゐたのであつた。

夜の寒さのせいもあつたが私の肩はぶるぶるとふるへ、私は二三歩あるきだした。すると女は私の前におとなしく立ちふさがり、それにつられて私も女の前に立ちふさがつて、もすこしで私のからだは女のからだへ触れさうになつたが、危く踏みとどまつた。私は落ちつきを見せるために、おもむろに立つてゐた。

「最後に、もひとつ考へてゐたことだが、さもなければ君は、あの店がいやになつて、今日かぎり止さうといふ覚悟でとび出したのぢやないかな。それならば忠告するが、帰つて働らいたがいい。いやな世の中だがね。僕も、いまに働らく」

なぜ働らかなければいけないのか私自身にもよくのみこめてゐなかつたが、二三の外国の作家がよくさう云つてゐる。私は物質の苦も、いやな世の中といふ言葉のほんたうの意味も、知らなかつた。私は女からすこしづつ離れながら、なほ云ひたいことがあつてもじもじした。ああ、私の推量はその三つだけではなかつたのである。けれども、それは云へなかつた。私を好きなのぢやないかなどとは、どうしたつて云へない。

遠くで人の笑ひ声がきこえたとき、私たちは、いきなり寄り添つた。

「こはい。ひとがこはい。」

女は早口にさう囁いた。

「歩かう。見つけられちやたいへんだよ」

私もこはかつた。草原から奥まつたところの木立のなかへ駈けて行つた。女もつづいて私のうしろへついて来た。ここは杉の林で、ところどころに櫟や楢の古木がまじり、年百年中、ひとの通らぬ場所であつた。学校の教室からも、はるかにそのこんもりした森の姿が見え、私が教室で植林政策を習つてゐるときなど、「森林」といふ単語の出るごとに私は窓外に見えるその黒い杉林を眺めたのである。

杉林のなかは、思ひのほかじめじめしてゐて、歩くたびに、私の靴は、腐つた落葉のなかへずぶずぶと沈み、雫のしたゝる音が足もとにも頭上にも、尚ほあちらからもこちらからも静かにきこえた。

気おくれして私は立ちすくんだ。

「帰らう。僕は、いやだ。ほんたうに、君のうちはどこだ？」

女も森のなかがおそろしくなつたのであらう。いつの間にか、私の制服の上衣の端を、しつかり両手でつかんでゐた。さうして私の言葉をききちがへたのであらう。女はその生れ故郷の町の名前を言つた。汽車で二時間、それから汽船で四時間もかかつてやつと行く町を言つたのである。

この間違ひが私をくつろがせた。

「すこし遠すぎるな」

私は笑ひ出しさうになるのをこらへて女にきいた。

「君はこの町のどこかに下宿してゐるんじやないのか?」

女はだまつてゐた。

「君は野鴨に寝起きしてゐるの?」

やつとのことで、うなづいた。

杉の梢を吹く風の音がひくくきこえ、さいぜんよりもしげしげ雫が落ちて寒かつた。

「帰らう。君の名は、なんて言ふの?」

こころを割つてみれば、これはいやらしいことをたづねたのと同じことである。

「シン」

さういつて、女はそれから二言三言なにやら呟いたやうだがききとれなかつた。

「をかしい名前だなあ」

私は気まづい思ひを隠すために声をたて、笑つた。笑ひ声が木だましてやつた。私は本心を裏切られたやうに思つて、びつくりしてもう一度こつそり笑つてやつた。木だまは前よりも大きく笑つた。これは不思議なことであつた。その後、ひとにきいてもこの現象や理由はわからない。

あまりのことに不安がつのつて来た。

「それでは、これから君を宿屋へ連れて行つてやらう。急いで行かう。僕は友だちのうちへ泊るからいい。あすの朝、早く君の宿屋へ宿銭を持つて行つてあげる」

いつかうに私は割りきれない気持で、さう云つてさつさと杉林から出て行つた。女は私の上衣をつかんだまま私にひきずられる恰好でついて来た。月が出てゐて、さつき私たちの休んだ草原はぼんやりと霧のなかに沈んでゐた。私は、ほつと短かい息を吐いたが、そのとき不意に犬に吠えたてられた。黒い痩せ犬が、落葉松の並木の方角から、だしぬけに出て来て、前脚を二本ぐつと前へそろへて突き出し少しづつあとずさりしながら猛烈に吠えたてた。山犬かも知れない。高く低く声に区切りをつけ、細長い頭を突き出して吠えるのだ。私はかつて犬に噛みつかれたことがあつたので、ふだんから見知らぬ犬には用心するたちであつたし、それに場合が場合であつたものだからふるえあがつた。背すじが収斂したかのごときであつた。私は女の手を、もぎつて上衣の端から引きはなし、もとの林のなかへ駆けこんだ。ふとい杉の幹のかげに自分のからだをかくし、顔だけ出して女の方をのぞいた。そして眼力のかぎり女と犬を見た。女は石ころをにぎつた右手をピストルでも射つやうにぴつたりと腰に構へ、足もとの犬をおどしてゐた。女の肉つきのいい肩に鈍い月光があたつて、しつとりして見えるのがまことによろしかつた。石は放たれたけれど、犬には当らず、犬のうしろの枯草に音をたてた。犬は存外の臆病犬で一声きやんと悲鳴をあげて逃げだすと、女は逃げる犬を追つてちよつと走つた。しかし立ちどまつて、恥かしさうに笑ひながら私の方へ引き返して来た。いま女は性慾を持つてゐると私は思つて私の胸はつまつた。

誰でもさうとはいへないだらうが、ほんとに有難いと思うと、口に出してそれを云へないことがある。わざと私は気むづかしさうに眉をひそめ、女が上機嫌で林のなかへはいつて来るのを見てゐた。女は私に寄り添ひ、そつと右手を差しだした。女の手のひらには、鶏卵大の青い果実が載せてあつた。

「なんです?」

私はそつけなくたづねた。私が女にだんだん不興げにしてみせるのは、危険を感じたからで、同時にてれくさかつたせゐもある。

「からすうり。石なげたら、落ちたの」

さう得意さうに答へ、女は嬉しがつて肩をすくめた。私はこのシンといふ女が、まだ年若いのに気がついた。おそらくは十六か十七くらゐで、それならば私より三つか四つ若く、ほんの子供だらう。

「ああ、いいものだね。捨てなさい」

女はおとなしく笑ひ、おとなしくその果実を暗い木かげへ投げ捨てた。私は危機を感じてゐたのである。息苦しくてならぬのであつた。私のそれまでの抑制心がぐらついて来たのである。これでは目茶目茶になるだらう。

「宿屋へ連れて行つてやらう」

さきほどから直ぐ頭の上で、けたたましいさくらどりの声がして、もう絶対に夜ふけになつてゐるのが知れた。私は思ひ切つて、歩きだしたが、今度は女はついて来なかつた。私はズボンのポケットへ両手をねぢこんでどんどん歩いた。杉林を抜け出るとき、惜しくなつて私が振り返つて見ると、女はそろそろと林の奥へ行つてゐるのだ。霧のふかい木立のなかをぼそぼそ歩いてゐる女の後ろ姿が気の毒であつた。

私は林の出口でぐづぐづしてゐたが、そのうちに女の姿を見失つたのである。私は駈け出した。女は楢の木の下の窪地に坐り、またもや両手で顔を覆つてゐた。私は激しく息をして女に近寄り、相手の様子をうかがつた。今度はほんたうに泣いてゐた。私は女のぐるりをあちらこちら歩いた。


「なぜ君はこんなことをするのだ。もしかしたら、君は僕を好きなんだらうか」

ごくあつさりいつたつもりであるが「鳥《ママ》になれ! 虫になれ!」といふ詩のやうに、私は完全に羞恥の念で消えもいりたい思ひであつた。

女は、うなづいた。

「うそだらう」

私は殆ど駈けだしたくなつたが、まだ駈けださなかつた。それは有り得ることであらうか。たつたいちど逢つただけで、相手を好きになつてしまふことが有り得るだらうか。私は醜男ではないけれど、また私はえらさうに唇をひきしめ、歯の根の合はないのをこらへてゐるけれど、それくらゐ薄弱な象徴でこの女が私のほんたうのえらさを見抜く筈はない。それでも私は信じたいのだ。いま私がひとりの女に好かれてゐるといふ事実を信じたかつた。

「歩かう」

私はずんずん杉林の奥へすすんだ。女も起きあがつて、まだすすり泣きしながら私のうしろについて来た。このすすり泣きも女の跫音も女の日本髪も、みんな私の家督かと思ふと不安ではあつたが鼻が高かつた。

杉林のなかに霧が立ちこめ、木立の隙間をもれる鈍い日光が刷毛描きの縞模様となつて霧に宿り、拡がりのある杉林いつぱいにその縞の交錯が充ちてゐた。

私は切迫して、かういふときにはかうするのだと思ひながら女のまるい肩を抱いた。さうして私の前歯が女の前歯にかちんとあたると、女は私を押しのけて地面にかがみ、しきりに唾をはきちらした。

私のこの行為は突飛であらうか? やがて私は女と並んでおなじくらゐに深くうなだれたまま杉林の奥へ奥へとすすみながら、私はこの質問に対して、突飛ではないと答へた。ああ、私の接吻のしかたは上手でなかつた。急ぎすぎて前歯がかちんとぶつかり、冷めたい鼻が触れ合つたにすぎない。けれども私は恥ぢなかつた。私はそのことについて、シンに語つてきかせた。

「僕たちは悪いことをしたのではない。お互に自信を持たう。それから僕たちは、これつきり逢はなくても悲しんではいけない」

さういつて私が女の肩に手を置くと、女は何もいはなかつた。

――私たちは森のなかを歩きまはり、なにやら私は不義なことが多かつたやうである。それから夜が明け、野鴨に女を連れて行くと、主人は寝不足の顔で戸をあけてくれた。

野鴨の主人は、私から昨夜のところどころ体裁をつくろつた大体の顚末をきき終へると悲しげに目を伏せて云つた。

「ありがたう。僕の従妹です」

さうして主人は突然おどけものみたいに目をまるくして見せ、彼自身の頭をゆびさしたのである。

「ときどきをかしくなるのです。あなたでよかつた」

私はこの言葉には立腹して、かう思つた。

「ばかな、何を言ふか！」

さう思つて、私はシンの顔を見ないで帰つて来たが、さきほどまで森のなかで私はかうもしたつけああもしたつけと思ひめぐらし、下宿に帰つても気が散つて私は眠れなかつた。

いまにして私はかう思ふのであるが、私の生涯を通じて、私のえらさを認めさせることの辛うじてできた女は、シンの他にはないやうである。外国の文学史を見ても、およそ天才は、世に容れられなかつた。けれども誰かひとり、その天才をひそかにあがめてゐるあでやかな女性があるものである。私は、その森のなかの一夜の経験によつて、天才としての重要な一つの条件を獲得した。ああ、この夜よりして、私の頭上には大きな星や小さな星や三角の星がみぞれのやうに降りそそぎ、近世英文学史第六章に出てゐる詩人の言葉でいへば「私の歩く道には薔薇の花びらがまきちらされ、私の身のまはりにはミユウズの女神が舞ひ狂つてゐた」のである。俗人どもは、これに気がつかなかつた。道ですれちがふ若い女たちに、私がお慈悲の意味で微笑みかけてやつても、女たちは胡散くさげに私を見て、はては逃げるのであつた。私はこの町をせまく思つた。鴉が多すぎるのも、うるさく思つた。やがて国元へ電報を打ち、私の父を呼びよせ、私の諸国漫遊の志を打ちあけたのである。この天才の父は、老いの眼から涙をとめどなく流してよろこんだ。街に雨の降る宵、私は、父親とともに汽車でこの町を出発したわけである。雨にけむる城下まちを汽車の窓から頬杖つきながら眺めてゐると、自然に即興的な詩が出来た。私はそれを父にきかせてやらうと思つた。けれども父は、かねがね私が自作の詩をひとにきかせるのを惜しがつてゐたので、私は鼻紙に書いて父に見せた。「ああ、この列車のなかに麗人のひとかげなし。ふるさとよ、ふるさとの肌身よ。山岳よ。父よ、母よ」といふ詩であつた。父は悠久な天地の精髄をうたつたこの詩心がのみこめたのであらう。

「たいへんに名作だ、記念に、俺がもらつといていいだらうな」

さういつてそれを大事に鞄のなかに蔵つた。それから父は私が汽車に暈ふのを案じて、錠剤を三つぶばかりくれた。嚥下するとき舌や咽喉を甚だにがく刺戟する薬であつた。

私が目をさましたとき、汽車は大鰐といふ駅に着いた。旅館に泊つたが、その温泉宿の浴室は、男女混浴であつたせゐか父は天才の子といつしよに

湯にはいるのを遠慮した。けれども父が宿の番頭に耳うちして私を浴室に案内させようとしたときには、案にたがはず番頭は父に、

「いや、心得てをります」

といつて、意味ありげに私を見た。宿の番頭まで私が詩人であるのを知つてゐるのであつた。必ずこの宿に滞在してゐるあひだに私は髪をながく伸ばさうと決心しながら、番頭に案内されて長い廊下を行き、ぬるい方の浴室にはいつた。番頭は、それがこの浴場の習慣だといつて、樋からながれ出てゐる温泉を杓で受けて私の頭にかけてくれた。浴室は広くていつぱいに湯気が立ちこめ、かつて私が森のなかでシンとのいきさつがあつたときの夜に似てゐた。裸体の女が三人と裸体の男が二人ゐた。三人のうちでいちばん大がらの女は自分が詩人であることを知つてゐるにちがひなかつた。私は自分の存在を彼女に気づかせようとして彼女に近寄つていつた。すぐに詩ができた。「夜霧のなかの女、さくらどり、雫、原つぱ、犬、汽船、女のまち」女と詩のこころを思ひながら私は女の手首をつかんで、そのふんわりした触覚に感動した。さうして私が、わつと泣き出すまへに、女は手桶を捨てて浴室から逃げだした。ほかの女も逃げてしまつた。

番頭は私を必要以上に固く抱きしめ、それから私を浴室の流し場にねぢふせた。

こんな不愉快なことはない。即刻、私は父のとめるのも聞かず宿をひきあげた。

いま私は、ひとまずふるさとの田園に身をよせてゐる。鶏に交尾させてはシンの身のうへを思ひ、鶏どもの生む卵のひとつひとつには、その生まれた月日と詩の言葉とを書きしたためてゐる。私の近作のうちでは、かの「つくだにの歌」など優れてゐる。思ふに私の詩は、最近とみに円熟して来たやうである。このぶんならば、私の諸国漫遊にさきだつて、一巻の詩集を出せるやうに思ふ。私の希望では、フランス風のフォオリオ判にして、表紙にはできるだけ金粉を使ひたく思ふ。すでに私の父は印刷屋に前金で組版費を渡してゐるが、私は推敲をかさね、いまだに原稿を手ばなさない。

けれどもときどき私はつまらなくなることがある。詩を書いた卵を五十個ばかりも大皿のなかにつんで行き、それをピラミッド型にして行くと、だんだん頭がいたくなつて来る。このごろは医者が来てあからさまに私のことを神経痛だと父や母に言ひふらし、詩作を絶対に禁じようとしてゐる。ほんたうに神経痛だとすれば、私も落ちついて考へなければならないだらう。ふと全く駄目な男だと思ふこともある。きのふは真昼間に、空からはつきり星が一箇落ちて来て、私の眼のまへ三尺ぐらゐのところの空中にとどまつた。その星は、私が手でつかまうとすると飛びのき、手で追ひはらはうとするとその反対に私を圧迫して来た。さうしてかれこれ五分間ばかり宙に迷つてゐた後で、その星は敏捷に空に舞ひのぼつた。それは殆んど私の眼力では捕捉できなかつたほど速かに且つ直線的に空にのぼつて行き青空に消えてなくなつた。「無限」といふことを才分のある私に語らせようといふ宇宙の大意志ではないかとも思はれた。そのとき私の脳髄には極めて細い一本の直線的な傷みが走りまはり、恰も一本のほつれ毛がいきなり鋭利に私の頭のなかを突きぬけて行つたかと思はれて、またもや「無限」を暗示した。その傷みは鼻孔に残つて焦げくさくにほひ、しばらくのあひだは目がしらんでゐた。直線の交錯といふことは、恒久性といふことと大なる関係があるのにちがひない。この美学上の真理が、私の目がくらむほど力づよく私の脳裡に押しよせて来たのであらう。確かにさうであるにちがひない。


(昭和九年四月)

(『文藝』一九五三年一二月号)

*原文の旧字は全て新字に改めた

無頼派の肖像——①

太宰 治

写真・文＝**林 忠彦**

当時、銀座の文春画廊の裏横丁にある酒場「ルパン」が僕の仕事の連絡場所でもあった。ここで菊池寛先生に連れられてきた織田作之助を撮ったのをきっかけに、太宰治や坂口安吾を撮ったが、太宰を撮った日のことは今でも鮮明に情景がよみがえる。

　ある日、織田作之助と坂口安吾と誰か二、三の男がやってきて、僕が織田作之助を撮っていると、反対側で安吾さんと並んですわっていた男が突然わめきだした。

「おい、俺も撮れよ。織田作ばっかり撮ってないで、俺も撮れよ」

ベロベロに酔っぱらっていた。僕は、ちょっとむっとして、「あの男はいったい何者ですか。うるさい男だなあ」って、そばの人にきいたら、「君、知らないのかい。あれが、今売り出し中の太宰治だよ」「ええっ」。

　僕は、前から雑誌の編集者や評論家から、これから新しい仕事をするのは太宰治らの無頼派作家たちだと耳にタコができるほど聞かされていたから、しめたと思った。

　ところが、もうフラッシュバルブの残りはたった一個しかない。さっそく便所のドアをあけて、便器の上に寝そべるようにして兵隊靴であぐらをかいた太宰治を撮った。この時から一年半あとには入水自殺をとげたから、本当に貴重な一枚になったが、なんとなく太宰のデカダンスな雰囲気がにじんでいるのか、この写真は注文がつぎからつぎにあって、僕の作家の写真のなかでは、おそらく一番多く印刷されて好評をえたものだ。

　酒場「ルパン」には、いまも太宰治ファンらの若い男女が多く、太宰のすわった椅子にすわりたがるそうである。

（『カストリ時代』より）

撮影＝昭和21年　右は坂口安吾

太宰治先生訪問記

関　千恵子

二月九日、私のかねてからお慕ひしてゐた作家太宰治先生をお尋ね致しました。先生のあのキラキラと輝やくやうな、お作を、常々愛読させて頂いてゐると云ふだけではなく、私にとつて、太宰先生は、私の恩人でもあるのです。それは、私が、始めて抜擢出演させて頂いた、あの吉村監督の「看護婦の日記」こそは、実は、太宰先生御作の「パンドラの匣」が原作であるからです。

　省線三鷹駅から、約十五分位。丁度、私が先生のお宅へ行つた時、先生は、お床を延べてお休みになられてゐた。「なに、宿酔ですよ。」と仰言つて、お起きになつて下さる。

　それから一時間半程、新潮社の方が見えるまで、お邪魔してしまふ。随分お尻の長い奴だと、後で先生にさう思はれなかつたか知らと、心配致してます。けれど、先生のお傍に居る時は、うれしくつて、一時間半が、ほんの十分か十五分位の感じでした。

　映画はあまり御覧にならない由、

「あれも癖でね。観はじめると、続けて見ますが、見ないとなるとさつぱり見ません。最近のでは、〝小麦は緑〟を観ましたよ。あの、ちよつとふけた女優は何て云ふんですか。」

「ベット・デヴィスです。」

「さう、デヴィスは良かつた。それから〝失はれた週末〟は、アル中が出るから、見てはいけないなんて、友達がいふんです。」

先生は、そんなに、お酒を召上るのか知ら、さつきも宿酔だなんて云はれてたけれど……。

「お酒、随分召上るのですか。」

と、そんな無しつけなことを、お訊ねしてみる。

「さうですね。おいしいもんぢやない。決して美味ではないけど、呑みますよ。闘ひなんだ。ドウンて知つてますか。デイ、ダヴリエヌ、ドウン。夜が明ける時の、暁ともちがふ。その少し前の、あの瞬間。あれはかなはない。憂鬱ですね。暁よりもつと生臭くつて。そんな時、呑みたくなります。此の間、書いたんだけど、犯人がドウンに堪へ兼ねて、犯罪を白状してしまふ、そんな事、ありますよ。」

　先生らしい観方。先生は素晴らしい。そんなこと心で呟く。先生の作に〝みゝづく通信〟といふのがあつて、高等学校の生徒が、先生らしい主人公に向つて、「先生はもつと気難しい方だと思つてゐましたのに」と云ふ場面がありますけれど、私は、失礼な言ひ方ですけど、想像してゐた先生と、現実の先生と、ピツタリ。それで、甘えて、いちばん怖ろしい事を伺ふ。

「先生、〝看護婦の日記〟は如何でした。」

「あれは、つまらなかつた。途中で出ちやつた。面白くないんだもの。お客だつて、お愛想に笑つてくれてゐるんだ。」

　私はどきんとする。

「あの越後獅子になつた徳川夢声ね。あれはいけないね。重々しすぎる。みんなが刺身を食べてゐる時に、一人で蟹を喰つてゐる感じだ。それに、ヒバリだつて、あんなヒバリはないね。まるでスゞメだよ。」

　それなら、私は、マー坊でなくダー坊だつたかも知れない。「すみません。」と、心の中で謝る。

「大体、日本人には、軽さ、いはゆるほんたうの意味の軽薄さがないね。誠実、真面目、そんなものにだまされ易いんだ。芭蕉だつてワビ、サビ、シヲリ、この外に、晩年になつて、カルミ、といふ事を云つてゐるけど、尤も少しも、軽くはならなかつたけれど、兎に角、軽みは必要だ。僕は、映画俳優では、ルイ・ジュヴェ、それから羽左衛門がいゝな。軽いよ。どうも一般に、重々しすぎる。何かと云ふと、ベートウヴェン。いけないな。モツアルトの軽み。あれは絶対だ。」

　さうも仰言られる。

「文学だつてさうですよ。誠実、真面目。そんなものにごまかされてゐるんだ。可笑しい話だ。ルイ・ジュヴェですよ。あの雰囲気は楽しい。日本では、高田浩吉、あのひとには軽薄があるんではないかな。古いものだけど〝家族会議〟の高田浩吉はよかつた。それから丸山定夫。このひともいゝ。」

　いつか、大分以前だけれど、西尾官房長官をお訊ねした時も、長官は、「芝居をしすぎるのはいけない。いつでも肩を怒らしてゐるのは変だ。」といふやうなことを言はれたけれど、それと、同じ意味が含まれてゐるやうに、思はれる。本当に、さうだ。勉強、勉強、と心に誓ふ。

「先生のペンネームの由来をお聴かせ下さい。」

　こんな事も伺つてみる。

「特別に、由来だなんて、ないんですよ。小説を書くと、家の者に叱られるので、雑誌に発表する時、本名の津島修治では、いけないんで、友だちが考へてくれたんですが、万葉集をめくつて、始め、柿本人麻呂から、柿本修治はどうかといふんですが、柿本修治は、どうもね。そのうちに、太宰権帥大伴の何とかつて云ふ人が、酒の歌を詠つてゐたので、酒が好きだから、これがいゝつていふわけで、太宰。修治は、どちらも、をさめるで、二つはいらないといふので太宰治としたんです。」

　と云つて、笑はれる。笑ふと云へば、大映フアンの方が、写真を撮る時、小説新潮二月号に載つてゐる写真は、笑つて、奥様に、さんざいぢめられた由で、

「今日は笑ひませんよ。笑ふと、口は耳までさけ、歯は三本。なんて云はれますから、そんなに、僕の口は大きい？」

　などと云はれるので、本当にそんなに大きくないから、「いゝえ。」と、お世辞でなく、私は、さう申上げると、

「それでも、笑ひません。絶対に笑はない。」

　と、仰言つて、それでも、気軽るに、私と並んで下さる。

　ドウンのお話。軽みのお話。色々と為になるお話を伺はせて頂く。

　帰りにおねだりして頂いた、先生の書かれた、伊藤左千夫の歌。

池みづは
濁りににごり
藤なみの
影もうつらず
雨ふりしきる

註・太宰治原作〝パンドラの匣〟は昨年七月大映多摩川で映画化され、監督は吉村廉、出演者は折原啓子、小林桂樹、見明凡太郎、杉狂児、徳川夢声でした。本文中にある、越後獅子、ヒバリは看護婦が名付けた患者のニックネームです、老詩人大月（徳川夢声）が越後獅子、患者小柴（小林桂樹）がヒバリでした。関千恵子は看護婦正子（マア坊）でデビューしました。

（『大映フアン』一九四八年五月号）

太宰文学の周辺

津島美知子＋ドナルド・キーン

★太宰治夫人

太宰文学の翻訳について

津島　キーンさんには、いつかお礼の言葉だけでも申し上げたいと思っていたのでございますが、思いがけなくも本日お目にかかれまして、うれしく存じております。このたびはまた解説をご執筆くださるそうで光栄に存じます。キーンさんに英訳を出していただきましたおかげで、もう何か国になるかしら、六、七か国語ぐらいに広がりまして、英語のアルファベットでない、楔形文字のような「斜陽」も出版されました。あれはカルカッタでございますか。

キーン　はい、インドでした。インドのテレグー語の翻訳です。二年ほど前、私がカルカッタに行ったときに、「斜陽」のインド版があることに初めて気がつきました。インドでは、太宰文学は人気があるそうです。しかし残念ながら、人気があっても、だれも本を買わない国民のようで、インドのベストセラーはまあ三百部ぐらいなものです（笑）。それでも、「斜陽」や「人間失格」についての書評のなかで、私のいちばん気に入ったのは、インド人の書いたものでした。インドの英字新聞に発表されたもので、りっぱな文章でした。それは別として、いつかインド人の留学生が、ニューヨークの私の研究室に訪ねてきて、「斜陽」について詳しく知りたがっていました。太宰文学のたいへんなファンで、著者に会えないことを残念がっていましたが、ともかく翻訳者にだけでも会いたいと言っていました。

津島　キーンさんの英訳のご本はたいへんごりっぱなもので、皆さまにお見せしましても感心されるばかりでございます。翻訳にはやはり、たいへんなご苦心があったことでございましょう。

キーン　もともと私たちにとって、日本語はたいへんむずかしいのです。そのかわり、ほかの外国語よりも、日本語ないし日本文学がふかい魅力を感じさせます。そのうえ、西洋人として日本文学を研究しますと、いろいろ発見の楽しみも味わえます。私が英文学をやっていたら、英文学は徹底的に研究されてきたものですから、まず新しい発見はないでしょう。日本文学の場合は始終あります。たとえば、私が「斜陽」や「人間失格」を訳したときまで太宰治の長篇小説が訳されていませんでしたから、まあ探検家が知るような快感がありました。私がいくら英文学や仏文学の研究に力をいれても、あんな楽しみはまずないと思いますね。

津島　いまアメリカで日本文学を研究したいという学生は、キーンさんのようないい先生方がいらしてよろしゅうございますが、キーンさんが初めてお勉強になりましたころは、ほんとうにご苦心なさいましたことでしょう。日本語はやはりアメリカで……。

キーン　はい。私が日本語を勉強し始めましたのは、ちょうど第二次世界大戦が起こった年でしたから、日本へは行けなかったのです。戦時中、米国の海軍日本語学校へ行って、卒業してからずっと通訳や翻訳の仕事をやっていました。終戦後、一時コロンビアやハーバード大学の大学院で勉強してから英国へ渡って、ケンブリッジ大学で日本語を教えるようになりました。私が初めてケンブリッジ大学で教えていたときに、学生たちが初めて日本語として勉強したのは「古今集」の序でした。そして、現代語の会話がぜんぜんできないうちに紀貫之《きのつらゆき》の文章をすらすら読めるようになったわけです。日本人にとってはとても考えられないことでしょうが、日本語を一つも知らない外国人には、「古今集」のほうが現代文学や新聞よりも読みやすい。漢字はほとんどないし、文法もはっきりして現代語よりもはるかに親しみやすいのです。しかし、かりにその学生たちが日本語で会話しようとすると、いとあやしきわざなりけり……（笑）。一度ある学生に古典文学のテキストをすすめて、原文はむずかしいから現代語訳を読んでから原文を読んだほうがいいと言ったのですが、後で学生に聞くと現代語訳がわからなくて、原文のほうがわかりやすかったと言うのです（笑）。

津島　キーンさんが初めて太宰を海外に紹介してくださった、十年前のあの当時は、なにか黒船来たるみたいな感じで大あわての気持でございました。キーンさんがあの時のペルリかハリスのような気がするのです（笑）。「斜陽」や「人間失格」の題名の英訳にしましても、いろいろお考えになったようでございますね。

昭和15年8月、三鷹の自宅で美知子夫人と

キーン　はい。私の太宰文学のはじめての翻訳は、「ヴィヨンの妻」（Villon's Wife）でしたが、「斜陽」（The Setting Sun）の場合は直訳しても面白い題ですので簡単でした。「人間失格」（No Longer Human）は直訳すると題として長すぎるのです。どこの国でもそうですが、面白い題でなければ本が売れないと思いましたので、いろいろ考えて自由に訳したのです。

津島　「斜陽」と「人間失格」では、どちらがお好きでいらっしゃいますか。

キーン　そうですね。私は「斜陽」のほうが好きです。「人間失格」のある部分は「斜陽」よりもすぐれていると思うのですが、全体としては「斜陽」のほうが作品としてまとまっていると思います。それで私は訳すとき、どちらを先にしようかと思って躊躇しました。いろんな日本人に聞きましたが、ほとんどの人は「人間失格」を先にすべきだと言いました。しかし、私はやはり自分の興味とか趣味もありまして、「斜陽」のほうがたぶん外国人の読者にとって面白いのではないかと思いました。

津島　「斜陽」のお訳には何か月ぐらいおかかりになりましたか。

キーン　まあ、半年くらいはかかったでしょう。翻訳をやり始めたときのことを思い出しますが、「斜陽」の最初のところに主人公のかず子の母がスープを飲むシーンがありますね。これがどうも面白い英語になりそうもないと思って何回も書き直したんです。その次の章に火事の話があるでしょう。日本ですと、木造建築なので火事はたいへんな災難です。大火になる可能性が十分ありますから、かず子がほうぼうにお詫びにまわるのですが、西洋人の常識では、火事は、たとえ自分の家が燃えても他人と関係のないことです（笑）。……なんでもないところがむずかしかったのです。しかし、「斜陽」は好きな小説でしたから、いくらやりにくくても最後までやろうと覚悟しました。それから「人間失格」の翻訳には七、八か月くらいかかりました。

津島　はあ。ご苦心には頭が下がります。英訳されようなどとは夢にも思いませんでしたのに……。

キーン　日本人独特の表現とか、考え方とか、風俗習慣があって、それについていろいろ悩んだのですが、今の例はしかし、文学の中心問題じゃないのです。文学の中心はもっと普遍的なところにあるはずで、風俗習慣が違っていても、人間の心、人間の感じているものは相通ずるはずです。英訳を読む読者は全体が面白ければわかりにくいところを飛ばして読むのです。私はいろいろ心配して、外国人はこれを読んでわかるだろうか、日本の火事と外国の火事とが質的にちがうことを理解できるだろうかと思ったのですが、あんがいそういう心配は不必要でした。……読者は賢いです。

津島　そうでございますね。

キーン　翻訳のことで、私の困ったことのもう一つは、日本語のいい文章と英語のいい文章とでは、いろんな点で違うのです。日本語のいい文章というのは同じ言葉を繰り返してもかまわないようですが、英語の場合は、特徴のある言葉なら同じページにおなじ言葉を二回使ってはいけないという習慣があります。絶対的なものじゃないのですが。ですから、日本語の原文には同じ言葉が出ていても、翻訳の場合はそれぞれ違う英語の言葉で訳す必要があります。逆に、英語の小説を日本語に訳す場合にも困ることがたくさんあるでしょう。たとえば you の訳語なんかそうでしょうね。そういう言葉の選択があるからこそ翻訳は一種の芸術にもなるわけです。

編集部　アメリカでは、「斜陽」はどのくらい部数が出たのですか。

キーン　五千部くらいと思います。そのころまったく知られていない外国人の作家のものとしては、そんなに悪くないと思います。それから各国語の翻訳、フランス語、イタリア語、ドイツ語、スペイン語、インドのテレグー語などの翻訳がつづいて出ました。

津島　どういう方、若い方が読んでいるのでございましょうか。

キーン　よくわからないのですが、若い人に限らず教養ある人が多いのじゃないかと思います。初めは「斜陽」の抜萃訳でしたが、アメリカの婦人雑誌に載りまして、相当反響がありました。全訳が出たときに、いろんな人が、思いがけないような人が読んでいたということを聞きました。たとえば、ちょうどそのとき、ニューヨークにイタリアの劇団が来ていましたが、その人たちが夢中になって読んでいたということを聞きました。

津島　はあ。「斜陽」と「人間失格」とでは、お訳しになって、ご苦心はどちらのほうが……同じようでございましたか。

キーン　「人間失格」で、非常に困った場面は、葉蔵と堀木がアパートの屋上で反対語《アントニム》の当てっこをするところでした。その場合、日本語そのものの表現が大切であって意味だけを伝えても面白くありません。たとえばツミ（罪）の対語はミツ（蜜）だと言って、蜜から食べものに連想がいくところがありますね。英語の罪はクライム crime ですが、それを逆さに書いても意味がありません。クライムと同じような文字でライス rice という言葉がありますので、原文の罪と蜜にかえて、私は crime と rice にしました。なんでもないことのようですが、そのために何時間も脳髄をしぼったのです（笑）。

津島　そうでございますか。服装なども違いますし、袴《はかま》をはいて立っている写真の話が初めにございますね。あれなどもお困りでしたでしょう。

キーン　はい。もう一つ、非常に困ったのはコタツです。それから「人間失格」におしるこを食べる場面があるでしょう。堀木の母がおしるこにお餅のかわりに何かえたいの知れないものを入れて葉蔵に出しますね。外国人の読者には、おしるこやお餅はどんなものかわかりません。それで私はいろいろ考えてから勝手に原文を変えて、ジェリーにして、中に入っているものを果物にしました。そうするとわかりやすいし、質的にはだいたい同じようなものだと思うのです。

文学と生活について

津島　こんどのお原稿は、やはり日本字でお書きになるのでございますか。

キーン　私はたいてい日本語で書きます。初め英語で書いて訳す場合にはどうしても不自然な日本語になってしまうんです。いわゆる翻訳調ですね。こんどの解説のために太宰治の作品をいろいろ読んでみましたが、いちばん楽しかったのは「お伽草紙《とぎぞうし》」でした。ほんとうに気にいりました。とくに昭和二十年の三月ごろに書かれたものとしては、奇蹟的なものだといってもいいと思います。爆撃をうけたり疎開したりしていたときに、あんなに明るい、感じのいい作品が出来たのは不思議に思います。「お伽草紙」について、何か思い出がありませんか。

津島　ええ、そのころまだ園子が四つぐらいでございまして、お伽話をきかせたり、絵本を読んでやったり、そういう雰囲気から、浦島さんとかカチカチ山とかが生まれたのかと思いますが……。いまだに太宰の絵本を読む声が耳に残っております。

ドナルド・キーン

キーン　お嬢さんに防空壕でお伽話を読んできかせたのが始まりですね。お話そのものは昔のお話にもとづいていますが、非常に個性的な味があると思います。

津島　ラジオなどでは、よく「お伽草紙」や「新釈諸国噺《しょこくばなし》」がとり上げられています。太宰の作品のなかでは、いちばん放送回数が多いのではないかと思います。

キーン　「諸国噺」のほうが「お伽草紙」よりも原文に近いでしょう。私の考えでは、「諸国噺」にはそれほど太宰さんの個性が出ていないのです。それよりもう少し前の作品ですが、「右大臣実朝」も、なかなか面白い小説だと思いました。戦時中に、あんなに明るい小説が書けたというのは意外でしたね。

津島　ああいう死に方をいたしましたけれども、ほんとうは生まれつき、明るい陽気な面をもっている人でございました。

キーン　「実朝」には「吾妻鏡《あづまかがみ》」や「増鏡《ますかがみ》」などの古い文献が引用されていますが、ご主人はいろいろ勉強なさったでしょうね。小説のなかには、いっこう勉強しなかったと書いてありますが、実はよく勉強していたのじゃないですか。

津島　いいえ、もういっこうに。必要に迫られて、「実朝」のとき俄《にわ》か勉強したような次第です。まあ主人は怠け者とはいえないと思いますが……。寝てもさめても、始終作品のことは頭から離れずにいたらしゅうございますけれどもね。

キーン　私が初めて太宰治の文学を読んだとき、いちばん惹《ひ》かれたのは、「人間失格」のはしがきでした。それから、あのあとがきですね。ご主人は「人間失格」を書きながら、どういうような顔をしていましたか。

津島　あの作品によりませず、書くときはたいへんむずかしい顔をしておりました。机の前では別人のように。執筆するとき以外はたいへんふざけておりましたけれども……。「人間失格」という題で書きたいということは、ものを書き始めたころからの願いだったらしゅうございます。とにかくあれを書かなくては死ねないという気持だったらしゅうございます。

キーン　まだ二十代の若さで、最初の創作集に「晩年」という変わった題をつけていますね。そのころから「人間失格」というような考えがあったのでしょうか。

津島　ええ、内容は変わるにしましても、「人間失格」という題で書きたいというのは、二年や三年の考えではなかったらしゅうございます。二十三、四で、晩年といいますか、あとは余生を送ったっていう感じでございましたね。……私には生理的にたいへん健康な人は、太宰の書いたものを芯《しん》から理解できないのじゃないかというように思われるのですが、いかがでございましょう。

キーン　そうですね。最近だれか「桜桃」を読んで、どうしても主人公の言うことに賛成できないと言っていました。やっぱり健康な人でしたら、賛成できないという感じはあるでしょう。外国では、とくにアメリカでは「斜陽」ほど「人間失格」が売れなかったのは、そのためでしょうね。しかし、イギリスでは、「人間失格」がよく売れて普及版、ペーパーバックも出たのです。

津島　キーンさんは、近松研究のごりっぱな本をお出しになったそうでございますね。

キーン　はい。最近共訳本を出しましたが、もう十五年ほど前からずっと近松の研究をやってきました。初めのうちは相当自信をもって翻訳していましたが、だんだん自信がなくなって、いまはわからないことばっかり多くて……。

津島　じゃ、文楽などにもご興味ございますね。

キーン　はい、ございます。

津島　太宰は弘前の高等学校時代、義太夫のけいこをしましたそうです。学校から帰ると和服に着替えて角帯を締めて通ったそうでございます。結婚して間もなくのころは、お酒に酔いますと、いいご機嫌で語って聞かせたものでございます。あのお俊伝兵衛の猿まわしの段ですとか、朝顔日記のデンデン、デンデンというところですとか。娘が二人おりますが、二人とも浄瑠璃《じょうるり》から名前をとりましたんですの。姉娘のほうは園子で、三勝半七のおそのから、妹のほうは里子と申しますが、それも鮨屋《すしや》の段の……。

キーン　「思い出」という小説に、歌舞伎に非常に興味があったということが書いてありましたが、浄瑠璃にご興味があったことは知りませんでした。

津島　郷里の家が邦楽のほうの趣味があったらしゅうございますね。歌舞伎などにもわりあいくわしいようでございました。

キーン　ご主人の小説のなかに、よくお金がないことを嘆く場面があって、実際の生活の場合でもそのためにお困りになったでしょうが、不思議に思うのは記念写真が非常に多いことですね。そんな生活でよく会合や宴会などに出たなあという印象を受けます。あるいは、いろんな人に、えらい作家だと思われて、あんなに写真を撮られたのじゃないかとも考えられます。そうでなければ、そんなに記念写真を撮るはずはなかったでしょう（笑）。

津島　太宰はたいへん誇張して書いておりますが、食べるものに困るほど、それほど貧乏したこともないのです。戦前によく自分の生家の富裕なことを大げさに書いていますが、それと同じ程度の誇張がございます。

キーン　そうですか。日本の文人の伝統ですね。西洋の作家でも、自分は健康で幸福だというようなことを書く作家はまずないでしょうね。いま若い人たちのあいだで、太宰文学が相変わらず人気がありますが、それについて、何かご説明がありませんか。

津島　はあ、太宰の作品は多すぎず少なすぎず、ちょうど論文などにまとめやすいらしいんでございます。あるいはまとめやすいような気がするのでしょう……。キーンさんにはいかがでございますか。

キーン　日本文学の翻訳はむずかしいのですが、ある作品が好きになると、どうしてもそれを外国人に知らせたいという希望が湧いてきます。翻訳しながら、ずいぶん太宰治の魅力にひかれました。もしそういう魅力や希望がなければ、翻訳ほどいやな仕事はありませんね。

（中央公論社『日本の文学』付録3・一九六三年四月）

Ⅱ

無垢なる季節

インタビュー

井伏鱒二夫人・節代さんに聞く

太宰さんのこと

井伏節代
【聞き手】齋藤愼爾

含羞の面持ちで人生の憂慮と苦悩の翳をさりげない微笑にとどめ、風格のある文体に彫琢した井伏鱒二。井伏鱒二は太宰治の文学と人間に対して、深い理解と愛情ある態度を生涯持ちつづけたのだった。処女作「山椒魚」（初出「幽閉」）が「世紀」（大正十二年）に発表されたとき、当時、青森中学一年生の太宰は「埋もれたる無名不遇の天才を発見したと思って」「坐つてをられないくらゐ興奮」（『井伏鱒二選集』の「後記」昭和二十二年晩秋記）し、自身の文学の師表と決意する。〈太宰と井伏〉――半ば伝説化した「出会い」の絶景を、井伏夫人が往時を偲びつつ初めて語ってくれた。

井伏節代　明治四十四年十二月十五日生まれ。昭和二年十月、作家井伏鱒二と結婚。現在、八十七歳。

（このインタビューは、一九九八年四月六日、東京・荻窪の井伏宅で行なわれたものである）

★

齋藤　今年は太宰治没後五十年になるそうです。そして井伏先生が亡くなられて四年半、今年は生誕百年にあたります。井伏先生は太宰の文学上の師であるばかりでなく、普段の生活においても、終生、変わらぬ理解と愛情ある態度で接しられたのでした。

井伏　太宰さんが亡くなられて五十年になりますか。美知子（津島美知子）さんも昨年、亡くなられましたね。私どもの媒酌で二人が結婚式を挙げたのが昭和十四年ですから、それから数えますと五十八年もの月日が過ぎ去ったことになります。

太宰さんは昭和二、三年、弘前高校に在学中から井伏に手紙を寄こしていましたが、実際に会ったのは東京帝大の学生になってからです。その後、昭和八年一月でしたか、今官一さんと訪ねてからは、疎開中は除いて、正月には必ずお出かけになるのが恒例となりました。玄関からでなく、決まって庭先の縁側（廊下口）から「ごめん下さい」といって上がってこられる。うちの子どもたちは「津島のおじちゃんが来た」とはしゃいだものです。

齋藤　当時、太宰さんは小山初代と同棲していたのでしたね。

井伏　初代さんは家出上京したのですが、これでは世間の納得が得られないと、太宰さんの長兄の文治さんが上京して、事の解決に奔走され、ひとまず初代さんには帰郷してもらったんです。そして昭和六

井伏節代さん

年に再上京して二人は五反田に住まわれた。八年には杉並区天沼の飛島定城さん宅に引越してきました。飛島さんは太宰さんの同郷の先輩で、新聞社に勤めていました。裏手には徳川夢声さん、その右隣りには画家の津田青楓さんが住んでいました。

互いに家が近くなったということで、二人でよく遊びに来ました。太宰さんはいつもよれよれの紺の絣と羽織でしたね。洋服姿の太宰さんは見たことありません。紺がお気に入りでした。井伏ともっぱら将棋さし。来るとすぐ将棋盤を出しました。不思議なことですが、うちではお酒を飲んだことはなくて、飲むときはいつも井伏と外に出かけてでした。うちの息子の圭介と将棋をさしているのを井伏が写生して、『津島君と豚児圭介、ハサミ将棋をするの図』と題して新聞社主催の美術展に出品したこともあるんです。この絵の行方を探しているのですが、どこにあるものやら今だに見つからない。太宰さんからの手紙も、あちこちに貸し出しているうちに失くしてしまいましたね。

齋藤　初代さんって、どんな女性でしたか。

井伏　おとなしい素直な、そしてとても可愛らしい人でしたね。理屈をいったりする人ではなかった。随分と苦労したんです。井伏のことを「おとちゃん」と津軽弁で呼んでいました。私は初代さんが花柳界の方（芸妓）だとは知りませんでした。ただ襖を開けてお辞儀をする姿が、若いのにとてもお上手だと感心していました。

太宰さんの最初の創作集『晩年』が出版された時期、その頃は千葉県の船橋町に転居していましたが、太宰さんが腹膜炎の苦痛を鎮めるために使っていたパビナールを、退院後も使っていたので、パビナール中毒になってしまい、そのことでとても悩んでいました。

初代さんとうちにいらした時、太宰さんは落ち着かないんです。話にも身が入らない。つっと立ち上がってお手洗いに行かれた。そこでパビナールをうってたんですね。

船橋町のお宅には私も一度訪ね、一泊したことがあります。朝、庭先に職人風のおじさんがやって来て、シャベルで庭の土を掘り出しているような埋めているようなことをしているんです。何しているのかしらと見ると、ザラザラと音がして、空瓶やカプセルが砕かれているのが見えた。パビナールのカプセルだったんですね。注射の数は多いときで、一日に五十数本になるというんです。注射をうつのを初代さんも手伝わせられる。もう自分の力ではとてもやめさせることはできないので、井伏さんから入院するように説得してほしいと、初代さんが相談にみえた。それで井伏が説得役になり、武蔵野病院にとにかく入院させたんです。

入院中に新潮社と改造社から太宰さんに新年号のための小説の依頼があって、井伏は執筆に賛成したのですが、津島家の番頭で太宰さんの後見人でもあった北芳四郎さんは、中毒を根治するのが先決だと、大反対。井伏に命じられて私が初代さんの代理で、二つの出版社の編集者に電話をかけて事情を説明することにしました。初代さんは津軽弁を恥ずかしがって、どうしても電話をかけたがらないので、太宰さんの家内ということで私が電話したのでした。太宰さんは普段は標準語で話されるのですが、初代さんとは津軽弁でした。井伏も私も二人の話す津軽弁はちんぷんかんぷんでしたね。

退院した日（昭和十一年十一月）、二人が落ち着いて住める家をと、初代さんと一緒にアパート探しをしました。太宰さんになかなか気に入ってもらえなくて、木枯の吹く中を不動産屋に何度も足を運んだり、荻窪、阿佐ヶ谷の界隈を歩き回ったり。その間、太宰さんと井伏は将棋をさしながら悠々と構えているんです。ようやく天沼に大工さんの家の二階、八畳の貸間を見つけ、この家は太宰さんにも一目で気に入ってもらえました。

引越しをした夜、太宰さんと初代さんが改めて連れだって来て、「部屋が殺風景だから、何か飾るものがあったら貸してください」という。それで井伏が末広鉄腸の半折の軸と、伊部焼の花瓶を渡しました。どちらも貸したきりになりましたが……。

齋藤 奥さんは太宰さんとは質屋でよく顔を合わせることがあったそうですね。

井伏 荻窪にあった「まるや」という質屋で、この店は今も営業をしています。太宰さん、初代さんとはそこでしばしば鉢合わせをしました。太宰さんは衣裳道楽とでもいうのでしょうか、津軽から季節ごとに送られてくるから、着物は随分とお持ちになっていたんです。しかし、お金に困ると、みんな質入れする。自分の着物がなくなると、初代さんの分まで質草にする。

有名な話ですが、熱海の料理屋の主人が檀一雄さんと同道し、太宰さんの宿泊費の立替金を請求しに訪ねてきたときなど、初代さんは自分の麻の着物や夏羽織、正月用の着物まで全部質入れしたのですから。このときのことは今もよく覚えています。熱海にひとり残された檀さんが心配して駆けつけてみれば、太宰さんは暢気に将棋をさしているので、思わずカッとして怒鳴ったんです。太宰さんは悄気るし井伏はオロオロする始末で……。

井伏も質屋にはよく通いましたね。結婚前、約束の場所で待っていると、「ちょっと寄り道するから」と大きな包みを抱えている、蚊帳なんです。それしか質草がなかったらしいのです。

私は質草を流さないように、四ヵ月ごとに利息を入れに行きました。そんな時です、太宰さんに会うのは。太宰さんは何も手に持っていませんでしたから、あれは受け出しに来てたんでしょうね。質草では井伏が貰った名前入りの直木賞の時計、これだとこちらの希望する金額を貸してくれました。直木賞の功徳だと井伏は恬としてましたが……。

齋藤 それでも結局、太宰さんと初代さんは別れることになった……。

井伏 本当にかわいそうでした。初代さんが、あの「過失」をおかしたのは、太宰さんの入院中のことです。別れるとき（昭和十二年）、太宰さんは初代さんに身の回りの品から家財道具に至るまで全部残しました。それらは一時うちの物置部屋に預かり、家財類はお母さんのキミさんに送って、残りは初代さんが青森に帰るまでの間（ほぼ一ヵ月東京におりました）、少しずつ古具屋などで処分していきました。たいした金額にはならなかったようです。ただ火鉢と二升入りの米櫃、それに初代さんが嫁入りのときに持ってきた琴だけは、そのまま残したのです。琴はうちの七つになる娘が、いずれ琴を習う日が来るでしょうから、預けておくというんですね。

別れた後も太宰さんは、普段と変わらない様子で井伏と将棋をさすために訪ねてきました。そんなとき初代さんは、顔を合わせないように急いで茶の間か台所に隠れるのでした。初代さんは帰青までの一ヵ月の間、うちに一週間、残りの日々を叔父さんの家で過ごしたのでした。

この時期（昭和十二年七月六日付）の私宛の太宰さんの心情をうかがわせる手紙があります。

謹啓

このたびの事では、いろいろ御気持ちお騒がせ申し恐縮の念にて、身も、細る思ひでございます。思ふように小説も、うまくできず、おのれの才能を疑ったり、今が芸術の重大の岐路のやうにも思はれ、心をくだいて居ります。数日前より、京橋の吉沢さんのところで、小説を書いて居りますが、いろいろ、書き直したり、仲々すらすらすすみません。もう四五日、日数をかけて、しつかりしたものにしたいと念じて居ります。もつともつと、いいものを書いて、いままでの二、三作の不名誉を、雪ぎます。私の愚を、お叱りにならないで下さい。

初代には、十日に来る三十円をみんなお渡し下さい。それを汽車賃として、帰省するするなり、身のふりかたつけるやう、どうかさうおつしやつ

昭和11年夏、船橋で

昭和7年夏、沼津で。右端に太宰、１人おいて小山初代

て下さい。青森へ帰つてからは、身持ちを大事として、しつかり、世の苦労と戦ふよう、おつしやつて下さい。

私のほうの生活費は、どうにかなりますゆゑ、そのほうは御心配下さいませぬやう、また、私も、くるしいけれど、なんとかして、堪えしのび、切り抜けてまゐりますから、私のことは、御安心下さいませ。どうか井伏さんへ、呉々もよろしく御伝言とおわびのほど、お願ひ申し上げます。

修治拜

初代さんの琴は、初代さんが亡くなった後、生家を訪ねたおり、お母さんのキミさんから「初代の形見と思って貰って下さい」といわれました。後に、古川太郎という生田流の箏曲家にさしあげました。鳴る音を鑑定してもらうために、古川さんに来てもらったところ、その琴を奏しながら三好達治さんの「太郎をねむらせ太郎の屋根に雪ふりつむ」の詩を歌ってくれました。とても音色のいい琴でした。

初代さんは一時、北海道の室蘭に住みました。その頃、手紙が来まして「大学生から結婚を申し込まれた」というのです。ところが結局その話は実りませんでした。その学生の親が、初代さんの身元を調べたらしいのですね。私どもの家の写真も撮っていったらしい。太宰さんとの過去が先方の知るところとなったわけです。初代さんはその写真を突きつけられ、詰問されたようです。「もう結婚は駄目だと思った」と手紙に書いてきました。その後、青島に渡って、そこで亡くなられたようです。三十三歳だったそうです。

齋藤 太宰さんの結婚では井伏さん夫妻が媒酌をつとめられた。

井伏 そうです。昭和十四年一月のことで、太宰さんは石原美知子さんとうち（杉並区・清水町）で式を挙げました。出席したのは新婦のお姉さん夫婦（宇多子さんと山田貞一さん）、縁談の紹介の労をとられた斎藤文二郎さんの奥さん、それに番頭役の中畑慶吉さん、北芳四郎さんの五人というささやかな宴でした。料理は近所の魚与という魚屋からの取り寄せです。甲州の風儀ということで披露宴の前に「酒入れ」の儀式、仲人が先方に酒を持って行く。井伏がこの役をつとめました。

太宰さんは紋付羽織、仙台平の袴をはいて、終始、照れて、正面を向かずに横だけを見ていたのが印象的でしたね。挙式後、甲府市御崎町に新居を構え、新生の第一歩を始めたのでした。この時代、太宰さんがディック・ミネのヒット曲『人生の並木路』のメロディーで、抱巻を羽織って踊ったことを美知子さんが回想していますが、あんなはにかみ屋にそん

昭和14年1月8日、井伏宅での太宰治の結婚式。前列両端に井伏夫妻

太宰が滞在した当時の甲州御坂峠・天下茶屋

な一面があるなんて、とびっくりしました。

齋藤　一緒に旅行されたことなどはありましたか。

井伏　昭和十三年の九月、御坂峠の天下茶屋で太宰さんとご一緒したことがあります。太宰さんとうち以外で会ったのはそのときだけ。

　最初、一週間位の予定ということで出発したのに、期限になっても井伏が帰って来ないので、原稿用紙も必要だろうと出かけたのでした。もっとも私は子育てに懸命でしたから、井伏がいない方が気が楽で、不在は気になりませんでした。だいたい山梨に行っていることになっているのに、編集者の方から「おととい銀座で井伏さんと会いましたよ」といわれても暢気にしていたんですから。

　ところで石原美知子さんとお見合いをすることになったのも、この御坂峠に滞在したことがきっかけになっています。太宰さんは井伏の紹介で峠を下りた甲府の地、美知子さんの実家でお見合いをしました。その間、私はひとり茶屋に残って結果を待ちました。

　御坂峠に太宰さんを誘ったのは井伏なんです。ここらで心機一転すべきだと……。太宰さんも鎌滝の下宿を引き払って思いを新たにする覚悟で来られた。ようやく取り巻き連から足を洗ったんだなと井伏は私にいい、二人してほっとしたのを覚えています。私たちと交替して、太宰さんは十一月中旬まで天下茶屋に残って、「火の鳥」を書き上げたのでした。

齋藤　奥さんは太宰さんの「取り巻き連」にはずっと批判的でしたね。

井伏　ええ、正直いって好きではありませんでした。周囲にあのような取り巻きの人々がいなかったら、太宰さんもあんな最後にならなかったと今も思っています。太宰さんの死にはみなさん責任があるのではないでしょうか。

　太宰さんの鎌滝の下宿には、食客というのかしら、いつも二、三人の人が居候していました。昼間からお酒を飲んだり、トランプ遊びに明け暮れ、津軽から送られてくる太宰さんの小包を開封したり、無断で太宰さんの着物を着たりするのを見ています。文学青年やファンなんでしょうか。太宰さんはやさしい人だから、彼らに御飯の用意はするわ、泊っていくといわれても黙っている。入れかわり立ちかわり、いろんな人が来ていました。井伏は太宰さんがそのために、デカダンスの傾向を帯びていくのをとても心配していました。

　いつだったか太宰さんが、そのうちの一人を連れてうちにみえたとき、その人は太宰さんの駱駝のインバネスを羽織っていました。太宰さんが寒さに震えているというのにです。私は黙って井伏のインバネスを太宰さんの背に羽織らせましたが、その人は知らんふりをしているのです。井伏は北芳四郎さんや中畑慶吉さんから居候を追い返す役目をいいつかっていたのですが、あのような性格ですから「他人の生活に立ち入るつもりはない」と何もいわないんですね。ただ後で知ったのですが、井伏は居候たちに、「君たちはこの家に下宿したのかね」と訊いたそうです。それが井伏の精一杯の言い方だったんじゃないかしら。

　そうそう太宰さんはせっかちなところがありました。うちにもたいてい約束の時間より早く来るんです。ただ面白いのは、うちの前を行ったり来たりして入ろうとしない。そのくせ咳ばらいをして、自分が来ていることをそれとなく伝えようとするんですね。

　ある時期、津軽の文治さんから太宰さん宛の為替は、すべてうち気付で送られてきました。毎月一日、十日、二十日の三回に分けて送られてくる。そのつど受け取りに太宰さんがみえました。ときには期日の二、三日も前にやってきて、「為替きてませんか」と訊かれる。太宰さんが旅行中のときは、私が電報為替を組んで、旅行先の旅館気付で送金することになっていました。

　井伏が「太宰君は不思議な嗅覚があって、うちで酒を飲んでいると、ちゃんと嗅ぎつけて姿を現わす」といったら、太宰さんは「いやあ」と照れくさそうに笑って、長い髪を片手でかきあげていました。

齋藤　戦争が終わってから昭和二十三年に亡くなるまでの、晩年の太宰さんの様子はいかがでしたか。

井伏　戦後は太宰さんは一度もうちに来ていません。山崎富栄さんのこともあり、何か避けていたようです。旧知の煩わしさも感じていたのでしょう。編集者の方もその女性のことを、井伏の耳に入れさせたくなかったらしく、「太宰君、どうしてますか」と訊いても、口を濁していました。

　井伏が太宰さんの姿を最後に目にしたのは、青柳瑞穂さんの奥さまの葬儀でです。焼香して帰る太宰さんとすれ違った。井伏もすぐ焼香を終えて、あとを追ったのでしたが、もう姿が見えなかったそうです。「阿佐ヶ谷駅で山崎富栄と待ち合わせでもしていたんだろうな」と、井伏は残念がっていました。

　井伏は太宰さんを本当にかわいがっていました。「もうあんな天才は出ない」と、その死をくやしがってもいました。「ぼく一人でも御坂峠に太宰君の文学碑をたてたい」と、お酒の席でいったそうです。こんなことを言う人ではないのです。それを伝え聞いた甲府市の新聞社の社長の野口二郎さんが、山梨県の人たちに呼びかけ、文学碑ができたのです。それが茶屋の前方の斜面にある「富士には月見草がよく似合ふ」の碑です。

井伏鱒二・節代夫妻（平成4年6月 撮影＝内山英明）

　太宰さんは井伏のために筑摩書房から井伏の選集九巻を出すことを決めてくれて、そのため全解説を執筆されることになっていました。それもその死により中断してしまいました。生前の太宰さんにはもうハラハラさせられることばかりで、それだけにせめて全巻の解説だけでも書き残してほしかったと思ったりするのです。
　太宰さんの葬儀のとき、自分の子どもが死んでも泣かなかった井伏が、声を上げて泣いたことを河盛好蔵さんがお書きになっています。初めて泣いたのを見たと。また阿佐ヶ谷の骨董屋で、みんなが太宰さんの話をしたら、井伏が泣き出し、骨董屋の主人もみんなも驚いたといいます。私にとって井伏を思うことは、太宰さんを思うことでもあります。
　太宰さんが亡くなられ何年か後のことですが、小沼丹さんや三浦哲郎さんらみなさんが、うちで飲んでいて、井伏が「こうやって飲んでいると、昔は決まって太宰君が現れたものだ」といったところ、みなさんしんとしまして、そうしたら庭に下駄の音が聞こえるような気がしたものです。小沼さんも亡くなられました。
　そうですか、太宰さんが亡くなられ五十年経ちましたか。そういわれても、私にはほんの昨日のことのように思われます。

◀昭和23年4月、三鷹の自宅で長女園子、次女里子（津島佑子）と

太宰の子守・越野タケさんに聞く

子守をした頃の修ちゃ

越野タケ

【聞き手】相馬正一

越野《こしの》タケ氏　旧姓近村《ちかむら》。明治三十一年七月十四日、青森県北津軽郡金木村大字金木字朝日山三七六番地に生れる。数え年十四歳の春、太宰治（本名津島修治）の子守として津島家に住み込む。大正六年、前年同郡五所川原《ごしょがわら》町に分家した津島きゑ（太宰の叔母）の女中として派遣され、一年間住み込む。大正七年五月、同郡小《こ》泊《どまり》村履物業越野正代《まさしろ》に嫁す。現在、同村で荒物屋を営む。太宰の代表作「思ひ出」「津軽」などに〈忘れ得ぬ人々〉の一人として登場す。

（次の対談は昭和四十八年十一月三日、越野宅の茶の間で録音したものの一部である。なお、表記に際して談話の津軽方言を共通語に書き改めた。）

★

相馬　最初に、タケさんがヘ源《ヤマゲン》に子守として住み込むようになったいきさつをお聞きしたいのですが。

タケ　私にトセという十二歳年上の姉があったんです。トセが、傍島《そばじま》家に嫁に行ったふみ様（叔母きゑの次女）の小さい時子守に雇われたのが初めてです。トセはその後嫁に行きましたが、どういうわけだか別れて来ました。それで今度はママ炊《た》き（炊事婦）としてヘ源に雇われました。ところが野良仕事が忙しいので暇をもらって家に帰って来て、それから間もなく私が子守で雇われるようになったんです。

相馬　タケさんの実家の近村家は農家だそうですが、ヘ源の小作だったんですか。

タケ　ヘ源の小作でした。前は自作でしたが、借金返せなくなったとかで……。

相馬　タケさんは数え年十四の時に修治さんの子守になったんでしたね。

タケ　そうです。乳飲ませていた乳母が三つの時再婚したもんで、その後に雇われました。ヘ源でアダコ（子守）を探してるが、お前行かないかと親に言われて、子供カデル（あやす）のが好きだったもんで、喜んで行きました。

相馬　英治さん（太宰の次兄）の話では、乳母は三年の約束で雇われたが、急に再婚話が起って一年足らずでヘ源を去ったというんですがね。タケさんはその乳母を見たことがありますか。

タケ　いいえ、分かりません。でもヘ源で頼む乳母は三年いることになってるんですが……。修ちゃの時も三つになるまで、乳母がついていたんじゃないですか。

相馬　なんでも一年足らずで去ったので、その後は叔母のきゑさんが面倒見たということですよ。だからタケさんが子守に入った時は、修治さんは叔母さんの部屋で育てられていたはずですよ。

タケ　そういえば、そうです。してみれば、乳母の話聞いたことありませんもの。ははぁ、そうでしたか。私が行った時、修ちゃはガッチャ（∧源における叔母の呼称。オガッチャのオを取ったもの）の部屋で寝起きしていました。私は最初、ガッチャの子供かと思いました。

『津軽』に登場する越野タケさん　撮影＝相馬正一

相馬　∧源の人たちを、タケさんたちは何と呼んでいましたか。

タケ　バサ（曽祖母）に、オバサ（祖母）に、オガサ（母）にガッチャです。それに源右衛門さま（太宰の父）のことは旦那様と呼んでいました。バサはおとなしい方で、日中はアヤ（年配の下男）を連れて裏の畑にばかりいました。オバサがメグセハデ（世間体が悪いから）止めろと言っても、バサの畑仕事は毎日続けられていました。家の中を切り盛りしていたのはオバサで、皆からこわがられていました。オガサは金木よりも旦那様と一緒に東京の別宅に居る方が多くて、家に居る時でも無口で、使用人を叱ったことはありませんでした。ガッチャの方が∧源のオカミさんみたいで、女中たちの相談を引き受けていました。何か不始末を仕出かしてオバサに叱られそうな時は、ガッチャに頼みに行ったものです。しっかりした方でした。

相馬　ガッチャの部屋はどこだったんですか。

タケ　裏階段を上る所の右の十畳間です。そこにガッチャの娘さん四人と修ちゃが一緒にいました。女中部屋が今の炊事場になっている所にあったもんで、ガッチャの部屋に一番近かったんです。修ちゃもよく女中部屋に遊びに来ました。

相馬　借子《かりこ》（若い下男）の部屋はどこにあったんですか。

タケ　母屋から裏の米倉《ぐら》に行く廂のマギ（屋根裏の部屋）です。下から梯子を上っていったところにありました。そのころへ源では馬を飼っていて、借子二人で馬の世話をしていました。大きくて形のいい馬でした。たまさん（太宰の長姉）の婿さんだった良太郎さんが馬の好きな方であったそうです。子供たちは馬小屋に行くとオバサに叱られるので近づきませんでしたが、修ちゃは時々馬を見に行ったもんです。

相馬　へ源の女中は子守、炊事婦、行儀見習、というようにそれぞれ仕事が違っていたそうですね。

タケ　そうです。私が行った頃は、子守以外はどの女中も皆同じようなものでしたが、後になって針仕事だけをやる人が住みこんで、そのあたりからママ炊き（台所専任）と常居《じょうい》廻り（家族の世話係）との区別が出来ました。へ源で常居廻りになると良い家に嫁ッこに行けるので、皆にうらやましがられたものです。旦那様やオガサたちの着物も縫わせたもんです。キワ子という女中は針仕事の達者な人で、あとで旦那様付きの女中として東京に連れて行かれました。なかなか勝気な女中でしたが……。

相馬　タケさんがへ源に入った時は、修治さんはもう走り廻っている年頃ですが、あとの兄弟たちはどうしていましたか。

タケ　御飯時が大変でした。旦那様だけが柱時計のある座敷で食べるけれど、あとの人たちは一段低い常居にお膳を並べて食べるんです。子供たちは常居に入りきれないから、もう一段下の板の間（台所の囲炉裏の前）にゴザを敷いて、大きい飯台を二つ並べて食べました。飯台には茶椀を入れる引き出しがついていて、座る場所もきまっていました。旦那様は皆と一緒に食べることは滅多になくて、文治さん（太宰の長兄）は跡取りだから常居で食べていました。

相馬　皆が御飯を食べてる間は、タケさんたちは傍でお世話をしてるんですか。

タケ　常居廻りは常居の方、私たちは子供たちの方と、係りがきまっていました。旦那様の食事の時は常居廻りの年配の女中が付き添っていました。子供たちを台所の板の間に正座させるのは、行儀をよくするためだとオバサが言っていました。

相馬　それにしても大変だったでしょうね。太宰の兄弟のほかにガッチャの娘さんたちもでしょう。おとなしく食べましたか。

タケ　食べ終るまでが長くて、長くて。それでもオバサがにらんでいるから余り騒ぎません。一番小さい修ちゃは途中でよく逃げ廻るので、茶椀をもって後を追いかけたものです。文庫蔵《ぐら》の入口の石段だの縁側などに腰をかけさせて、昔ッこ（お伽噺）を聞かせながら食べさせたこともあります。ずるかったけれども、愛《め》ごくてのう。

相馬　修ちゃは主にどんな所で遊んだものですか。

タケ　天気がよければ外へ遊びに出ます。あんなに広い家でも遊ぶ場所がないんです。だから雨降りの日には困りました。子供たちは台所で遊びますが、台所の隣りの十畳間に子供たちの棚があって、それに引出しがついていました。大事なものは名前のついている引出しに入れておくんです。雨の日は引出しから遊び道具を出して台所や十畳間で遊んだものです。常居の階段の下にも引出しがあって、そこにも子供たちの物が入っていました。オバサが時々引出しを見て、ちらかっているとその引出しの名前の子供を呼んでたしなめていました。修ちゃの引出しがちらかっていると、私が注意されました。

相馬　随分厳しかったんですね。外ではどんな場所で遊ぶんですか。

タケ　別に決っていません。へ源から余り遠くない所でないと食事時に間に合わなくなるから、大抵近所で遊ばせました。ひと月に二、三度こっそり私の家へ連れて行くこともありますが、私の家は囲炉裏に薪を焚いているもんだから煙が着物に染みこむと見えて、へ源に帰るとオバサやガッチャに、「タケ、家サ行ってきたナ」と言われたもんです。

相馬　へ源で一番こわい人は誰でしたか。

タケ　オバサです。眼鏡越しにジロッとにらまれると、すくんだもんです。オガサもガッチャも余り言わない人でした。家の中のことでオバサが一度駄目だと言い出せば、どんなことをしても駄目でした。外で子守していても食事時に間にあわないと物すごく叱られたもんです。三度三度に御飯《ママ》食わねば間食癖がつくと言って、子供たちには必ずママを腹一杯食わせました。

相馬　夕食後はどうするんですか。

タケ　晩御飯食べれば、修ちゃはガッチャの部屋に入ってガッチャの子供たちと遊んでいました。早く寝る時は添い寝してやりますが、疲れてるのでこっちが先に眠ってしまったもんです。子供たちが寝てしまうと、台所の囲炉裏の囲りで女中や子守はへ源の人たちの針仕事をしました。私は着物をまだ縫えなかったから、足袋を刺しました。子供たちの足袋を何足もこしらえておかないと間にあわないので、眠くても我慢して縫いました。足袋の型はバサが作ってくれました。

相馬　じゃあ、夜はタケさんよりもガッチャの方が修ちゃの面倒を見たわけですね。

タケ　そうです。シュウ、シュウって、自分の子供のように可愛いがっていたし、修ちゃも、誰かにいじめられたりするとまっすぐにガッチャの所へ走って行ったものです。

相馬　例の雲祥寺《うんしょうじ》の地獄極楽の掛軸ですが、あれは修ちゃに小さい時から見せていたんですか。

タケ　そうです。正月とお盆の二回、本堂に一週間ほど掛けておくんです。雲祥寺は私の実家の菩提寺ですから行きやすかったんです。人が集って賑やかだから修ちゃとその期間毎日行きました。「エグネグかかれば（悪いことをすれば）こうなるんでせェ」って修ちゃに説明して聞かせるんです。修ちゃはウンウンって、高いところの掛軸を伸び上って見るんです。別にこわがってる風もなかったけれど、熱心に見ていました。

相馬　何回も見ているうちに、心に焼きついてしまったんでしょうね。「思ひ出」という小説に、タケさんから地獄の話を聞かされた時、恐しくて泣き出した、と書いていますよ。

タケ　前の日見ても、次の日になればまた「タケ、雲祥寺サ行こう」って私の手を引っぱって行くんです。そしてこれ何んだ、これ何んだ、と言って同じ絵を何回も聞きました。

相馬　タケさんがへ源を去るのは、ガッチャが五所川原に分家した時ですか。

タケ　いいえ。五所川原に最初に行った女中はヤナという人でした。そのほかにママ炊きも一人連れて行きました。私が五所川原に女中として行ったのは、それから一、二年経ってからです。

相馬　じゃあ、修ちゃが小学校に入ってからへ源を去ったわけですね。

タケ　そうです。一年生か二年生の頃でした。五所川原のガッチャの家に一年ぐらい居たら縁談があって、一旦金木の実家に帰りました。それから間もなく小泊に嫁になって来たんです。

相馬　修ちゃ、その時後を追いませんでしたか。

タケ　修ちゃが学校へ行ってる間に五所川原に行ったから、見つかりませんでした。

相馬　ガッチャの家に行ってからもへ源にお使いに行ったことがあったでしょう。

タケ　何回かありました。その時修ちゃに逢ったこともあります。私の顔を見て、ニヤニヤしていました。

相馬　ところで、タケさんが小泊の越野家に嫁いで来た時も現在の場所で金物屋をやっていたんですか。

タケ　いいえ、バスが村へ曲がる手前の所です。下駄屋をしていました。今までに三度火事に遭いました。嫁に来た翌年に大火があって、それで今の所へ移りました。それから昭和二十九年と三十一年にも焼けました。皆もらい火です。修ちゃが訪ねて来た時は金物屋をやっていました。

相馬　二十数年振りの再会でしたね。あの時腹痛を起こして薬を取りに帰ってきた娘さんは、今どうしていますか。

タケ　隣村に嫁いだのですが、亭主の仕事の関係で今八戸《はちのへ》にいます。小学校五年の時でした。もう四十過ぎです。

相馬　それから小学校の校庭へ行って掛小屋に入ることになりますが、大体「津軽」に書かれているようなことだったんですか。

タケ　向うは私の顔を忘れないでくれていましたが、私の方はどうしても思い出せなくて……。何せ、子供の時見たきりで逢っていないものだから、金木のへ源のオンジ（長男以外の子の総称）です、と言われてもピンと来ませんでした。修治だよ、と言われてやっと分かったようなもんです。すっかり変ってしまっていましたから。それで小屋の中へ入れて、重箱の食べ物をすすめたけれども、何にも手をつけないで私の顔ばかり見ていました。そうしていたら、同じ小屋に入っていた春洞寺《しゅんとうじ》の和尚さん（小泊村の寺の住職坂本芳英氏、太宰の三兄圭治の友人）が修ちゃの顔をおぼえていて「こりゃあ久し振りだ」と言って近寄って来て、二人で運動会そっちのけで酒を飲みながら話に花を咲かせていました。その頃酒は配給だったので私は人に飲ませるのがもったいなくて五合あった酒を家に置いていったもんで、和尚さんのお酒、本当に助かりました。修ちゃが和尚さんと話し込んでいるので、私は同じ小屋の婆様たちと龍神様（漁師の守護神）を拝みに行こうとして小屋を出たんです。そうしたら修ちゃも出て来て、一緒に行くというから、婆様たち十人ぐらいと一緒に龍神様へ行きました。私は婆様たちと話しながら歩いて行ったので、修ちゃは後から一人でついて来ていました。時々あとを振り返るとニコニコしていました。一緒に歩いていた物おぼえ（インテリ）の婆様が、こっそり私に、「うしろの男、あれァスパイでねナ。きっとそうだ。あの恰好見れば、あれァスパイだね」というから、「あの人は金木のヘ源のオンチャマでサネ」といくら言っても、「うんにゃ、あれァスパイに違いねェ。気ィつけだ方、よごせェ」って言うもんで困ってしまいました。

相馬　じゃあ、龍神様を拝んで、そのまままた学校へ帰ったんですか。

タケ　普段はなかなか忙しくて龍神様へ参詣に行かれないもんですから、それで皆で行ったんです。拝んでから少し境内で休んで、桜咲いてるのを眺めたりして、それからまた皆で小屋まで帰りました。修ちゃは、黙って後をついて来ていました。特に二人だけで話もしませんでした。

相馬　それで、その日はタケさんの家に一泊したんですね。

タケ　家に帰ってからは、五合の酒を二升にも三升にも喜んで飲んでくれました。小さい時の話から、東京の家族のことから、夜おそくまでおしゃべりしました。翌日天気がよければ下前《したまえ》（村）の権現岬《ごんげんざき》（津軽半島の名勝地）へ舟で行く予定でしたが、雨降りになったもんで中止しました。修ちゃはとても残念がっていましたが、今度来た時にでも、と言って一泊したきりでバスで帰って行きました。

相馬　何の目的で小泊まで来たのか、聞きましたか。

タケ　何でも津軽のことを本に書くとか言っていましたが、私は修ちゃが小説家だということも分からなかったし、あとで「津軽」という本が送られて来るまで、よく分かりませんでした。

相馬　泊った晩に修ちゃはどんなことを話しましたか。

タケ　いろいろ話したが、私の顔をじっと見て、「吾《ワ》、文治さんと本当の兄弟だガ?」とか、「吾、五所川原のガッチャの子供でねガ?」とか、真顔で聞くもんだから、私は笑って、「そんなこと無《ネ》ェ、こういうわけで、ガッチャが育ででくれだけれども、オガサの子に間違い無ェ。オ前《メ》、確かにオガサの子供だ。文治さんの本当の弟だ。」と言っても、何やら腑に落ちないような顔をしていました。

相馬　長い間、本気でそう思っていたんでしょうかね。

タケ　オガサは修ちゃが物心つく頃、東京にばかり居て余り家に居なかったし、ガッチャは自分の娘と分け隔てなく育てたから、そう思いこんでも無理はないと思います。文治さんは家の中にいても家族と余り話をしない人でした。それで修ちゃは文治さんにとても遠慮していました。オガサが可愛がったのは京ちゃ（太宰の四姉）ぐらいのもので、あとの子供は修ちゃに限らず、余り可愛いがってもらえなかったようです。それにガッチャがまた特に修ちゃを愛《メ》ごがったもんだから。その事情をよく話してやったけれども、何か、腑に落ちないような顔をしていました。

相馬　その時別れてから修治さんとは逢っていないんですか。

タケ　いいえ、修ちゃが金木に疎開していた時、二、三度ヘ源を訪ねて行って逢いました。離れ座敷に奥さんや子供さんと一緒でした。「タケ、よく来たナ」と言っていたわってくれたものです。

相馬　今、修治さんやヘ源のことをどう思っていますか。

タケ　ヘ源には随分お世話になりました。小泊に嫁に来てからも、草鞋《わらじ》がけで実家に帰る時、先ずヘ源に立ち寄って挨拶したものです。そうすると、オバサが出て来て、「さあ、さあ、草鞋ぬいで上って休め」と言って、お菓子を御馳走してくれてのう。こわいけれども、いいオバサでした。ヘ源には普通の人は出入り出来ないのに、私はヘ源の人みたいに自由に出入りさせてもらいました。有難いことです。修ちゃのことは、まあ何と言ったらいいか。自分の身内みたいな気がして、何かと修ちゃのことで周囲から悪口を言われれば、腹立ったもんです。物おぼえもよかったし、顔つきも旦那様に似てオゴラかった（風格があった）から、愛《メ》ごくて、愛ごくて……。小泊へ訪ねて来た時よりも、子供の頃の方がはっきりと記憶に残っています。……さあ、今日は天気が好いから、一緒に小学校の方まで行ってみませんか。

相馬　それじゃ、当時の運動会の掛小屋のあたりでも案内してもらいましょうか。

（タケさんは今年七十五歳。神経痛で不自由な足を手でさすりながら、それでも元気に私の先に立って案内してくれた。）

（『国文学』一九七四年二月号）

III

デカダンスの光芒

太宰追想

太宰治情死考

坂口安吾

新聞によると、太宰の月収二十万円、毎日カストリ二千円飲み、五十円の借家にすんで、雨漏りを直さず。

カストリ二千円は生理的に飲めない。太宰はカストリは飲まないやうであつた。一年ほど前、カストリを飲んだことがないといふから、新橋のカストリ屋へつれて行つた。もう酔つてゐたから、一杯ぐらゐしか飲まなかつたが、その後も太宰はカストリは飲まないやうであつた。

武田麟太郎がメチルで死んだ。あのときから、私も悪酒をつゝしむ気風になつたが、おかげでウヰスキー屋の借金がかさんで苦しんだものである。街で酒をのむと、同勢がふえる。さうなると、二千円や三千円でをさまるものではない。ゼイタクな食べ物など、何ひとつとらなくとも、当節の酒代は痛快千万なものである。

先日、三根山と新川が遊びにきて、一度チャンコのフグを食ひにきてくれ、と云ふから、イヤイヤ、拙者はフグで自殺はしたくないから、角力のつくつたフグだけは食べない、と答へたら、三根山は世にも不思議な言葉をきくものだといふ解せない顔をして、

「料理屋のフグは危いです。角力のフグは安心です。ワシラ、さう言うてます。なア」

と、顔をあからめて新川によびかけて、

「角力はまだ二人しか死んどりません。福柳と沖ツ海、カイビャク以来、たつた二人です。ワシラ、マコの血管を一つ一つピンセットでぬいて、料理屋の三倍も時間をかけて、テイネイなもんです。あたつた時はクソを食べると治るです。ワシもしびれて、クソをつかんで、食べたら吐いて治りました」

角力といふものは、落ちついたものだ。時間空間を超越したところがある。先日もチャンコを食ひに行つたら、ちやんとマコを用意してあり、冷蔵庫からとりだして、

「先生、マコ、あります」

「イヤ、タクサンです。ゴカンベン」

「不思議だなア、先生は」

と云つて、チョンマゲのクビをかしげてゐた。

然し、角力トリは面白い。角力トリでしかないのである。角力のことしか知らないし、角力トリの考へ方でしか考へない。食糧事情のせゐか、角力はみんな、痩せた。三根山はたつた二十八貫になつた。それでも今度関脇になる。三十三貫の昔ぐらゐあると、大関になれる。ふとるにはタバコをやめるに限る、と云ふと、ハア、では、たゞ今からやめます、と云つた。嘘のやうにアッサリと、然し、彼は本当にタバコをやめたのである。

芸道といふものは、その道に殉ずるバカにならないと、大成しないものである。

三根山は政治も知らず、世間なみのことは殆ど何一つ知つてゐない。然し、彼の角力についての技術上のカケヒキについての深い知識をきいてゐると、その道のテクニックにこれだけ深く正しく理解をもつ頭がある以上、ほかの仕事にたづさはつても、必ず然るべき上位の実務家になれる筈だといふことが分る。然し、全然、その他のことに関心を持つてゐないだけのことなのである。

双葉山や呉清源がジコーサマに入門したといふ。呉八段は入門して益〻強く、日本の碁打はナデ切りのウキメを見せられてゐる。呉八段が最近しきりに読売の新聞碁をうち、バクダイな料金を要求するのも、ジコーサマの兵タン資金を一手に引きうけてゐるせゐらしい。僕も読売のキカクで呉清源と一局対局した。そのとき読売の曰く、呉清源の対局料がバカ高くて、それだけで文化部の金が大半食はれる始末だから、安吾氏は対局料もベン当代も電車チンも全部タダにして下され、といふわけで、つまり私も遠廻しにジコーサマへ献金した形になつてゐるのである。南無テンニ照妙照妙。

双葉や呉氏の心境は決して一般には通用しない。然し、そこには、勝負の世界の悲痛な性格が、にじみでてもゐるのだ。

文化の高まるにしたがつて、人間は迷信的になるものだ、といふことを皆さんは理解されるであらうか。角力トリのある人々は目に一丁字もないかも知れぬが、彼らは、否、すぐれた力士は高度の文化人である。なぜなら、角力の技術に通達し、技術によつて時代に通じてゐるからだ。角力の攻撃の速度も、仕掛けの速度や呼吸も、防禦の法も、時代の文化に相応してゐるものであるから、角力技の深奥に通じる彼らは、時代の最も高度の技術専門家の一人であり、文化人でもあるのである。目に一丁字もないことは問題ではない。

高度の文化人、複雑な心理家は、きはめて迷信に通じ易い崖を歩いてゐるものだ。自分のあらゆる検討のあげく、限度と絶望を知つてゐるから。

すぐれた魂ほど、大きく悩む。大きく、もだえる。大力士双葉山、大碁家呉八段、この独創的な二人の天才がジコーサマに入門したことには、むしろ悲痛な天才の苦悶があつたと私は思ふ。ジコーサマの滑稽な性格によつて、二人の天才の魂の苦悶を笑殺することは、大いなるマチガヒである。

文士も、やつぱり、芸人だ。職人である。専門家である。職業の性質上、目に一丁字もない文士はゐないが、一丁字もないと同様、非常識であつても、芸道は、元来非常識なものなのである。

一般の方々にとつて、戦争は非常時である。ところが、芸道に於ては、常時に於てその魂は闘ひ、戦争と共にするものである。

他人や批評家の評価の如きは問題ではない。争ひは、もつと深い作家その人の一人の胸の中にある。その魂は嵐自体にほかならない。疑り、絶望し、再起し、決意し、衰微し、奔流する嵐自体が魂である。

然し、問題とするに当らぬといふ他人の批評の如きものも、決して一般世間の常態ではないのである。

力士は、棋士は、イノチをかけて勝負をする。それは世間の人々には遊びの対象であり、勝つ者はカッサイされ、負けた者は蔑まれる。

ある魂にとつてその必死の場になされたる事柄が、一般世間では遊びの俗な魂によつて評価され、蔑まれてゐる。

文士の仕事は、批評家の身すぎ世すぎの俗な魂によつて、バナナ売りのバナナの如くに、セリ声面白く、五十銭、三十銭、上級、中級と評価される。

然し、そんなことに一々腹を立ててゐられない。芸道は、自らのもつと絶対の声によつて、裁かれ、苦悩してゐるものだ。

常時に戦争である芸道の人々が、一般世間の規矩と自ら別な世界にあることは、理解していたゞかねばならぬ。いはゞ、常時に於て、特攻隊の如くに生きつゝあるものである。常時に於て、仕事には、魂とイノチが賭けられてゐる。然し、好きこのんでの芸道であるから、指名された特攻隊の如く悲痛な面相ではなく、我々は平チャラに事もない顔をしてゐるだけである。

太宰が一夜に二千円のカストリをのみ、そのくせ、家の雨漏りも直さなかつたといふ。バカモノ、変質者、諸君がさう思はれるなら、その通り、元々、バカモノでなければ、芸道で大成はできない。芸道で大成するとは、バカモノになることでもある。

太宰の死は情死であるか。腰をヒモで結びあひ、サッちゃんの手が太宰のクビに死後もかたく巻きついてゐたといふから、半七も銭形平次も、これは情死と判定するにきまつてゐる。

然し、こんな筋の通らない情死はない。太宰はスタコラサッちやんに惚れてゐるやうには見えなかつたし、惚れてゐるよりも、軽蔑してゐるやうにすら、見えた。サッちやん、といふのは元々の女の人のよび名であるが、スタコラサッちやんとは、太宰が命名したものであつた。利口な人ではない。編輯者が、みんな呆れかへつてゐたやうな頭の悪い女であつた。もつとも、頭だけで仕事をしてゐる文士には、頭の悪い女の方が、時には息ぬきになるものである。

太宰の遺書は体をなしてをらぬ。メチャメチャに泥酔してゐたのである。サッちやんも大酒飲みの由であるが、これは酔つ払つてはゐないやうだ。尊敬する先生のお伴して死ぬのは光栄である、幸福である、といふやうなことが書いてある。太宰がメチャメチャに酔つて、ふとその気になつて、酔はない女が、それを決定的にしたものだらう。

太宰は口ぐせに、死ぬ死ぬ、と云ひ、作品の中で自殺し、自殺を暗示してゐても、それだからホントに死なければならぬ、といふ絶体絶命のものは、どこにも在りはせぬ。どうしても死なければならぬ、などといふ絶体絶命の思想はないのである。作品の中で自殺してゐても、現実に自殺の必要はありはせぬ。

泥酔して、何か怪しからぬことをやり、翌日目がさめて、ヤヤ、失敗、と赤面、冷汗を流すのは我々いつものことであるが、自殺という奴は、こればかりは、翌日目がさめないから始末がわるい。

昔、フランスでも、ネルヴルといふ詩人の先生が、深夜に泥酔してオデン屋（フランスのネ）の戸をたゝいた。かねてネルヴル先生の長尻を敬遠してゐるオデンヤのオヤヂはねたふりをして起きなかつたら、エエ、ママヨと云つて、ネルヴル先生きびすを返す声がしたが、翌日オデンヤの前の街路樹にクビをくゝつて死んでゐたさうだ。一杯の酒の代りに、クビをくゝられた次第である。

太宰のやうな男であつたら、本当に女に惚れれば、死なずに、生きるであらう。元々、本当に女に惚れるなどといふことは、芸道の人には、できないものである。芸道とは、さういふ鬼だけの棲むところだ。だから、太宰が女と一しよに死んだなら、女に惚れてゐなかつたと思へば、マチガヒない。

太宰は小説が書けなくなつたと遺書に残してゐるが、小説が書けない、といふのは一時的なもので、絶対のものではない。かういふ一時的なメランコリを絶対のメランコリにおきかへてはいけない。それぐらゐのことを知らない太宰ではないから、一時的なメランコリで、ふと死んだにすぎなからう。

第一、小説が書けなくなつたと云ひながら、当面のスタコラサッちやんについて、一度も作品を書いてゐない。作家に作品を書かせないやうな女は、つまらない女にきまつてゐる。とるにも足らぬ女であつたのだらう。とるに足る女なら、太宰は、その女を書くために、尚、生きる筈であり、小説が書けなくなつたとは云わなかつた筈である。どうしても書く気にならない人間のタイプがあるものだ。そのくせ、そんな女にまで、惚れたり、惚れた気持になつたりするから、バカバカしい。特に太宰はさういふ点ではバカバカしく、惚れ方、女の選び方、てんで体をなしてをらないのである。

それでいゝではないか。惚れ方が体をなしてゐなからうと、ジコーサマに入門しようと、玉川上水へとびこまうと、スタコラサッちやんが、自分と太宰の写真を飾つて死に先立つて敬々しく礼拝しようと、どんなにバカバカしくても、いゝではないか。

どんな仕事をしたか、芸道の人間は、それだけである。吹きすさぶ胸の嵐に、花は狂ひ、死に方は偽られ、死に方に仮面をかぶり、珍妙、体をなさなくとも、その生前の作品だけは偽ることはできなかつた筈である。

むしろ、体をなさないだけ、彼の苦悩も狂ほしく、胸の嵐もひどかつたと見てやる方が正しいだらう。この女に惚れました。惚れるだけの立派な唯一の女性です。天国で添ひとげます、そんな風に首尾一貫、恋愛によつて死ぬ方が、私には、珍だ。惚れてゐるなら、現世で、生きぬくがよい。

太宰の自殺は、自殺といふより、芸道人の身もだえの一様相であり、ジコーサマ入門と同じやうな体をなさざるアガキであつたと思へばマチガヒなからう。かういふ悪アガキはそツとしておいて、いたはつて、静かに休ませてやるがいゝ。

芸道は常時に於て戦争だから、平チャラな顔をしてゐても、ヘソの奥では常にキャッと悲鳴をあげ、穴ボコへにげこまずにゐられなくなり、意味もない女と情死し、世の終りに至るまで、生き方死に方をなさなくなる。こんなことは、問題とするに足りない。作品がすべてである。

（『オール讀物』一九四八年八月号）

◀昭和23年、玉川上水のほとりで　撮影＝田村茂

太宰治昇天

石川　淳

一

六月十五日の夜、わたしは大島の旅から船でかえって来て、月島に著くとすぐ、同行のひとたちとともに有楽町に出て、小さい喫茶店にはいると、そこに来合せた新聞社のひとがいきなり目のまえに新聞をひろげて見せてくれた。十六日附である。大島には新聞というものが無いので、それは四五日ぶりの、最初のニュースであった。その新聞を受けとるはずみに、テイブルの上のコップが紙のあおりで倒れ落ちて、うすい硝子が床に欠け散った。そして、わたしは突然太宰治の死のほとんど確認すべきことを知らされた。「情死」という。のちに見たどの新聞にもやはり「情死」もしくは「情死行」としてあった。これは二つながらわたしの耳に熟さないことばである。「情死」とは何か。わたしはこの語の来歴をつまびらかにしない。「情死行」とは何か。行といえば楽府の体である。わたしはいまだ情死行という楽府あることを聞かない。われわれが知らされたことは、太宰君がひとり死を決して、その意志を徹底したという単純な事実である。たまたまかたわらに一箇の女人があって、時刻と場所とをおなじくして死んだとしても、いったいそれがどうしたのか。太宰君の死の意味にとっては、女人の死との関係は無関係にひとしい。太宰君の死という事件のそばでは女人の死はむだな現象であった。しかるに、世のひとのおおむねはもっぱらむだな現象を見ることを好んで、事件の意味を暁《さと》ることをよろこばない。御方便なことに、慣用の「情死」解釈、世間をさわがせたものは世間みずからの悪癖であった。われわれは太宰君の死に接近するためにまず新聞を破ることからはじめなくてはならない。

わたしは喫茶店を出て家にかえる途中、ある酒場に寄った。そこでもまた太宰君に関するうわさが待っていた。スタンドのすぐとなりに声がして、「なに、あれはまた小説のタネにするでしょう。」（もとも、このときはまだ太宰君の身について一般には生死不明の報道しかあたえられていなかったという事情があった。）声のほうをふりむくと、どこのたれとも知らぬ青二才のしらじらしい横顔が眼にうつった。「バカ野郎。」とたんに、わたしはそうどなりつけていた。酔ったせいではない。その店にはいったばかりで、ぜんぜんしらふであった。わたしがしらふで大きな声を出すなどということは、まったく異例に属する。わたしは非常に腹が立った。青二才のいいぐさが太宰君に対し、われわれに対し、人間一般に対してゆるしがたい侮辱のようにおもわれた。

青二才はだまった。わたしもしばらくだまっていたが、やがて、青二才に向ってすまなかったといい、それが相手をなぐさめるような調子で、われながらやさしい声がしぜんに出た。いったいどうしたことだろう。しらふのわたしがたれかを叱りつけて、すぐそのあとで、あろうことか、すまなかったなどと、しかもやさしい声を出すとは、これまた異例に属する。青二才はやっと解放されたていで、「ぼくは太宰さんの書くものは高く買っているのですが、あの生活はいけないとおもいます。世間ではそういうふうに見ています。」わたしはもうなにも耳に入れず、青二才の軽薄も、その背後にしょっていそうな「世間」の愚昧《ぐまい》も、すべて心やさしく見て過ぎた。わたしの眼のまえにはただ太宰君の顔があった。ところはへだてても、ここはすでに通夜の席である。わたしは通夜の席をさわがすことをみずから戒めたのかも知れない。あるいは、太宰君は心やさしいひとであったので、わたしもまたしたがって心やさしくなったのかも知れない。何にしても作者の死をめぐって、「世間」の、すくなくともその一部の見解が「情死」であり「小説のタネ」であるということを知らされたのは、歯牙にかけるにもたりないことながら、道ばたで砂ほこりをあびせられたような災難にはちがいなかった。しかし、この「世間」の見解というやつも、ことによると太宰君の「道化」の幻術にかかったものかも知れず、またこの席に於けるわたしの仕打もいささか「道化」的であったかも知れない。

　明くる朝、新潮の若いS君が仮寓にたずねて来たので、わたしはS君とともに三鷹に行った。そして、太宰君が身を投じたという水のほとりに立った。ひとはまだ太宰君のなきがらを見るに至らない。むかし遠西のカトリック詩人、はるばる江戸城の濠端に来て、濠をめぐってあるきながら、猪首をのばして、水のおもてに照る一点をじっと見て、Je regarde à mes pieds pour y trouver le soleil.（足もとを見ればそこに太陽がある。）しかし、ここではさみだれの空くもって日の影はどこにも無い。足もとを見れば、ただ白濁の水の、雨に水かさを増して、いきおいはげしく、小さい滝となり、深い渦となり、堤の草を嚙んで流れつづけていた。

二

　おもえば、わたしが太宰君とともに酒をのむ機会をもったのはたった四たびしかない。はじめはたしか昭和十四年ごろか。識ることはそれよりふるく、将棋をさしたこともあったが、酒はそのときがはじめてであった。ときに、酣中の雑談に、太宰君がいったことばのうち、二つだけ今におぼえている。「真善美ということ、やっぱりいいね。」といい、また「あまり大酒をのむひとは信用できない。」といった。太宰君の発した「善」ということばについては、のちに書く。「大酒」しかじかは、今日からかえりみて感慨をあらたにする。というのは、ちかごろ太宰君が書いた文章の中に、しきりに「ヤケ酒」という悲痛なことばの散乱するのを見るからである。当時右の「大酒」の一条は、もしかすると暗にわたしにあてつけていったもののようにも邪推されるし、あるいはまた太宰君みずから観念上の大酒のみたることを戒めていったもののようにも臆測される。実際の酒量では、太宰君はわたしよりも大酒のみであった。しかし、太宰君の文章にも会話にも、当時はまだ「ヤケ酒」ということばは吐かれていなかった。すなわち、実際上にも観念上にも、太宰君はまだ「ヤケ酒」をみずから意識しなくてはならぬ窮地にまでは追いつめられていなかったのだろう。げんに、自分と酒とのあいだに、よく「大酒」観念をにくむだけの心理的距離を保つほどのゆとりは、太宰君にもあり、またわたしにもあった。何といおう、爾来ほとんど十年の時間は「大酒」ぎらいの太宰君をいつか「ヤケ酒」のほうに連れ出してしまった。

　つぎはいくさのあいだ、昭和二十年二月はじめ、大雪のふったころであった。雪のあと、吉祥寺の小さい酒場で、ひそかに戸を閉ざして、やはり小説を書くT君もいっしょに、焼酎かなにかのんだ。そのとき何のはなしをしたか、常談のようなことをいいあって、あとに記すほどのことはなにも無い。太宰君は陽気にはしゃいでいるように見えた。昼から夜陰におよんで、外に出ると、太宰君はわたしをうちに泊めるといい、おぶって行くといった。これは道の泥濘《でいねい》はなはだしく、太宰君は長靴をはいていたのに、わたしのはいていたのは短靴であったからである。しかしおぶさってあるき出したとたんに、雪にすべって、あわやわれわれは泥濘の中にころげようとした。ときに、霹靂《へきれき》にわかに鳴りはためき、夜天に光り物飛びちがい、井ノ頭の林のかなた、雲を焼いて炎の立ちのぼるのを見た。稲妻のひらめきをあびて、太宰君のからだは軽く、林を縫って精霊の飛ぶに似た。

つぎは去年すなわち昭和二十二年一月、いくさののちはじめての出逢であった。そのとき、太宰君は川柳点の、惚れたとは女のやぶれかぶれなり、というのを挙げて、これを佳什《かじゅう》とした。文学鑑賞に依るのか、生活体験に出ずるのか、わたしは知らない。しかし、そういう太宰君の眉はあかるく、「女のやぶれかぶれ」の雲がかかっているようには見えなかった。酒ののみぶりもしずかで、ヤケ的なけはいはなかった。

つぎはやはり去年の夏、これが最後の出逢になった。ビールをのみながら、歓談であった。そのとき、わたしが「われわれのことを自虐だなんていうやつがあるけれども、自虐って何だね。自分を虐待するなんて、かんがえてみたこともない。われわれはずいぶん自分を甘やかしてるほうだろう。きみなんか、そうじゃないかね。」というと、太宰君はふむふむと笑っていた。そして、この歓談のあいだ、太宰君はいくたびとなく、並んでかけているわたしの腿をつねった。それがはなしの合の手のように、またはなにかの合図のように、わけもきっかけもなくつねる。その席にはほかのひとたちもいたが、たれも気がつかない。わたしは酔ったせいか、とくに痛いとも感じなかったのでだまっていたが、家にかえってみると、青いアザができていた。どうして太宰君がこうつねったのか、いまだに判らない。今おもえば、この夏というのは、作品「桜桃」の季節に対応するような夏であったらしい。すると、太宰君はこの席上でもやはり「家庭に在る時ばかりでなく、私は人に接する時でも、心がどんなにつらくても、からだがどんなに苦しくても、ほとんど必死で、楽しい雰囲気を創る事に努力」していたのであろうか。そして、われわれと別れたのち、「私は疲労によろめき、お金の事、道徳の事、自殺の事を考へた」のであろうか。そうとすれば、われわれは太宰君からその「悲しい時」にかえって「おいしい奉仕」を受けたことになる。またそうとすれば、わたしはいよいよこの『通人』の父」を呼ぶに軽佻なる「自虐家」の称をもってすることのはなはだ当らざることをおもう。太宰君の「心に悩みわづらふ」所以《ゆえん》のものは、必ずや神姿清澄、その状とんと「自虐」の泥くささには似なかったにちがいない。わたしはただ力およばず、一夕の「おいしい奉仕」の返礼として、もっと無粋に「自殺」の邪魔をしてやれなかったことを残念におもう。

そののち相見ざることほとんど十ヵ月、太宰君はたちまちにして地上からすがたを消した。裂き捨てられた紙片に「小説を書くのがいやになった」と記してあったという。しかし、小説は元来作者がいやいや書くものである。太宰君ほどの小説家がそれくらいの制作実感を身にしみてもたなかったという法は無い。「書くのがいやになった」という再実感は、けだし転変の妙機だろう。ただ太宰君はこの妙機を踏まえつつ、明白なる意志をもって、みずから水に入ることを選んだ。わたしは水の泡の消えたあとで、死の原因をあれこれと探しまわるあてずっぽうはしない。ひとえに死者の意志を見るのみである。しかるに、世には物ずきなひとがおおく、さっそくことば尻をとって、あるいはウソかも知れない「書くのがいやになった」を恣意《しい》に「書けなくなった」とあらためて、「行づまり」と判定を下しているようである。一般に作者の生活には、変化の機会はあっても、「行づまり」という壁はありえない。太宰君はそのような壁に運動をさえぎられることを知らない作者である。このひとを見て、世評は口いやしく、生前には「小説のタネ」といい「自虐」といい、死後には「情死」といい「行づまり」という。笑うべし、無い智慧をしぼって行づまっているのは世評のほうだろう。沙漠には死人の肉を啖《くら》う狼が棲むと聞く。人の世の狼もまた作者のなきがらをとって食おうというだいそれた料簡をもっているのかも知れない。ただ作者の影の走ることは光とともに速いのだから、狼が嚙みついたとおもったものはおおかたおのれの泥足かなにかだろう。それにしても、太宰治という今日に掛替の無い作者の死に於て、その天稟も才能もひとしくほろびて、歎すべし、今後いくたびの春秋にひらくべき花は永く絶えた。惜しいね、きみ、太宰君、べらぼうだよ、何というもったいないことをする。

三

「人間が、人間に奉仕するといふのは、悪い事であらうか。もつたいぶつて、なかなか笑はぬといふのは、善い事であらうか。」（「桜桃」）

こういう質問の出し方に於て、太宰君は「必死」

「生きるという事は、たいへんな事だ。あちこちから鎖がからまっていて、少しでも動くと、血が噴き出す」（「桜桃」）

であった。近作の中にしばしば使われている「必死」ということばは修辞ではなかった。事は日常の瑣事に似る。しかし、善と悪との対決に於て死を決するに至ったものの発言である。ここでは、善と悪とはもはや観念上の対立にはとどまらない。行住坐臥、事の大小を問わず、常に善生活か悪生活かを決定すべき契機に乗りあげたところの、人間の生理がここにある。けだし、芸術家の死を決すべき場所である。

　太宰君は、一般に作者は、適度ということばを知らない。したがって、美的生活者ではありえない。またしたがって、美的趣味の何たるかに係らない。さきごろ太宰君は「斜陽」の中で貴族の女の放尿の仕方について記した。あるひとがこれを読んで「貴婦人が庭で小便するのなんぞも厭だった」といった。そのひとはこれを好まないという美的趣味をもっているのだろう。なるほどだれでもおのれの好まないことを好まないと言明する権利はあるにちがいない。しかし、そのひとはさらに「作者がその事に興味を持つ事が厭なのかも知れない。」といっている。「作者がその事に興味を持つ」と見たのは、おのれの好みをもって、逆に他を忖度《そんたく》したのだろう。これはあきらかに見当ちがいである。太宰君はただそのことを書くことを選択したのだろう。必ずやそのことに「興味」はもたず、またそれゆえによくこれを書いたのだろう。ここにこれだけの見方の食いちがいがあると、さきに行ってなお開きが大きくなる。はたせるかな、そのひとはさらに語をついで、「あの作者のポーズが気になるな。ちょっととぼけたような。あの人より若い人にはそれほど気にならないかも知れないけど、こっちは年上だからね。もう少し真面目にやったらよかろうという気がするね。」といっている。年齢の差を援用したのは御愛嬌である。「ポーズが気になる」というのは、もしそれが気になるとすれば、やはり気になると言明する権利はあるだろう。しかし、「もう少し真面目にやったらよかろう。」というにおよんで、そのひとは太宰君の「必死」の「道化」の何たるかにつき、ついに一片の「興味」ももたずまた一片の理解ももたないことをみずから暴露している。わたしは必ずしもそのひとの眼がなにものをも見ないというのではない。おもうに、そのひとの眼は実際の生活に於て、また芸術の世界に於て、我流で調和の一点をさがしているのだろう。そして、そのひとはそのひとなりの「真面目」のつもりで、みずから見つけたと信ずる調和

「私の最も憎悪したものは、偽善であった」（「苦悩の年鑑」）　昭和23年　撮影＝田村茂

の上に立って、生活につきまた芸術につき発言し主張しているのだろう。ところで、太宰君にとっては、すべての調和は妥協であった。生理上に於ける善生活と悪生活との対決には、調和の一点は無いはずだからである。このとき、太宰君はどこに立って、いかなる仕方で、発言し主張するか。われわれは太宰君みずからのことばに聴かなくてはならない。

「書くのがつらくて、ヤケ酒に救ひを求める。ヤケ酒といふのは、自分の思つてゐることを主張できない、もどつかしさ、いまいましさで飲む酒の事である。いつでも、自分の思つてゐることをハツキリ主張できるひとは、ヤケ酒なんか飲まない。」（「桜桃」）

「自分の思つてゐること」とは何か。ひとりひそかに「お金の事、道徳の事、自殺の事を考へる。」という。こちらの耳のあやまりか、わたしにはこれが「生活のこと、善悪のこと、主張のこと」といっているように聞える。臆測するに、「自殺」の意志とは主張の意志である。「私は議論をして、勝つたためしが無い。必ず負けるのである。」という。そういう太宰君にとって、「自殺」はそれが敗北としか見えないような強引な究極の勝負手であった。すなわち、孤独なる芸術家の最後の自己主張であった。何を主張するか。ここに至っては、善生活はかくあるべしと主張するほかに何も無いはずである。そして、「自殺」を目前にして、「もどつかしさ、いまいましさ」をたたきつけた文字は、太宰君ほどの文才をもってして、なお俗眼にはあたかも表現上の「ヤケ酒」かと誤解されるような痛烈なる形式をとった。その形式の上に太宰君は身ぐるみなだれ落ちた。

「如是我聞」と題するものがある。ここでは「楽しい雰囲気を創る事に努力する」ことなどはみごとに抛棄されて、もはや「おいしい奉仕」のたぐいではない。これはただ悪生活はかくのごとしということの、例証をもってする弾劾である。たったこれだけのことを書くのに、太宰君は「必死」であった。死を決しなくてはたったこれだけのことすら書けないというところに、太宰君の清潔なる弱さがあった。これは芸術家でなくては断じてもつことを許されない弱さである。けだし、この弱さは地上に於ける善の性格にほかならない。

死の前年に、太宰君は「父」を書いている。（ちなみに、作品の出来上りとしては、これよりも一年後の「桜桃」のほうがよい。あるいは時間的にそれだけ死に肉薄しているせいかも知れない。）

「父」の作者は「義のために遊んでゐる。地獄の思ひで遊んでゐる。いのちを賭けて遊んでゐる。」という。また「私は苦悶の無い遊びを憎悪する。」という。その「義のために」という「義」とは何か。

「それは、たしかに、盗人の三分の理にも似てゐるが、しかし、私の胸の奥の白絹に、何やらこまかい文字が一ぱいに書かれてゐる。その文字は、何であるか、私にもはつきり読めない。たとへば、十匹の蟻が、墨汁の海から這ひ上つて、さうして白絹の上をかさかさと小さい音をたてて歩き廻り、何やらこまかく、ほそく、墨の足跡をゑがき印し散らしたみたいな、そんな工合の、幽かな、くすぐつたい文字、その文字が、全部判読できたならば、私の立場の『義』の意味も、明白に皆に説明できるやうな気がするのだけれども、それがなかなか、ややこしく、むづかしいのである。」

「義。義とは？　その解明は出来ないけれども、しかし、アブラハムは、ひとりごを殺さんとし、宗吾郎は子別れの場を演じ、私は意地になつて地獄にはまり込まなければならぬ、その義とは、義とは、ああ、やりきれない男性の哀しい弱点に似てゐる。」

太宰君の「胸の奥の白絹」に書かれていたという文字は何か、わたしにもまた「はつきり読めない。」たしかに魔か、なにかの書いた文字だろう。もし魔とすれば、おそらくそれは善悪の観念という魔にちがいない。「男性の哀しい弱点に似てゐる」ところの、その「義」が「私の立場」だという。「地獄の思ひで」といい「いのちを賭けて」という「遊び」が、太宰君の生活であった。「義のため」の生活である。太宰君は善悪の観念という魔に憑かれた生活者であった。そして、「議論」すれば「必ず負ける」という。この地上に於ける善の主張の悲壮なる敗北だろう。太宰君は善の詩人であった。われわれの歴史は、ここに一箇の詩人あってよく「義のため」に遊びよく「義のため」に死せり、と記録しなくてはならない。

この遊びは空間の戦慄であり、この死は時間の切断であった。すでにして、太宰君のからだは水に沈み、なきがらは火に焼かれて、今またこのひとを見るよしも無い。ただ目をあげて……「桜桃」の作者みずからエピグラフに録している詩篇のことばのように、

——われ、山にむかひて、目を挙ぐ。

（『新潮』一九四八年七月号）

小説太宰治

檀一雄

こんな小説を書くことにならうとは——などと神妙な顔をでもして云つたならば、きつと太宰が噴きだすだらう。

「いや、書くだらう。俺が死んだら、きつと、書くに違ひないと思つてゐたよ。嫌だね——ぞつとするね」

だから、私は気が楽だ。到頭、その時節といふ奴が、到来したわけだ。私は、妄動の悪徳を、遂に押へきれぬのである。

向うから、その男がやつてきた。ハンチングを斜めに冠り、二重まはしの袖をマントのふうにそよがせて、「ヤ、先日は」

「僕んとこ?」と古谷は云つた。すぐ側の、古谷の自宅を訪ねてくる途中かと云ふ意味だ。

「でもいいんだ。出かけるところだらう?」とその男はハンチングの庇に手をやつたまま、しばらく頰を染めるやうである。出かけるところに、訪ねて来た。それを自分の負目に転化するふうの素早い苦悶。

瞬間私は、秀抜な写楽の似顔絵を見るやうだつた。

「うん、済まないけど、ちよつと出かけるとこなんだ。檀さん、紹介しよう。こつち、ほら、太宰さん」指されて、男はハッキリとハンチングを脱ぎとつた。油の切れた蓬髪が叩頭につれてパラリとかぶる。

「ダ、ザ、イです」

「こつち、檀さん」

「檀さん」

「ぢや、又」と太宰は云つた。古谷は気の毒さうにためらつて、

「明日にも、出直して来ない?　今日ちよつと約束があるんで」

「いいんだ。いいんだ」と太宰は、それを甘く揉み消すやうに、くるりと後がへり、それから歩いていつた。脊丈は五尺七寸ぐらゐか。

心持猫背の長身が、いはば憂愁に耐へるふうに歩み過ぎた。

昭和八年の、何月のことだつたか、今思ひおこせない。私が古谷綱武と知合になつてから、やうやく十日目ぐらゐのことだつたらう。

実は、古谷にすすめられて太宰の作品を、二つだけ読んでゐた。

作品は「魚服記」と「思ひ出」の二篇である。「魚服記」は「海豹」に載つたもの。「思ひ出」は同じく「海豹」に分載されたものを切取つて厚紙で表紙をつけ、それに少女雑誌の挿絵風に可憐な薔薇が一輪描かれてあつた。

不思議である。その薔薇の一輪描かれた厚紙の表

紙のことを考へると今以て全く不思議である。まさか古谷夫人がこんなことまでして保管してゐた筈はない。

又、古谷その人でもない。とすると、太宰である。或は太宰のところの初代さんだ。後に「晩年」出版の折、大きな原稿入の封筒の中に入れられて、この厚表紙の「思ひ出」がやつぱりあつたから、古谷が太宰から借りてゐたものにまちがひないやうだ。

古谷はこの「思ひ出」と「魚服記」、それから尾崎一雄の「暢気眼鏡」木山捷平の「父の手紙」中村地平の「木つつき」中谷孝雄の「雑草」浅見淵の「コップ酒」長崎謙次郎の「雷霆」大鹿卓の「蕃婦」、これだけを私に是非読んで見よ、と云つてゐた。

みなそれぞれ面白いものだつたが、別して私は太宰の作品に心惹かれた。作為された肉感が明滅するふうのやるせない抒情人生だ。文体に肉感がのめりこんでしまつてゐる。

「太宰に会ひたいんだけど」と私は躊躇なく古谷に云つた。

「ああ、才能は素晴しいが、ちよつとつき合ひにくい処のある人だよ。そのうちきつと又来るよ」古谷がその時云つたやうに記憶する。

それから四五日が過ぎた。私は大抵毎日古谷の家に遊びにいつて、夜は酒を馳走になるならはしだつたが、心待ちの太宰はそのまま来ないやうだつた。

が、ある日。未だ自宅に寝てゐるところへ、古谷の家の女中さんがやつて来た。

「檀さん。太宰さんが見えてます。すぐ来て下さいね」

出かけていつた。二階の古谷の居間に入つてゆく。太宰と古谷は将棋をさしてゐる。私はこんな遊びは全く知らないから、しばらくぼんやりと見てゐるうちに、

「あ、負けたね」さう云つて、太宰は指先から将棋の持駒をパラパラと盤の上にこぼしはじめた。

「まだ、負けてないよ。金の下へ下れるぢやないか」

「いや、負けた」

「さう」

古谷は笑つて、肯いてゐる。太宰の方は妙に脆い、素直な負け方のやうだつた。それとも来客の私の方へ気兼ねでもしたものか。

「太宰くん。こなひだの小説読んでみた?」

古谷は私の「此家の性格」を太宰に読ませたやうだつた。

「いいもんだ。随分、いいもんだ。井伏さんも賞めてゐたよ」

「さう。檀さんがまた、君の小説を馬鹿に賞めてゐる」

古谷の声にしばらく太宰はドギマギしたやうだつた。それをたてなほしでもするやうに、

「ヒドイもんだ。薬は、ねえ。歯が痛くつちや、やり切れないからアスピリンを飲んでゐたら、あれは、耳が聞えなくなつてきて、眼が黄疸になるんだね。ヒドイもんだ、四五日寝たよ。古谷君。君も気をつけた方がいいよ。アスピリンは」

「何錠、飲んだの?」

「ウ……ウン」とちよつと微苦笑のやうにためらつて、「一箱だ」

「当り前さ。良く死ななかつたよ、君は」

「さうかねえ。そんなもんかね」

この人は、平常自分を戯画化するならはしか。特徴のある含羞の表情でさう笑つた。

が、酒は豪酒のやうだつた。額ににじんでくる汗を大きな麻のハンケチで拭つて飲んだ。脂がうく顔で、鼻が馬鹿に大きかつた。声はよく響く。

少し乱れると胸毛が見えてゐた。アイヌの族である。いや、ロシヤ人のやうだつた。

煙草をパッパッとやたらにけぶす。それを灰皿の上で、ていねいにヒネリつぶす。然し眼は何処か夢見るふうだつた。

「良かつたら、いつか遊びにやつて来ない。古谷君と」と、その顔がためらつて、

「何処です?」私が訊くと、やうやく心が安定したとでもいふうに、感じのある地図をサラサラ描き、

飛島方　太宰治

「ここです。間借りでね。古谷君も一緒に来ない?」

「ああ、でも、こつちへおいでよ。こつちは二人なんだから」

「ああ、来る。ぢや」といふ太宰に続いて私も古谷の家の階段を降りていつた。玄関で古谷と別れた。表に出る。ちよつと物足りなさうな太宰の表情が、宙を迷つて、「ぢや」

そこで、二人は別れていつた。生憎私も金の持ち

合はせが全く無かつた。特徴のある、例の猫背のトンビ姿が、向うの方へ消えていつた。

　私は一度家に帰つたものの落着けなかつた。更めて、「魚服記」と「思ひ出」を読み直した。耐へてゐる文脈が、甘美で、不吉だ。

　追ひかけようと決心した。地図に頼つた。東中野から荻窪にゆき、荻窪の、その寿司屋と地図にしるされてゐる辺りから折れこんで、飛島家を尋ねあてた。地図の通り裏庭の木戸から入る。

　かなりの広さだ。案内を乞ふと、色の白い東北系の美人が出て、下から大声の方言で二階と呼び合つた。階上も女の声である。

　やがて眼鏡をかけた女の人が降りてきて、「どなたですか」

「檀です」

　といふと、二階にとりついで、又降りてきた。夫人に相違ない。

「どうぞ」

　私は階上に上つていつた。

　丁度日没間際のやうだつた。二間である。こちらは居間に相違ない。極めて小さい、真四角の緑色の火鉢に太宰は手をかざしてゐたが、私を見付けると、意外だといふふうに、然し微笑が押へ切れず、

「ここが、いいんだ」

　窓に近い方へ火鉢をずらせながら、夫人の敷いてくれた座布団の位置を換へさせた。

　灯りをつけない。表情がよく見えなかつたが、私は落着いた。小さい火鉢に炭火がカンカンおこされてゐた。

　太宰が何か眼くばせすると、夫人は階上から大声で下の夫人に話しかけた。はげしい東北弁で、私には通じない。最後に太宰が一声、やつぱり私には通じぬ訛りで声を上げると、交渉は終つたやうだつた。

　夫人が階段のところまでいつて、一升瓶を提げてきた。それを徳利に移し夫人は鉄瓶の中にぬくめてゐる。

　鮭罐が丼の中にあけられた。太宰はその上に無闇と味の素を振りかけてゐる。

「僕がね、絶対、確信を持てるのは味の素だけなんだ」

　クスリと笑ひ声が波立つた。笑ふと眉毛の尻がはげしく下る。

「飲まない？」

　私は盃を受けた。夫人が、料理にでも立つふうで、階段を降りていつた。

「君は――」

　と、私はそれでも、一度口ごもつて、然し思ひ切つて、口にした。

「天才ですよ。沢山書いて欲しいな」

　太宰は暫時身もだえるふうだつた。しばらくシンと黙つてゐる。やがて、全身を投擲でもするふうに、

「書く」

　私も照れくさくて、ヤケクソのやうに飲んだ。

　人はキザだと云ふだらうか。然し私は今でもその日の出来事をなつかしく回顧出来るのである。

　ここで私は、この作品を書き継いでゆく上の方法を明瞭にしておかう。私は私達の暗い交友を、今、文筆の上に再現出来ようとは思はない。殊に太宰は死んで終つてゐる。

　私は故人に対して大きな責任を負ふだらう。といふ事は、太宰が描いた全作品が、この未熟な私の文章に対して激しい抗議を示すだらう。

　太宰は太宰の生涯を完璧に描いてしまつてゐる。死を以て完遂された文芸を前に、より豊富な幻影を、太宰の亡んでしまつた肉体に附与し得るであらうか？　はかない慰戯に近いだらう。

　ともあれ、人生を誘導するといふ至難の事業に対して、与へられた生命と、自覚と、岐路と、蹉跌と、その育成の様相を私流に回顧するだけだ。

　その次に太宰家をたづねた所が、何処であつたか、今私は思ひおこせない。私の記憶の上では経堂病院の二階あたりではなかつたかと考へたが、井伏さんの「十年前頃」といふ記録を読んで、私の印象の排列に、大分錯乱があることに気がついた。

　といふのは肋膜といふ診断で太宰夫妻が（初代さんは勿論附添ひといふ訳だ）入院した経堂病院の生活は、飛島氏の二階を間借りした前のことだと、井伏さんの文章に見えてゐる。更に、入院生活の前は北さんの家の間借り生活をしてゐたと明記されてゐる。

　ところで私は、初代さんから、

「津島、随分ふとつたでせう？」

　と、その病院で云はれ、太宰の顔を、眺めなほしたことを妙にはつきりと覚えてゐる。さう云はれて馳走になつた海老のカレーライスを、ああこの栄養

昭和10年秋、湯河原にて。左より檀一雄、太宰、山岸外史、小舘善四郎

料理のせゐか、と思ひながら喰べたからだつた。
その時期は夏だつた。いや、夏でないにせよ、冬でなかつたことに間違ひない。何か麦か、稲穂のやうなものが病院の周り一面に黄色かつた。いや、コスモスか。

二階の八畳間ぐらゐの日本間だつた。入院といふより、夫妻でまるでアパートにでも住んでゐるふうの風情だつた。太宰はタオル地の寝巻を着てしきりにクスクスクスクス笑つてゐた。太宰は見栄坊だから、前後を通じて性的に夫妻が自足してゐるやうな時期の感じを受けたことは一度もなかつたが、この日だけが例外だ。

この時のことはどう考へても、私が、もう太宰とも初代さんとも、馴れてしまつた後のことだつた。とすると、私は北さんの家で太宰夫妻と初めて会つてゐなければならないことになる。私は北さんの家に行つたことも、勿論あるにはあつたが、これは太宰と同道で、もう本人は北さんの家には住まつてはゐなかつた。

私のおぼろ気な記憶に従へば経堂の入院生活は、阿佐ケ谷で行つた盲腸手術の予後静養だつたやうな気ばかりする。

さうして、それは飛島氏の家に太宰が越していつた後のことでなかつたなら、私の記憶のつじつまが合はなくなつてくる。

不思議だ。一度井伏さんにお聞きして、記憶の先後を納得のゆくやうに匡《ただ》しておきたいものである。

何れにせよ、太宰への「天才宣言」は飛島氏の二階の部屋だつた。さうして、それが太宰家訪問の第一回目のことだつた。これだけは印象が明瞭だ。「海豹」といふ雑誌がつぶれ、その後古谷と「鷭」を計画して「葉」を受取つた前後のことだつたに相違ない。昭和八年、太宰二十五、私二十二の暮れだらう。

　だから、私と太宰の主な交友の期間は、昭和八、九、十、十一、十二年の夏までだ。さうして、太宰の生活と私の生活とが殆ど重つて、狂乱、汚辱、惑溺の毎日を繰りかへしたのは十、十一年の大半だ。太宰の移転していつた先は荻窪、船橋、諸病院、それから又荻窪。

　溺れる者同志がつかみ合ふふうに、お互の悪徳を助長した。私は昭和十二年の七月二十五日、桜井浜江の家に妹が召集令状を持参してきてくれた時程、生涯にほつとしたことは他に無い。

　私達の遊蕩、飲酒、懊悩、安息の場は玉の井、新宿にきまつてゐた。玉の井は十、十一年の船橋に移る迄。新宿は十二年、太宰が荻窪に舞ひ戻つてからである。

　太宰は大抵制服、制帽でやつてきた。家が出やすい為でもあり、私の処に入りやすい為でもある。私も亦、制服制帽で太宰の家に迎へに出た。後に玉の井行は山岸外史が加はつた。また、時に初代さんの叔父さんといふ人が加はつた。十二年の新宿行の頃は、山岸外史の外、更に塩月赳が加はつた。

「檀、くん」

　と、太宰は実に優しい声で、私の家の門口で呼ぶならはしだつた。妹がゐたからである。女子美術に入る予定になつてゐた。私は、これを「人質」と呼んでゐた。家郷からの送金を円滑にする為である。

　太宰は制服の上に誠に短い褐色のオーバを着込んでゐた。門口から私を誘ひ出してしまふことは決してなく、先づチャーミングに談笑しながら、必ず、編上の靴をぬぐ。

　そはそはと、然しきまつて食卓の前に坐り、ちよつと布巾を除けてのぞいたりする。

「太宰さん。もう昼御飯おすみになりました？」

「もう、午？　まだだらう」と大仰に驚いたふりをして、

「喰べるの、君？」と私が云ふと、

「御免だ。君もよしたがいいよ」などと答へるが、妹が、

「どうぞ、召し上つて下さい。太宰さん」

「よし、檀くんも喰べたがいいよ。喰ふほどいい。頭が冴える」

　例の通り、つづけざまに煙草をパッパッと喫つてはひねりつぶし、こんな言葉を連発する。

「赤いお箸と、味の素。出してくれない。寿美ちやん」

「はい、わかつてます」

「早いね。わかるね——寿美ちやんは。もう決つた、学校？」

「いいえ、まだです。兄さんは日本画にしろつて言ふんですけど、どうかしら」

「そりや、もう日本画にきまつてゐる。女の子の、油絵とスキーね、これは御免だ。大きな道具をかついで。あれをやるぐらゐなら、寿美ちやん、体専にでも入つて、砲丸なげの方がよつぽどいいよ」

　しばらく妹を笑はせてから、

「ぢや、行かう。檀くん」といふふうにすべりだすならはしだ。

　一歩、家を出ると、思ひ切り晦渋な顔になつて、しばらく黙る。

　それでも、初めのうちは大学の周辺までは出かけていつた。金があれば銀座で飲み、（もつともこんなことは稀だつたが）直接玉の井に自動車を駆るのである。

　玉の井の角から二軒目に、壮烈なコップ酒屋があつた。アサリ貝の塩汁がお通しで、酒が一杯九銭だつたやうに憶えてゐる。騒然と日傭労働者風が飲んでは立ち去る中で、壁一杯に張りめぐらせた大きな安鏡をにらみつけながら飲むのである。

　太宰と二人だけの時には、自宅以外では余り文学談はしなかつた。さりとてほかに人生の快事なぞはない。忍苦の顔で、沈痛に大酒をのみあつた。それから、意気上るのである。よく珍々亭といふみすぼらしいカフヱに入りこんだ。

「礫《つぶて》の弥太」「隼《はやぶさ》の銀次」と呼び合つた。意味のあることではない。ヤケクソだ。よく地廻りから殴られなかつたものである。大いに歌つた。

　　走れよ　トロイカ
　　　吹雪を　衝いて　走れよ

　酔うて音階の狂つてしまつた太宰の顔と、そこの小娘の顔を今でもはつきりと覚えてゐる。ザアザアとあへぐレコードを際限もなくかけさせた。眼の下に細い傷痕がみえてゐる少女である。

「あら、もう泊り。まだ早いわよ」と出がけにいつも少女は云つた。

　地獄の門口の茶店だつた。さう云はれるといつも後髪を曳かれるやうな、可愛い声だつた。

　然し、見よ。立並ぶ軒先の狭い四角の明り窓からは、ほぼ一丁近い間、軒毎に、

「ヨー、ダザイ」

「ダンカズオ」

　口々に女の歓呼の声である。私達は選り好みはしなかつた。手当り次第、迅速に女の部屋にかけ上つた。二人、相手がゐさへすればよい。屢々間違つて相手の女が入れ換つてゐることに気がついた。女は嫌ふのである。

「あら、でも、もういいわね、仕方がない」

　どうでもよかつた。同じ部屋にごろごろと布団を敷きつめて寝ることもあつた。

　それが一たん家に帰れば、私が半月とまつても決して夫人と同一の部屋に寝るのを嫌ふ性分の男が、娼家だけは平気で女をかきよせて眠つてゐた。

「檀くん。二三人の男と通じた女は、これや、ひどい。穢ないもんだ。だけど千人と通じた女は、こりや、君、処女より純潔なもんだ」

　それは二三度、太宰が私に云つた言葉である。私は其の度に肯いた。千人と通じる方は私にもよくわかつたが、二三人と通じる方は、太宰の想像か？想像にしては語感が哀切だ。太宰の生活の中にある事実を洩らす苦しみだらうと、さう思つた。

　私達の玉の井行は次第に一軒の家に集約されていつた。太宰の郷里近い海辺の女がゐたからだ。洋子と云つてゐた。どこと云つて風情のある女でも何でもない。ただ時々、例の津軽訛りで喋り合つてゐるのはうらやましかつた。

　長い描き眉毛で、少し胸を患つてゐるやうに思はれた。言葉は甚だ明晰である。よく文壇人の噂をしてゐたが、太宰はここだけは飽かずに通つた。この家に通ひ出してから、来るのは、太宰、山岸、私の三人になつてゐた。

　太宰が、その洋子といふ女学校卒業とかの娼婦に、どれだけの関心をもつてゐたかは、わからない。いや、おそらく何の愛情も、寄せてゐなかつただらう。が、いつもの通り、恋ひ焦れて、通つてゐるやうに、無理に人にも思ひこませ（或いは、自分でも思ひこまうと）努めてゐたやうだ。

　たつた、一度だけではあるが、私は、この「抜けられます」の通りの中で、太宰と何の打合はせも約束もなしに行違つたことがある。友人を女のところに送りこんで、丁度その家に女が一人きりしか残つてゐなかつたのを幸ひに、相当遅く、一人よろよろとよろけて、帰るところだつた。

　太宰が、その曲りくねつた路地の中を、向うから歩いてきた。太宰の頬に、時々両側ののぞき窓の明りが、無意味に照る。遅かつたから、大抵もう、札止め（？）の赤ガラスだ。太宰は、何か滅入り込む

昭和15年春、三鷹の家の縁側にて

やうな、無意味な晦渋の顔だつた。と同時に、放心しきつた、衝けば、今にも崩折れるやうな姿だつた。

　私はやりきれなかつた。黙つてやりすごす。声をかけようと思つて、何となくそのまま行違ふのである。しかし、後ろから追ひかけた。

「津島君」

　暫時、太宰は立ち止つて、自分の表情が仲々決定しないとでもいふやうだつた。

　やがて、例の揶揄しながら、自分の悲哀を微笑に移してゆくふうの、ヤケクソの快活の色が目に浮んで、

「やつぱし――ねえ」

　それから笑つた。可笑しさがこらへきれず、二人でいつまでも笑ひ合つたことを覚えてゐる。二人の足はいつの間にか、線路を越えて、洋子の家に向つてゐた。

　その頃、私が娼家で作つた詩があるが――。

雲霧の宴

人は針の筵《むしろ》といふけれども、私は
雲霧の筵に坐つた思ひで　津島修治

神様の弾丸はわしらの胸をつらぬいた
業罰の硬直をわしらは尊大にすりかへる
雲霧の宴を張らう

きみの胸にはまだ一枚の蝶が舞ふ
わしの胸には何やら小づらにくい小鳥が飛ぶ
小鳥がわしをねらふか
わしが小鳥をねらふか

雲霧の宴のさなかにも
わしははや墜落をまぬかれぬ
既に傲岸の足許から

また頭脳の逆上をしりめに
女の腹のへりに水洟をたらすは
えい、末世の法

　津島修治が太宰治だといふことは、勿論もう誰でも知つてゐよう。

　そんな日の朝のことだつたらう。十一時頃、例の悪夢を振り払ふやうに、ムツクと起き、それでも今から何処へゆかふといふあても無く、太宰と二人、ケバケバした緋縮緬の座布団の上に、太宰の口癖の言葉をかりれば雲霧の筵に坐つた思ひで向ひ合つて坐り、ぬるい茶を啜りながら、何も語り合ふこともなく、黙り込んでゐた。

　こんな裏町の隅々にも、陽は照るかと、まぶしい程の朝陽だつた。女達は甲斐々々しく布団をあげ、払塵《はたき》をかけ、唄をうたひ、クックッと笑ひあつてゐる。

　布団をかかへる娼婦の尻を見やりながら、

「羨ましいね、数さん達は。いや、いい」と、半ば一人ごとのやうに太宰は云つたが、数千代といふその女は、クルクルと目を見開いて微笑に移り、はづみをつけるやうに布団を一度ドスンと、畳の上に置いて、

「はたで見る程、楽ぢやないわよ」

「うむ」と、太宰も私もしばらく声もなく嘆息した事がある。

　こんな無意味な放蕩の帰路ほど味けないものはなかつた。何の快楽を追つたといふのだ。太宰の女房の衣類、私の妹の衣類、これらはあらかた次々と質に入つてしまつてゐる。それはそれとしても、まるで苦行の使徒の、女郎買ひのやうだつた。

「ブレック、ファスト」

　私は今でも、あれを、忘れない。朝の閑散とした開店早々の明治製菓に出かけていつて、きまつて五十銭の銀貨を二つ出し、

「ブレック、ファスト」

　すると、通ひ馴れた私達をチラと流し見ながら、白いエプロンの少女が、バタ附トーストと、半熟玉子と、一杯の牛乳を持つてきてくれるのである。私達はつぶさに自分々々の寂寥を点検しながら、日課を終る。

　さて、二三日、或は一週間もあけた家の方に向つて、重い足を曳摺るわけだつた。

　私が一番こはかつたのは、留守の間に妹が、強盗にでも合つて殺されてゐはしないか、といふ事だつた。

　私は、また太宰の家への帰り方をよく知つてゐる。真直ぐ家に這入れない。とつおいつ、さんざん迷つて、家の周囲を遠巻きに迂廻する。家には不吉な事が起つてゐるに相違ない。不吉な電報。不吉な手紙。太宰はこれを極端にこはがつた。後に船橋に移つていつてからは、ちよつと散歩に出ただけでも、もうこはがつて家に戻れない。


昭和23年3月、三鷹の陸橋にて 撮影＝田村茂▶

私だつて、家に幸福が待つてゐようとはつゆ思はないが、それにしても太宰の、この強迫観念は異常だつた。

　しかし、又とめどなく快活な日がある。そんな日は、饒舌で、限りないウイットにあふれてゐた。少し時日が前後するかも知れないが、太宰と、山岸外史と、私の三人で、上野の池の端を歩いてゐたことがある。この日も、たしか、玉の井の帰りだつたと思ふが、季節のせゐか、みんなしきりに、浮き立つてゐた。

　夕陽のやうだつた。水面に光りがキラめいてゐた。私達は、まあ、歩きながら、悲哀の添ふ猥談とでも云ふふうなものをやつてゐた。

「ねえ。檀君、包茎といふものは、これはいいもんだ」と、太宰である。

「さうだよ。ギリシャの彫刻はどれを見たつて、みんな包茎さ」

　と、山岸である。

「すると、俺達の文学は、包茎の文学といふわけだ。こりや、ひでえ」

　と、太宰が体をゆすり、ころげるやうにして笑ふ。

「つましくもあり、悲しみも添ひ、又、やけくそでもあるわけか」

　と、私。

「含羞の文学」と太宰はしばらく含み笑つてゐたが、

「原因は、僕は例の過度のアンマぢやないかと思ふんだ」

　太宰はオナニイレンのことをいつもアンマといふならはしだ。

「さうか。あれかも知れないね」と、山岸。

「いや、たしかにアンマだ。檀や俺の猫背だつて、こいつが原因だよ。さうだ。それにきまつた。まあ、山岸さんが一番おぼれなかつた方かな。それとも、シンが強いからか。強いからねえ」

「さうかも知れない。まあ、君達よりは、俺は太陽を信じる方だから」

「時に山岸さん。包茎で、こんな思ひをした事がなかつたかねえ。童貞の証拠だといふんだ」

　何を云ひ出すのかと、私達は、太宰の顔を見つめると、太宰は可笑しさうにクスクス笑つて、

「本郷にゐた頃さ、毎日通ひ馴れた銭湯があるんだ。そこにちよつといい子がゐてね。センスのある子なんだ。生毛のふるへる白い子でね」

「わかるね。夕方、浴衣のよく似合ふ子ぢやないか？　髪がちよつと赤ちやけて」と、山岸。

「さうだ、さうだ。そんな感じのある子がね、いつも僕をじつと見つめてゐる。妬くなよ。とても信頼してるんだ。そいつが、よくわかるんだ。ところがねえ、そいつが、原因があるんだ。なに、自惚れることは無いさ。僕を童貞だと信じてゐてくれてるんだ。つまり、その包茎を、童貞の証拠だとばかり思ひこんでゐる。毎日つましくちよつと見る。ああやつぱり、童貞でゐてくれた、といふ顔なんだ。信じてゐる顔なんだ。毎日、こんなちよつと早目の夕暮れに、僕は風呂に這入つたもんだがねえ」

　ハハハと太宰が、肩をゆすつて笑ひだした。池の端の夕景色と、ぴつたりマッチした作り話しだつた。創作に違ひない。

　太宰はよく、自分の妄想から産んだ創作の構想をたくみな時間をとらへてすべり出すやうに語るならはしだつたが、この話も太宰らしい雰囲気のともる、好短篇に思へた。話が、話だけに筆にならなかつた迄の事である。


　さて、玉の井の「洋子事件」が新聞に大々的に報道された時に、太宰は何の反応も示さなかつた。徳田一穂氏が、洋子を自由廃業させ、それを自宅にかくまつてゐる。秋声先生の談話迄添へられて、紙面は賑はつてゐたが、太宰は別段、驚きも悲しみもせず、その新聞を読んでゐた。

　水の低きにつくやうに、私達は女のゐる河岸《かし》を変へたまでである。

　繰り返すやうに、太宰は女を自分の妄想の広がる素材として見るだけで、真実の恋愛に発展したためしを見た事がない。ここで女との交渉を時間の順序にかまひなく、回顧してみるが、玉の井の洋子がさうであり、新宿のひとみがさうであり、熱海の松さんがさうであり、まあ、これらはいやしい娼婦だとしてみても、荻窪の麗人にせよ、その他すべての女性と、有機的な恋愛に進展したためしはなかつた。ただいつも一方的な、妄想発展の糸口であるといふに過ぎなかつた。

　スタンダールが、恋愛の結晶作用について語つてゐるが、しかし、太宰ほど、全く架空の根拠から、勝手な妄想を描く男は珍しからう。

　たとへば、「八十八夜」の中のユキさんや、女中さんなぞを読みすすんで、ああ、熱海の松さんのた

ぐひだと、私は頬笑ましいばかりである。

　太宰の第二回目の自殺未遂事件がおこつたのは、昭和十年の春の事であつたらうか。井伏さんにでも聞けば判然するが、私は時間の記憶は殆ど無い。ただ、それが未だ太宰の飛島家の間借りの頃だつた事、「青い花」といふ一冊でつぶれた同人雑誌を作つた前後の事だつた。

　ここで思ひついたから、太宰の読書について少しばかり述べておく。太宰は平常、机辺に書籍を置かないことを常とした。いや、どの時代にも蔵書といふものは、殆ど皆無だつたことを私は知つてゐる。

　古びた辞書が一冊、それから明治頃の版によるのだらう、活字の大きい古い枕草子が一冊、多分、これは露店の十銭ものででもあつたのだらう。しかし、一度読んで安心のゆける本は太宰は精読するたちだつた。これも又、旅行と同断である。一度読み染んで安心のいつた本でないと読まないわけだ。自分から書籍を読みあさることは決してなく、人にすすめられ、納得してから、おもむろに読んでゐる。それが気に入れば、繰り返し繰り返し読んでみるといふのが、太宰の読書の自然な流儀であつた。

　私がすすめて読み耽つたものに、花伝書があつた。また、保田にすすめられてしばらく斎藤緑雨に読み耽つてゐた時期がある。

　さて、太宰の座右の書を、もう一度あげるなら、(座右と言つても、繰りかへすが決して机辺には置かずほんの五六冊押入の隅に隠してつみ重ねてゐただけであるが)大抵夜店あたりで買つた、十銭古本のたぐひで、兼好の徒然草。まあ、日本の古典では枕草子と徒然草を繰りかへし繰りかへし精読してゐただらう。但しこれは決して趣味的読書ではなく、至るところに応用、転化出来るぐらゐの、全く血肉の読書であつた。それから円朝全集。太宰の初期から最後に至る全文学に落語の決定的な影響を見逃したら、これは批評にならないから、後日の批評家諸君はよくよく注意してほしいことである。

　太宰の文章の根幹が、主として落語の転位法によつて運営されてゐる事を忘れてはならない。ただし落語は寄席にこる趣味といふのでは決してなく、講談社の落語全集であれ、道端の十銭の落語本であれ、それを拾ひ買つて来て、読み耽つてゐただけのことである。

　それから「柳樽」これも又太宰が各時代を通じて手離さなかつた、愛読の書であつた。

　上田秋成。西鶴。芭蕉。繰り返すが、決して全集を集めるとか、そんな事をやるわけではなく、たまたま買つてきた古本の一冊を絶えずよみ耽るといつた按配だ。まあ、これだけが太宰の文学の殆ど全根幹を形づくつてゐただらう。それに金槐集なぞ、時に読んでゐたかも知れない。云ふまでもないことだが、太宰の文学が西洋につながるものだなぞと早合点してはならない。あれ程、日本文学の湿気の多い沼の中に深く根を下してゐた、文学は少いことを、私ははつきりと知つてゐる。言ひ忘れたが、お伽草子、黄表紙のたぐひ、それに伊曾保物語。これも又、太宰がひそかに押入の隅にかくし持つてゐた僅かの蔵書の一つである。

　記紀や万葉は勿論読んだかも知れないが、繰り返し読んだとはいへないだらう。源氏ははつきりとは断言出来ないが、読んでゐなかつたと私は考へたい。つまり、枕草子から始まる、唯今列記した書籍類は、繰り返し開いては読んで、血となり肉となつてゐた。

　それから、近世では鏡花、泡鳴、荷風、善蔵、あたりではなかつたらうか。

　さて、西洋の部であるが、まあ聖書だらう。ただし私はあまり興味がなかつたから、聖書について語りあつたことは殆どない。大抵山岸と二人怪気焔を挙げてゐた。つまり、愛とか、苦悩とか、信じるとか、そんな大それた言葉の濫用は私の郷家の封建の気風に、全くないので、口にするのが恥づかしかつた。

　太宰が、手紙の中で絶えずこれらの言葉を濫発するのを、いつも奇異な心持で眺めたばかりである。

　何といつても、西洋の文学で太宰の一番の愛読書はチエホフだ。短篇のすべての根幹にその激しい影響が見られるだらう。

　太宰は長い小説は書くのも嫌ひのやうであつたが、読むのも面倒のやうだつた。「スタソォロギン」と絶えず口走つてゐたが、もし読んだとすれば、悪霊とカラマゾフの兄弟が一番長い小説だつたらう。チエホフの短篇は、しかし随時古本屋から買ひ改めて来ては、こそこそと読んでゐた。

「決闘ぐらゐの小説が書けたらねえ」太宰はよくそんなことをいつてゐた。

　それから、プーシュキン。これは太宰の西洋気質を刺戟し、導いた一番のものだつたらう。オネーギンやスペードの女王は、太宰がこつそり開いて随時堪能した西洋憧憬の根源である。

「生くることにも心せき、感ずることも急がるる」

　これ程鍾愛した太宰の言葉は、他にないだらう。レールモントフ。これはその生活の上から太宰に顕著な興味を与へたやうだつた。

　何処の版であつたか、又、何といふ小説の訳本であつたか、今、全く忘れたが、コーカサスの谷の多い台地の上を、飄々と歩いてゐる、レールモントフの口絵を太宰が飽かず眺めて、嘆息してゐたことを覚えてゐる。

　イギリスでは、何といつてもシエークスピアだらう。取り分けハムレット。「左の目に憂愁。右の目に……」という言葉は又太宰の随分好きな言葉だつた。それから、バイロン卿だ。太宰だつて、ひそかにあのヘレスポント海峡は泳ぎ渡つてみたく思つたことだらう。

　また、サロメは愛読した。いや、「獄中記」はやつぱり太宰の愛読の書であつたらう。

　アメリカでは勿論ポーだ。

　大ゲーテはあまり太宰は読まなかつたが、多分「ヘルマンとドロテア」を開いて読んでゐたことを、一度だけ覚えてゐる。

　寧ろ鷗外の手引で、シュニッツラーの「みれん」や、クライストの「地震」なぞの方が好きだつたらう。いふまでもないことだが、鷗外ぐらゐの名訳でなければ、太宰は馬鹿々々しくて西洋のものは読まなかつた。

　さうだ。登張竹風の「如是説法」、生田長江の「ニーチェ全集」は、これは太宰の最大の蔵書であつた。

　それから、時折買つては売つてゐた、鷗外全集の翻訳篇。「女の決闘」の中に書かれてある通りに、これは繰りかへし読んで飽かなかつた。

　東大の仏文科に在籍したといつても、フランス語は目に一丁字もなかつたから、マラルメ、ランボーなどと口ばしつても、なに、その解説に胸をときめかすだけで、納得のゆく読書にはなつてゐなかつた。ただ、青い何処かの文庫本で読んでゐた、フランソワ・ヴィヨンの「大盗伝」が、尤も納得のいつた面白いものだつたらう。それからエドモンド・ロスタンだ。

　ベルレーヌは、これは上田敏か、堀口大学の訳で読んだのであらうが、随分気質的に鍾愛したやうだつた。ラジゲの「ドルジェル伯の舞踏会」は、私がすすめた程の、面白い反応は示さなかつた。ジイド。ヴァレリ。時々読んでゐたのを覚えてゐる。まあ、太宰の読書は、これだけの通ひ馴れた道を、行きつ戻りつ、しかし、その都度思ひがけぬ甘い不思議な花を見つけて来る、といつたふうの読みかただつた。

　しばしば、気に入つた文句を、自分流の妄想で勝手に、改変した原文の章句を、これまた自分流に口調よく作りなほして、人に聞かせたり、引用したりしてゐたが、時に、原文の本旨と全くかけ違つたことすらある。

「選ばれたものの、恍惚と不安と二つながら我にあり」

「罪なくて配所の月」

　それから先程も引用した、

「生くることにも心せき、感ずることも急がるる」

などは、どうしてどうして、太宰の全生涯をゆすぶつたあまりにも鍾愛の文字であつた。

　それから北欧では、イブセンとストリンドベルヒ。中国の文献は「剪燈新話」以外、何を読んだか全く知らない。

　トルストイ。こればかりは太宰が語つたのを、未だかつて聞いたためしがない。

　それから、思ひだしたが、太宰はまた「三銃士」や「巌窟王」や「椿姫」などといふのは、これは熱読したやうだ。人生の「大活劇」や「大悲劇」ほど太宰が好きだつたものはない。

　心が鎮まつた日には、然し同じ気分で「サフオ」「サフオ」と云つてゐた。

　さて、蔵書といふことにはならないが、太宰のアルバムは開いてみる度に面白かつたから、少しく書いておく。

　太宰が今先述べた、諸文学から、どのやうに激しい影響を受けたかといふことが、誠に一目瞭然の写真集だつた。

　例へば、後ろのカーテンに、トランプの札を一杯はりつけて、その前に立つてゐる高等学生の太宰は、手に白い絹手袋をはめ、オーバーにはロシヤ貴族のふうに十幾つのボタンをズラリと並べ、眉のところをキユッとゆがめて写つてゐた。

　全くこんな生活をやらうなどとは、私の夢にも及ばないことだから、一驚してその写真を見ながら、太宰を眺めかへしたものだつた。

（『新潮』一九四九年七月号）

Ⅳ

太宰治を語る

太宰治試論
――太宰治の問いかけるもの

吉本隆明

太宰治の作品の、もっとも深いところから聴こえる声は、じぶんが、人間から失格している、じぶんは、人間というものがまるでわからない、という疎隔されたものの声である。この声は、かれが、生涯の危機に陥ち込んだとき、かならずあらわれている。けれど、太宰治のいう人間は、人間の本質のことではなく、他者がまるでわからない、また、他者との関係の仕方がまるでつかめない、そのために、他者に投影された人間の在り方から、異類のように隔てられているという意味につながっている。その果てに、他者の振舞いは、じぶんの心の動きからまったく予測できないという失格感があらわれる。こういう思いは、生き難い時代に生きているという実感や、他者との関係の仕方で、打ちのめされた経験に出遇ったとき、誰でも感ずるものにちがいない。そして、仮面をつぎつぎに身につけながら、心の打撃に狃れてゆく。これが、成熟の裏面にあるカラクリである。太宰治には、このカラクリが、身についたことがなかった。かれが、他者がまるでわからない、他者に投影された人間の在り方や、振舞いが、わからないというとき、いつも、はじめて打ちのめされたような、生々しい恐怖と、不信がつきまとっている。いわば、絶対的に他者がわからないという、不安な表情がみえる。

　少数の文学作品から、あるおおきな宿運にうながされて、不可避的に、どこかに連れてゆかれる人間の、悲劇を感ずるとすれば、たぶん、その作者の言葉が、ある絶対的な場所からやってくることに帰せられる。そういう作品に接したときは、じぶんの体験から類推して、作品のもつ不可避な悲劇が、理解できないことはない、といった読み方は成立たない。かりに成立っても、ある処までであり、そのさきは、おおよそありきたりの類推をゆるさない。わたしたちは、仕方なしに、こちら側に帰ってくるが、作品の方はあちら側に帰ってゆく。作者もまた、あちら側に、厄病神のように追いやられる。それで優れた文学作品をめぐる作者と読者との関係はおわりだろう。読者はいつも危険を忌むからだ。だが、少しまってほしい。あちら側に帰ってゆく作品や作者が、他人事でなく気がかりだという読者は、かならずいるはずである。そうでなければ文学作品も、文学者も、じつに哀れではないか。それらは、ただ紙の上で生き、紙の上で死んだということになるからだ。気がかりな読者だけは、作品や作家の跡から、見え隠れに尾行をつづけ、ついに、行き倒れて、朽ちてしまう姿を見とどけなければ、おさまりがつかない。かれには残念ながら、みすみす死地の方へ歩んでゆく作品や作者を、こちら側におしとどめる能力はないが、他人事でない気がかりさえあれば、その死にざまを見とどけることだけは、できないことはない。文学の周辺には、そういう悲劇的な関係の仕方も、ときにあるのではないか。わたしは、青年期のある時期、太宰治の作品に、そういう関係の仕方をしたことがあった。いまのわたしは、死んだときの太宰治よりも、年長になっている。これはかなり複雑な感じを伴ってくる。当時、みえなかった処が、少しみえるようになっているかと思うと、当時、瑞々しくみえた処が、色褪せてしまっている。良心的にいえば、こちら側の感受性が、ちっとも豊かにならないのに、年齢だけはくってしまったことだろう。わずかに、救いがあるとすれば、太宰治の姿は、いまでも、じぶんよりも、はるかに生き切った完結した像であらわれてくることだ。所詮、太宰治が、生涯にわたって、精いっぱい藻掻き、苦しみ、道化てみせた軌跡は、いまでは、作品のなかにしか求められない。この変りばえもしない現実の社会に、かれのどんな爪あとものこっていない。かれの作品から、わたしたちは、人間と人間の関係について、深い淵をのぞきこむような、ある戦慄をうけとりうるだけだ。太宰治は、作品からうかがうかぎり、人間は不可解なものだという恐怖にとらえられ、ついに、その恐怖から脱することができなかった。ひとは、誰でも、じぶんの心と行為の動きから、他者を理解しようとし、他者を理解することによって、人間と人間の関係の仕方を、少しずつ、おぼえ込んでゆく。そして、おぼえ込みが深ければ、深いほど、かれは人間にたいする洞察力が優れているということになるし、おぼえ込みが深くならなくても、それに狃れれば、人間通になることができる。わたしたちをとりまく世界を、人間と人間との関係の仕方としてみるかぎり、成熟とは、この何れか一つの方向に、むかうことを指している。太宰治に、悲劇があったとすれば、はじめに、じぶんの心の動きから推しはかって、他者を理解できない点にあった。そうしようとすると、他者は、じぶんとは、まったく異った根拠から養分をとり、まったく異った原則で生きている異類としか思われなかった。この思いは、生涯にわたって、深くなる一方であり、太宰治の作品は、最後まで、人間洞察を深めてゆく大作家の道のりも、人間と人間との関係の仕方に狃れた風化への道のりをも、示さなかった。最後まで、人間がわからぬ、人間は怖ろしい、じぶんは人間から仲間外れになっている、という嬰児のようなおびえのまま、立ちすくんでいた。時には、比較的安らぎを得た時期もあったが、誰よりも、太宰自身が、そういう時期のじぶんを、仮初めの姿としかみていなかった。そう思わせるほど、安定した感情生活は、短く迅速におわっている。ひとは、誰も、思いがけない出来事にぶつかって、不幸に見舞われる時期があるとすれば、太宰治は逆で、ときには、思いもかけずに、平安な感情生活を営む時期があった、といった方がよかった。

　さつきから、煙草ばかり吸つてゐる。
「わたしは、鳥ではありませぬ。また、けものでもありませぬ。」幼い子供たちが、いつか、あはれな節をつけて、野原で歌つてゐた。私は家で寝ころんで聞いてゐたが、ふいと涙が湧いて出たので、起きあがり家の者に聞いた。あれは、なんだ、なんの歌だ。家の者は笑つて答へた。蝙蝠の歌でせう。鳥獣合戦のときの唱歌でせう。
「さうかね。ひどい歌だね。」「さうでせうか。」と何も知らずに笑つてゐる。
　その歌が、いま思ひ出された。私は、弱行の男である。私は、御機嫌買ひである。私は、鳥でもない。けものでもない。さうして、人でもない。けふは十一月十三日である。四年まへのこの日に、私は或る不吉な病院から出ることを許された。けふのやうに、こんなに寒い日ではなかつた。秋晴れの日で、病院の庭には、未だコスモスが咲き残つてゐた。

（「俗天使」）

　この時期は、構成的には、なげやりな作品を、いくつも書いたが、実生活では、しかるべき結婚もして、安定した市民になりすましていた。手術後の痛みを和げるのに使った麻薬の常習から、中毒に患り、精神病院にぶちこまれたのは、四年前であった。かれの心の嵐は、地層の深くを流れていて、そこに子供の唱う鳥獣合戦の唱歌が、ふとひっかかってくる。「わたしは、鳥ではありませぬ。また、けものでもありませぬ。」というこうもりの歌は、人間洞察力を誇れる大作家にもなれず、人間の関係に狃れきった俗物にもなれないじぶんの、暗喩として聴こえてくる。それは、太宰の心の嵐を「涙」として表層に誘いだした。「私は、弱行の男である。私は、御機嫌買ひである。」という言葉には、通俗的な意味しかない。だが、「私は、鳥でもない。けものでもない。さうして、人でもない。」（「俗天使」）という言葉には、おおきな意味がある。太宰の心のなかでは、人間洞察力に形をあたえることもできず、人間を小馬鹿にして、鼻でくくった俗物にもなれないという嘆きは、どこか底のほうで「人でもない」という思いにつながっていた。なにが「人」であり、なにが「人」でないのか。この「人」という言葉の、独特の理解の仕方に、太宰治が演じた生涯と、作品の悲劇の鍵が、秘されているようにみえる。かれは、なにが「人」であるのか、ポジティヴに説きあかしていない。すぐに、「人」と「人」とが関係する世界を、「世間」という言葉で置き代えているが、なにが「人」でないか、そして、どうして、じぶんは「人」でないかは、〈人間失格〉と名づけて、生涯にわたって繰返しとりあげている。

　その人と面とむかつて言へないことは、かげでも言ふな。私は、この律法を守つて、脳病院にぶちこまれた。求めもせぬに、私に、とめどなき告白したる十数人の男女、三つき経ちて、必ず私を悪しざまに、それも陰口、言ひちらした。いままでお世辞たらたら、厠に立ちし後姿見えずなるやいな、ちえつ！　と悪魔の嘲笑。私は、この鬼を、殴り殺した。（「Human Lost」）

　なぜか、太宰治の決定的な人間不信感は、妻や、友人の、にこにこした笑顔にだまされて、車に乗せられ、精神病院にぶちこまれた、という体験からはじまっている。だが、実際には、手術の痛みを和げるためにつかった麻薬は、たちまち太宰の不安を捉え、ほとんど半狂乱になって、麻薬を手に入れるために、泣き落し、だまし、借金に、知友間を駆けまわり、ということになっていたはずである。ただ、享楽のために、一本の麻薬を、注射したこともなく、背後の家の重荷に打ちひしがれそうな、苦しみを和げるため、中毒になったとすれば、じぶんの半狂乱の姿を、妻や知友たちは、苦悩の姿として、みてくれるはずだと考えていた。「食はぬ、しし、食つたふりして、しし食つたむくいを受ける。」（「Human Lost」）というのが、太宰の言い分であった。だが、妻も知人たちも、そういう半狂乱を、文字通り半狂乱の中毒患者として遇した。その背後には、実家の意向が働いていたかもしれない。妻は、実家の意に逆らわぬために、その意向に諾々として従い、「十日間」も、病院を見舞うこともしなかった。このことは太宰の心をずたずたにした。しかし、どう考えても、ここは太宰治の甘ったれた独り角力ということになるほかない。ただ、太宰の方に分が無くても、打ちのめされたという体験の意味は変えることができない。この出来事を決定的な契機として、人間は信じられない、人間は、不可解な、裏表てをもった動物だ、愛とか、憎しみとか、嫉妬とかいう感情に実感がない、人間は恐ろしい、等々の失格感がおとずれるようになった。この失格感は、同時に、むき出しの存在感と表裏をなしていた。ほど良いという感情は消えてしまい、砂漠のように、渇いた無感情と、むき出しの、苛酷な情緒反応で、他者との関係をつくり変えてしまう。

「ひとことでも、ものを言へば、それだけ、みんなを苦しめるやうな気がして、むだに、くるしめるやうな気がして、いつそ、だまつて微笑んで居れば、いいのだらうけれど、僕は作家なのだから、何か、ものを言はなければ暮してゆけない作家なのだから、ずゐぶん、骨が折れます。僕には、花一輪をさへ、ほどよく愛することができません。ほのかな匂ひを愛づるだけでは、とても、がまんができません。突風の如く手折つて、掌にのせて、花びらむしつて、それから、もみくちやにして、たまらなくなつて泣いて、唇のあひだに押し込んで、ぐしやぐしやに噛んで、吐き出して、下駄でもつて踏みにじつて、それから、自分で自分をもて余します。自分を殺したく思ひます。僕は、人間でないのかも知れない。僕はこのごろ、ほんたうに、さう思ふよ。僕は、あの、サタンではないのか。殺生石。毒きのこ。まさか、吉田御殿とは言はない。だつて、僕は、男だもの。」（「秋風記」）

「殺生石。毒きのこ。」という、むき出しの情緒反応は、感情が、膜ひとつ隔ててしか、他者にむかわないために、しだいに、強い反応を強いて刺戟しながら、陥ち込んでゆく無感動の地獄といってよい。ほとんど病者と接する境のところまで、じぶんを追いこんでいる。ふつうの感情は、他者へ志向してゆくことで、意味を形成するのだが、膜で現実と隔てられているため、じぶんの感情が、じぶんにたいして疎遠にしか感じられない。そして、不安のあまり、強いて他者への情緒をよび起そうとする。けれど、いずれも擬感情としてしか、他者に作用しない。こういう世界は、無感動な、動きのない空疎が支配している。太宰が、病者と紙一重で、陥ち込んでゆく場所は、いつもここだったといってよい。

　僕には、昔から、軽蔑感も憎悪も、怒りも嫉妬も何も無かつた。人の真似をして、憎むの軽蔑するのと騒ぎ立ててゐただけなんだ。実感と

しては、何もわからない。人を憎むとは、どういふ気持のものか、人を軽蔑する、嫉妬するとは、どんな感じか、何もわからない。ただ一つ、僕が実感として、此の胸が浪打つほどによくわかる情緒は、おう可哀想といふ思ひだけだ。僕は、この感情一つだけで、二十三年間を生きて来たんだ。

（「新ハムレット」）

私は人間をきらひです。いいえ、こはいのです。人と顔を合せて、お変りありませんか、寒くなりました、などと言ひたくもない挨拶を、いい加減に言つてゐると、なんだか、自分ほどの嘘つきが世界中にゐないやうな苦しい気持になつて、死にたくなります。さうしてまた、相手の人も、むやみに私を警戒して、当らずさはらずのお世辞やら、もつたいぶつた嘘の感想などを述べて、私はそれを聞いて、相手の人のけちな用心深さが悲しく、いよいよ世の中がいやでいやでたまらなくなります。

（「待つ」）

これは、偽善がきらい、いい加減なごまかしがきらい、というのと少しちがっている。「お変りありませんか、寒くなりました」という挨拶は、それ自体では、いい加減なお座なりの挨拶ということになるだろうが、このもんきり形には、慣習の歴史と暗黙の約束が込められている。太宰が、どうしても理解できなかったのは、こういうもんきり形に含まれている〈暗黙の約束〉であった。じぶんに覚えがないのに、脳病院に入れられた。じぶんに覚えがないのに、褒められたり、けなされたり、愛されたり憎まれたりする。じぶんが求めないのに、他者との関係が仕掛けられる。太宰には、それが恐怖の象徴としてしか感じられない。けれど、人間が、他者とかかわりあう部分には、かかわりあいの歴史が疎外した〈暗黙の約束〉があって、じぶんたちの精神の閲歴を、黙って認めあっている。もんきり形の挨拶は、その意味では、少しも、いい加減ではないのだが、太宰には、本質的な意味で、歴史感情が欠けていた。かれは、他者とも疎隔されているし、自己の歴史である自己とも絶たれて、ぽつんと、偶然そこに在ったようにしか、存在しえなかった。そうなっていれば、人間と人間のかかわりあいは、半ばは、不可解に思われるのは、当然であった。〈暗黙の約束〉は、約束の中味が、個人でどう異っていても、〈暗黙の約束〉という一般性さえあればよいから、それぞれがあざむきあっているようにみえるか、いい加減のようにみえるかで、個々の人間は、傷つく必要はない。

互ひにあざむき合つて、しかもいづれも不思議に何の傷もつかず、あざむき合つてゐる事にさへ気がついてゐないみたいな、実にあざやかな、それこそ清く明るくほがらかな不信の例が、人間の生活に充満してゐるやうに思はれます。けれども、自分には、あざむき合つてゐるといふ事には、さして特別の興味もありません。自分だつて、お道化に依つて、朝から晩まで人間をあざむいてゐるのです。自分は、修身教科書的な正義とか何とかいふ道徳には、あまり関心が持てないのです。自分には、あざむき合つてゐながら、清く明るく朗らかに生きてゐる、或ひは生き得る自信を持つてゐるみたいな人間が難解なのです。

（「人間失格」）

自分は、皆にあいそがいいかはりに、「友情」といふものを、いちども実感した事が無く、堀木のやうな遊び友達は別として、いつさいの附合ひは、ただ苦痛を覚えるばかりで、その苦痛をもみほぐさうとして懸命にお道化を演じてかへつて、へとへとになり、わづかに知り合つてゐるひとの顔を、それに似た顔をさへ、往来などで見掛けても、ぎよつとして、一瞬、めまひするほどの不快な戦慄に襲はれる有様で、人に好かれる事は知つてゐても、人を愛する能力に於いては欠けてゐるところがあるやうでした。（もつとも、自分は、世の中の人間にだつて、果して、「愛」の能力があるのかどうか、たいへん疑問に思つてゐます）そのやうな自分に、所謂「親友」など出来る筈は無く、そのうへ自分には、「訪問《ヴィジット》」の能力さへ無かつたのです。他人の家の門は、自分にとつて、あの神曲の地獄の門以上に薄気味わるく、その門の奥には、おそろしい龍みたいな生臭い奇獣がうごめいてゐる気配を、誇張でなしに、実感せられてゐたのです。

（「人間失格」）

ここには誇張したタッチもあれば、強いて暗い色に塗りつぶされた描線の感じもある。けれど、本質的に太宰を悩ましつづけたものが、怖ろしいほど素直な実感で、語られているとみて間違いはない。

太宰の失格感に、もしお手柄があるとすれば、世のいわゆる「友情」なるもの、「愛」なるもののうちにも、〈暗黙の約束〉が含まれていることを、あばき出したことにあった。もちろん、こういう言い方は、太宰自身には成立つはずがなかった。人間は、人間を信じうるか、人間は、じぶんを愛するように、隣人を愛しうるか、という問いは、太宰には、生涯かけて必死の問いだったからだ。「愛」の能力も、「友情」の能力も、じぶんにはないのではないか、という不安感は、かれにとって致命的であった。世のいわゆる〈愛〉とか、〈信頼〉とかは、限度の自覚と、利害の自覚から成立っている。限度を超える危険と、利害に反する危険が、ほどよく自覚されているため、逸脱したり、境を超えたりしたときは、背き合ってもよいという〈暗黙の約束〉があって、成立っている。だが、太宰には、そんな限度や、限度を超えたときの背き合いが、はじめからまったく信じられなかった。〈愛〉や〈信頼〉は、そんなものではないという足掻きが、太宰治の生涯に、何度かあった破滅的な行為の、動機になっているとさえ、いってよかった。その度ごとに、かれは、〈愛〉や〈信頼〉に無感応な場所へ、じぶんを追い込んでいったのである。扉を叩けば開かれる、という〈暗黙の約束〉がなければ、人間は、ひとの家を訪れることさえできない。それを頭から信じない場所に陥ち込んだとき、ひとの家の門は、疎遠な怖ろしいものにみえる。

ここで、ある穴ぐらの底のような世界を想定する。その世界では、他者の姿が傍にあっても、感情の動きがないかぎり、永久におたがいに沈黙して、無関係で存在している。そして感情の動きがあれば、最少限のことを、そのまま言葉にすればよい。他者に通じても通じなくてもよいし、他者の応答がなくても、さしつかえない。ひとはひとを愛したいとか、関係をもちたいという感情は、起らないかもしれない。暗い沈黙を背景に、ひとは、影のように、のろのろと動いて、何かあてどのないことをやっている。ただ、たしかなことは、粉飾や、過剰や、体裁のとりつくろいのようなものは、本質的に必要ではない。こういう世界が、あまりに無感動と無関心に支配された、冷たいものに思われたら、そこに倫理を、体温を、与えればよい。少なくとも願望としては、ひとは、じぶんを愛するように、他者を愛することができるし、他者を理解するには、じぶんが、じぶんを理解しているとおなじ仕方で、他者をおし測れば、絶対に間違いはない。じぶんを信頼するとおなじように、他者を信頼すれば、あざむかれることもありえない。つまり、ふつうの世界では、すべての言葉や行為の信憑性は、それぞれの〈場面〉に附随して測られるために、ある〈場面〉で褒めそやされた言葉は、べつの〈場面〉では、悪しざまな言葉にとって代られる。だが、おなじことを、盾の両面から言っているにすぎない。ひととひととのあいだでは、おなじことが〈場面〉によって、歯の浮くような褒め言葉にもなれば、悪しざまな悪口になることもある。これはひととひととの関係の裏表てで、かならずしも、〈かげひなた〉の関係だともいえない。ひととひととの関係の仕方が、〈場面〉に附随するかぎりは、そんなことがありうるのだ。けれど、太宰が願望した世界では、こういう関係の多義性や、両価性はありうべくもない。そこは、ただひとつの意味が、流れていなければならない。他者への判断や評価は、〈場面〉で変るのではなく、言葉は、ただ、世界の全体にかかわるだけだから、ある〈場面〉では、歯の浮いたような褒め言葉が、べつの〈場面〉では、そのまま悪しざまな悪口に代ることは起りえない。太宰治が〈陥ち込んだ〉場所は、同時に〈願望した〉場所でもあった。ここで〈陥ち込んだ〉ことにプンクトを打てば、「愛」や「友情」がまったく不能な、影のような〈ひと〉だけが住んでいる。また、「軽蔑感も憎悪も、怒りも嫉妬も」ほんとうは実感できない。無関心や無感動でしか、他者と結びつけない癈疾者の、うごめく世界であった。人間は、ただ立ちすくんだ「おう可哀想」という仕方で、影みたいに、ぽつんと存在している。少しでもポジティヴに、他者との関係を想定すれば、情緒を削ぎとった、むき出しの関係しか成立たない。「ほのかな匂ひを愛づるだけでは、とても、がまんができません。突風の如く手折つて、掌にのせて、花びらむしつて、それから、もみくちやにして、たまらなくなつて泣いて、唇のあひだに押し込んで、ぐしやぐしやに嚙んで、吐き出して、下駄でもつて踏みにじつて、それから、自分で自分をもて余します。」（「秋風記」）という情緒反応が、ほんとうの関係の仕方である。太宰は、こんな〈陥ち込んだ〉場所を、人間失格の世界と考えた。けれど、こういう場所だけが、本質的な意味で、人間らしい関係が占めているのではないのか。この〈陥ち込んだ〉場所は、同時に〈願望〉の世界でもあるのではないか。こういうとき、太宰治には、倫理といってよいものが表われる。かれは、じぶんの失格感が閉じこめた場所に、むきになって、倫理的な意味を与えようと試みた。「その人と面とむかつて言へないことは、かげでも言ふな。私は、この律法を守つて、脳病院にぶちこまれた。」(「Human Lost」)という無念の思いは、かれの倫理が、現世と衝突した最初の体験であった。病痛を和げるためにつかった麻薬の常習者になった太宰は、妻や知人にあざむかれて、精神病院に隔離されたと感ずる。「人を、いのちも心も君に一任したひとりの人間を、あざむき、脳病院にぶちこみ、しかも完全に十日間、一葉の消息だに無く、一輪の花、一箇の梨の投入をさへ試みない。」(「Human Lost」)妻を、自己流の倫理から、別の世界へ追放してしまう。太宰治の被害妄想が、加担しているのだが、それすら、傍からも、じぶんでも、どうすることもできない。一本の麻薬すら、享楽のために打ったことはない、という太宰治の倫理感では、どうして妻から、あざむかれ、隔離されなければならないのか、まったく不可解だった。じぶんが、半狂乱の中毒患者なら、妻や知人は「面とむかって」そう言ってくれるはずである。ひとは、どうして、用心ぶかく、あたらずさわらずのことを、ぬけぬけと他者にむかって言いあいながら、陰ではぞっとするほどの悪口を叩きあい、それでけろりとして生きることができるのか。あざむきあっていながら「清く明るく朗らかに生きてゐる」ことができるのか。この世界を奥深くで支配しているのは、じぶんにも他者にも不利益なことは、あばき立てるよりも、流しさる方がとくだという計算にすぎないのではないか。人間は、誰も人間を恐怖している。そしてこの恐怖を、少しでも和げたり、破局を、死後にまでもちこすには、ただ〈現在〉を、どんな一時逃れの嘘によってでも、回避するよりほかないのではないか。誰もが、そうして生きているのは仕方がないとしても、心は、ひとかけらの戦慄を持続すべきなのに、なにやら自信あり気に生きているのは、どういうことなのか。

「人間失格」(あるいはHuman Lost)という言い方で、太宰治の情緒や感性が〈陥ち込んだ〉場所は、いわば、〈比量〉のない世界である。言葉や行為に〈かげひなた〉が起りうるのは、ある眼にみえない〈尺度〉から、褒め言葉と悪しざまな陰口を、比べてみることができるからである。ひとが他者を訪れ、ある関係を結べるのは、じぶんの心の動きと、他者の心を、比べられるからである。ひとが、他者を愛したり、憎んだりできるのは、じぶんの心の衝迫が、他者に比べられるし、また、無意識のうちに、比べる〈尺度〉の共通性が、信じられているからである。だが、〈比量〉も〈尺度〉もないとしたら、他者は、じぶんではないという理由だけで、恐怖すべき不可解な生きものであり、他者との関係は、ただ怖ろしいだけになり、この怖ろしさから逃れるには、無感動と無関心を装うほかにない。かれが〈陥ち込んだ〉世界の扉には、無関係という文字がかかれていた。ただ、そこに、人間の意志が住みつけるかどうかで、病者と非病者とは区別される。太宰治は、ある時期、ことに病者であったのか、そうでなかったのか、追及しても仕方がない。作品では、しばしば、無意識に病者と非病者のあいだの堰が破られ、その境を往き来しているようにみえる。かれは、そういうじぶんの危うさを識っていて、しばしば助けをもとめる声をあげたり、半狂乱のうめきを発したり、超越者にすがりつこうとして、藻掻いている。

太宰治の文学は、この世界の全貌が開示されるかどうか、という意味では、けっして高度なものではない。人間とはなにか、その存在の仕方とはなにか、という問いは、本質的には、太宰の作品世界に、一度もやってこなかった。ただ、人間と人間との関係からこぼれ落ちた失格感とはなにか、ひとが、他者から、疎隔されてしまうのはなぜかという問いが、無限に問い直されている世界である。他者との関係で、〈比量〉が利かないのに、意味にみたされた世界は可能か、そういう世界に〈陥ち込んだ〉ものは、どう受難するか。

> 満月の宵。光つては崩れ、うねつては崩れ、逆巻き、のた打つ浪のなかで互ひに離れまいとつないだ手を苦しまぎれに俺が故意と振り切つたとき女は忽ち浪に呑まれて、たかく名を呼んだ。俺の名ではなかつた。
>
> (「葉」)

何度目かの心中未遂事件の折のことを、象徴的に語っていると思える。ここで、どう受難するか、ではなく、どう脱出するか、と問い直せば、人間不信の極限で立ちすくんだ場所から、脱出する可能性はあった。なぜなら、女は死んだが、この「俺」は死を果たせなかったから。ともかくも生きているということは、時間にたいして何ごとか、である。負債ばかり背負い込んだ、商人のように、あるいは負け札ばかりになった、ヤクザのように、〈負〉を返済して〈無〉になるためにでも、生きつづけることはできる。

太宰治は、なんべんも、じぶんが〈陥ち込んだ〉失格感から、〈人間〉らしい関係へ復帰しようと試みた。だが、ポジティヴであろうとすると、いつも未遂におわった。運命は〈負〉についているようであった。だから、脱出の可能性と機会は、生理的にやってきたというべきである。生理的な成熟が、ひとりでに連れ出してくれたのである。

「智慧の実は、怒りと、それから孤独を教える」（「正義と微笑」） 撮影＝田村茂

すこしづつ変つてゐた。謂はば赤黒い散文的な俗物に、少しづつ移行してゐたのである。それは、人間の意志に依る変化ではなかつた。一朝めざめて、或る偶然の事件を目撃したことに依つて起つた変化でもなかつた。自然の陽が、五年十年の風が、雨が、少しづつ少しづつかれの姿を太らせた。一茎の植物に似てゐた。春は花咲き、秋は紅葉する自然の現象と全く似てゐた。自然には、かなはない。ときどきかれは、さう呟いて、醜く苦笑した。けれども、全部に負けた、きれいに負けたと素直に自覚して、不思議にフレッシュな気配を身辺に感じることも、たまにはあつた。人間はここからだな、さう漠然と思ふのであるが、さて、さしあたつては、なんの手がかりもなかつた。

（「花燭」）

人間には何度か、生理的な成熟が加担してくれる時期がある。「かれ」が、ここでじぶんの俗化を、生理のせいにしてごまかしているのだ、とは思われない。生きることのなかには、こういうことはありうるのだ。ただ、生きつづけていたら、ひとりでにある場所を抜けていた、ということが。我慢して、じっとしていると、どうにかなるということではない。生きつづけることは、時間とのシーソ・ゲームに似ていて、あるときは時間を追い越し、あるときは時間に遅れをとるが、ときには、生きることが時間の進行に、適合しているときがある。これは、少しも意志による適合ではないから、精神は慰まないが、生理が和いでくれる。

「自然には、かなはない。」といういい方には、生理的な成熟が、自意識を追い越してゆくときの、名状しがたい苦々しさがこめられている。太宰が固執したり、逆に脱出しようと願った険しい失格感の世界は、土産物の容器のように、生理的にあげ底にされる。これを成熟と呼ぶならば、そうかもしれないが、おそらく、太宰治じしんの内面には、成熟もないし、成熟の自覚もなかったのである。これに、重なるように、戦争が、自意識の過剰を、苅り込むことを教えた。太宰が、同世代の旗手としての旗を降ろしたのは、この〈人間〉らしい場所に復帰できそうな、戦争期の前後だけだったといってよかった。

私は、矮小の市民である。時流に対して、なんの号令も、できないのである。さすがにそれが、ときどき侘しく、ふらと家を出て、石を蹴り蹴り路を歩いて、私は、やはり病気なのであらうか。私は、小説といふものを間違つて考へてゐるのであらうか、と思案にくれて、いや、さうで無いと打ち消してみても、さて、自分に自信をつける特筆大書の想念が浮ばぬ。（「鷗」）

無惨といえば無惨だが、太宰治が、夢にも忘れずに願った〈人間〉らしい世界への復帰は、生理的な成熟と、外からの戦争に促されてやってくる。そして、内部から溢れでたものでないため、ほんとうの〈人間〉らしい感情生活とは、こういう白痴的な明るさのことなのか、という懐疑が、ときとして訪れている。また、文学とは、こういう白痴の明るさと、健康さからやってくるものなのか、文学は、悪や、退廃や、懐疑や、悔恨からやってくるものではないのか、という疑念にさいなまれる。じぶんは、もはや同世代の旗手ではなく、いま、時流に棹さして号令しているのは、健康で、明るく建設的なことを、喋言っている連中である。じぶんは、病気なのか、人間心理の不健康を思うことは悪なのであるか、じぶんは所詮、辻音楽師としておわる運命なのではないか、という心のかげりが、ふと過ぎてゆく。だが、太宰の生涯の嵐が、小やみにやんだ、わずかの期間、というようにみれば、貴重な日々は、こういう形で、しかも生理的な成熟と、戦争の現実から促されて、やってきたのである。それが太宰治の感情生活の平安を支えた。いじらしいほど願った〈人間〉らしさとは、こういうことなのか。無気味なほど怖ろしかった隣人たちは、意外にも、それぞれが、いじましい温もりをもとめていることがわかった。思いつめてきたために、化け物のように歪んだ自画像も、塗り直してみれば、案外に明るい色に修正できる。これが、ふやけた姿だというのなら、誰もが、じぶんよりもっとふやけている。ひとを信ずることは悪なのか。ひとに献身すること、ひとを愛することは悪なのか。信ずるほど、愛するほど損をするということがあっていいのか。こういうかつての切実な問いは、「純粋の献身を、人の世の最も美しいものとしてあこがれ努力してゐる事に於いては、兵士も、また詩人も、あるひは私のやうな巷の作家も、違つたところは無いのである。」（「散華」）というところに転化される。けれど『正義と微笑』や『右大臣実朝』のような、この時期の長篇が、なお、白痴のような戦争期の文学作品のなかで、文学らしさの象徴たりえたとすれば、じぶんの明るい健康な姿は、ほんとうは、滅亡の姿なのではないか、という懐疑を、失わなかったからであった。「平家ハ、アカルイ」「アカルサハ、ホロビノ姿デアラウカ」（『右大臣実朝』）と、実朝にいわせた太宰は、もちろん、じぶんと戦争を、そういわせたのである。

太宰治の不幸は、かれの願った人間らしい感情生活が、生理的な成熟と、戦争の現実から、言いかえれば、精神の外からやってきたばかりではなく、生涯の軌跡のなかで、いわば、例外的にのみやってきた、というところにあった。

「黄金風景」で、子供のとき、無智で、のろまなために、意地悪くいじめぬいた女中お慶を登場させる。お慶は、故里で馬車屋をやっていて、いまは巡査になっている男と結婚して、子供をもうけ、平和に暮している。麻薬中毒のあげく、胸を病んで、籠っていた船橋時代に、たまたま、戸籍調べにやってきたお慶の亭主を通じて、子供の頃別れたきりで、一度も消息をきかなかったお慶のその後がわかる。お慶の一家は、その頃の「お礼」をいいたいからと訪ねてくる。「お礼」とは、「私」の記憶の傷口では、いつも苛立って、お慶を意地悪くいじめぬき、足蹴にし、のろま加減を罵ったことに対する「お礼」である。ごうまんで、冷酷な、旧家のどら息子としての罪悪にたいする「お礼」である。だが、お慶たちにとっては、旧主の息子にたいする懐しさと、感謝である。せっかく、訪ねてきたお慶の一家を、用事があって出かけるからと追いかえして、町へとび出して、荒んだあげく、海辺で、お慶の親子が、海に石を投げっこして、笑い興じている平和な姿がみえる。

「なかなか。」お巡りは、うんと力こめて石をはふつて、「頭のよささうな方ぢやないか。あのひとは、いまに偉くなるぞ。」

「さうですとも、さうですとも。」お慶の誇らしげな高い声である。「あのかたは、小さいときからひとり変つて居られた。目下のものにもそれは親切に、目をかけて下すつた。」

私は立つたまま泣いてゐた。けはしい興奮が、涙で、まるで気持よく溶け去つてしまふのだ。

負けた。それは、いいことだ。さうなければ、いけないのだ。かれらの勝利は、また私のあすの出発にも、光を与へる。

（「黄金風景」）


たぶん、のろまな女中お慶を、いじめぬいたのも、「目下のものにもそれは親切に」というのも、ともに「私」の子供の頃の事実だったにちがいない。この逸品ともいうべき掌篇のモチーフは、反転された失格感の世界である。人間らしいお慶一家を描き、そこに、じぶんの願望を托すことではなかった。太宰の失格感の根源が、ひととひととの関係の仕方が、いつも、あざむきあっていながら、明るく朗らかに付合っているようにみえる不可解さにあったとすれば、「黄金風景」の世界は、意地悪く、足蹴にされていじめぬかれた人間が、逆に「目下のものにもそれは親切に、目をかけて下すった。」と口にできる不可解さであったといえる。そういう稀な感情生活も、人間の他者との関係で、ありうるのだという戦慄である。これは、少なくとも、人間を信じたいと願いつづけてきた太宰治の失格感を、そのままで、ひっくりかえすに足りるものであった。この時期の作品は、「葉桜と魔笛」「新樹の言葉」「花燭」と並べてみても、いずれ回顧的な主題をとっているのは偶然とは思われない。人間を失格した生の体験を、一枚一枚、反転してみせている。この明暗とりどりの反転の世界で、逆上も、気取りも、金持の家に生れたという出生の負い目も、めくり返されているが、本来的には、他者との関係への恐怖や、無関心や、無力感は、この時期に影をひそめている。つまり、暗い過去の回顧であっても、虚無はなにも生ないという太い線の上に立っているといってよかった。

そこから眺望したとき、太宰は、じぶんが、なぜか自滅を択ぶように、生涯を過してきたことに気付いた。なぜ、そうしたのか。変な〈マルクス主義〉におびえた、といってしまえば酷なことになる。有産者の子弟に染みついた遊民性に、自己追懲を加えた、といってもあたらない。病的な失格感から罪責感に転化した、とも言いきりにくい。何やらこの辺りで、文学の宿業のようなものに、つきあたりそうだが、うまい言葉がやってこない。人間は、出生とか、資質とかのような、ある程度は偶然に与えられたものを、不可避の必然と化したいと願うことがある。だが、偶然からは、どこまでいっても、不可避性は生れてこない。それでもなお、偶然に与えられたものを、必然と化したいと願うなら、時として〈死〉のむこう側へ超出することで、生の偶然性を打消してみせるより仕方がない。たぶん、太宰治は、

昭和23年　撮影＝田村茂

じぶんの出生や資質に、懲罰を加えることで、じぶんの生を必然化したい欲求にかられたのである。じぶんの出生や、資質につきまとう曖昧さを、赦すことができなかった。人間は、誰も、そんなに厳しく生きているわけではない、という〈比量〉の論理は、太宰には通用しなかった。チャンスではない、意志だ、という思いは、けっして恋愛にだけ加えた考察ではなかった。それに、意志を加えなければ、たちまち、おしゃれで、道化た遊民の曖昧さに、あぐらをかいてしまうじぶんを、よく知っていた、ともいえよう。

　われは弱き者の仲間。われは貧しき者の友。やけくその行為は、しばしば殉教者のそれと酷似する。短い期間ではあつたが、男は殉教者のそれとかはらぬ辛苦を嘗めた。風にさからひ浪に打たれ、雨を冒した。この艱難だけは、信頼できる。けれども、もともと絶望の行為である。おれは滅亡の民であるといふ思念一つが動かなかつた。早く死にたい願望一つである。おのれひとりの死場所をうろうろ捜し求めて、狂奔してゐただけの話である。人のためになるどころか、自分自身をさへ持てあました。まんまと失敗したのである。そんなにうまく人柱なぞという光栄の名の下に死ねなかつた。謂はば、人生の峻厳は、男ひとりの気ままな狂言を許さなかつたのである。虫がよいといふものだ。所詮、人は花火になれるものではないのである。事実は知らず、転向といふ文字には、救ひも光明も意味されてゐる筈である。そんならかれの場合、これは転向といふ言葉さえ許されない。廃残である。破産である。

　光栄の十字架ではなく、灰色の黙殺を受けたのである。ざまのよいものではなかつた。幕切れの大見得切つても、いつまでも幕が降りずに、閉口してゐる役者に似てゐた。かれは仕様がないので、舞台の上に身を横たへ、死んだふりなどして見せた。せつぱつまつた道化である。これが廃人としての唯一のつとめか。かれは、そのやうな状態に墜ちても、なほ、何かの「ため」を捨て切れなかつた。私の身のうちに、まだ、どこか食へるところがあるならば、どうか勝手に食つて下さい、と寝ころんでゐる。食へるところがまだあつた。かれは地主のせがれであり、月々のくらしには困つてゐない。なんらかの素因で等しく世に敗れ、廃人よ、背徳者よとゆび指され、さうしてかれより貧しい人たちは、水の低きにつくが如く、大挙してかれの身のまはりにへばりついた。さうして、この男に、男爵といふ軽蔑を含めた愛称を与えて、この男の住家をかれらの唯一の慰安所と為した。男爵はぼんやり、これらの訪問客たちのために、台所でごはんをたき、わびしげに芋の皮をむいてゐた。　（「花燭」）

　ここでわたしは、「光栄の十字架ではなく」という太宰の言葉にすがりつく。戦後の太宰治の作品と行実をまとめるのに、〈負の十字架〉という言葉が、もっともふさわしいように思えるからである。〈負の十字架〉にかかって、倒れようと意志した戦後に、かれは「灰色の黙殺」ではなく、熱狂的な支持者をもった俳優のように、舞台の中央に立たされた。逆上し、照れなければ、とうていこの大役は果たせそうもなかった。そして、たとえ〈負の十字架〉であっても、〈十字架〉にかかるためには、ただ「神の寵児」と自称するだけでは済むはずがない。何らかの理念と、思想が、必要であった。だが、もともと根っからの語り手である太宰治に、まとまった思想が棲みつけるはずがなかった。ただ、戦争に裏切られたものを見舞った崩壊感が、ふたたび、雪崩のように、あの源根にある失格感の場所に、かれを陥ち込ませただけだ。おなじ失格感と名づけても、こんどは、初期とはちがっていた。生きて成熟してきた道程が、もっと、つきつめてしまえば、「生きてゐること」という「大事業」を経てきた何かが、加わっていた。この何かをはっきりさせたくて、太宰は、さまざまな言い方をしている。もっとも、わかり易い言いまわしで、「私のいま夢想する境涯は、フランスのモラリストたちの感覚を基調とし、その倫理の儀表を天皇に置き、我等の生活は自給自足のアナキズム風の桃源である。」（「苦悩の年鑑」）といった、政治風の言葉もつかってみた。こんなお座なりの言い方が、あぶくのように果敢ないことは、太宰自身がよく知っていたはずだ。「私はサロンの偽善と戦つて来たと、せめてそれだけは言はせてくれ。さうして私は、いつまでも薄汚いのんだくれだ。本棚に私の著書を並べてゐるサロンは、どこにも無い。」

「当時、私には一日一日が晩年であった」（「ダス・ゲマイネ」）　撮影＝田村茂▶

（「十五年」）これは本音に近かったろうが、騒々しい戦後の混乱のなかで反響するには、あまりに弁解じみた弱々しい声だった。『身を殺して霊魂《たましひ》をころし得ぬ者どもを懼るな。身と霊魂《たましひ》とをゲヘナにて滅し得る者をおそれよ。』という『マタイ伝』十章の言葉を、痛切な実感を籠めて引きよせてもみせた。そして言葉は、次第に核心に近づいていったというべきである。「僕はね、サギのやうですけど、死にたくて、仕様が無いんです。生れた時から、死ぬ事ばかり考へてゐたんだ。皆のためにも、死んだはうがいいんです。それはもう、たしかなんだ。それでゐて、なかなか死ねない。へんな、こはい神様みたいなものが、僕の死ぬのを引きとめるのです。」（「ヴィヨンの妻」）「僕」の死を引きとめる「こはい神様みたいなもの」が、初期の失格感と、戦後の失格感のあいだに介在して、ともかくも、生きつづけてきた「大事業」を象徴している。「こはい神様みたいなもの」が無かったら、太宰治は、敗戦のすぐあとに、もう何度目かの自殺を試みることになっていたはずである。太宰に敗戦直後の自殺を思いとどまらせたのは、名付けようのない年輪であった。この年輪は、一切の規範と、常識的な平安を破って、たとえ一歩一歩が、自己破滅への道程であっても、道程自体を生きぬくことを教えた。そのことには〈負〉の意味しかないかもしれないが、たとえ〈負〉であっても、それを生きつづけることは、死よりも宜しいことだという体得があった。跳躍や中絶よりも、不可避の道程を、怯懦な生を、択ぶべきである。何となれば、人間は生きているのではなく、現実から生きさせられている存在だから。太宰治は、たぶん、この体得を、最終的には「義」という言葉で要約してみせている。失格感の世界でもなく、「人間」らしい世界でもなく、「義」に相渉る世界とはなにか。

父はどこかで、義のために遊んでゐる。地獄の思ひで遊んでゐる。いのちを賭けて遊んでゐる。母は観念して、下の子を背負ひ、上の子の手を引き、古本屋に本を売りに出掛ける。父は母にお金を置いて行かないから。（「父」）

それは、たしかに、盗人の三分の理にも似てゐるが、しかし、私の胸の奥の白絹に、何やらこまかい文字が一ぱいに書かれてゐる。その文字は、何であるか、私にもはつきり読めない。たとえば、十匹の蟻が、墨汁の海から這ひ上つて、さうして白絹の上をかさかさと小さい音をたてて歩き廻り、何やらこまかく、ほそく、墨の足跡をゑがき印し散らしたみたいな、そんな工合ひの、幽かな、くすぐつたい文字。その文字が、全部判読できたならば、私の立場の「義」の意味も、明日に皆に説明できるやうな気がするのだけれども、それがなかなか、ややこしく、むづかしいのである。（「父」）

義。

義とは？

その解明は出来ないけれども、しかし、アブラハムは、ひとりごを殺さんとし、宗吾郎は子別れの場を演じ、私は意地になつて地獄にはまり込まなければならぬ、その義とは、義とは、ああやりきれない男性の、哀しい弱点に似てゐる。（「父」）

はっきりと言っていないが、神聖な胸中の祭壇に書かれた文字は、破滅的な生を、〈ただ生きつづけてみせること〉、と読めるはずである。「生きてゐる事。生きてゐる事。ああ、それは、何といふやりきれない息もたえだえの大事業であらうか。」（「斜陽」）という、「大事業」の、持続の自覚といってもよい。どうして、生きつづけることが、そんなに「大事業」なのか。たかが妻子を放ったらかして、あぶく銭を、湯水のように、とりまきたちとの酒宴に、つかい尽してしまう生活が、アブラハムの子殺しや、佐倉宗吾郎の救民直訴の子別れとおなじような「義」に該当するか。「義」には、いつも身を殺して、私利にかかわりのない世界に、殉ずるという概念が含まれているとすれば、太宰治の「義」には、私利にかかわりのない世界が欠けている。かれが胸中に書かれた「義」の文字を、はっきり読んでみせるのをためらったのは、そのためである。それにもかかわらず「義」の文字を消そうとしなかったとすれば、かれになお「身と霊魂《たましひ》とをゲヘナにて滅し得る者」という自負があったからである。かれは、はじめて「霊魂《たましひ》」の〈負〉の行方を確定してみせた。太宰の信じたところでは、それは、かつて何人もなしえなかった〈負〉の殉教であった。

（『国文学』一九七六年五月号）

太宰治のこと

井伏鱒二

あの頃の太宰君

太宰君が船橋にゐた当時、私にくれた長文の手紙に次のやうな箇所がある。小説家として認められる以前の太宰君の気持がよく現はれてゐる。

「――私、世の中を、いや四五の仲間を、にぎやかに派手にするために、しし食つたふりをして、さうして、しし食つたむくい、苛烈のむくい受けてゐます。食はない、ししのために。

――五年、十年後、死後のことも思ひ、一言、意識しながらの、いつはり申したことございませぬ。

――ドンキホーテ。ふまれても、蹴られても、どこかに、ささやかな痩せた「青い鳥」ゐると、信じて、どうしても、傷ついた理想、捨てられませぬ。

――小説かきたくて、うづうづしてゐながら註文ない。およそ信じられぬ現実。「裏の裏」などの註文、まさしく慈雨の思ひ。（註―朝日新聞に書いた随筆。）かいて、幾度となく、むだ足、さうして、原稿つきかへされた。

――ひと一人、みとめられることの大事業なるを思ひ、今宵、千万の思ひ、黙して（中略）臥します。

――昨夜、私、上京中に、わがや泥棒はひりました。ぶだう酒一本ぬすんだきりで、それも、そのぶだう酒、半分のこして帰つたとか。けふ、どろの足跡、親密の思ひで眺めてゐます。（中略）

――信じて下さい。

――自殺して、「それくらゐのことだつたら、ちよつと耳うちしてくれたら。」といふ、あの残念のこしたくなく、その、ちよつと耳打ちの言葉。このごろの私の言葉、すべてそのつもりなのでございます。（後略）」

いま一つそのころの手紙がある。

「（前略）なほるかどうか（註―病気）『なほらぬ』といふのは、『死ぬ』の同義語です。いのち惜しからねども、私、いい作家だつたのになあ、と思ひます。今年（註―昭和十一年）十一月までの命、いい腕、けさも、つくづくわが手を見つめました。（中略）私、死にます。目のまへで腹掻き切つて見せなければ、人々、私の誠実、信じない。（中略）誰も遊んでくれない。人らしいつき合ひがない。半狂人のあつかひ。二十八歳、私に、どんないいことがあつたらう。了ねん尼（この名、正確でない）わが顔に焼ごて、あてて、梅干づらになつて、やつと世の中から、ゆるされた。了然尼様が罪は――ただ――美貌。（中略）自分でいふのも、をかしく、けれども『私、ちひさい頃から、できすぎた子でした。一切の不幸は、そこから。』（中略）私の『作品』又は『行動』わざと恥かしいバカなことを選んで来ました。小説でも書かなければ仕様がない境地へ押しこめるために。（後略）」

以上は、太宰君が麻薬の注射で衰弱し、しかも麻薬を買ふため金策に日を送つてゐたころの手紙だが、せつぱ詰まつて日頃の本音を吐いてゐるものと解したい。かなり正面きつたやうな言葉でありながら、普段の太宰君の人がらと対照して不自然なものとは思はれない。常の気性を自分で語つてゐるものと思ひたい。

私は太宰君の幼少年の頃のことは知らないが、初期の「思ひ出」といふ作品が事実ありのままの記録だと小館保さんといふ人が云つてゐる。小館さんは子供のころ殆ど太宰君と一緒に暮して来た人ださうである。私が太宰君に初めて会つたのは昭和五年か六年頃のことで、太宰君が大学にはいつた年の初夏であつた。私に手紙をよこし、会つてくれなければ自殺すると私を威かくして、私たちの「作品社」の事務所へ私を訪ねて来た。ふところから短篇を二つ取出して、いま読んでくれと云ふので読んでみると、そのころ私と中村正常が合作で「婦人サロン」に連載してゐた「ペソコ・ユマ吉」といふ読物に似た原稿であつた。「これは君、よくない傾向だ。もし小説を書くつもりなら、つまらないものを読んではいけない。古典を読まなくつちやいけない。」と私は注意した。外国語が得意なのかと訊くと、一向に駄目だと答へるので、それでは飜訳でプーシキンを読めと勧めた。それから漢詩とプルーストを読めと勧めた。そのころ私は「オネーギン」を読みかけてゐたが、三分の一も読まないで止してゐた。また漢詩やプルーストを読まうと思つてゐたが、漢詩は二頁か三頁か読み、プルーストも五頁か六頁を読むだけで投げだしてゐた。自分で読まうとして読まなかつたので他人に勧めてみたわけである。さう云ふ当人の私は、とうとうプルーストもプーシキンも読まなかつたが、太宰君は「オネーギン」を読んですつかり魅了され、再読三読した後で「思ひ出」の執筆に取りかかつた。それと並行して月に二篇か三篇の割で短篇の習作をした。

「思ひ出」は三光町にゐるとき書きはじめ、天沼に移つてから脱稿した。天沼の家は私の家と近いので、太宰君はよく将棋を指しに来るやうになつた。私もよく訪ねて行つて将棋を指した。しかし太宰君は大して将棋は好きではない。好きなのは小説を書くことである。小説に憑かれたやうなものであつた。いつ訪ねて行つても、小説を読むか書くかしてゐるところのやうな気配であつた。将棋は、おつきあひで指すのである。しかし棋力は急速に進歩した。初めのうち、私が角落ちで手易く勝てたのに、太宰君が大学を止すころには平手で私の負けになるやうなこともあつた。尤も太宰君は大学に六年ゐた。しかし殆ど教室には出なかつたので、卒業の口答試問のときに教師の名前を問はれても返答することができなかつた。これは太宰君の主任教授であつた辰野さんから聞いた話である。

「ダス・ゲマイネ」の頃

「ダス・ゲマイネ」は、太宰君が盲腸手術をした直後に書いた作品で、ほかにもまだこの頃の作品があるかもしれないが、とにかく学校を止してからいろいろの事件があつて動揺してゐた一期間の初期の作品である。太宰君は在学中も登校することは珍しいやうなものであつたので、学校を止してからも傍目には別に生活の変化は見えなかつたが、薬品中毒のために惨憺たる苦しみをしてゐた一期間があつた。

薬品中毒といつても、「ダス・ゲマイネ」を書いたころは、どの程度の症状であつたか私にはわからない。病院で盲腸の手術をした後、注射の副作用から中毒症状になつた。私に某病院の勘定書を見せてくれた北芳二郎氏は、パントポンの注射回数が余りに多いのを指摘して、「どうも腑に落ちません。なぜ、こんなにたくさん注射するんでせう。」と云つてゐた。しかしそれは後日、太宰君のパビナールによる中毒症状が悪化して、江古田病院へ無理にも入院させようと私と相談したときのことであつた。北さんは太宰君の郷里の長兄の知りあひで、東京における津島家の番頭役のやうなことを引受けてゐて、一方また太宰君の監督係に該当する立場にあつた人である。だから太宰君に関しては物ごとをはつきりさせておく必要から、すこしは苦情も云ふつもりで某病院へ真相を糺しに行つた。病院側では太宰君が切開の疵を痛い痛いと云つて、果ては藪医者と大きな声を出し、痛みをおさへる注射を要求するので応じたと北さんに弁明したさうである。しかし私も腑に落ちないことだと思つたので、太宰君入院中の附添をしてゐた初代さんに訊くと、藪医者と津島が大きな声を出したのは事実であつて、その声が隣の病室にきこえるかと随分はらはらさせられたといふことであつた。勘定書で見るパントポンの使用回数は相当なものであつた。

盲腸の手術後、太宰君はその病院に一箇月ぐらゐ入院してゐたらうか。二十日ぐらゐであつたかもわからない。よく覚えない。手術後は面会謝絶の日が可成り続いてゐた。退院すると、健康の恢復につとめるといふことで世田谷の経堂病院に入院した。後で初代さんにきくと、このときにはもうパントポンの副作用で中毒し、入院したのはそれを治すためもあつたといふ。この経堂病院で太宰君は「ダス・ゲマイネ」を書いた。私は雑誌に発表されたのを見て、なぜドイツ語の題をつけたんだらう、妙なハイカラな題をつけたものだと思つた。それで太宰君に、本にするときには題を変へるんだらうと訊くと、いや絶対に変へるつもりはないと意外にも逞しい口吻で云つた。正しくはドイツ語で何といふ意味かと訊いても苦笑ひするだけであつた。ちやうどその場に伊馬春部君もゐたが、後に太宰君が亡くなつてから伊馬君が、そのとき「ダス・ゲマイネ」の題の話が出たときには、太宰は妙に頑固でしたね、意味を訊いても云はないしと思ひ出を語つた。先年、私は津軽へ行き、はじめてそれは津軽の言葉にも通じてゐることを知つた。津軽弁で「ン・ダスケ・マイネ」と云へば「だから駄目。」または「だから嫌や。」といふ意味ださうだ。それにしても、なぜ太宰君はそれを説き明かさなかつたのだらう。あのとき苦笑してゐたと見えたのは別種の笑ひであつたかもわからない。北さんもあの題が津軽弁に関係があるとは知らなかつたやうである。

近年、北さんには私は桜桃忌のときに会ふだけだが、会ふたびに目立つて老けてゐる。先方でも私のことをさう思つてゐるだらう。今年の桜桃忌には北さんも何だか淋しさうに廊下に坐つてゐた。初めて「晩年」が出たころには、太宰君に対して北さんは大変な力こぶの入れかたをして元気であつた。「帰去来」「故郷」には北さんの面目が躍如と出てゐるが、太宰君としては手ざはりよく半面図を書いたつもりだらう。普段、太宰君は人とつきあふとき、少々の無理はしても明るく手ざはりよく対してゐた。心の重荷は出来るだけ我慢して人に見せなかつた。やがてその鬱憤は「ダス・ゲマイネ」のやうな形で出ることもある。「人間失格」などはその尤なるものだと思ふ。いづれも当人が非常に動揺してゐたときの作品である。

御坂峠にゐた頃のこと

この太宰治全集第三巻には、太宰君が甲府の町を引きあげて東京の三鷹に移つて来た直後のころの作品が主に集録されてゐる。そのころの太宰君の日常の気分を窺ふには「東京八景」を参考にすれば良いと私は思つてゐる。傍目にも実に張りきつて独創的な作品を書き残して置かうと念じてゐるやうであつた。

「東京八景」と初期の「思ひ出」は、太宰君の自伝的作品といふ意味で、いはば対幅のやうなものである。私は「思ひ出」に扱はれてゐる時代の太宰君のことは知らないが、太宰君の幼な友達の小館保さんに聞くと、「太宰は子供のときのことを、そつくりそのまま書いてゐる。ちやうど、あの通りであつたと思つてもいいだらう。」といふことであつた。

「東京八景」も、私の知る限りでは、小細工を抜きにして在りのままに書かれてゐる。この作品を読むと、東京に出て来てから約十年間の太宰君の経歴が一望である。年譜や解説を見るまでもない。太宰君は何かの事情で思ひを新たにするごとに、自分の年譜と解説を兼ねたやうな力作を書いてゐる。かつて太宰君の実兄津島文治氏は、太宰君のこの種類の作品について、「あまり自分のことばかり書くと、魔がさすものだ。気をつけなくつちやいけない。」と云つたさうである。

「思ひ出」を書き「東京八景」を書くまでには、数年の歳月が経つてゐる。この間に太宰君は、これと一聯の作品では「虚構の彷徨」と「富嶽百景」を書いてゐる。いづれも可成り在りのままに書いてある作品だが、「富嶽百景」については一箇所だけ私の訂正を求めたい描写がある。それは私が三ツ峠の頂上の霧のなかで、浮かぬ顔をして放屁したといふ描写である。私は太宰君と一緒に三ツ峠に登つたが放屁した覚えはない。それで太宰君が私のうちに来たとき抗議を申し込むと、「いや放屁なさいました。」と噴き出して、「あのとき、二つ放屁なさいました。」と、故意に敬語をつかふことによつて真実味を持たさうとした。ここに彼の描写力の一端が窺はれ、人を退屈させないやうに気をつかふ彼の社交性も出てゐるが、私は当事者として事実を知つてゐるのだからこのトリックには掛からない。「しかし、もう書いたものなら仕様がない。」と私が諦めると、「いや、あのとき二つ放屁なさいました。山小屋の爺さんが、くすッと笑ひました。」と、また描写力の一端を見せた。一事が万事といふことがある。

しかし山小屋の爺さんは当時八十何歳の老齢であつた。三ツ峠には山小屋が三軒あつて、「鬚の爺さんの山小屋」と云へば、登山家ならたいていの人が知つてゐる。三軒のうちの一ばん奥の小屋の爺さんで、そのころ御坂峠で私たちの泊つてゐた天下茶屋の、おかみさんのおぢいさんに当る人である。だから鬚の爺さんは太宰君の著てゐたドテラを一とめ見て、「御坂峠の茶屋の先生ですか。」と云つてお茶を出してくれた。爺さんの連添ひは、壁に掛けてあつた富士山の写真を取りはづして来て、それを崖の端の岩に立てかけた。このとき私が放屁したと太宰君は書いてゐる。しかし鬚の爺さんは八十幾歳で耳が全然きこえない。くすッと笑ふ筈がない。

　当時、私は「山上日記」と題する日記を書いてゐたが、無くしてしまつたので大体のことしか思ひ出せぬ。いま、私と私の家内の記憶を二つ合せて云ふと、あのころ私たち夫婦は御坂峠の茶店に泊つてゐた。そこへ朝鮮の釣師の杣友君といふ人が来て隣の部屋に逗留し、つづいて太宰君が東京の下宿生活を切りあげて来て端の部屋に住むことになつた。杣友君は将棋を指してゐて、ちよつと座を立つたとき階段から落ちて尾骶骨を打つたので寝たきりになつてゐた。私は太宰君に煙霞療養といふのを勧め、まだ栗《くり》拾ひには早かつたが坂を下つて塔の木といふ一軒屋しかないところへ栗を採りに連れて行つた。太宰君は山川草木には何等の興味も持たない風で、しよんぼりとしてついて来た。ちやうど「富嶽百景」で私のことを云つてゐるやうに、いかにも、つまらなさうであつた。茶店のお爺さんが（当時は丈夫だつたので）どつさり茸を採つて来ても、太宰君は茸の名前さへたづねようともしなかつた。御坂峠には色々の茸が出る。シヒタケ、コウタケ、クリタケ、マヒタケ、ユーレイタケ、シメジ、ネヅミタケなど。ユーレイタケは大きさも形もフットボールにそつくりで、色は純白で白い毛が生えてゐる。これは山楓の太枝に垂れてゐる。太宰君はこの珍奇な茸を見せられても、口もきかないで悄然と土間に立つてゐるだけであつた。江古田の病院を出てからの東京の生活が、よほどに太宰君を疲れさせてゐたことがわかる。太宰君を江古田の脳病院へ入れる手続をして、身元引受人になつたのは私だから、おそらく入院中は私を恨んだことだらう。さうして病院から出て来ると、「東京八景」その他の作品に書いてあるやうな事件が続いて起つた。山に来てもしよんぼりしてゐたのは無理もない。それが打つて変つて「強く、孤高でありたい」と手紙に書くやうになつたのは、ときどき甲府の町へ降りて当時の婚約の相手から力づけられてゐた故だらう。それ以外の理由は私には思ひ当らない。

甲府にゐた頃

　私が甲府市外に疎開してゐた当時、太宰君も甲府に疎開してゐたので割合に顔を合はす機会が多かつた。それも逢ふのは殆どおきまりのやうに、酒を飲む場所であつた。そのころ、煙草と酒に不足をつげてゐて、しかも私たちは疎開者のことだから才覚に困つたが、幸ひ甲府城趾の濠ばたにある梅ヶ枝といふ旅館に行くと融通をつけてくれた。その旅館の女中が働らきもので、子供のころからもう何十年も女中をしてゐて顔が広いので、私たちが行くと何処からともなく白葡萄酒を一人に一本づつ買つて来てくれた。少し甘口だが上等であつた。

　当時、この旅館の広間には、東京の目黒小学校の疎開学童が収容されてゐた。二階には、新聞社の疎開記者が数名ゐた。階下の部屋には、この宿屋の家族や女中が住み、空いてゐる客間は一つか二つしかない。それで泊り客でない私たちは帳場で飲んでゐた。

　煙草も女中が融通のみちを見つけてくれた。この宿屋のおかみは、甲府市外の桜桃の出来る村の出身である。それで桜桃の幹を消毒する薬の代用品として、多年にわたつて泊り客の煙草の吸殻を取り集め、大きなカマスに二俵、いつぱい詰めこんだのを物置に入れてゐた。女中は私たちが白葡萄酒を飲みに行くたびに、物置のカマスから煙草の吸殻を菰に掬ひとつて持つて来た。戦前の泊り客は贅沢なもので、金口煙草をほんのすこし吸ふだけで棄ててゐるのもある。エヤーシップを半分も吸はないで棄ててゐるのもある。私たちはそれを長煙管に詰めて吸ふのだが、吸殻を煙管に詰めて吸ふ方法は「ごうけつ」と云ふのだと私は太宰君に云つた。しかし、なぜ「ごうけつ」と云ふのか確かな根拠はない。何かの本に、明治時代の与太者がこの吸ひかたをさう云つてゐたと書いてあつた。たぶん、さう書いてあつたやうに記憶する。尤も、その記憶も怪しいが、たぶんさうではなかつたかしらといふ程度で、「ごうけつ」と云ふのだと云つてしまつた。爾来、太宰君はその宿屋の帳場で「ごうけつをする」と女中に云ふやうになつた。

　太宰君は可成り煙草を吸ふたちだが、清潔を好む

◀昭和23年、仕事部屋にて　撮影＝田村茂

から、エヤーシップや金口のよほど長いのしか吸はなかつた。私も可成りの煙草好きで、しかし私は少しくらゐの不潔は気にしないので、バットの小さな吸ひ残しでも長煙管に詰めて吸つてゐた。

この宿屋の帳場には、私と太宰君のほかにもう一人、小説家の野沢君といふ疎開者が同じ目的でよく現はれてゐた。野沢君も酒飲みで煙草吸ひだから、「ごうけつ」の仲間入りをして、そのうちに甲府の街が空襲を受けるより前に、物置のカマスは二俵とも空になつた。

空襲のあつた翌日、私が再疎開するつもりで甲府警察署へ罹災証明書を貰ひに行くと、焼跡の焦げた電信柱のところで太宰君に行き逢つた。太宰君はすつかり焼け出されたといふことで、県庁の入口に「罹災者の相談に応じる。米は幾らでも保有してゐる」といふ意味の貼紙を見つけたから、相談に行くところだと云つた。それで私は、太宰君が相談に行つて来るのを待つてゐた。やがて県庁から引返して来た太宰君は、「一人も役人がゐない。相談に応ずる役人がゐるといふ部屋は、広い部屋ですが、人が一人もゐないんです。がらんとしてゐます。」と云つた。しかし途方に暮れた風も見せないで、「一人もゐないのは不思議だ。」と云つて、くすりと笑つた。

甲府の街が焼ける数日前に、中島健蔵が伴君なんかと一緒に甲府に来たので私は梅ヶ枝旅館に案内した。太宰君も野沢君も来て小宴を開いたが、どういふものか不意に太宰君が中島君に因縁をつけた。もう夜が更けてゐた。太宰君は不機嫌に座を立つて、半時間もたつと脛を血だらけにして引返した。さつそく野沢君が介抱して蒲団の上に臥かせたが、野沢君に聞くと、太宰君は城趾の石段から転げ落ちたといふことであつた。なぜ夜ふけて城趾にのぼつたのだらう。あとで旅館のおかみの話では、あのとき城の濠の橋のところまで太宰君を見送ると、太宰君が「僕は淋しい。」と云ひ残して橋を渡つて行つたといふ。話の取りやうでは、日頃の太宰君なら噴き出すやうな挿話である。大学の仏文科時代の恩師であつた中島君に因縁をつけたことからして珍しい。あの晩だけは、どうも変だといふ思ひが今だにある。

太宰君の仕事部屋

戦後、私は太宰君とあまりつきあひがなかつた。今でも覚えてゐるが、私が東京に転入してから太宰君に逢つたのは三回だけである。

当時、太宰君は私に対して旧知の煩らはしさを感じてゐた。おそらくさうであつたらうと思つてゐる。結局、私の方からもなるべく太宰君を避けてゐた。概して気の弱い人は、新しく恋人が出来たり女で苦労したりしてゐるときには、古い友人を避ける傾向がある。しかし当時の私は、太宰君が女で苦労してゐるとは知らなかつた。ただ何といふこともなく、可成りの程度に私を避けてゐると思つてゐた。

以前、私が疎開するよりも前に、太宰君が私に、「僕は恋愛してもいいですか。」と云つたことがある。ちよつと様子が改まつてゐた。しかし恋愛しては悪いと云ふ意気は私には無い。「そんなことは君の判断次第ぢやないか。」と答へると、「やつとそれで安心した。」と云つた。その恋愛の相手は、私のうちの近所に住んでゐる元某出版社編輯員の某才媛だとわかつてゐた。後に太宰君が亡くなつてからの話だが、その某才媛に太宰君のことを打ちあけると、「もしわたくしでしたら、太宰さんを殺さなかつたでせうよ。」と冗談のやうに云つた。

人の組合せといふものは不思議な結果を生む。善良な男と善良な女との組合せでも、お互に善良な故に悲しい結果を見ることがある。太宰君の場合、太宰君を死地に導いた女は善良な性質であつたかも知れないが、どうも私たち思ひ出すだに情けない結果になつてしまつた。ここで仮にその女性を善意ある人間であつたとすると、何か当時の雰囲気に引きずられたのではなかつたかと思ふ。意地づくと云つては当人は不承知だらう。ものの弾みと云つたらどうだらう。青山二郎作詞の都々逸に、「弾みで野暮が粋になり、何とか何とかで、弾みで粋が野暮になり。」といふのがある。しかし太宰を死なした女性に、この青山二郎の作つた歌を当てはめるのは、正直に云つて腹立たしいやうな気持もする。

初めて太宰君は、その女性を私に紹介するとき、「この部屋は、この女の借りてゐる部屋です。僕は仕事部屋に借りてゐるんです。」と云つた。戦後、久しぶりに初めて太宰君に逢つたときのことである。その席には古田晁や筑摩書房の石井君がゐたが、太宰君は私たちをこの仕事部屋に迎へるのに煩らはしい工作をした。先づ石井君が私のうちに来て、「今日は、太宰さんに逢つて下さい。行くさきは三鷹の某所です。」と云つて、私を三鷹の若松屋といふ屋台店に連れて行つた。すると若松屋の主人が「お待ちしてをりました。今日は太宰先生が張りきつてる日です。慎重に御案内します。暫くお待ち下さい。」と云つて自転車でどこかへ駆けだして行き、四十分の上も五十分の上も待たしてから、私たちを近所の長屋の二階に案内した。その部屋に太宰君がゐて、小がらの女が壁際の畳の上に俎を置いて野菜か何か刻んでゐた。室内の様子と庖丁の使ひかたとで、この女は世帯くづしだらうと私は見た。

間もなく、若松屋の主人がそこへ古田晁を連れて来て、やがて臼井吉見を連れて来た。なぜ太宰君がそんな煩らはしい手数を取らせるのか、理由がわからない。若松屋の主人は一心太助だと自ら云ひ、実によく自転車でまめまめしく行つたり来たりするのだが、太宰君がこんなに商人をうまく手なづけてゐるとは意外であつた。私は腑に落ちないままにビールの御馳走になりながら用談を片づけて、その後からまた酔ひつぶれるほどビールを飲んだ。

用談といふのは、筑摩書房から出す私の選集編纂の打ちあはせであつた。私はその席で初めて気がついたが、私が東京に転入する前に太宰君は私のために古田晁に交渉して、私の選集九巻を出すことにしてゐたのであつた。転入に立ちおくれて田舎にゐた私のために、ずゐぶん気をきかせてくれたのである。太宰君の心づくしであつた。しかし、どうしてあんな滑稽なほど煩らはしい訪ねかたをさせたのか合点が行かぬ。いろんなことに気をつかひ、ユーモアを出すつもりであつたかもわからない。

（筑摩書房「太宰治全集」月報・一九五五年一〇月～五六年六月）

青春時代（抄）

森　敦

「檀一雄です」そう言えば当然知ってもらっているはずだというように、檀一雄は颯爽とぼくのいた世田谷の北沢の家に現れた。毎日新聞でぼくの「酩酊船」を読んだというのだが、ぼくのほうでもこれがあの檀一雄かと思った。というのは、檀一雄（ではなく、その一味徒党であったかもしれぬ）が『新人』という同人雑誌を出し、「此家の性格」という小説を書いた。

それ自体はなんてこともないのだが、新人現るといった歌い文句をつけて、朝日新聞に三段六ツ割の広告を出した。それが文学青年の度胆を抜き、当時文学の神さまとまでいわれた横光さん（利一）からまで、「きみは檀一雄を知っていますか」と訊かれた。ぼくもそんなことを、やりだしかねないところがあると見られているのだな。そう思っておかしかったが、いざ訪ねて来た檀一雄を見ると、上背があり、仕立ておろしの紺絣《こんがすり》を着、悪びれたところがすこしもない。といえば、驕っていたように受けとられるかもしれないが、そんな様子はまったくない。

ぼくの母はたちまち気に入って、茶菓のもてなしをするばかりか、自分も話に加わろうとする。ぼくにはいささか迷惑でないこともなかったが、大いに談ずるうち、この新来の客檀一雄が途方もない計画を立てていることがわかって来た。『鷭』という季刊雑誌を出すから、同人になってくれというのである。しかし、同人雑誌がみなそうしているように、互いに金を出しあってつくるのではない。金は幸い東京に叔母さんがいる。そのひとから四千円出してもらって、資金にするという。

四千円は当時としては驚くべき大金だが、檀一雄はさも愉快げに笑い、すでに女性の編集者も傭ってあり、雑誌ができればむろん新聞広告もし、原稿料もだんだん出すようにする。それにはなんとしても秀才を集めねばならぬが、幸いここにすばらしいのがいると言い、『海豹』という同人雑誌を置いて行った。ぼくはこの青年は、文壇に打って出ようとしているのではなく、文壇をつくろうとしているのだと思った。壮大な夢は、とかく反撥が感じられるものだが、檀一雄にはそんな反撥を感じさせない、爽やかな風のようなものがあった。

『海豹』には太宰治が「思い出」という小説を書いていた。作品自体なんということもないのだが、筆の滑りのよさにはすでに尋常でないものがあった。檀一雄がすばらしいのがいると言ったのは、このことかと思っていると、果たしてここに秀才ありとかなんとか言って、太宰治を連れて来た。

一見して、太宰治は檀一雄とは正反対な性格の持ち主のように思われたが、背恰好もおなじようなら、まったくおなじ仕立ておろしの紺絣を着ている。そういえば、ぼくもおなじような背恰好で、仕立ておろしの紺絣を着ていることにふと気がついた。気づいてみると、縞までがみなおなじ亀甲型なのである。これが絣三人組と呼ばれて、文壇に悪名を流すことになるのだが、三人はいずれも自分が、悪名の原因になっているとは思わず、だれかがしでかしたことに巻き込まれて、そうなったのだと思っていた。

檀一雄はぼくとおないどし、太宰治はぼくらより三つとし上で、ぼくは旧制一高中退。檀一雄は東大経済学部、太宰治はおなじく仏文科に在学していると言っていたが、ぼくはそんなことはどうでもいいと思っていたというより、てんで信じていなかった。

しかし、いやでも太宰治がほんとうに東大仏文科に籍を置いていたことを、知らねばならぬことが起こった。ある日、突然檀一雄が北沢のぼくの家にやって来て、太宰治が大学を退学されそうになっているという。ぼくは一高を中退してしまっているので、大学のことはよく知らないが、なんでも三年間ないし六年間で、なん十科目かの単位を、取らねばならぬらしい。

太宰治はその六年間がもはや切れようとしているのに、ほとんど単位を取っていない。辰野さん(隆)にねじ込んでみたがなんともならず、退学されること必至である。幸い、中村地平が都新聞にいる。これに頼んで太宰治が都新聞に入社したことにして、お祝いの手紙を親もとの津軽の津島家に出してもらう。

ついてはきみも一筆書いてくれぬかと、檀一雄がぼくに言うのである。まさに義を見てせざるは勇なきなりで、檀一雄の面目躍如たるものがある。さては太宰治の東大仏文科はほんとうだったのか。してみると、檀一雄の東大経済学部というのもほんとうかもしれん。そう思いながらひとり笑いをおさえて、ぼくも喜んで津島家に端書を出した。しかし、一足先に大学から通知が行っていたらしく、檀一雄の活躍も水泡に帰し、ぼくたちも赤恥を掻《か》くような結果になった。

ところが、檀一雄もみずから東大経済学部の学生であることを証明しようとしたのか、東大の制服制帽姿で北沢のぼくの家に来た。いま東大を卒業したというのである。いま入学したというならともかく、卒業したにしては制服制帽がいま買って来たように真新しい。かえって怪しく思われたが、檀一雄はいままで質屋に入れていたんだと笑う。それにしても太宰治のれいもあり、東大も経済学部を、よくまともに卒業できたなと感嘆すると、檀一雄は森さんと友だちになって、ひとりでもまともに卒業できた者がいますかと言って笑った。まともに卒業しないで卒業したとは、どんな卒業をしたのか。しかし、それはつい聞かずにしまった。

檀一雄の制服制帽姿は、そのとき一度見たきりで、あとはいつもの紺絣になった。また質屋に入れてしまったのかもしれない。絣三人組とはいいながら、いつ連れ立って遊びに出ても、檀一雄は決してひとには金を払わさなかった。しかも、その金づかいが荒いのである。後に永井荷風によって濹東と呼ばれるようになった、玉の井に行ったときなどは驚いた。

いたるところに掲げられた「抜けられます」という照明広告を上に見て、迷宮のような路地を行くと、櫛比《しっぴ》した薄汚い家の二階から、「檀さあん」と女の声が掛かった。すると、それの真似したのかどうかしらないが、あちらからもこちらからも、「檀さあん」「檀さあん」と女の声が掛かった。

まるで凱旋将軍のようだが、無事でいられるはずがない。本郷の石田病院に入院したというので、見舞いに行った。行って驚いたというより感服した。こうした種類の病院ではみな卑下して、看護婦を呼ぶにもか細い声を上げる。しかし、檀一雄は違っていた。「我はもや親が賜びにしきんたまを大入道とうちはらしたり」と大書した紙を壁に貼り、揚々としてここでも、「檀さん」「檀さん」と看護婦たちにもてているのである。

当時のことを振り返って、檀一雄は「シュトゥルム・ウント・ドラング」（疾風怒濤《どとう》）の時代と書いている。「シュトゥルム・ウント・ドラング」とは、十八世紀後半、ドイツに起こった若きゲーテを中心とする文学運動だが、ぼくたちは絣三人組の行動は、文字通り疾風怒濤だった。金がなくなれば、だれかれとなく文壇知名の士を襲って借りた。借りればたちまち使ってしまって、むろん返さないのである。

なにしろ不景気な時代で、勤めようにも勤め口などほとんどない。ある大学のごときは千人近い卒業生を出しながら、僅か三人しか就職できなかったという。一人は抜群にできた学生で地方の学校に、一人は社長の息子で親父の会社に、一人は学業をてんでサボッていて、ダンスばかりしていたが、これがフロリダの教師に、就職したなどという笑い話もあったぐらいだ。

しかし、そこはよくしたもので、仲間三人のうち、一人が就職すれば、残りの二人はその一人にタカって、なんとかやっていけた。まして文壇知名の士ともなると、寄って来る文学青年に、いくばくかの小遣いをやるのが当然、また文学青年のほうでも、貰ってなんの恥じるところがなかった。

横光さん（利一）のお宅はぼくとおなじ北沢にあったので、可愛がられるままによく伺い、毎夜のように銀座に連れて行ってもらい、ご馳走になった。その横光さんがぼくをおなじ仲間と見て、檀一雄のことを訊《き》いたぐらいだから、ほんとに仲間になって、これを引き合わせないはずはない。

横光さんも檀一雄の颯爽たる感じに、ひと目で気に入ったらしい。引き合わせて帰るとき、横光さんは玄関まで送って来、片袖に手を入れて、懐からさッと二枚ほど、十円紙幣を取りだしてぼくにくれた。横光さんは昼近くに起き、昼からは訪ねて来る文学青年を、二階の書斎に上げて歓談する。ひとりで訪ねたときは、みなが帰ってしまうまで引き留めて、銀座に連れて行ってくれる。しかし、連れがあると、決して引き留めずこのように金をくれる。きみたちはきみたち同士これで遊びたまえ、そのほうが愉快だろうといった心やりである。

ぼくにはその心やりが嬉しかった。嬉しかったというより愉快だった。横光さんがどんなにかぼくに、目を掛けてくれているかを、見せることができるように思えたからである。五十銭もあれば、煙草を買い、喫茶店にはいって大いに談ずることができた。五円もあればカフェにはいって、女給たちにチップをやって喜ばせ、飲むだけ飲んで、酔うこともできたのだ。それが二十円ともなると、どれだけ遊べたか想像がつくだろう。

そんな日の翌日、横光さんを訪ねると、笑いながら、もうあれはなくなってしまいましたかと訊く。むろん、まだあろうなどとは思っていないのである。横光さんは毎夜のように、銀座に出るといったが、資生堂の喫茶部に行ったり、風月堂にはいったり、名物料理を食べたりするだけでいわゆる遊ぶほうではなかった。しかし、青年たちが思い切って遊ぶのを想像するのは楽しかったらしい。

太宰治は津軽の名家の出だったから仕送りを受け、さして金には不自由しなかったろうが、檀一雄と三人で遊ぶとき、いつも金を出すなり、借りるなりするのは檀一雄で、太宰治ではなかった。その太宰治が檀一雄を湯河原に連れだしたという。連れだすからには太宰治がオゴるつもりだったのだろうが、さんざん遊んで、金を使い果たしてしまった。その後始末をするために、太宰治は檀一雄をひとり湯河原に残して、東京に帰った。

しかし、いくら待っても太宰治は戻って来ない。しびれを切らした檀一雄が、宿に渡りをつけて東京に帰り、心あたりを探したが、家にはむろんどこにも太宰治は見あたらない。ふと思いあたって、井伏さん（鱒二）のお宅を訪ねてみた。井伏さんは太宰治が師とする人である。果たして太宰治はそこにいて、井伏さんと将棋を指していた。

さすがに檀一雄も腹に据えかねたのであろう。ぼくの家に来て、「太宰の奴、なにもなかったような顔をして、『お手は』などと言っていた」と憤慨したが、ぼくはそのときの太宰治の顔が目に見えるように思えた。太宰治は金を借りるために、八方奔走した。しかし、いずれもうまくいかず、思いあまって井伏さんを訪ねたものの、恥ずかしくって言いだせずにいたに違いない。

ところが、驚いたことに太宰治はこれを「走れメロス」という小説に書いた。「走れメロス」はシルレルの作品を受けてつくられたもので、メロスが山川を駆けに駆けて、親友のために約束を果たすという物語である。教科書にもよく採用されている。太宰自身がメロスと思われがちだが、実は檀一雄である。そのときの檀一雄からメロスが発想されたに違いない。

新宿日活館の地階に、「モナミ」という大きな喫茶店があった。喫茶店といっても、酒も飲ませれば料理も出すのである。ぼくは檀一雄をそこに誘った。むろん、その憤慨をなだめるつもりもあり、金はぼくが出そうと思っていたが、檀一雄がテーブルにつくなり、広いホールに満ち溢《あふ》れた大勢の客を見渡して、ボーイを呼びメニューを持って来させた。そして、このメニューにあるものを全部持って来いと命じた。

全部持って来られたんでは、ぼくが出そうにも出しようがない。仕方がない。こうなったからには、檀一雄にまかすことだ。大いに飲み、大いに食いするうちに気焔が上がり、いよいよ発刊しようという、『鷭』の話などするうちには、憤慨も忘れてしまったように太宰治の才能を称《たた》えはじめた。

『鷭』は着々として進行しつつある。古谷さん（綱武）がすでに編集を引き受けてくれた。尾崎さん（一雄）も書いてくれるという。きみもむろん書いてくれるだろう。太宰治はこれによって必ず文壇に出る。もはや成功を収めたようなものだが、もし秀才を知っているようなら、紹介してくれたまえなどといって夜を過ごし、揚げ句の果ては遊廓に繰り込んだ。

翌朝、朝早くからやっている喫茶店に二人ではいると「ブレック・ファースト」と朝食を注文した。みょうに顔の肌が荒れて、荒涼としたものが感じられた。ひょっとすると昨夜から遊び、いままた払おうとしているこの金は、檀一雄が湯河原の宿のために集めて来たものではなかろうか。それをしも使わずにいられない檀一雄の生きざまを思って、ぼくは寒々としたものを感じないではいられなかった。

（『読売新聞』一九八一年一一月三〇日〜一二月三日）

無頼派の肖像──②

檀 一雄

写真・文＝**林 忠彦**

檀さんは都内の麹町に仕事場をもっていたが、そのアパートの一室のドアの前には、いつも酒やビールの空き瓶の箱がうず高く積み上げられて、なかなかドアがあかなかった。やっとなかに入っても、何ひとつない。ボロボロの障子やふすまの部屋の中にコタツが一つ。檀さんは進駐軍の毛皮の飛行服を着込んで、「林さん、写真なんてどうでもいいじゃないの。それより飲もう飲もう」といって、すぐ酒になった。

天井からぶら下がった裸電球に紙が巻いてあり、そこに輪ゴムがつけてあって、その先端に栓抜きがくくられている。息子の太郎君はまだ小学生だったか。「太郎ッ」って大声で檀さんが呼ぶと、「ハーイ」と太郎君がビールを持ってくる。すると、その栓抜きをピュッと引っ張って、ポンとビールの栓を抜くと、パッと手を放す。栓抜きがまるで生きもののようにピュッと元へ戻っていって、ゆらゆら揺れている。これはすごい新機軸を打ち出しているわい、やっぱり聞きしにまさる傑物にちがいないと、僕はすっかり感心した。

ユーモア好きというか、一種の奇行癖のあった人で、あるとき、本当の托鉢坊主のかっこうをして神田の古本屋街を歩いたことがあった。自分の行きつけの本屋の前でお経をあげると、まさか檀さんとは思わないから、店の主人は、この忙しいのにとブツブツこぼして、「お通りくださあい」って、奥の方からどなっている。檀さんは知らぬ顔でお経をつづける。主人が憤然としてそばへ来て笠の下からのぞくと檀さんだから、びっくりして、「先生も、ほんとに人が悪い」と大笑いになった。

檀さんの人気は今もすごい。命日の夾竹桃忌も年々さかんである。

（『カストリ時代』より）

撮影＝昭和24年

太宰治の顔

橋川文三

不思議に忘れえない顔がある。なぜか深く心に刻みこまれて、たえまなく思索を強いるような種類の人間の顔がある。たとえば魯迅である。魯迅の顔については、堀田善衛がかつて美しい文章を書いていた。「岩波文庫版の魯迅選集に出ていた写真の顔が、どういうものか頭に灼きついて、どうにもけされがたい印象をのこした」「あんなに悲惨で、高貴な顔をした人間は、一世紀のうちでもせいぜい一人か二人だろう」という言葉がそこにはあった。

ともかく、そういう顔がある。

ぼくは、太宰がそういう類いの顔をもっていたというのではない。ただ、ぼくがこれまでに見たり、これから見るであろう無数の人間の顔を含めて、太宰のそれのような顔にはめったに会えないであろうと信ずるだけである。

ぼくは太宰の良い読者でもなく、研究者でもない。ただ、一度だけ、なかば偶然に太宰に出会ったことがあるにすぎない。そして、太宰の作品を忘れることはあっても、その顔のイメージだけは忘れえないであろうと思っている。そういわせるような顔を、太宰はもっていた。

敗戦直後、ぼくはある小さな週刊新聞の編集を手つだっていた。いま雑誌『法政』の編集長をしている郡山澄雄、神奈川大学教授山本新、詩人の栗林種一らが編集委員で、顧問に清水幾太郎、堀真琴、平貞蔵らがすわっていた。戦後、おびただしくあらわれた新聞の一つであった。

ぼくは学校を出たばかりの戦中派で、何も知らなかった。太宰のことも、高校時代のある友人の受売りの知識しかもっていなかった。ある日――昭和二十一年の秋頃かと思う――郡山らがいい出して、三鷹の太宰を訪ねようということになった。はじめからそういうつもりだったのか、それとも、編集所になっていた埴谷雄高の隣りの郡山の家を出て、吉祥寺駅北側のカストリ・マーケットを飲み歩いているうちに、そういう風向きになったのか忘れたが、ともかく郡山や山本らと一しょに三鷹に降りた。そして、駅前を真直ぐに行って、上水につきあたる右角の焼鳥屋で、誰かと二人で酒を飲んでいる太宰にバッタリ出会ったのである。

ぼくは、戦前、文学少年だったことはあるが、その頃はもうそのような児戯と縁を切ったつもりでいた。戦中派らしく、生きる上のなんらの方針をももたず、そのかわり、死にそこなった者の倨傲だけをひそかな誇りとしているような人間の一人だった。したがって、太宰を畏敬すべき文学上の先輩とも思わなかったし、なんらかのかかわりを将来においてもつであろう人間とも考えなかった。だから、郡山らがいんぎんに先輩に甘えている図を、ひそかにいらだたしく眺めていただけである。

しかし、太宰の顔の美しさをぼくは疑うことはできなかった。美しい、というのは曖昧な感じであるが、やはりそれは美しかった。それとも、異常であったといった方が正しいかもしれないし、優しかったというべきかもしれない。ともあれ、その目鼻のつくりは、北方の古譚にあらわれる巨人族の系譜を思わせるものであったが、その毛の深い大きな手と指とは、かえって人につくすことになれた繊細な表情をあらわしていた。その血脈に流れているであろう暗い豪族的な記憶と、そのように優しい屈従的な

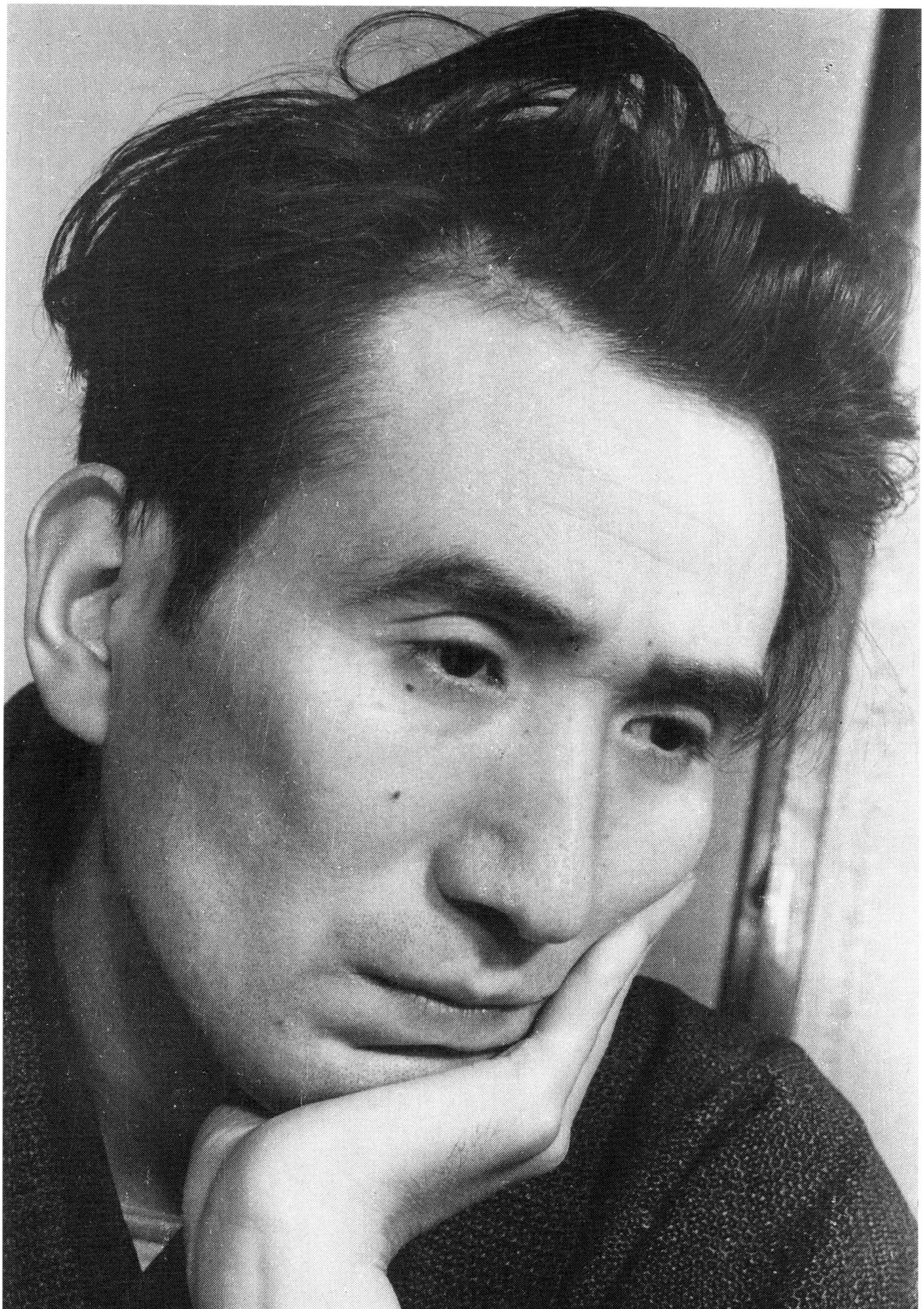

昭和23年、『人間失格』執筆のころ 撮影＝田村茂

ものをそなえた人間には、およそどんな意味でも文化人的な（無恥な！）生き方は不可能なのではないか。ぼくは、太宰の顔だけを見つめながら、そのような思いをさそう人間の顔を見たことがないのに気づいていた。彼は、それがいかなる無慙な結果におわるにせよ、ただひたぶるに優しくある以外の生き方を生きえないであろうような、そうした無器用な種族であるように思われた。

　そのとき、かれが何を語ったかは忘れてしまったが、かれの語りぶりが、いたいたしいほどに陽気な好意にみちたものであったことは記憶している。そして、ぼくを見る眼ざしも、てれくさいほどに親切なものであった。

　それいらい、ぼくは、人間の優しさということを思うとき、その究極のイメージとしていつも太宰の顔を思い浮かべる。作品には好きなのも嫌いなのもあるが、いつもその背後に、その顔を思い浮かべるのが習慣のようになった。

　最近、吉本隆明から、やはり同じ時期に、太宰に会ったときの印象を聞いた。吉本は、それを、一切の世の通念の逆を、ただ考えているだけでなく、生きている人間を見たという驚異であったというふうに語った。

　ぼくが、太宰に感じたえもいわれぬ優しさというのは、吉本が感じたのと同じもののあらわれであったといえるようにいまぼくは思っている。

（『講座 現代芸術6』月報・一九六〇年三月）

太宰治と故郷・家

――もう一人の母

長部日出雄

　昭和五年に地元の新聞社から出された川合勇太郎編著『津軽むがしこ集』のなかに、「長いむがしコ」という章があって、太宰治の短篇『雀こ』の導入部に用いられた話も、そこに入っている。その本の表記の通りに引用すれば――。

　ながえむかしこ、知らへがな。
　あるどこに橡の木あ一本あつたずおん。
　そごさ烏一羽来て『があ』と啼けば橡の実あ一つ『ぼたん』と落づるずおん。
　まだ烏あ『があ』と啼けば橡の実あ一つ『ぼたん』と落づるずおん。
　まだ烏あ『があ』と啼けば、橡の実あ一つ『ぼたん』と落づるずおん。

　印刷されているのはここまでだが、じっさいには語り手が、繰り返しの言葉をえんえんと続けていくものであったのに違いない。

　長え長え昔噺《むがしこ》、知らへがな。
　山の中に橡の木いつぽんあつたずおん。
　そのてつぺんさ、からす一羽来てとまつたずおん。
（以下略）

という太宰の文章は、ほんの少し表記が違うだけで、基本的にはまったくおなじ話である。

　これには、鬼が天井から下げてよこした褌が、「ふぱても（引用者注・引っ張っても）、ふぱても、長えずおん」と繰り返すのと、大きな蔵のなかに蚊が一杯いて、小さな節穴から「一匹『くん』と出はるずおん」と繰り返す類話があり、編著者の川合勇太郎氏はあとがきにおいて、話の種をたくさん知らない人にとっては、これほどいい話はなかった、と述べ、また話の遊戯性をもうひとつの特徴としてあげている。

　たとえば、昔にあった長ーい布《きれ》を、「ひとーひろ」

明治40年6月に建てられた太宰の生家

「ふたーひろ」「みーひろ」と両手を一杯にひろげて測る真似をしながら、そのたびに聞いている子供たちを転ばせて、大騒ぎする話の仕方もあったのだそうだ。

川合勇太郎氏の半世紀にわたる蒐集採録を集成分類した大著『青森県の昔話』（津軽書房刊）では、こんなふうに単調な文句を繰り返す笑話を、「果なし話」「きりなし話」「眠い話」「長い話」などと呼び、話をきりもなくせがむのを防ぐため、単調の味気なさをさとらせようとした話のしかたの形式である、とも解説している。

幼いころ親から昔話を聞かせてもらった経験のないぼくの知識は、本で読んだことにかぎられるのだけれど、烏が「があ」と啼けば橡の実が「ぼたん」と落ちる、というのを繰り返す「烏と橡の実」の話は、単調なリズムの反復によって眠気を誘い、子供を寝かしつける子守唄がわりの役目を果たしたのではないか、と考えていたのだが、そのほか遊戯のかわりでもあり、きりなく話を聞きたい子供の願望に、けりをつけるための方法でもあったらしいのである。

太宰の『雀こ』が発表されたのは昭和十年だが、べつに前記の『津軽むがしこ集』（昭和五年、東奥日報社刊）に拠ったわけではなくて、おそらく幼時の記憶を蘇らせて書いたのだろう。川合氏の最初の編著において、「烏と橡の実」は、太宰の生家からそんなには離れていない西津軽郡出精村での採話とされている。

ここでよく引用される太宰が高等小学校一年のときに書いた綴方『僕の幼時』の一部を、もういちど反芻していただきたい。

「叔母はよく夏の夜など蚊帳の中で添へ《(ママ)》寝しながら昔話を知らせたものだ。僕はおとなしく叔母の出ない乳首をくはい《(ママ)》ながら聞いて居た。其の頃一番僕の面白かつたお話は舌切雀と金太郎であつた」

「たけは家の小間使でもあり、僕の家庭教師でもあるし、僕の家来でもあるのだ。五六歳の時から僕は毎晩〳〵たけの所に行つて本を教はつたものだ。始めはハタタコと一字々々に覚えて行くのは僕にとつては又たまらなく面白かつたのである」

そして学校へ入るまえ、すでに教科書の巻三にまで手をのばすようになり、

「うれしくてたまらないから叔母様に読んで見せると必ず昔話一つ知らせて呉れるし、おばあ様に読んで知らせればお菓子を呉れる。母様の前で読んでも何も呉れない」

「僕は昔話はたいそう好きであつた。どんなに泣いて居る時でもどんなにおこつて居た時でも、昔話を知らせて呉れゝばすぐににこ〳〵するのであつた。だから僕は叔母に一番多く読んで見せたものだ」

「今でも叔母様やたけの事を思ふと恋ひしくてならない」

幼時の太宰が、並外れて昔話が好きで、もっぱらそれを話してくれたのは、いつも添い寝していた母がわりの叔母であり、たけさんのほうは本の教師であったことがわかる。

「鳥と橡の実」の話は、叔母のきゑさんから聞いたものと考えても、さほど的外れではないのではあるまいか。とすれば、綴方に書かれているところからして、きゑさんはそれを、話の種の少なさをごまかすためや、単調の味気なさをさとらせるために、話したわけではないだろう。

でも太宰はきりなく昔話をせがむたちの子供だったようだから、けりをつけるためか、出ない乳首をくわえさせながらの添い寝の子守唄がわりに、何度も話して聞かせたことがあったのかもしれない。綴方に描かれた情景は、二人のあいだにあった非常な親密感を想像させる。そうした関係のなかで、太宰の心に叔母のきゑさんは、本当の母親として刷り込まれてしまったのではないか。

相馬正一氏の数数の労作によれば、太宰は三十代のなかばにいたるまで、自分は本当は叔母の子ではないか、と疑っており、名作『津軽』に昇華された旅は、じつはそのことを確認するのが目的であったようだ。小泊にタケさんを訪ねた太宰は、真剣な表情でこう質問したという。吾《わ》、文治（長兄）さんと本当の兄弟ダガ？　吾《わ》、本当は五所川原のガッチャ（津島家における叔母の呼称）の子でネノガ？　（相馬正一『「津軽」について』）

『津軽』のなかの「たけ」のイメージは「現実の叔母とタケを重ね合わせて形象化したものではないのか」という相馬氏の意見は、じつに畏るべき洞察である。氏の綿密をきわめた調査と鋭い洞察に触発されたぼくの臆測をいえば、前記の質問をぶつけて予期した通りの答えが得られたときには、小泊から弘前に駆けつけ、入院した孫に付添っていた叔母と再会し、長いあいだ求めつづけてきた真の母と、ついにめぐりあう場面が、あの感動的な運動会の情景（それがほとんど創作であるのは、相馬氏の前掲の論文――津軽書房版『津軽』解説に詳しい）にかかわるクライマックスとして想定されていたのかもしれない。

また、本当の母親とおもいこんでいた叔母と（五所川原への分家によって）小学校へ入る直前に引き裂かれたことが、太宰の深層意識に、生涯にわたる「家」への反抗心とルサンチマンを植えつけたのではないか、とも臆測する。そうした推定にいたるまでの経過は、小生の『神話世界の太宰治』（平凡社刊）に書いたので、興味のある方は参看していただきたい。

太宰治の文体は、平易な話し言葉で、読者に直接語りかける構造をもつ点に、最大の特徴がある。まことに個性的なその文体の形成には、学生時代に熱中した義太夫や落語といった語り物や話芸より以前に、幼時に叔母から、毎晩眠りに入るまで、繰り返し聞かされた昔話も、強く影響していたに違いないとおもう。

庶民には難しい書き言葉＝文語による文芸の歴史を、かりに表の文学史とするなら、それよりも圧倒的に多くの人人に語りかけてきた裏の歴史――すなわち神話、伝説、説話、昔話、民話、平曲、軍記物、義太夫、説教、祭文、浪花節、講談、落語など、わかりやすい話し言葉＝口語による文学の流れを、現代において体現しているのが、太宰治であるとぼくは考える。そうだとすれば、幼時のかれに添い寝して、たくさんの昔話を教えた叔母のきゑさんは、太宰の文学的な母親ということにもなるのではないか。

太宰には想像力をぞんぶんに発揮した『お伽草紙』という再話の傑作があるが、かれの文学とその故郷であるフォークロアとの関連を探って行けば、またもっと新しい視野が開けてくるかもしれない。

（『解釈と鑑賞』一九八七年六月号）

若き日のヨリシロだった、太宰治

伊藤比呂美

太宰治にはのめりました。高一のとき、最初は教科書で「こぶとり」か何か読んだのがきっかけで他のも読んで、「人間失格」で人生が変わりました。マンガより文学の方がおもしろくなったし、成績は地に落ちたし、落ちこぼれになって自信がなくなって不安になって、性格はゆがむし、死にたくなるし、そういうのがかっこいいと思うし、不良になるし、太宰治的なもののオンパレードで、いま思い出すと恥ずかしくなります。

とにかく、文庫だろうが何だろうが、太宰という名が書いてあれば手あたりしだい買って読んで、ノートにうつしたりまねして書いたり、自分の部屋に「ルパン」の太宰を貼ったり、ほとんどアイドルでした。文芸部にいたので、演劇部と合同で太宰をモデルにした「桜桃」という劇をプロデュースしたこともあります。〝桜桃忌〟にも行きました。サクランボも食べました。当時持っていた太宰の本には、余白や表紙に、書き込みがたくさんあります。あの当時書いてた頭の悪そうなマル字で、書いてる内容もキザいし、クサいし、アオいしで、見たくもありません。思い出したくもありません。

熱は大学に入ったころまで続きました。後半は中原中也と二本立てで、中原中也の方が今ひとつ太宰よりマイナーで、それがよかった。そのうち、詩の方が小説よりおもしろいと思うようになりました（詩といっても近代詩です）。

今はぜんぜん読みません。ちょっと前に高橋源一郎さんが、太宰はすっごく小説がうまいよって言うから、もう一回全集ひっぱり出してきて読んでみました。でもそのときはもう、太宰よりおもしろいものが身のまわりにいっぱいあった。中也ももう読みません。この間佐々木幹郎さんが、中年になってからの中也の読み方というのを教えてくれましたけれど、読めませんでした。それが読めないのではなく、それにかぶれていた自分を直視できないのかもしれません。

太宰というのは、わたしにとって、自分のそれまでのテリトリーから脱け出すヨリシロみたいなものでした。親に管理されてる自分とか、受験に負けそうになってる自分とか、性に興味があってあってそれをもてあましている自分とか、女という役割に気がつきはじめた自分とか、食欲がある健康でよい子の自分とか、そういうものから脱け出したかったんじゃないかと思います。ところが、太宰を黄門さまのインローみたいにかかげて「このおかたをどなたと」とやったのに、どうもこれだけでは迫力が足りない。殺したかった親その他は太宰ごときじゃたいしてびびらなかったものだから、もっともっと過激にやりたくて、拒食をはじめ、詩を書いたんでしょう。

（『鳩よ！』一九九〇年七月号）

威張るな！

高橋源一郎

太宰治の名作数多くあるなかで、ぼくがもっとも好むものは、『斜陽』でも『おさん』でも『トカトントン』でも『女生徒』でも『お伽草紙』でも『右大臣実朝』でも『桜桃』でもなく『親友交歓』というあまり知られぬ作品である。

《昭和二十一年の九月のはじめに、私は、或る男の訪問を受けた。この事件は、ほとんど全く、ロマンチツクではないし、また、いつかうに、ジヤアナリスチツクでも無いのであるが、しかし、私の胸に於いて私の死ぬるまで消し難い痕跡を残すのではあるまいか、と思はれる、そのやうな妙に、やりきれない事件なのである。事件、しかし、やつぱり、事件といつては大袈裟かも知れない。私は或る男と二人で酒を飲み、別段、喧嘩も何も無く、さうして少くとも外見に於いては和気藹々裡に別れたといふだけの出来事なのである。それでも、私にはどうしても、ゆるがせに出来ぬ重大事のやうな気がしてならぬのである》

戦火で罹災し、津軽の生家に転がりこんでいた太宰の下を訪れたのは、小学校時代の同級生で「親友」と称するひとりの農民であった。確かにその顔に見覚えがなくはないが、印象などほとんどなく、どこが「親友」なのか太宰にはさっぱりわからない。だが、とにかく男が「親友」であると主張しているのだからそうなのだろうと家に上げたら、さあたいへん。酒を呑ませろ、お前の嬶に酌をさせろ、配給の毛布をおれによこせ、と無礼のかぎりを尽くし、文学者おまえの作品はつまらねえぞと悪口雑言あびせかけ、酔っぱらったあげく太宰秘蔵のウイスキーを強奪して、男は堂々帰ってゆく。

《けれども、まだまだこれでおしまひでは無かつたのである。さらに有終の美一点が附加せられた。まことに痛快とも、小気味よしとも言はんかた無い男であつた。玄関まで彼を送つて行き、いよいよわかれる時に、彼は私の耳元で烈しく、かう囁いた。「威張るな！」》

この「威張るな！」のひとことには、太宰治という作家が文学に要求していたモラルのすべてが凝縮している。だが、どのようなモラルなのか。いったい、この「威張るな！」はだれが、なんのために、だれに向かっていったことばなのか。太宰の書いたものを素直に読むなら、これは、或る作家の下を訪れた傍若無人な男が調子にのって吐いた暴言である。太宰に悪いところは少しもない。因縁をつけ、ゆすりめいたことをしたあげく、捨てぜりふまで残す。むちゃくちゃだ。だが、太宰はそうは思わなかったことは冒頭の引用にある通り。それどころか、太宰は自分に向かって吐きだされた「威張るな！」を甘んじて受けているようにみえる。いや、それが絶対に正しいと信じてさえいるようにみえる。だが、それは富農出身のインテリたる太宰の貧農への原罪めいた感情の故ではない。

もの書く人はそれだけで不正義である――作家太宰治のモラルはこのことにつきている。ものを書く。恋愛小説を書く。難解な詩を書く。だれそれの作品について壮大な論を書く。政治的社会的主張を書く。

記事を書く。エッセイを書く。そして、文芸時評を書く。どれもみな、その内実はいっしょである。見よう見まねで、ものを読みものを書くことにたずさわるようになって数十年、ちんぴらのごとき作家のはしくれであるぼくがいやでも気づかざるをえなかったのはそのことだけである。ものを書くということは、きれいごとをいうということである。あったかもしれないしなかったかもしれないようなことを、あったと強弁することである。自分はこんなにいいやつである、もの知りであると喧伝することである。いや、もっと正確にいうなら、自分は正しい、自分だけが正しいと主張することである。「私は間違っている」と書くことさえ、そう書く自分の「正義」を主張することによって、きれいごとなのである。もの書く人はそのことから決して逃れられぬのだ。

　太宰を訪れた「親友」は、もの書かぬ人の代表であった。それは読者ということさえ意味していない。もの読む人はすでに半ば、もの書く人の共犯であるからだ。もの書かぬ人は、もの書く人によって一方的に書かれるだけである。おまけにそれを読まないものだから、どんな風に書かれているのか知らぬ人である。もの書かぬ人はそのことを本能で知っているものだから、ひどく悲しくて、もの書く人の前に来て悪さをするのである。もの書く人である太宰は、もの書かぬ人の全身を使っての抗議に、ただ、頭を下げるだけである。もの書く人太宰は、もの書くことの「正義」という名の不正義を知る数少ない作家である。だから、もの書かぬ人の乱暴狼藉にも文句をいわない。文句をいわれないから、もの書かぬ人はいっそう惨めな気持ちになる。「馬鹿帰れ！」とか、「お前は親友でもなんでもない！」とか、「ふざけるな！」とかいわれたなら、そのもの書かぬ人は救われるのである。もの書く人が、単なるカッコつけの、正義面した、インチキくさい野郎であることが暴露され、そのことによってもの書かぬ人は安堵することができるからだ。だが、太宰はもの書かぬ人のいうことに唯々諾々と従うばかりである。そして、そのすべてを太宰が書くであろうことをもの書かぬ人も太宰も知っているのである。

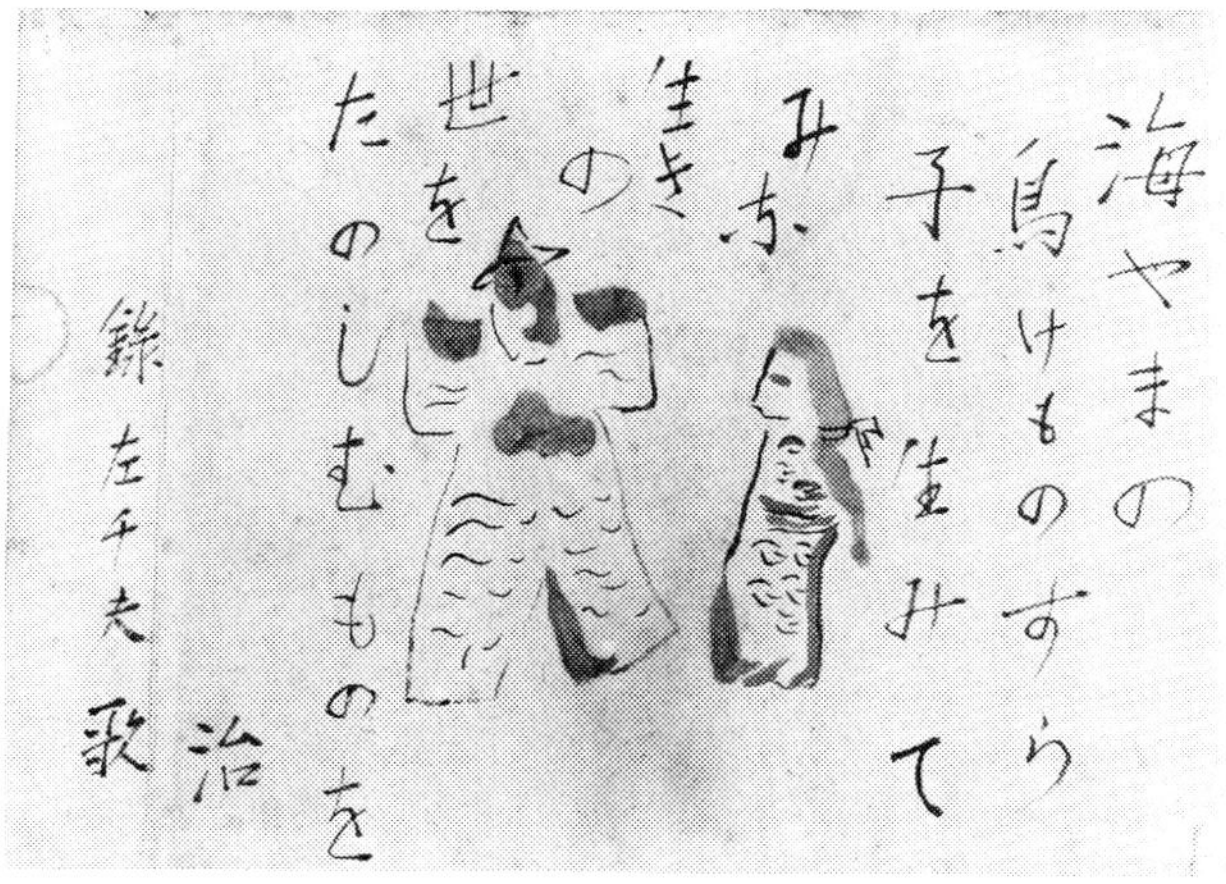

　では、なにも書かねばいいのか。それでは、もの書かぬ人を拒んだことになる。では、書けばどうなるのか。それでは、もの書く人がもの書かぬ人に対して作家個人の「正義」を押しつけたことになる。どちらを選んでも、救いはないのか。いや、ひとつだけあるのだ。それが、「威張るな！」のひとことである。

　もの書く人ともの書かぬ人は不倶戴天の敵同士である。そして、ふだんはそのことに気づかぬふりをしているのである。だが、『親友交歓』の中で、もの書く人ともの書かぬ人はそのことに徹底的に気づくのである。馬鹿なのはもの書く人の方である。なにをしていいのかわからぬのである。だから、もの書かぬ人は先に「威張るな！」といったのである。それは「わかった」ということなのだ。「お前の立場を理解した」ということなのだ。「この溝は越えられぬ。だから、お前はいつまでもその不正義を行使するがいい。おれは死ぬまで、お前のやることを見ているぞ」といっているのである。そのことをもの書く人にいえるのは、もの書く人の敵だけである。敵だけが「親友」になれるのだ。

　ぼくたちは、その「敵」のことを「他者」ということばで表現している。そして、その敵に寄せる思いを、「他者への想像力」と呼んでいる。おのれの「正義」しか主張できぬ不遜なもの書きの唯一のモラルは「他者への想像力」である。だが、そのいいかたはすでにきれいごとであろう。必要なのは「威張るな！」のひとことである。最低のもの書きのひとりとして、ぼくはそのことを烈しく願うのである。

（『朝日新聞』文芸時評・一九九二年三月）

文学における無頼とは何か
――無頼派を中心に

奥野健男

「自然主義派」とか「白樺派」とか「新感覚派」とか「日本浪曼派」とか、「第一次戦後派」とか、文学史上さまざまな派が称されて来たが、その中で「無頼派」ぐらい不思議な存在はない。だいたい派という言葉は、たとえば自民党の中の佐藤派とか中曽根派とかいう利害関係や親分子分の関係で集まった政治派閥や、あるいは全学連の中の中核派とか革マル派とかML派とかいう憎しみをもって確執するセクト党派を思わせるので、独立心の強い文学者たちが自ら何々派を称することは殆んどない。例外的に「日本浪曼派」が、自分たちの同人雑誌を敢えて……派と命名しているぐらいだ（自ら日本浪曼派と文学党派であることを名乗ったところに文学運動としての日本浪曼派のイロニカルでデスペレートな心情があらわれていて興味が深い）。それ以外はみな外側から文学者やジャーナリストにより名づけられた呼称で、それが次第に文学史家たちによって正式の名称とされて行く。しかし「白樺派」は「白樺」という同人雑誌によってあらわれた学習院出の文学者を中心としたひとつの集団であるし、「新感覚派」は外部の批評家千葉亀雄の命名によるとしても、「文芸時代」に結集された横光利一・川端康成らの新進作家たちには、はっきりとした文学運動の意識と同志感があった。「第一次戦後派」になると第二次大戦後同じ頃登場した新進文学者に対する時代的、世代的な呼称に過ぎないが、彼らの多くは雑誌「近代文学」の周辺に集まり、戦後の新文学の確立という共通な目的意識と仲間意識を持っている。以上の少数な例からも同じ……〝派〟と称されても、それぞれ成立事情が異なり、同窓生的な仲間意識、世代的な共感、文芸思潮によるエコール、あるいは文学運動を指すなど雑多である。しかし何れにせよ、最小条件として同じ雑誌に結集したり、文芸思潮を同じくしたり、おたがいに文学運動意識をもったり、同じ時代に文壇に登場したり、友人であったり、少なくともどこかで直接的に接触している。

　ところが「無頼派」は（もし「無頼派」という概念が成立するとすれば）、生い立ちも、文壇登場の仕方も全く別々で、それまで何の直接的交際もなく、「無頼派」華やかなりし時期も殆んどおたがいに交友関係がなく、もちろん一緒に雑誌を計画したこともなく、せいぜいその中の二、三人が座談会で一、二回同席したぐらいのものである（たとえば石川淳と織田作之助は一度も会ったことがないであろう）。とうてい、いかなる意味でも派が意味する党派・集団などを形成し得るはずがない。そういう具体的な派的な現象は全く存在しなかった。

　しかし「無頼派」は、他のいかなる日本文学のエコールや文学運動の「……派」より、人々に圧倒的な共感と影響とを与え、強い同類意識、同志感を抱かせたのである。つまり全く別々のところから文学的に出発し、戦争期それぞれ孤独の中に耐えながら、思いをひそめ、時代と対決しながら自己を深めていた何人かの文学者たちの、戦後に発表した作品や生き方が、ぼくたち読者の魂をはげしく揺るがせた。逆に言えばぼくたちは戦後の昏迷の中で途方に暮れながら、今の自分の魂と通じあう文学者を懸命になって探した。その努力のはてにようやく何人かの文学者を見出した。それをぼくたちは仮りに「無頼派」作家と呼び、特別の存在として、つまり魂の同

◀昭和23年、三鷹の本屋で　撮影＝田村茂

志として、ほかの文学者と違うものと考えた。いわば「無頼派」は、当時の読者、特に若い熱烈な愛読者たちの魂がつくりあげた幻想のエコールなどであり、読者たちの期待がつくりあげた想像の中の理想的文学共同体であったと言える。名もない読者たちの熱烈な希求と、祈りに似た深い思いが戦後の空に現出させた美しい虹であり、蜃気楼であったのだ。しかし文学宇宙においては現実の交友関係によるエコールより、読者の中から湧き起った幻想のエコールの方がはるかに強い文学的真実をもっている。鋭敏なジャーナリストは、その幻想的共同体を皮膚で感じ、それを編集・出版の中に具現化し、さらにひとり狼的なこれらの文学者自身も、たがいに文学的精神的な同志として認めあいはじめる。その意味で「無頼派」は読者の側から自然に形成されたもっとも民主的自発的なエコールと言える。このような例は日本文学史上「無頼派」以外にはない。

では「無頼派」は誰々を指すのかと言えば、もともと多様な読者のそれぞれ主観的な共感や好みから発生したものであるから、明確な範疇や基準があるわけではない。読者ひとりひとりが、それぞれの「無頼派」を心に描いているだけである。

その最大公約数としてジャーナリズムは織田作之助・坂口安吾・太宰治・石川淳を、その中核に置く。それに直ちに檀一雄・田中英光を加える者もいる。ぼくは無頼派という名称はおかしいが、太宰らの血縁として伊藤整を加える。とすれば高見順も近い。北原武夫もいる。三好十郎・平林たい子・林芙美子・石上玄一郎も「無頼派」にふさわしい。花田清輝・大井広介の批評家、そして武田泰淳まで含めるべきではないか、等々、各人各説である。

そういうさまざまな意見のひとつとして、ぼくの考えを述べれば、織田作之助・坂口安吾・太宰治・石川淳・伊藤整を中核に、一方に北原武夫・石上玄一郎・花田清輝その延長に高見順、一方に田中英光・檀一雄・三好十郎その延長に平林たい子・林芙美子・武田泰淳らを「無頼派」の周辺として含めたい。もちろんこの見取図も矛盾にみちているが、所詮ぼく個人の文学的影響、親近感の系譜に過ぎないのだ。

しかし「昭和文学史」としてもっとも定評ある平野謙が石川淳・坂口安吾・太宰治・伊藤整・織田作之助らを、その文学史の中で一括し、彼らを「自然主義文学から私小説へとつづく文壇主流のため、戦前、戦中には傍系の少数派としてその文学的実力を認められにくかった」文学者であり、「敗戦直後の解放的雰囲気にささえられて、はなばなしく文壇の前面に押し出される結果となった」と言っているのは鋭い卓見であり、かつ公正な意見としてひろく通用するであろう。特にぼくは「戦前、戦中には傍系の少数派としてその文学的実力を認められにくかった」というところに深い関心を抱くのだ。その点、昭和十年頃の作品では太宰治と双生児のように見える高見順は、戦前主流として華々しかったため、「無頼派」には成り得なかった微妙な事情も、わか

「はにかみを忘れた国は、文明国で無い」(「返事」)　撮影＝田村茂

って来るのである。

　戦後彼らは「無頼派」と呼ばれたが、戦後の新人ではなく、それぞれ昭和十年代に立派な仕事をしている、中堅作家であったのだ。ただその仕事が余りに新しい前衛的、現代的であり過ぎたため、戦前、戦中、文壇主流に認められなかった。しかしそのために逆に少数の撰ばれた読者、旧制高校、大学を中心とする文学青年、文学前衛的な反逆的青年たちには、熱狂的に読まれ、その一字、一句、言動のひとつひとつが、彼らの生き死ににもかかわる、濃密な精神共同体が形成されていたのだ。

　それにせよ「無頼派」の文学者たちの文学的生い立ちや経歴はさまざまだ。太宰治は左翼運動から転向し井伏鱒二に師事、「海豹」「鷭」「青い花」から「日本浪曼派」へ、檀一雄・山岸外史・保田与重郎・亀井勝一郎・木山捷平らと近く、坂口安吾は「言葉」「蒼い馬」から「文科」「桜」など牧野信一・江口清・三好達治らと近く戦中全く放浪の中に暮し、織田作之助は三高など関西から劇作家として出発し「海風」の同人になり、以後大阪で中央文壇とは孤立したかたちで書き続けて来た。伊藤整は詩から出発し、東京商大（一橋大）に通いジョイスなどを紹介、「新心理主義文学」を提唱したが、文壇主流から疎んぜられ、中央線沿線の生活派文学者の中に沈潜していた。石川淳が外語を出てからジイドなどの訳者としてちょっと顔を出して以来おそらく左翼体験を含む苛烈な生活を送ったと思われるが四十歳になるまでの生活は今も不明で、芥川賞を受賞後も孤高な生活を送っていた、等々、戦前、戦中の経歴は全く違う。ただ共通していることは文壇主流に認められず、不遇であったこと、しかしそれに屈せず、明確に〝現代〟という未知の時代を予感的に認識し、自己の全存在を賭けて、新しい現代文学の方法を模索し続けたこと、しかも戦争中、太宰治は「新ハムレット」から「お伽草紙」、坂口安吾は「吹雪物語」から「真珠」、伊藤整は「得能五郎の生活と意見」、石川淳は「マルスの歌」「白猫」、織田作之助は「夫婦善哉」から「アドバルーン」、石上の「精神病理学教室」、三好の「浮標」など傑作をうみ、その上、太宰の「伯天翁」、坂口の「日本文化私観」、石川淳の「文学大概」「森鷗外」、織田の「西鶴新話」、伊藤の「成功の再建」等々、それぞれ第一流の評論も書いている。さらに彼らの殆んどが、現代小説だけでなく日本の古典や歴史に取材した小説――太宰治「右大臣実朝」「新諸国噺」、坂口安吾の「イノチガケ」「紫大納言」「二流の人」、石川淳の「曽呂利噺」「義貞記」「秋成・綾足集」「渡辺華山」、織田作之助の「漂流」「我が町」「月照」、田中英光の「桜田門外」、三好十郎の「切られの仙太」等々――を書いているのもおもしろい。戦争下の欝屈が古典や歴史やフォークロアに向わせたのであろうが、「無頼派」の作家たちは自由奔放に現代・古典に前衛的な手法を試み、かつそれぞれ立派な文学論を書き得る思想家であり教養人であったことだ。戯作者・職人のごとく身をやつし、無頼に韜晦《とうかい》しながらも、その本質は、最高級の知識人であった。そうであるからこそ、戯作者に、無頼に、巷説師に、おとし話作家に成り得たのである。

「無頼派」文学者とは、ぼくにとってはとりもなおさずぼくの好きな文学者、ぼくをはじめて文学に目をひらかせてくれた文学者のことであり、そして文芸評論家のぼくは彼らを現代文学の先駆者としているのだから、語りはじめたらきりがない。

　この雑誌の編集部から命ぜられた題名は、「文学における無頼とは何か」というのだが、たまたまぼくはそれに近いテーマで、今一冊の本を書きつつある最中なので、そのテーマを切り売りしたくないので、話を「無頼派」の周辺を漂わせることで許してもらいたい。

「無頼」とは辞書を引けば、「一定の職業がなく、性行不良なこと。頼みとするところのないこと。たよりにすることもなく卑しいこと。憎しみの、しっての語。無頼漢――ならずもの、ごろつき、愚連隊」とある。これでは余りに文字における〝無頼〟あるいは「無頼派」と意味が、違い過ぎる。ぼくは誰も自ら「無頼派」と名乗りはしなかったと言ったが、正確には太宰治が、戦後すぐ「パンドラの匣」の中で越後獅子という仇名の男に、そして「返事」というエッセイで無頼・無頼派について述べているので、それを引用しよう。この文章はそのまま「文学における無頼とは何か」、そして「無頼派」の真意を述べている。

　フランスでは、リベルダンつてやつがあつて、これがまあ自由思想を謳歌してずゐぶんあばれ廻つたものです。十七世紀と言ひますから、いまから三百年ほど前の事ですかね。こいつらは主として宗教の自由を叫んで、あばれてゐたらしいです。――なんだ、あばれんばうか――ええ、まあ、そんなものです。たいていは無頼漢みたいな生活をしてゐたのです。芝居なんかで有名な、あの、鼻の大きいシラノ、ね、あの人なんかも当時のリベルタンのひとりだと言へるでせう。時の権力に反抗して、弱きを助ける、当時時のフランスの詩人なんてのも、たいていもうそんなものだつたでせう。日本の江戸時代の男伊達とかいふものに、ちよつと似てゐるところがあつたやうです。――なんて事だい、それぢやあ幡随院の長兵衛なんかも自由主義者だつたわけですかねえ。――そりや、さう言つてもかまはないかと思ひます。もつとも、いまの自由主義者といふのは、タイプが少し違つてゐるやうですが、フランスの十七世紀の頃のリベルタンつてやつは、まあたいていそんなものだつたのです。花川戸の助六も鼠小僧次郎吉も、或ひはさうだつたのかも知れませんね。いつたいこの自由思想といふのは、その本来の姿は、反抗精神です。破壊思想といつてもいいかも知れない。圧制や束縛のリアクションとしてそれらと同時に発生し闘争すべき性質の思想です。よく挙げられる例ですけれども、鳩が或日神様にお願いした、『私が飛ぶ時、どうも空気といふものが邪魔になつて早く前方に進行できない、どうか空気といふものを無して欲しい』。神様はその願ひを聞き容れてやつた。然るに鳩は、いくらはばたいても飛び上る事が出来なかつた。つまりこの鳩が自由思想です。空気の抵抗があつてはじめて鳩が飛び上る事が出来るのです。闘争の対象の無い自由思想は、まるでそれこそ真空管の中ではばたいてゐる鳩のやうなもので、全く飛翔が出来ません。

（パンドラの匣）

私は無頼派《リベルタン》です。束縛に反抗します。時を得顔のものを嘲笑します。

（返事、昭21・5）

あらゆる束縛に反抗する、時を得顔のものを嘲笑する、ここに敗戦直後の太宰治はじめ「無頼派」の真意があった。彼らはもちろん古い非人間的な既成の日本の体制や思想に反抗した。しかし当時反体制と称する時を得顔の民主主義やマルクス思想にも批判を抱いた。もっと違う、新しい次元からの反抗・反逆を、つまり体制・反対制という裏表の反抗ではなく、もっと自己に根ざした自立的、本質的な反逆の必要を洞察していた。そしてこの時を得顔でない反抗のむつかしさを、絶望的なたたかいを予感していた。真の革命の困難なことを……。それは敵を撃つ前に、自己を撃たねばならなかた。自己の中にある古いものケチくさいもの、エゴイズム、家庭の幸福、サロンの偽善などと徹底的にたたかわねば、真のかくめいはないと洞察していたのだ。そのためには自ら世にきらわれる無頼の徒に、落伍者にならねばならぬ、家庭の幸福を破壊せねばならぬ、自己を全否定することによってしか、この悪質の社会をこわすことはできない。そのかなしさを深く知り、しかも自ら実践したのが、「無頼派」の文学者たちであった。

彼らの文学は今日少しも古びていない。いやそれどころかますます切実性を増して来ている。今日の若者たちが「無頼派」文学に新鮮な驚きを抱くのは当然だろう。

実はこの小論を書いている途中に、伊藤整が死んだ。その死に方に、ぼくは真の意味の無頼派の精神を見出す。死の前日までユーモアをまじえ小説の構想を語り看護婦たちをよろこばせ、つまり誰をも傷つけずかなしませまいとして、また最後の日まで自ら手洗いに行き、人間の生きている限りの行為を律儀に続け、ポックリと死んだ。爽やかである。ぼくは秘かに伊藤整は自分のガンを知ってから爽やかに美しく死ぬため、輸血も拒み持続的な自殺を計ったのではないかという気持を捨て切れぬ。最期まで生に目を向け続け……。これは織田作之助・太宰治・田中英光・三好十郎・坂口安吾らの「無頼派」の死の系譜につながるまことに見事な立派な死であったとぼくは思う。

無頼派はみんな同時に含羞の徒であった。はじらい、はにかみの心を持っていた。そして少年の魂のまま死んだ。伊藤整もその意味で、まぎれもない無頼派にひとりであった。温厚な彼の中に、チャタレイ裁判にあらわれているように秩序の枠にあくまでも反抗することこそ芸であり、生命であるという強い信念があった。「鳴海仙吉」の凄絶な自己曝露とはにかみ、まず自己の内部の敵をうち、自己否定によってのみ、外部の悪しき現実に反逆する。伊藤整をふくめて、その魂こそが永遠の文学の無頼であり、無頼派であるのだ。

（『国文学』一九七〇年一月号）

無頼の流儀

現代小説を語る

太宰 治　織田作之助
坂口安吾　平野 謙

無頼派座談会

平野　大体現代文学の常識からいうと、志賀直哉の文学というものが現代日本文学のいっとうまっとうな、正統的な文学だとされている。そういう常識からいえばここに集まった三人の作家はそういうオーソドックスなリアリズムからなにかデフォルメした作家たちばかりだと見られているが……。

太宰　冗談言っちゃいけないよ。

平野　いや、冗談じゃない、ほんとの話だよ。太宰さんはすでに少々酔っぱらってるから……。

坂口　平野が言う意味は向うが正統派の文学だとすれば、俺たちがデフォルメだというのだよ。

平野　それはそうだろうと思う。いくらあなたがそうじゃないと頑張ったっても……。

太宰　俺にはちっとも分っていやしない。デフォルメなんて……。

平野　それじゃ一つ、そのデフォルマシオンに非ざる弁を一席やって下さいよ、太宰さん。

太宰　やるも何も……僕はいつもリアリストだと思っているのですよ。現実をどういう工合に、どの斜面から切ったらいいか、どうすれば現実感が出るか、それに骨身を砕いているわけじゃないか、なにも志賀直哉の、あんなものが正統であってオーソドックスだという……そんなことを僕は感じたくない。寧ろあの人は邪道だと思っている。文学から……。

平野　しかし、世間の常識からいえば志賀直哉がオーソドックスであなた方はデフォルメ……まあそういう風に見られていると思う。だからそういう作家が偶然寄って……偶然か企画か知らんが……一堂に会して現代文学を語るということになれば、そこにありふれた座談会なんかと面目を異にした面白い座談会ができるだろうと僕は期待するわけなんだ。

太宰　面白いというより、非常に厳粛な座談会ができるね。

坂口　それは平野の言うのは当りまえさ。

太宰　僕は初耳だった。デフォルメなんて言葉は……。

平野　デフォルメが気に入らなきゃ、外道の文学と言ってもいい。とにかく、太宰治の『晩年』は僕も愛読したが、あれは正統なリアリズム文学か――つまり、いわゆるブルジョア文学もプロレタリア文学もみんな崩壊した地盤からはじめて生れた文学だ。

坂口　われわれはつまり横道だということ……ね。みなそう考えているよ。

太宰　僕は坂口さんの小説など、あまりオーソドックスすぎて、物足りないくらいなんですよ。かえって……。

坂口　確かにそうだな。

太宰　それがデフォルメだなどというのは、ふざけているよ。

平野　ふざけてやしないよ。デフォルメでいいじゃないの。

太宰　誰が言ったことか、それは。

平野　誰がというより、一般にそう言っている、常識じゃないか。

太宰　そんなら俺はもう芭蕉の閉関論じゃないが、門を閉じて人に会いたくないな。

織田　志賀直哉はオーソドックスだと思ってはいないけど、そういうものにまつり上げてしまったんだ。オーソドックスなものに……文壇進歩党みたいなもので、進歩党の党首には誰もなりたがらないのだよ。けれども誰かまつり上げて来るのだ。で、志賀さんが褒めればどの雑誌だってありがたがって頂戴するのだよ。

太宰　女の人なんか殊にそうだ。

織田　第二の志賀直哉が出ても仕方がないのだよ。

太宰　あれは坂口さん、正大関じゃなくて張出しですよ。

坂口　そうだ。張出しというより前頭だね。あれを褒めた小林の意見が非常に強いのだよ。

織田　そうそう。小林秀雄の文章なんか読むと、一行のうちに「もっとも」という言葉が二つくらい出て来るだろう。褒めているうちに褒めていることに夢中になって、自分の理想型をつくっているのだよ。志賀直哉の作品を論じているのじゃない。小林の近代性が志賀直哉の中に原始性というノスタルジアを感じただけで……。

　みんなが小林秀雄がほんとうに志賀直哉の実体を批評したのだと思っているのだよ。横光さんの『機械』を小林秀雄が褒めたときでも同じですよ。『機械』というものをちっとも批評していない。

坂口　小林という男はそういう男で、あれは世間的な勘が非常に強い。世間が何か気がつくという一歩手前に気がつく。そういうカンの良さに論理を托したところがある。だからいま昔の作家論を君たち読んで御覧なさい。実に愚劣なんだ、いまから見ると……小林の作家論の一足先のカンで行く役割というものは全部終っている役割だね。

織田　管を巻いているのをみんな白面《しらふ》で聞いているからおかしいのだよ。

坂口　けれど小林は偉いところもある。その後どんどん育っているからね。

太宰　僕は昨夜小林の悪口をさんざん言っちゃって、今日は言う気がしないな。

平野　どこで……。

太宰　新潮社、Kさんと……。

平野　太宰さん、どうですか、佐藤春夫などは……戦争中或は戦争後の佐藤春夫をどういう風に思っていますか。

太宰　佐藤春夫はこれからも書けるのじゃないですかね。僕はなにもあの人は駄目だとは思わないけれども……『疎開先生大いに笑ふ』あれ、たいへん不評判だったようですね。だけど、僕はあれならなにもそんなに不評判になるほど悪い作品とは思わなかった。面白かったですね。

平野　しかし、大正時代の佐藤春夫は僕も非常に好きだったけれども、昭和の中頃からずいぶん違って来ているのじゃないですか、何か急に年とってしまって……。

太宰　そう変ってはいないのじゃないですか。もともと佐藤春夫というのはああいうだらしない人だったのじゃないか。

坂口　僕はあまり好きじゃない、佐藤春夫は……。

織田　僕は考えてみたこともないね。佐藤春夫とは何ぞやということについて五分間も考えたことはない。

太宰　五分間考えるというのはたいしたことだよ。大抵一分間くらい……。

坂口　僕は佐藤春夫の作品じゃ探偵小説が一ばん好きだ。片仮名で書いた『陳述』という作品、あれなんか好きだ。

織田　そういう意味じゃ、『維納の殺人事件』とかいうのがあったでしょう。ああいうものを書かすといいのだ。あの人は新聞記者にすればよかった。

平野　いや、あれは大して面白くなかった。探偵小説的では、『オカアサン』というのがいい。

織田　僕は面白かったね。佐藤春夫のものでは一ばん読んだ。あいつが助かるかどうかと思って。

太宰　僕は『侘びしすぎる』というのいいと思ったね。田舎で読んで……佐藤さんのものはあまりよくないのだけれども、『侘びしすぎる』というのはやはりいいと思ったね。やはりお千代さんというのは偉大な女性かも知れないな。谷崎さんに『蓼食ふ虫』を書かしたし、佐藤さんに『侘びしすぎる』を書かしたのだからな。あれは明治、大正、昭和を通じて女性史に残る。

坂口　そうかな。

太宰　だって二人をあんなに苦しめたんだもの……二人とも油汗を流した。

坂口　自分で苦しんでいるのだよ。あの頃の作家は永井荷風でもそうだ。荷風の部屋へ行くと滲澹たるものだそうだ。二カ月くらい掃除をしておらんのだ。それでずいぶん散らかっている中に住んでいて、部屋がない、部屋がないといって、部屋を探しに歩いているそうだ。そういうのは趣味だと思うね。ちっとも深刻でもなんでもない。

太宰　でも女房を寝取られるというのは深刻だよ。坂口さんには経験がないかも知らんが……。

織田　日本の作家というのは苦しめられ過ぎる。

太宰　ああいう煮湯を呑まされるという感じはひどいものですよ。

坂口　女房を寝取られることだってそんなに深刻じゃないと思う。

太宰　そんなことはない。へんな肉体的な妙なものがありますよ。それを対岸の火災みたいな気持で……それで深刻でないなどというのは駄目ですよ。

坂口　僕はそういう所有慾を持っておらんのだよ。

太宰　いや、所有欲じゃないのだ。倫理だとか、そういう内面的なものじゃない。肉体的に苦しむ。

坂口　肉体自身、そんなに事寄せる必要はないよ。君たち、そんなに事寄せるということがおかしい。

太宰　肉体に事寄せる、そんな意味じゃないのだ。

坂口　君たちが女房という観念を持つことが何か僕はおかしいのだよ。

太宰　あなたは独身だから……。

坂口　独身だって変りはないよ。恋人はたくさんある。女房に準ずるものがたくさんある。ちっともそんなことに変りはないよ。

太宰　それは駄目だなあ。ホームというのは、あれはいじらしいものですよ。

坂口　それは、若いときはホームがいじらしいのじゃなくて、若さ自体がいじらしいのだよ。なにも若さのホームがいじらしいわけじゃないと思うね。

太宰　いや、ホームというのも僕はいじらしいものがあると思うのですよ。たとえば、僕たち旅行をして歩いておって、ポーッと窓に明りがともっているのを見て、なにか郷愁をそそられることがありはしないかしら。ああいうのはやはりホームのいじらしさだと思うけれども……。

織田　それはしかし、女房だとか何とかいうのと違って、人間の持っているノスタルジア、人間が人間に感じているわびしさ憂愁の感覚、そういうものは女房というもので一ばん現われ易いのだけれども……。

太宰　突然ホームに土足で上って来て、俺は今日ここへ寝るんだ、お前の女房を貸せ……これじゃかなわないよ、やはり……。

織田　しかし、そういうノスタルジアみたいなものは、結婚して五年くらい経って、旧い女房みたいなものが分ることが……しかし、外国の文学というものは、何年か経って女房のあわれさが分ったという文学じゃない。そういうノスタルジアというのは初めに含んでいるのじゃない。日本の文学というのは、なにか生活をして、その女房と十年連れ添うて、初めてこれだなあと分ったような文学じゃない。生活の総決算みたいなもので……。

平野　坂口さんは家庭というものを非常に恐怖していると思うが、どうだね。

坂口　恐怖なんかしていない。

平野　いやあなたの近頃の作品のモチーフには、家庭恐怖症が根を張っている。だから、自己破壊なんてことも出て来る。

坂口　世間的に恐怖する。一ぺん女房を貰うと、別れるとき世間の指弾がこわいというそういう恐怖だよ。

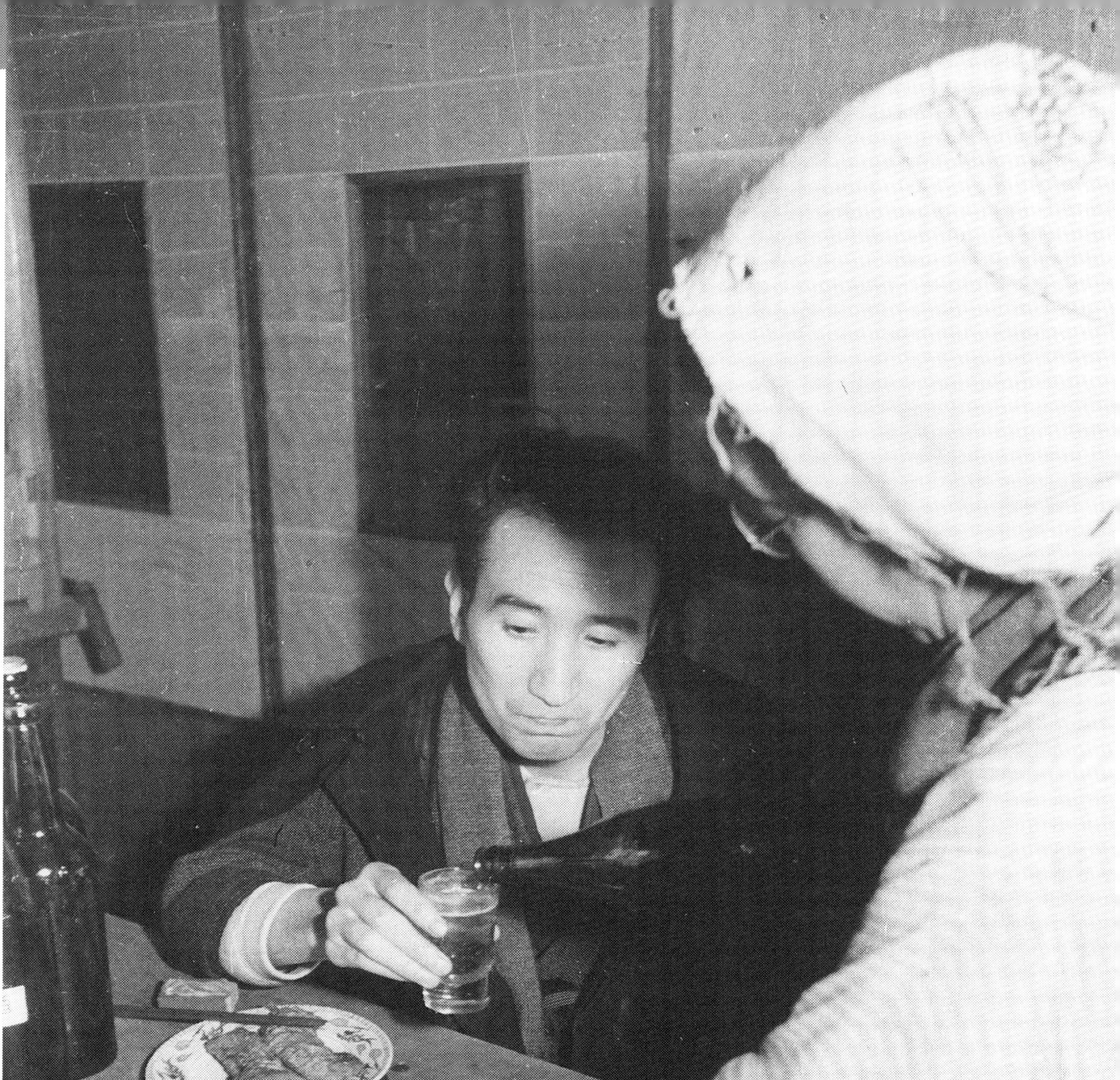

「他人を攻撃したって、つまらない。攻撃すべきは、あの者たちの神だ。敵の神をこそ撃つべきだ」(「如是我聞」) 撮影＝田村茂

織田　それはこわくないよ。最近俺やったけれどもちっともこわくないよ。

坂口　俺の恐怖はそういう恐怖だよ。ほかに何も恐怖はない。

織田　こわくないですよ。僕はごそっと取られたが、こわくないよ。

坂口　僕は純情というのは好きじゃないのだ。大体所有するということが元来好きじゃないのだよ。

織田　あれは所有じゃないね。女房というのはくっついて来るから仕方がないのだ。

坂口　否応ないのだけれども、否応なさに理窟がついて来る。みな強いて理窟をつけようというのじゃないか。

太宰　恋女房というのもあるからな。

坂口　それはあるよ。それはやはり恋女房と言ったんじゃいかんので、惚れるという世界だね。女房の世界じゃない。

太宰　やはり谷崎の……前の話だけれども恋女房じゃないのですか。

坂口　僕は谷崎潤一郎がこしらえているイメージだと思う。

太宰　しかし『蓼食ふ虫』は相当あぶら汗が出ているじゃないか。僕谷崎のものでは『蓼食ふ虫』が一番好きなんだけど……ほかのは何のこともないが、あれは相当読みごたえがある。

坂口　こしらえているような気がするね。自分勝手に……こしらえ方が僕らを納得させてくれないのですよ。

平野　坂口さん、白鳥はどうですか。

太宰　白鳥僕は徹頭徹尾嫌いですね。なんだいあれは……ジャーナリストですよ。あれはただ鑵詰を並べているだけで……牛鑵の味ですよ。

織田　小林秀雄というのは白鳥に頭があがらない。

坂口　しかし読物の面白さはもっている。僕そう思うね。

太宰　あれを思想家だの何だのと言っているけれども、ちっとも僕は……。

坂口　一種の漫談家ですよ。徳川夢声と同じもので……しかし読物としての面白さはもっている。

太宰　文章はうまいからな。

坂口　僕は徳川夢声を好きだが、好きというのは読物として……徳川夢声、正宗白鳥、獅子文六、これは読ませる力をもっている。

太宰　村松梢風なんか……『残菊物語』。

坂口　僕その三人は同じジャンルだと思う。これはしかしそう馬鹿にする必要はないだろう。それはそれでいいだろう。やはり一つの読物としての力をもっているということは……。

平野　あの手管は大したものだ。とにかく読ませる。

坂口　大したことでもないけれども、高座の円朝とか、浪花節の大家とかいうのと、それは君、同じものだよ。

平野　しかし、終戦後の白鳥は、読物としてもあまり面白くないのじゃないかね。

坂口　いや面白い。俺は今朝白鳥を読んだ。ヨーロッパにいた時の……ドイツの話なんか、やはり面白いね。

平野　あれは最近の白鳥としてはよくできてた方だ。『光』に載ってたやつだろう。あれはしっかりしていて面白い。しかし『群像』の小説なんかずいぶん人を喰った、投げやりの作品だったなあ。

坂口　やはり何か……ああいうのは読者のツボを知っている書き方だね。だから僕は高座の芸術だというんだよ。徳川夢声でもそうだし、雲月の芸風でもみなそうだ。こう書けばこう読むだろう、こう語ればこう来るという、ツボを知っている書き方なんだ。これは君、やはり存在していいのだよ。それは一つの……芸術か何か知らんけれども、木戸銭を取るだけの値打はあるのだね。僕はそう思うのだ。

平野　それじゃ里見弴はどう。

坂口　これはないね。木戸銭を取る値打はないよ。

平野　じゃ、宇野浩二は？……どうも酔っぱらい相手の進行係りは辛いね。

坂口　宇野浩二？　これも木戸銭は取れないね。老大家で木戸銭取れるというのは正宗白鳥、谷崎潤一郎も木戸銭取れるだろう。

太宰　まあ里見弴だの、宇野浩二だのというのは、あまり言いたくないものね。「文学の鬼」は凄いね。

坂口　ああいう馬鹿を言うのがいるからね。そういう表現は無茶だよ。志賀直哉は文学の神様だとか……。

　しかし、やはり文学などというものは木戸銭が取れるという風になることが先決条件だね。

太宰　そうですね。それがなければ……。

坂口　それがなければ何んにもならない。

太宰　馬琴という男、あれは非常にペダンティックな嫌な奴ですけれども……それでも『八犬伝』なんか書く場合には、はしがきに「婦女子の眠けざましとなれば幸いだ」と書いておったけれども、いい度胸だと思ったですね。

平野　しかし『八犬伝』そのものはちっとも面白くない。真山青果の受け売りだけど、馬琴の生活の方がずっと面白い。

太宰　うん、面白くないね。徹頭徹尾……。

坂口　説教しているからな。

平野　説教だけじゃなくて、あれは長過ぎるんだよ。あんなに長くする必要はない。『大菩薩峠』と同じさ。

坂口　しかし『大菩薩峠』も初めは面白いだろう。

太宰　『八犬伝』の、竜の講義なんか……竜には三十何種類、いや、二十何種類だったかな？　あれはかなわない。

織田　谷崎にもそういう長さというものがある。

坂口　しかし馬琴だの、中里介山の『大菩薩峠』などが古典みたいになるということは、日本の読書界の貧困を物語るものだね。

平野　読者ばかりじゃない。作家自身の貧困だね。

太宰　僕は作家の貧困じゃないと思う。やはり地盤がなくちゃ駄目だよ。梨のつぶてで何んにもなりゃしないよ。

織田　地盤はできたって出ないのだよ。地盤のない、へんな所からポコっと出てポコっと消えてしまうやつは……ね。

太宰　織田君などは地盤から出たかね。

織田　地盤なんかないね。地盤はちょっと探して見ようと思ってうろうろしたけれども、ないということが判って……。

坂口　馬琴の退屈さと、プルーストの退屈さと非常に違う。

太宰　プルーストも、貴族の生活にゆかりのある者が、あれを読めばとても面白いのですよ。ところが、貧民があれを読んだって、てんで駄目なんだ。あれイギリスなんかに受けたというのでしょう。イギリスに貴族が多いからね。貴族の老女なんかあれを読んで思い出があるから面白く読めるのでしょう。

坂口　アメリカで非常に受けているというのは、アメリカの貴族への憧れだ。

平野　織田さん、サルトルのことを何か書いていたけれど……僕は『水いらず』しか読まないけれども、あれはどうなんです。面白いのですかね。

織田　僕サルトルと『ファビアン』と二つ比較して考えて見たんだけれど……ケストネルの『ファビアン』……。

サルトルというのはフランスからああいうものが出るんだね。『ファビアン』というのは非常にデフォルマシオンだよ。あれはやはりドイツなどの、小説の伝統がない国の小説だよ。サルトルなどは訳のせいでもあるだろうけれども、読んで見れば非常にまともなんだよ。そのくせほかの奴とちがうんだ。僕は惟うにサルトルというのは、あれはまだデッサンなんだ。デッサンの勉強をやっているのだ。僕はそう思う。美術学校の生徒が入ればすぐ裸体を描いているでしょう。一生懸命……裸体が描けないのに着物を着せたら尚お描けないものね。まだあれは一生懸命……裸体を描いている。だから彼は第一歩をやっているだけなんだ。セニクが日本の作家なんて誰も第一歩をやっていないから近代以前だ……。美術学校でいえば裸体のデッサンをやっていないのだ。初めからヴェールで包んで描いているのだ。そういう意味で僕はサルトルは面白いと思うね。

太宰　でも作家というのは白痴なもので、なにか系統立つことを言おうとすると、なにか馬鹿なことを言っているね。

織田　しどろもどろだ。だからイメージのない言葉は喋らないことだね。

坂口　しかし、サルトルはやはり作家だよ。君はどう読んだか知らんけれども……あれは肉感だけで書いているな。あの肉感が好きなんだよ。知性とか何とかいうものじゃないからね。

平野　しかし、あれは普通の小説じゃないか。

坂口　普通というのは、そういうものじゃないよ。……あの小説は感覚だけでモラルじゃない。知性もない。そういういちばん当り前のことを……。

文学とはそういうことじゃないか、いちばん当りまえのことをやるのじゃないか。

織田　第一歩だよ。始まりだよ。あれは。

坂口　なかなか当りまえのことがやれないのじゃないか。

織田　あの辺から始めて行こうというのだね。僕がサルトルを持ち出したのは、あれを終りだと言っていやしない。

坂口　当りまえでないことばかりやっているのだ。小手先で……小手先というのはわれわれ器用だからね。君たちを胡麻化すくらいわけないのだ。（笑声）

座談会の１ヵ月半後に急逝した織田作之助。昭和21年、酒場〈ルパン〉で　撮影＝林忠彦

しかしなかなかそういうものじゃない。サルトルは小手先で胡麻化しておらん。

織田　あなたは（平野氏に）どう思った……？

平野　心理が行動を決定しないで、人間と人間とのかかわり合いで行動がきまってゆく、というのがあれのモティーフだろう。とすれば一番普通の小説じゃないかと思った。

坂口　いちばん普通の小説だよ。それが正しいのだよ。

平野　しかし、織田さんのエッセーだと、非常にあれは新しい文学で。

織田　新しいというのは、第一歩だよ。あそこからはじめなければ何にも出て来やしない。

平野　秋声の文学などとの対比で言っている。そういう気持もわかるが、ああいう対比のしかたはやはり僕には腑に落ちなかった。

織田　僕は形の上で言っているのじゃなくて……。

坂口　秋声など非常に尤もらしい小説だけれども、サルトルの方はあたりまえの小説だ……何というか、人間のいちばん当りまえのところだよ。秋声はそうじゃない。秋声の普通さというのはたとえばコロンバンか何かでコーヒー飲んでいる。その外を自動車でさあッと通る。そんなところが普通なんだよ。

織田　『縮図』なんて立派なものだけど、しかし若い者が書いたらおかしいでしょう。しかも若い者が目標にしたら尚おおかしいでしょう。サルトルというのはあすこから始めてもおかしくない。そういう意味で僕はサルトルのあの義眼の顔を面白いといったんです。で秋声は末期の眼だという、どっちを選ぶかというのだ。それを言ったに過ぎない。デフォルムの小説としては『ファビアン』の方をとる。しかしそういうデフォルメをやれないのだよ。フランスじゃ……まともなんだ。やはり第一歩からやっているというところで、僕が持出す意味を認めたのだよ。

平野　日本の作家で第一歩からやり始めている作家というのはいないね。

織田　西鶴でもみなやったのだ。昔は……。

平野　いまは……。

織田　いまここに集まっている四人……しかしそんなこと言えないじゃないか。

平野　もう少し、面白い話題はないかなあ。

織田　太宰さん最近戯曲を書いていらっしゃるけれども、僕は若いときに戯曲を書いておった。日本の小説を読んだことがない。初めて読んだ小説は梶井基次郎……あれは高等学校も同じだし、病気も同じ、そういう興味で初めて読んだ。これは非常に面白いと思って……ところが、スタンダールをよんで、芝居より小説の方が面白いと思って小説を書き出した。ところが翻訳の文章じゃ小説は書けない。だからいろいろどんなやつがいるんだと思って……小林秀雄が志賀直哉や滝井孝作などの美術工芸小説を褒めているでしょう。何だ、これが小説かと思って、やり出してへんなことになった。『赤と黒』というようなことから小説の面白さを発見しながら、面白くもない志賀直哉、滝井孝作の小説を一生懸命読んで、その文体を真似なくちゃ小説を書けないということを、まだ若い身空で教え込まれた。いまの若い人たち、いろいろな小説、外国の小説を読むでしょう。だけど翻訳の文章は悪いでしょう。やはり名文は横光さん、川端さん、志賀さんとか言われて、結局その方から文章をとろうとするでしょう。やはり真似をしなくちゃなかなか書けないものね。だから、やはり横光さん、川端さん、志賀さんなんかから勉強して、文学というものを学んでやったって、ちっとも新しい文学は出て来ない。滅茶々々でもいいよ。サルトルを読んでから初めて小説が分って……なにも読まなくてもいいんだ。そこから入って行ったらいいじゃないか。やはり志賀さん、横光さん、川端さんから文学というものを教わってやっているから、へんに北条誠みたいなようになるんだ。

坂口　北条誠というのは癩病の小説を書いた男だろう。

織田　むちゃくちゃだよ、北条民雄だよ。

平野　太宰さん、今度戯曲は初めてですか。

太宰　初めてです。

平野　どういうわけで戯曲を書きたかった。

太宰　僕は戯曲を書く気になったんです。書くべくして書いた。作家というのは白痴なものですよ。どういうわけでと言われたって、あとでこじつけて……。

坂口　そうですね。実際自分自身が白痴とか何とか……何か外にもっと自分が持っているような気がするけれども嘘だものね。

太宰　『ゲーテの対話』エッケルマン、あれだってゲーテがもっともらしいことを言って……そうして小説は、『ヘルマンとドロテア』、あんな他愛ない恋愛を書いているでしょう。何にもエッケルマンの対話には出ていない。尤も余はかくの如きものを書こうなどと言ったって嘘だよ。余は如何にして何何主義者になりしか、なんて。

平野　しかし内村鑑三なんかやはり立派ですよ。実生活もなかなか波瀾万丈でね……。

太宰　あれは題はそうだけれども、そうでないものね。ほんとうになるべくしてなったというだけのもので、水が低きに流れるようなもので、飛躍もなにも……或る一夜において、こういう人からこう言われて、そこで霙の降る晩に外套もなく歩いておったときにフッと感じたと、よくあるじゃないの、嘘ばっかり。

坂口　僕は内村鑑三好きじゃない。ほんとうに女に惚れておらんものね。迷っておらんもの……。

太宰　でも女房を五たびくらいかえたのじゃないですか。あれは豪の者ですよ。さすがに僕も五たびは……。

坂口　精神的のことばかり言っているが、肉体のことを言っておらない。ああいうインチキなことは嫌いさ。女房をかえるのだったらもっと肉体的なことを言わなくちゃ嘘だ。

太宰　ヒルティなんかでも『眠られぬ夜のために』……眠られぬ夜はせんべい三枚食べると一寸空腹感が充たされて眠れる、と書いてあるが、ああいうのはいいな。

坂口　恋愛の精神性というのは大嫌いだよ。やはり肉体から出て来なければ駄目だよ。

太宰　しかし、坂口さんの最近の作品には肉体性がちっとも出てない。

坂口　出て来るよ、これから……。

太宰　案外ピューリタンなんじゃないか。男色の方じゃないか。

坂口　そうでもないよ。しかしそういう肉体ということにやはり一応徹しなければ文学というものは駄目だね。気取り過ぎるよ。

太宰　だけど女房を寝取られたときの苦しさというのは気取った苦しさじゃない。つまりあの型でまたやったか……それだよ。煮湯を飲むというのはそれなんだ。

平野　そういう女房を寝取られたときの苦しさというような肉体的な……。

太宰　それは所有慾とか何とかいうものじゃない。

平野　そういうものはやはり坂口さんの文学に出ていないね。岩上順一がたしか坂口さんをエロ作家のなかに数えていたが、ちっともエロなんかありゃしない。おそらく観念的だ。

坂口　これから出て来るよ。

太宰　それじゃホームをつくりなさい。ホームをつくって大事にして……。

坂口　大事にする気がしない。寝取られることを覚悟しているということだよ。

太宰　弱いのだ。坂口さんは実に弱い人だね。最悪のことばかり予想して生活しているね。

坂口　ほんとうにそうだよ。僕は始めから……。

平野　いま三十代の作家というと、雑誌なんか見ると井上友一郎とか、なにとか、ああいう人が非常によく書いている。みんな力作なんだ。しかしなにか印象が稀薄なんだね。というのは、あのゼネレーションは一種のブランクがあるのじゃないかという気がする。

織田　あの辺やはりブランクだね。

坂口　あの辺三十代というのかね。しかしそんなこと言ったら俺と同じ時代じゃないか。俺は四十を越しているけれどもそういうことはない。つまりあのゼネレーションだね。太宰でも俺と同じゼネレーションだ。

織田　だからゼネレーションじゃない。もうこうなれば一人一人だ……。

平野　やはりゼネレーションというものはあると思うね。坂口さんなどやはり僕らよりは先輩だよ。牧野信一と友達だなんて人は……。

織田　僕らの方がなにかゼネレーションを代表しているように思っているので、あれなんか僕ゼネレーションと思わない。ゼネレーション外れだよ。ゼネレーションにはゼネレーションの主張があるでしょう。主張がないのだもの、ゼネレーション外れだ。

坂口　いま若い三十代か四十代か知らんが、俺と同年輩か或は一寸以下か知らんが、面白い作家というのは一人もいないね。

平野　石川淳など面白いでしょう。

坂口　石川君は僕は……やはりそういうことをいうと、ゼネレーションというものの違いがはっきりと感じられるね。

平野　やはり上ですか。

坂口　これは上だね、退屈ですよ。

平野　そうかなあ。僕は反対だなあ。僕は石川さんの『森鷗外』という本に非常に感心したのだが、と

安吾いわく「志賀直哉に文学の問題はない」

ころがあの本ではゼネレーションの違いというものをほとんど感じなかった。

坂口　石川さんは無駄なことが非常に好きな人だね。

平野　それはどういうこと?

坂口　石川さんなるものについて、僕は石川淳のダンディということだね。石川さんのダンディズム、そっくり別な現実をでっちあげて、現実と混線していないから。

織田　しかし作品はダンディズムじゃないね。

平野　いや、ずいぶんハイカラだね。

織田　僕はハイカラな感じはしない。

坂口　それは君のダンディズムと違うんだ。ダンディの内容が各人同じということはない。これはやはり大阪と東京の違いだよ。たとえば北原武夫にダンディをちっとも感じないというのは、つまりダンディの母胎が違う。そして田舎にだってダンディはある。だが北原の場合は田舎のダンディというのでなしに、あれはどうも偽物だもの……。

太宰　北原武夫は偽物じゃないのですよ。僕は却って嘉村礒多に似たものを感じます。おしめの匂いがして……僕は『妻』というのを一つ読んだだけだけれども……。とても愚痴っぽくじめじめしていますよ。

織田　僕はあれは田舎者だと思う。都会人はスタイルなどということを言わない。都会人は野暮だからね。スタイルとか、お洒落だとかいうのは田舎者の証拠だ。

坂口　僕は北原のスタイルは嫌いだ。なぜ嫌いか、あのスタイルは文学の言葉でなく現実の女を口説く言葉だから。われわれも小説で女を口説くけど、われわれのは永遠の女を口説いているから。

太宰　負け惜しみを言っているな。

坂口　あれは現実の女を口説いている。そういうところがあるね。それはやはり北原の俗物性だと思うな。僕が女を口説くときは小説なんか決してだしに使わない。

太宰　あなたなんか小説をだしに使っても無駄ですよ。

織田　小説をだしに使えるような小説を書いていないのだ。小説をよませるとかえってふられる。

坂口　北原はしかしそうだよ。小説の中で現実の女を口説いているね。

太宰　そんなことはないだろう。

坂口　それは君たち肉体を持っておらんから……。

太宰　肉体々々というけれども……。

織田　自分がいま関係している女のことを念頭において書いていることも事実だし、その女が読むということを勘定に入れていることも分るね、ラブ・レターだよ。

平野　しかし、北原武夫と嘉村礒多と同じだというのは面白いな。北原武夫が聞いたら、一ばんびっくりするよ。

坂口　舟橋は右翼だと言っているが。

平野　あれは喜んだろう。ちょっと北原武夫の思う壺だ。

坂口　一時はびっくりしたよ。が、一種の名言だね。

織田　何か『新潮』に書いておったね。思いがけぬ敗戦となり驚愕と狼狽を感じたとか何とか……文学という宿命というのもおかしい。

坂口　まあ北原のことはよそう。

平野　舟橋聖一が「織田作之助と俺とは違うんだ」というようなことを書いてたが、織田さんどうです。

坂口　それは面白いじゃないか。

織田　舟橋というのはチラチラ見せている。僕はぐっとまくるので……。

太宰　何をまくる……？　まくるものがないじゃないか。

織田　何をまくるかということに言葉で答えると舟橋聖一になるのだよ。

坂口　舟橋というのはなかなか面白いところがあるよ。小説は下手だけど……。

平野　いや、『律女覚え書』というのは巧いね。

坂口　あまり具体的に読んでおらんから言えないけれど……。

平野　大した巧さだ。傑作だよ。

太宰　傑作なんてそんな……あまり残酷だよ。僕たち、駄作ばかり書いている。

坂口　そうでもないよ。君など秀作を書き過ぎる方だよ。もっと大いに駄作を書いた方がいいのだ。太宰君は駄作を書かない人だな。

太宰　あなたはひどいよ。あなたは僕より少し年が上だ。それだけ甲羅が硬くて、あんなへんな傑作ばかり書くんだな。あれが嫌ですね。……織田作之助というのは一つも傑作がないのだろう。駄作ばかり……。

織田　ないんだ。それで何書いても面白いんだよ。何書いても誰と一緒に書いても俺のが一ばんくだらなくて、息もつかせず読める、ちっとも傑作じゃないのだよ。

太宰　息もつかせず……？

織田　読ませるよ。

坂口　そういうところはあるね。

太宰　織田作之助は旧いよ。旧くないか。

坂口　いやそうじゃない。太宰も旧いし、俺も旧い。俺たち一ばん旧いんだよ。

太宰　意外だね。それは意外な忠告だ。

坂口　そんなことはない。文学の歴史始まって、ギリシャの初からお前みたいなのがあった。それを意識しないのは、お前はただ時代時代に即してものを書いているだけの話で……。

太宰　そういうエピキュリアン……。

坂口　万葉詩人みたいに恋を時代感覚で語る最も素朴なインテリゲンチャだよ。

平野　素朴なインテリゲンチャなんてないよ。

坂口　俺もそうだ。進歩なんかありゃしない。進歩がないところでいいじゃないか。

平野　大体人間に進歩というものはあるのですかね。

坂口　俺も知らんけれども、人間に関しては……恐らくギリシャが始まってから、人間に関しては、一歩も進歩というものはないだろう。

太宰　でも表現は変るね。

平野　変るということは非常にある。

太宰　絵を見ていると表現がガラッと変る。変っているけれども、その変っている絵がいわゆる近代絵画という、いや、もうよそう、平野さん好きなんでしょう、近代絵画なんて……実際平野さん一等いいや、『近代文学』なんて鹿爪らしくて……。

平野　冷やかしちゃ駄目だよ。どうも少しアレて来たね。

太宰　座談会はもういいよ。これくらいで……。

坂口　今度は文学でないことを喋べろうよ。

織田　今日は女房の話が出すぎたね。

平野　坂口さんなんか知りもしないくせして……。

坂口　俺しかし日本に住んでおって、女房を持たんというのは悪いみたいだね。

太宰　それはそうです。織田君どう思う。

織田　そういうことはあまり言わんことだな。黙ってやろうじゃないか。何か頻りにこだわっているようだね、そんなことに。

太宰　座談会はもうよそう。

編集者　附記

この座談会余りに面白過ぎて、一気に読めますので、わざとらしい小見出しは附けませんでした。

（『文学季刊』一九四七年四月）

歓楽極まりて哀情多し

無頼派座談会

太宰　治＋坂口安吾＋織田作之助

編集部　偶然にも今度、織田さんが大阪から来られて、また太宰さんは疎開先から帰って来られましたので、本当にいい機会ですから、今日の座談会は型破りというところで、ご自由に充分お話していただきたいと思います。

小股のきれあがった女とは――

坂口　自然に語るんだね。

太宰　座談会をやることはぼくたちの生命ではない。政治家とか評論家とか、これが座談会を喜んでやる、生命なんです。ぼくは安吾さんにも織田君にも会って、飲むというだけの気持で出て来たのだよ。……傑作意識はいかん。

坂口　四方山話をしよう。

太宰　もっと傾向がウンと違った、仕様のない馬鹿がここにもう一人いると、また話が弾むことがあるかも知れない。

坂口　ぼくが最初に発言することにしよう。この間、織田君がちょっと言ったんで聞いたんだけれど、小股のきれあがった女というのは何ものであるか、そのきれあがっているとは如何なることであるか、具体的なことが判らぬのだよ。それはいったい、小股のきれあがっているというのは抑も何んですか！

太宰　それは井伏さんの随筆にあったね。ある人に聞いたら、そいつはこれだ、アキレス腱だ。（脚を敲いて）アキレス腱だ。それがきれあがったんだね。

織田　だから走れないのだね。

坂口　ハイ・ヒールを穿いた……。

織田　ぼくは、背の低い女には小股というものはない、背の高い女は小股というものを有っていると思うのだ。

坂口　しかし、小股というのはどこにあるのだ？

太宰　アキレス腱さ。

坂口　どうも文士が小股を知らんというのはちょっと恥しいな。われわれ三人が揃っておって……。

織田　小股がきれあがったというけれども、小股がきれあがったというのは名詞でないのだ。形容詞なんだ。

太宰　だけどね。まア普通に考えれば、小股というのは、つまりぐっと脚が長くて……。

坂口　やはり、この間織田がそう言ったのだよ。そうすると、脚が長いとイヤなものですかね、女というものは？　しかし、脚が長いだけでは……。

太宰　そういうものでもないのだよ。

坂口　和服との関係だね。脚が長ければ裾が割れてヒラヒラするね。歩き方と露出する部分との関係、そういうものではないかなア……。

織田　非常に中年的なものだ。だから中学生が小股のきれあがった女に恋したというのはあまりない。

坂口　だけど、まだ小股のきれあがった女というものは判らない、どんなものか？

織田　判らないけれども、知っているんじゃないか。ぼくは眉毛が濃いということも一つの条件だとするね。

太宰　何かエロチックなものを感じさせるのに、大根脚というものがあるでしょう、こっちの足首まで同じ太さのがあるね、ああいうのが案外小股のきれあがったのかも知れんよ……。

織田　しかし、それは小股のたれさがったというのだよ。あれが日本人の……。

坂口　脚が長いという感じが伴わないといかんね。

太宰　安井曾太郎やなんかの裸体は、お湯へ入って太く短くなって見えるでしょう。画家が好んでああいうものを描くでしょう。

織田　洋画家は欣ぶね。

太宰　エロチズムはやはり若いような気がするね。風呂へ入ってバアッと拡がった脚がボッサリしていて、それこそ内股の深く剃られている感じの女は、裸にするとインワイではなくて、却って清潔な感じがする。

坂口　しかし、日本の昔の女にたいする感覚というのは、非常に肉体的でインワイなものだね。だいたいにおいて、精神美というものは何もないね。

太宰　ウン、芸者だとか娼婦だとかのいろいろな春画なんか、まるでいかんね。

坂口　ウン、まるでイカンね（傍らの女将に）あなた方は、小股のきれあがった女というのは、どういう風に考える、どういうことですか？　小股というのはどこにあるの？

女将　どこを言うんでございましょうね、判りませんわ。

太宰　アキレス腱だという説があるのだが。

女将　ハッキリしたひとを言うんじゃないんでしょうか。

織田　ハッキリというのはどういうことですか？

女将　グジャついていない。

太宰　キッパリ。黙阿弥のト書にあるキッパリ。そうすると今の○子なんぞ、だが、小股がきれあがってるのかね。

女将　そうなんでしょうね……。

太宰　今の女形で小股のきれあがっているのは誰だろう……。

織田　花柳なんかではないでしょうか。章太郎、――そうだろうね、あれはガラガラとした声で……。ぼくはいつか花柳章太郎の楽屋へ行ったのだよ。「螢草」という鷗外さんの芝居で出を待っている。腰巻を出して寝床を敷いてるんでね。辟易したよ。僕はやはり小股のきれあがった感じを受けたね。ガラガラした声でね。

坂口　鉄火とも違うね。もっと色っぽいところがあるようだね。

太宰　鉄火は大股だよ。

女将　河合さんがやった女形の方が小股のきれあがった感じが出ますね。

織田　大股、小股という奴があるわけだね。

いなせな男

太宰　男にないかしら、小股のきれあがった男というのはないかね。

織田　結局苦み走った、というのだろう。

女将　いなせなところのある……。

織田　苦みというのはどういうものかな。この男は苦いとか、甘いとかいうのは？

坂口　それは精神的なものだね。

織田　精神的だというけれども、女のひとは精神的な男が好きなようです。

坂口　やはり眉に来るな。額——、僕は額に来ると思うな。昔の江戸前で、何か額の狭いということを言うね。ああいう感じだね。狭い。

太宰　額の狭いというのは非常に魅力なんだよ。

坂口　江戸前の男を額の狭いという。あいつは苦み走った、額が狭くて眉の太い……。

太宰　いい容貌。

織田　春画を見ても額の広い春画は出て来ないね。

太宰　春画が出ちゃ敵わねえ。

坂口　近ごろ皆額が広くなったからね、われわれ見当がつかなくなった。

太宰　しかし、一時日本の美学で額が広いのは色男だということがありましたね。ぼくの知っている文学青年で剃ったんだね。剃ったら月代のようになって、そいつを月代といって笑ったけれども……。

織田　額を広くする術はあるけれど……。

坂口　しかし、額が狭いという江戸時代の日本的美学というものは面白いね。

太宰　いいね。額があがっちゃ敵わねえよ。「婦系図」の主税なんかでも、飽くまでも額が狭い。（額に手をかざして）ここから……。

坂口　職人の感じだね。左官とか、大工とか、そういう……。

女将　め組の辰五郎とか。

織田　一番女にもてる人種だよ。

坂口　近頃はもてないよ。新円でもてるかも知れないが。

どんな女がいいか

坂口　女の魅力は東京よりか大阪にあるような気がするね。女というものは、本質的なものはないからな、やはり附焼刃の方が多いんじゃないかな。

織田　ぼくは大阪によらず、東京によらずだね……。

太宰　女は駄目だね。

坂口　ぼくは徹頭徹尾女ばかり好きなんだがなあ。

織田　ぼくはどんな女がいいか、——と訊かれたって、明確に返答出来ないね。

坂口　君はいろいろなことを考えているからな。形を考えたり……、着物を考えたり……。

織田　いやいや。その都度好きなんだよ。いま混乱期なんだ。前はやはり飽くまで背が高くて、痩せてロマンチックだとか、いろいろ考えていたけれども、今はもう何でもいい。

太宰　おれは乞食女と恋愛したい。

坂口　ウン。そういうのも考えられるね。

織田　もう何でもいいということになるね。

坂口　ぼくは近ごろ八つくらいの女の児がいいと思うな。

太宰　そういうのは疲れ果てた好色の後の感じで、「源氏物語」の八つくらいの女の児を育てるとか、裏長屋のおかみとか、そういうのは疲れ果てた好色の後だな。

坂口　インワイでないね、「源氏物語」は……。

太宰　可哀相ですよ、あの光源氏というのは……。

坂口　インワイという感じがない。

太宰　何もする気がないのだよ。ただ子供にさわってみたり、あるいは継母の……。

坂口　醜女としてみたり……。

織田　自分の母親に似た女にほれるとか。自分の好みは、前の死んだ女房に似ているとか……。

太宰　却ってああいうのはインランだね。したいんだけれど、ただこじつけて死んだ女房に似ているという、あれはあわれだな、ああいうのは……。

坂口　それはね、調子とか、何か肉体的な健康というものはあるのだよ。それはちょっとわれわれ三人は駄目だと思うな。落第生だよ。

織田　しかし、われわれはあわれでないよ。お女郎屋へ行って、知っている限りの唄を歌ったり……。

太宰　ウン、唄を歌ってね……。

織田　しかし、ああいうのはやはりいじらしいよ。

太宰　歌うのは、酒を二杯飲めばもう歌っている。歌いたくて仕様がない。二杯飲めば……。

歓楽極まりて哀情多し

坂口　「歓楽極まりて哀情多し」というのは芸術家でないとないね。凡人にはちょっとないね。

太宰　歌が出るのは健康だね。

織田　新婚の悲哀。

坂口　哀情は出るね、ああいうやつは必ずあわれだよ。

太宰　料理屋から出てくるでしょう。それから暗い路へ出て、「今日は愉快だったね」というだろう。ぼくはあれを見ると、実は情けないのだ。「今日は

昭和21年、酒場〈ルパン〉で　撮影＝林忠彦

愉快だったね」っていうのが……。

織田　何か、「おい頑張れ」なんかともいうだろう、あれはいったい、何を頑張るんだよ。

太宰　それをやったよ。

坂口　まだ頑張れの方がいい。哀情というのがなおいかんね。

太宰　ああいう人達は寂しいのだね。それだから、「今日は愉快だったね」というんだろうね。

織田　寂しいのだよ。

太宰　温泉やなんかへ行くだろう。すぐ宿のハガキを取寄せて書いているのだ。

坂口　あれが実に名文なんだよ。宿屋のハガキで書くのが、ぼくらなんかよりずっと文章が巧いよ。そういう文章の巧さでいったら、ぼくら悪文だよ。

織田　大悪文だ！

太宰　殊にぼくなんか。

坂口　女房や子供を説得する力というものはぼくらの領分ではないよ。

織田　文章だけでなしに、何につけても……。「ここがよかったら、もう一度来い」なんていわれて、また想い出して行くなんというのは、実際あわれだね。（笑声）

太宰　絵はがきの裏に、「ここへまた来ました」なんて……。

織田　帰りに宿屋を立ち出る時に、女中の名前を訊いて、「また来るよ、来年必ず来る、覚えておいてくれ」とかいって……。

太宰　身の上話をしてね。

織田　名刺を出して……。

坂口　あれもなかなかいいところがあるものです。
太宰　ぼくは身の上話というのはイヤだね。
坂口　あれはいいものだよ。
織田　いいものといっても一種の技巧だよ。身の上話を聴いてやる男は、必ず成功するね。

振られて帰る果報者

坂口　ところが、太宰さんは関西を何も知らない。静岡までしか行かないからね。ぼくは関西好きだな。
織田　関西か——。
坂口　しかし、実際ぼくはね、関西へ行った感じでいうと、祇園に誰かが言った可愛いい女の子というのはいなかった。三十何人か会ったうち、二十七人ぐらいは見た。しかし、一人もいい子はいなかったよ、あの時はね。
織田　ポント町の方が居ります。
坂口　そう……。
太宰　気品というものは却ってある。
坂口　二流に気品をもっていますね。
織田　木屋町なんかにはいますね。一番雇女にいますね。まア不見転《みずてん》芸者みたいなものだけれども……。
坂口　月極めという制度があるの？
織田　月極めはない。雇女はその都度。それは芸者だよ。
坂口　雇女は月極めで来るんじゃないか。
織田　あれはその都度。芸者が月極めなんですよ。
坂口　東京の人はそれを知らないから……。
坂口　だからぼくは勘違いしておった。
織田　祇園なんかへ行くでしょう。お茶屋の女将が、「泊りなさい」とかいって、それから歌麿のような女が寝室へ案内に出て、何か紅い行燈の灯が入ってるところで、長襦袢なんかパアパアさせて、そのますぐ「サイナラ」といって帰って行く、あれはちょっと残酷な響だよ。
坂口　怖い響だね、「サイナラ」という響はね……。
織田　その時は薄情に聞える。
太宰　女郎は「お大事に」というね。
織田　「サイナラ」でも、惚れている男に言うのと惚れていない男に言うのと大分違うね。その都度違うね。蛇蝎のように女に嫌われていると……。
太宰　嫌われた方がいいな。
織田　嫌われる方が一番いいんじゃない。
太宰　振られて帰る果報者か……。
坂口　もてようという考えをもっては駄目だよ。ところで、これが人間のあさましさだな、やはりもてない方がいい。ところが、京都へ行くと、そういうことを感じなくなるね。ああいうところへ行くとおれみたいな馬鹿なやつでも、もてようとか、えらくなろうとか、という感じを持てなくなってしまって、なんかこう流水のような、自然にどうにでもなりやがれ、という感じになってしまう。
織田　いま、一銭銅貨というものはないけれども、ああいうものをチャラチャラずぼんに入れておいて、お女郎がそれを畳むときに、バラバラとこぼれたりするだろう、そうするともてる。
太宰　どうするの？
織田　こいつは秘訣だよ。
太宰　一銭銅貨を撒くの？
織田　ポケットに入れておいて、お女郎がそれを畳もうとすると、バラバラこぼれるだろう。それがもてるんですよ。
太宰　ウソ教えている。
織田　百円札なんか何枚もあるということを見せたら、絶対にもてないね。
太宰　ウソ教えている。
坂口　そういう気質はあるかも知れない。京都でびっくりしたのは、一皮剝くというやつがある。例えば祇園の女の子なんか一皮剝かないと美人になれないという。七ッ八ッのやつを十七八までに一皮むくんだね。ほんとにむけるそうだよ。むけるものだ。渋皮がむけるというのは、きっとそれだと思う。しかし、こすってるそうだよ。検番の板場の杉本老人というのに聞いたんだが、ほんとうにこすっているそうだよ。姉さん芸者が子供を垢摩りでゴシゴシこすってるそうだよ。しかしね。こういう話は、現実的な伝説が多いので、割合にぼくは信用出来ないと思うけれどね。ヒイヒイ泣いてるそうだよ。痛がってね……。そういうことを言っていたのだよ。

女を口説くにはどんな手が

織田　何かぼくら関西の話で、そういう伝説的なあれを聞くけれども、実際に見ないのだね。関西の言葉でも、「こういう言葉があるか」と訊かれたって、ぼくは聞かないのだね。京都弁より大阪弁の方が奥行があるのですよ。誰が書いても京都弁は同じだけれども、大阪弁は誰が書いても違う。同じなのは、「サイナラ」だけだと思いますね。

坂口　ぼくが君たちに訊きたいと思うことはね、日本の小説を読むと、女の方が男を口説いている。これはどういう意味かな。たいがいの小説はね。昔から男の方が決して女を口説いておらぬのだね。

織田　あれは作者の憧れだね。現実では……。

坂口　どうも一理あるな、憧れがあるというのは……。

太宰　でも、近松秋江がずいぶん追駈けているね。荷車に乗ったりなんかしてね……。

坂口　現代小説の場合でもたいがいそうだよ。女が男を口説いている。こういう小説のタイプというものは変なものだね。

織田　そう。健康じゃないね。

太宰　兼行法師にあるね。女の方から、あな美しの男と間違うて変な子供を生んでしまった。

坂口　すべての事を考え、ぼくたちの現実を考えて、男の方が女を口説かなかったら駄目だろう。

織田　ぼくらがやはり失敗したのはね、女の前で喋りすぎた。

太宰　ちょっと横顔を見せたりなんかして、口唇をひきつけて……。

坂口　日本のような口説き方の幼稚な国ではね、ちょっと口説き方に自信のあるらしいようなポーズがあれば、必ず成功するね。ぼくはそう思うね。日本の女なんというのは、口説かれ方をなんにも知らんのだからね……。

太宰　だから口説かれるんじゃないの……。

坂口　口説く手のモデルがない。男の方がなにももっていない。

織田　ぼくは友達にいったのだけれど、ここでひとつ教えてやろう。「オイ」といえばいいんだ……。「オイ」といえばね。

太宰　言ってみよう。それで失敗したら織田の責任だぞ。「オイ」なんて反対に殴られたりしちゃって……。

素人と玄人と

坂口　ところで、祇園あたりはあれかい、舞妓というのにも旦那様があるのかい？

織田　ない。舞妓の旦那になるということはね。舞妓の水揚げをするというのだよ。舞妓自身は、……一本になるとか、衿替とかね。それは判るんだよ。あの児はもう三月もすれば衿替えをするとか言ってね。

坂口　そういう生活費はどうなるの、あとはお前は誰に惚れてもいい、ということになるの？

織田　ならない。

坂口　やはり旦那様が？

織田　そう。素人のよさが出ていると思うね。

太宰　素人も何もちっとも面白くないじゃねえか。

坂口　やはり素人のよさがあるのだよ。あれは大変なものだ。

太宰　筋が？

坂口　君は玄人過ぎるんだよ。そういう点でね……。ぼくは半玄人だけれど、君は一番玄人だ。

太宰　井伏さんというのは玄人でしょう。「お前は羽織を脱がないからいけない」羽織を脱げ、芸人のように羽織を脱げ脱げというのだよ。

坂口　もっと素人だよ。もっと純粋の素人だけれど……。

織田　ぼくは人知れず死んで仰向けになって寝ているというのは好きなんだよ。

坂口　物語というのは作れないのだね、日本人というものは……。

太宰　そうなんですね。

坂口　太宰君なんか、君みたいな才人でも、物語というものは話に捉われてしまう。飛躍が出来ない。物語というものは飛躍が大切なんだ。

太宰　こんどやろうと思っているのですがね。四十になったら……。

坂口　飛躍しないと……。

太宰　ぼくはね、今までひとの事を書けなかったんですよ。この頃すこうしね、他人を書けるようになったんですよ。ぼくと同じ位に慈しんで――慈しんでというのは口幅ったい。一生懸命やって書けるようになって、とても嬉しいんですよ。何か枠がすこうしね、また大きくなったなアなんと思って、すこうし他人を書けるようになったのですよ。

坂口　それはいいことだね。何か温たかくなればいいのですよ。

織田　ぼくはいっぺんね、もう吹き出したくなるような小説を書きたい。ぼくは将棋だって、必ず一手、相手が吹き出すような将棋を差す。

坂口　一番大切なことは戯作者ということだね。面

昭和23年、三鷹の飲み屋で　撮影＝田村茂

倒臭いことでなしに、戯作者ということが大切だ。これがむずかしいのだ。ひとより偉くない気持ち……。

女が解らぬ文学が解らぬ——

織田　ぼくは欠陥があって、画が解らない。
太宰　文学が解らぬ。女が解らぬ。
坂口　何もわからぬ。ぼくは今のインチキ絵師のものだけは解る。
太宰　三人はみなお人好しじゃないかと思うのだ。
織田　ウン、そうだ。
坂口　すべてひどい目にあって、——ひどい目にあいますよ。
織田　やがて都落ちだよ。一座を組んで……。
坂口　そんなことはないよ。おれが頑張ったら……。このおれが……。
太宰　あなた（坂口氏に）が一番お人好しだよ。好人物だ。
織田　今、東京で芝居しているけれども、やがてどっかの田舎町の……。
坂口　そうじゃないよ。太宰が一番馬鹿だよ。
織田　今に旅廻りをする。どっか千葉県か埼玉県の田舎の部落会で、芝居をしてみせる。色男になるよ。一生懸命に白粉を塗ってね。
編集部　大変お話しが面白くなってきましたが、今日はこのへんで、どうも。

一九四六・一一・二五

（『読物春秋』一九四九年一月号）

織田作を悼む

織田君の死

太宰 治

織田君は死ぬ気でいたのである。私は織田君の短篇小説を二つ通読した事があるきりで、また、逢ったのも、二度、それもつい一箇月ほど前に、はじめて逢ったばかりで、かくべつ深い附合いがあったわけではない。

しかし、織田君の哀しさを、私はたいていの人よりも、はるかに深く感知していたつもりであった。

はじめて彼と銀座で逢い、「なんてまあ哀しい男だろう」と思い、私も、つらくてかなわなかった。彼の行く手には、死の壁以外に何も無いのが、ありありと見える心地がしたからだ。

こいつは、死ぬ気だ。しかし、おれには、どう仕様もない。先輩らしい忠告なんて、いやらしい偽善だ。ただ、見ているより外は無い。

死ぬ気でものを書きとばしている男。それは、いまのこの時代に、もっともっとたくさんあって当然のように私には感ぜられるのだが、しかし、案外、見当らない。いよいよ、くだらない世の中である。

世のおとなたちは、織田君の死に就いて、自重が足りなかったとか何とか、したり顔の批判を与えるかも知れないが、そんな恥知らずの事はもう言うな！

きのう読んだ辰野氏のセナンクウルの紹介文の中に、次のようなセナンクウルの言葉が録《しる》されてあった。

「生を棄てて逃げ去るのは罪悪だと人は言う。しかし、僕に死を禁ずるその同じ詭弁家が時には僕を死の前にさらしたり、死に赴かせたりするのだ。彼等の考え出すいろいろな革新は僕の周囲に死の機会を増し、彼等の説くところは僕を死に導き、または彼等の定める法律は僕に死を与えるのだ。」

織田君を殺したのは、お前じゃないか。

彼のこのたびの急逝は、彼の哀しい最後の抗議の詩であった。

織田君！　君は、よくやった。

（『東京新聞』一九四七年一月一三日）

織田作を悼む

大阪の反逆

織田作之助の死

坂口安吾

先頃、織田と太宰と平野謙と私との座談会があったとき、織田が二時間遅刻したので、太宰と私は酒をのんで座談会の始まる前に泥酔するという奇妙な座談会であったが、速記が最後に私のところへ送られてきたので、読んでみると、織田の手の入れ方が変っている。

だいたい座談会の速記に手を入れるのは、自分の言葉の言い足りなかったところ、意味の不明瞭なところを補足修繕するのが目的なのだが、織田はそのほかに、全然言わなかった無駄な言葉を書き加えているのである。

それを書き加えることによって、自分が利巧に見えるどころか、バカに見えるところがある。ほかの人が引立って、自分がバカに見える。かと思うと、ほかの人がバカに見えて自分が引立つようなところも在るけれども、それが織田の目的ではないので、織田の狙いは、純一に、読者を面白がらせる、というところにあるのである。だから、この書き加えは、文学の本質的な理論にふれたものではなく、ただ世俗的な面白さ、興味、読者が笑うようなことばかり、そういう効果を考えているのである。

理論は理論でちゃんと言っているのだから、その合いの手に、時々読者を笑わせたところで、それによって理論自体が軽薄になるべきものではないのだから、ちょっと一行加筆して読者をよろこばせることができるなら、加筆して悪かろう筈はない。

織田のこの徹底した戯作《げさく》根性は見上げたものだ。永井荷風先生など、自ら戯作者を号しているが、凡《およ》そかかる戯作者の真骨頂たる根性はその魂に具わってはおらぬ。濹東綺譚《ぼくとうきたん》に於ける、他の低さ、俗を笑い、自らを高しとする、それが荷風の精神であり、彼は戯作者を衒《てら》い、戯作者を冒瀆する俗人であり、即ち自ら高しとするところに文学の境地はあり得ない。なぜなら、文学は、自分を通して、全人間のものであり、全人間の苦悩なのだから。

江戸の精神、江戸趣味と称する通人の魂の型は概《おおむ》ね荷風の流儀で、俗を笑い、古きを尊び懐しんで新しきものを軽薄とし、自分のみを高しとする。新しきものを憎むのはただその古きに似ざるが為であって、物の実質的な内容に就て理解すべく努力し、より高き真実をもとめる根柢の生き方、あこがれが欠けている。これの卑小を省る根柢的な謙虚さが欠けているのだ。わが環境を盲信的に正義と断ずる偏執的な片意地を、その狂信的な頑迷固陋さの故に純粋と見、高貴、非俗なるものと自ら潜思しているだけのこと、わが身の程に思い至らず、自ら高しとするだけ悪臭芬々《ふんぷん》たる俗物と申さねばならぬ。

大阪の市民性にはかかる江戸的通念に対して本質的にあべこべの気質的地盤がある。たとえば、江戸趣味に於ては軽蔑せられる成金趣味が大阪に於ては、それが人の子の当然なる発露として謳歌せられる類いであって、人間の気質の俗悪の面が甚だ素直に許容せられている。

織田が革のジャンパーを着て、額に毛をたらして、人前で腕をまくりあげてヒロポンの注射をする、客席の灯を消して一人スポットライトの中で二流文学を論ずる、これを称して人々はハッタリと称するけれども、こういうことをハッタリの一語で片づけて小さなカラの中に自ら正義深刻めかそうとする日本的生活の在り方、その卑小さが私はむしろ佗びしく、哀れ悲しむべき俗物的潔癖性であると思うが如何《いかが》。

むしろかかる生活上の精力的な、発散的な型によって、芸術自体に於ては逆に沈潜的な結晶を深めうる可能性すらあるではないか。生活力の幅の広さ、発散の大きさ、それは又文学自体のスケールをひろげる基本的なものではないか。

文学は、より良く生きるためのものであるという。如何に生くべきかであるという。然し、それは文学に限ったことではなく、哲学も宗教もそうであり、否、すべて人間誰しもが、各々如何に生くべきか、より良き生き方をもとめてやまぬものである故、その人間のものである文学も亦《また》、そうであるにすぎないだけの話である。然し文学は、ただ単純に思想ではなく、読み物、物語であり、同時に娯楽の性質を帯び、そこに哲学や宗教との根柢的な差異がある。

思うに文学の魅力は、思想家がその思想を伝えるために物語の形式をかりてくるのでなしに、物語の形式でしかその思想を述べ得ない資質的な芸人の特技に属するものであろう。

小説に面白さは不可欠の要件だ。それが小説の狙いでなく目的ではないけれども、それなくして小説は又在り得ぬもので、文学には、本質的な戯作性が必要不可欠なものであると私は信じている。

（抄録・『改造』一九四七年四月号）

無頼派の肖像――③

織田作之助

写真・文＝**林 忠彦**

織田作之助は、僕が文士を撮りつづけるきっかけになった作家ですが、彼が酒場「ルパン」に来はじめた頃、僕には彼が実に異様に見えました。言葉は大阪弁だし、当時珍しい革ジャンパーを着込んでいて、顔面蒼白の長髪、なんとなく昔の作家とちがうイメージがあふれていました。

チラッチラッと気になって見ていると、やたらに咳き込む。ハンカチにパッと咳き込んで痰をだすと、血痰が出ているように見えたんですね。あっこれはいけねぇな、と思いました。この作家は、あんまり長くないから撮っておかなければ、と思いました。

「織田さん、ぜひ撮らして下さいよ」って言って、三、四回、「ルパン」に足を運んでもらったんです。その後まもなく、やっぱり思った通り結核で亡くなりました。この写真は亡くなるほんの少し前でした。

その後、彼の愛人の昭子さんが銀座でバーをはじめ、ずっとおつき合いがありましたが、織田作之助が喀血がのどにつまって息苦しくなると、昭子さんが、それを口移しに吸い出すような話を誰かれなく聞いたりすると、二人の間のすさまじい愛情を思って、彼を撮った頃よりも、後から昭子さんを通じて織田作之助という人物をいっそうよく知ったように思います。織田作之助という作家は僕の仕事の上でも本当に忘れられない存在なんです。

（「文士の時代」より）

撮影＝昭和21年

小説

幻想酒場〈ルパン・ペルデュ〉

野坂昭如

名古屋あゆみ・絵

「ルパンが死んじゃった」と、すでに涙も涸れはてたといった、腫れぼったい眼で、眞澄は何の前置きもなく、つぶやいた。タオルに包まれた、かたまりを両手にかかえ、それが彼女のかわいがっていた牝猫ルパンの亡骸であることは、察しがついた。

「もういい歳だろう」玄関に突っ立ったまま、いちおうなぐさめのつもりでいうと、「うん、十一歳」猫の平均寿命は知らなかったが、歳に不足はない感じで、眞澄の用件は亡骸の始末だろう。「まあ、お上んなさい」「うん。ずっと鼻水出していたから、風邪かと思って、アスピリンのましてたんだけど、やっぱりお医者に診せた方がよかったのかしら。でも、昔からルパンはよく風邪をひいて、いつもアスピリンで治ってたの。昨日の夜まで元気だったのに、朝もうぐったりして」タオルにくるまれたものを、あらためて抱きしめ、「ごめんね、ちゃんと私がついていてあげれば」突然、舞いこんできた愁嘆場に閉口しながら、こういう場合、保健所へ持ちこめばいいのだろうが、私にも事務的処理はためらう気持がある。二年間、私も牝猫ルパンと暮していた、つまり、眞澄と同棲していた時期があるのだ。

　眞澄と私は同年だが、彼女は早生まれ、学年でいえば一つ上になる。知り合ったのは昭和二十八年暮、新宿西口、国鉄の線路に沿って並ぶ屋台の飲み屋。眞澄は銀座にある出版社の社員で、その出版社自体、ファッションを専門としていたし私の眼には、まるで別世界の住人、お互い飲み屋の半ば常連だったから、何度か顔を合わせていたが、向うは同業者らしい男連れのことが多く、酔いにまかせてしゃべりかける機会もないし、相手にされまいと、あきらめてもいた。

　本来なら、この年の春、大学を卒業していなければならないのだが、必要な単位にまるで足りず、来年も覚束ない。益体もない仕事で食いつなぎ、この時は写譜屋の下請け、パート譜一枚十円、音譜がよめないのだから、文盲の筆写といってよく、一日精魂こめて三十枚がやっと、他にヒロポンの運び屋、新宿浄化運動員、これは深夜、竹箒で町を掃いてまわる仕事、ヤクザが取仕切り、五時間で三百円。住いは中野区桃園通り、三畳二千五百円、隣りの四畳半に、金融会社へ勤める三十代半ばの女がいて、時にその手作りの煮物のお裾分けにあずかったが、これをしも盤台面というのだろうと、みるたびに感じ入る平べったく大きな顔、好意に報いる気は起らぬ。

新宿帝都座の五階、入場料三十円の名画座で何を観たのだったか、飲み屋のお上と、映画の話をするうち、しごく気安い感じで、眞澄がしゃべりかけ、つまりぼくが古い写真についてよく知っていると賞め、「イット女優」といわれたクララ・ボウの作品など知らないのだが、'20年代ハリウッド映画について、主にゴシップがらみをしゃべるうち、「今度、『新年』を持って来てあげる、家にほとんどそろってるの」「『新青年』の特別読物号はぼくも少し読んだけど、ビーストンなんて作家、どうしちゃったのかな」「本当、聞かないわね」世はサルトル、カミュ、マルローの時代、旧制高女を出て、しばらくパン屋で働き、父のつてで出版社へ入った。そして父は「新青年」の編集にたずさわり、現在は探偵小説雑誌の顧問をしていると、べつにぼくが問い質したわけでもないのに生い立ちを語り、その住いは赤羽、歳を考えればむしろ当然だが、印刷会社に勤める三つ上の亭主がいる。

「おたくの先輩、英文だけど、翻訳者になりたいって、今はもっぱら下訳専門」現在、「アフターディナーストーリー」とやらに取組む。「おたくも小説なんか、書いてるの」

「いや、とても」当時、ぼくの、籍だけは置いていた大学の、仏文科学生といえば、ほとんどが文学、政治青年だったが、いずれとも関わりを持たず、ただ飲んだくれてだけいた。

一度ほぐれてしまえば、会うたびにしゃべりこんで、ぼくにすれば、娼婦女給以外の、堅気の女と言葉を交わしたのは、これが初めて、そして不勉強ながら、眞澄の文学、映画面における教養くらいには、話を合わせ得た。亭主については、ほとんど触れなかったが、父親のかつてのダンディぶり、乱歩、水谷準、大坪砂男、久生十蘭などとの交遊ぶりをやや誇らしげに語り、顧問といっても、父は決った給料をとる訳ではないらしいが、眞澄は、給料日に父親と銀座で落ち合い、「らん月」のオイル焼きを食べた後、酒場「ルパン」で飲む決りという。

「ルパン」の名はひびいていた。ぼくの大学の、いわば縄張りは新宿で、学生の多くは地方出身だから、銀座について詳しい者は稀、三越の包装紙をブックカバーにして、見栄のつもりの男がいたし、今でいう晴海通りを銀座通りと思いこむ手合いも珍しくなかった。

そういった田舎者も、「ルパン」だけは、知っていて、すべて写真家林忠彦の作品のせい、カウンターに肘をつき、背広姿の、軍靴が印象的な太宰治、革ジャンパーで、その撮影後日ならずして死んだ織田作之助の笑顔、坂口安吾、石川淳なども連夜ここで飲むらしい。

新宿で似たような場所といえば、ムーランルージュ裏の「五十鈴」、火野葦平、八木義徳、新庄嘉章、棒葉英治、丸岡明の姿を見受けたが、「ルパン」は格の違う印象、ぼくなど一生入れない店とみなしていた。

「初めて行ったのは、私がパン屋さんに勤めてた頃だから、二十二年の秋。未成年もいいとこよ」「織田作は、その年の二月だったかな死んだのが。銀座裏の旅館で血を吐いて、菊池病院へ担ぎこまれた」「父も駈けつけたのよ」「織田作と面識があったの？」「そりゃ編集者としては古いもの」「彼は、新聞小説を連載中で、未完に終ったわけだけど、ぼくはその最終回を切抜いて、しばらく持っていた」忘れもしない井上の英和辞典にはさみこんで、織田作の死の前後、ぼくは彼の母校三高の入試準備にいちおう打ちこんでいた。「織田作には会った、というより見たことがある。一度は心斎橋で、もう一度は京都の朝日ホール」「織田作には間に合わなかったけど、太宰さんとは三度一緒になった、もちろん話なんかしなかったけど」

太宰治の死は二十三年六月、ぼくは三高には入れず、この年、新潟高校文乙の学生となっていたが、太宰の死は、丁度試験にぶつかっていて、あまり話題にはならなかった、というよりも、旧制高校文科一年生の気負いは、強いてこの人気作家を無視していた、ニーチェ、キェルケゴール、ハイデッガーが本命なのだ。

眞澄の生家は、文京区林町で、仕事上おそくなれば、ごく当り前に、ここへ泊る。仕事と関わりなく、ぼくと飲み歩いてしらしら明けに至ることもあったが、無断外泊はお互い様、ただし、必ず林町か赤羽へ戻っていき、ぼくにすれば、そのまま出社すればよさそうなものと思ったが、「前の日と同じ恰好ってわけにはいかないのよ、家へ帰らなかったってバレちゃうでしょ」「服装さえ替えりゃいいわけ」「まあね、でも、勇気ないでしょ、おたく」なんとなくバカにされている感じだったが、眞澄を女としてみていなかったのは確か、人妻だからといってひかえたわけじゃないが、ぼくにとっての女は、娼婦。また、うかつにちょっかいかけて、折角の縁を失いたくない気持もあったと思う。

さらに、この縁についていえば、彼女自身、編集者に違いなく、父親は文壇に顔がきくらしい、文章を書いて世渡りできるなど、つゆ思わなかったが、活字の世界の、周辺にいたい、眞澄の勤める社の、オウナーは女流で有数の小説家、その夫も作家だった。雑誌などで紹介されるのとは別の、活き活きした物書きの言動が、眞澄によって伝えられる。

そして、「新青年」だけじゃなく、焼けなかった眞澄の生家には、旧制高校文乙から仏文科の筋とは異なる、おびただしい蔵書があった。直木三十五全集、平凡社刊、紺の布表紙の部厚い「大衆文学全集」、眞澄とつき合わなかったら、「南国太平記」「砂絵呪縛」「お洒落狂女」「十賊《とくさ》の秋」などを読むことはなかったろう。モガだったという眞澄の母が、ぼくをどうみていたか、借りた本を返し、あたらしく借りる名目で、眞澄のいない昼間訪れても、にこやかに応対、常にカットグラスでトリスを飲ませてくれた。眞澄が生家に泊る時は、前まで送って別れたから、彼女の父には会っていない。

ぼくは桃園通りから沼袋、野方、早稲田鶴巻町と転々、写譜にも少し慣れ、そのガリ版をきってかつかつに生きていた。ガリ版はパート譜ではなく、素人の合唱用に、メロディと歌詞を原紙にきり、ディットと称する複写機で刷る。当時、ホームソングばやりで、民間放送が公開の歌番組を作る時、入場者にこれを渡して、一緒に新曲を唄わせるのだ、一曲三百円、一晩で二曲はきれた、「水車をまわし春がやってくる、流れてく、キラリラロン」なんて文字をキイキイときりつつ、かなり暗澹たる明け暮れ。

二十九年、石原慎太郎が躍り出ている、焼跡は風景の中からほとんど姿を消し、ビルの鉄骨がそこかしこに組まれ、籍だけはまだ大学に在ったが、単位数は、気まぐれにとった体育の四つが増えただけ。

三十年二月、鶴巻町の洗濯屋二階、六畳五千円の部屋で、「クルミ一つを抱きしめて、まるであなたは女の子」という歌を、原紙にきっていた、朝六時頃、眞澄がオイオイ泣きながらやって来た、父が倒れたという、飯田橋の公衆便所で用を足すうち、脳出血を起こし、幸いすぐ発見され、警察病院に運ばれたが、まだ意識不明、「駄目かもしれない、お父ちゃま死んじゃう」眞澄は、林町に泊っていて、連絡を受け、母とすぐ駆けつけたのだが、今はただ見守っている他ない、「気がつかなかったけど、お父ちゃま、お爺さんになっちゃってるのねぇ、ショックだった」つづいて眞澄は奇妙なことをいった、「お父ちゃま死んだら、母は男を作るかもしれない」たしかにモガの面影を留めはするが、四十半ば過ぎの、自分の母親について、しかも、父が危篤状態のこの時に、くだらない心配をするものだと、呆れつつ、ぼくには何ともいいようがない。

ぼくは現実的に、父が亡くなれば、林町の家を下宿にするといい、二階二間に学生四人入れて、賄い付きで一人六千五百円、眞澄夫婦が一緒に住めばなお楽だろう。しかし、なまじ父が生きのびると、これはたいへん、ヨイヨイの病人をかかえてちゃ、部屋だけ貸すといってもむつかしい。ぼく自身、いわゆる呆け老人をかかえた一家の部屋を借りて、その異様な暗さに閉口した覚えがある。

二週間後、父は退院、脳溢血の後遺症としては軽い方らしいが、もはや勤めは無理、ただぼくの、生活について心配は余計なことで、眞澄の母はこれまでも刺繍、それも値の張る帯や打掛けを手がけて、デパートと契約、父の顧問料はもっぱら酒代に消えていたらしい。

「内職の原稿を書けば、少しは助けて上げられるし」ファッション専門誌だから、その面の知識はあり、オウナーにいわれ、アテネ・フランセの上級まで卒えたから、簡単なフランス語は訳せるという、「デザイナーとか何とかいってたって、所詮、あちらの雑誌の引写しで商売してるのよ、もう少し勉強してヴォーグあたり訳せると、いいお金になるんだけど」仏文に籍を置きながら、簡単な動詞の変化も心得ぬぼくは、深く恥入り、だが、ぼくにできるのは、当面、ディットの原紙切りしかない。

この何日か後、まだ寒い時分だったが、ぼくは眞澄に伴われ、初めて酒場「ルパン」へ足を踏み入れ

た。すでにかなり飲んでいてこの時のことはよく覚えていない。

ルパンを出て、タクシーに乗り、気がつくと高田馬場駅近くの旅館の前で、ぼくは眞澄に手をひかれ、その玄関をくぐった。あからさまな連込み宿ではなかったが、深夜、男女がもつれ合って入って来たのだから、女中は心得て、一つ布団に二つ枕の部屋へ案内、風呂へ入るかとたずねた。ぼくは小心なところがあり、酔って泳ぐこと、湯につかることを戒めていたから断り、眞澄だけが、寝巻をかかえて、女中の後を追った。

以前に、「勇気がない」といわれたのを思い出し、だが、頬をつねりたい感じがある。自らかえりみて、女にもてたことがない。大学生とはいえ、実体は先きに何の見込みもない失業者なのだ、ひきかえ眞澄は、知られた雑誌の編集者、亭主との間柄がどうなっているのか知らないが、退社後、よく一緒に映画を観るといっていたし、首の後ろ、首筋にキスマークをつけていることもあった、べつに隠しもせず、「私、耳に弱いのよね」それに背筋なのだそうだ。

ぼくは寝巻に着替え、先きに布団へ入っているべきかどうか迷い、街娼と泊った時は、女中にサックを頼んだが、ここではどうなのか、酔っているはずだが、そして、人妻との情事をひかえながら、いっこう昂ぶることがなく、立場が逆の感じ、こっちが無理矢理連れこまれ、途方にくれている女の立場に近い。

三月後、ぼくと眞澄は、新宿柏木町八百屋の二階六畳、三尺の流しのついた部屋で同棲をはじめた。

亭主といかなるいきさつがあったのか、ついに判らず終いだったが、亭主は別れるに当り、新宿武蔵野館近くの、森英恵という新進デザイナーの店で、スカートを一枚買ってくれたという。

お互いさま、ほとんど荷物はなかったが、眞澄は一匹の猫を伴っていて、その名は「ルパン」、犬について、いくらか心得ていたが、猫は飼ったことも、というより抱いたことすらなく、こっちのかすかな嫌悪感が、ルパンに伝わるらしく、あるいはそれが猫の習性かもしれないのだが、決してぼくに近寄らない、眞澄は三尺の開きの押入れに、籠を置き、「利口なのよ、ちゃんとお留守番してくれる」部屋の入口に、狭い靴脱ぎがあり、ここに砂を敷いた箱を置き、屎尿の世話はまったく手がかからないという。

「この猫は、太宰さんにもらったのよ」

「へーえ、太宰って猫飼ってたのか」「違うの、太宰さんが助けたっていうかな、宿屋で仕事してたら、生後三カ月くらいの猫、つまりこのこが、雨戸の戸袋の中に入りこんじゃって、出られなくなっちゃったんですって、まあ入ったんだから、放っておけば出てくるんだろうけど、ミャアミャア鳴いてね、太宰さんは力ずくで戸袋を外して助け出したの」

そして三日ほど、同じ部屋に置き、鰹節やミルクを与えていたが、処置に困り、「ルパン」のお上に相談、もらい手を探すまでもなく、居合わせた眞澄の父が、ふところに引き取って、林町の家へ持ち帰った、「だからルパンていう名前」「いつ頃？」「二十二年の冬、あの頃、家は貧乏で、それでなくても

食糧難でしょ、私がパン屋で働いて、適当にパクってくるからいいようなものの、父は無収入に近かったし、母の仕事も無いし」とても、猫を飼うゆとりはなかったが、「太宰の猫」ということで、同居を許され、「何でも食べるのよ、ルパンも苦労したんだから、うどん、さつま芋、パンの耳、でもおいしいものって判るのね、ダシジャコをやったら、フニャフニャいいながら食べて、今はすっかり贅沢になっちゃったけど」

贅沢といったところで、御飯に味噌汁をかけ、上に削り節をのせる程度だったが、ルパンは両前脚をそろえ、行儀よくほとんど余さずに食べた。

眞澄の給料は、昭和三十年初夏のこの頃、月一万一千円、ぼくの原紙切りが一万円前後、酒場「ルパン」のウイスキー三十ccが六十円。眞澄の勤める出版社は、銀座のほぼ中心にあって、「ルパン」まで三分とかからない、当時の銀座はまだ平べったい街並み、中で、土橋近くのビルに移転するまで、そこが本社だったという文藝春秋所有の建物が、多分際立ってそびえ立っていたはずだが、その印象はない。直立して歩く視野の中に、街並みのほとんどがおさまり、二階となると喫茶店「キャンドル」、ここの窓際にいれば、下を通る知人の誰彼を観察できておもしろいと、つまらないことが評判になっていた。ジャズ喫茶「テネシー」洋品店の「鈴屋」「花菱」「銀座テーラー」「一番館」。柏木のアパートに電話はない、ぼくと暮すようになっても、眞澄はよく外泊したが、その職業柄当然のことのようで、つまり出張校正、原稿取り、取材、朝何時に帰ってくると判っているわけじゃないが、ぼくは卵粥など作って待っていた、猫のルパンはいっこうなつこうとしなかったが、気まぐれに鳥のささ身などを茹でて、細くさいてやると、ホニャフニャと声を立てて食べる。

勤め人としてみた場合、およそ出鱈目な時刻に、眞澄は出かけ、いつも、「何時頃なら社にいるから電話して」という、夕方、TV中継の貼札のある喫茶店へ出かけ、かけるとたいていは無愛想な男が、取次ぐ、何のためだかよく判らない電話だった、出かけるのがいい加減なものだから、戻るのもまた当然で、どうも、猫ルパンの守りをちゃんとしてるかどうか、確かめる意味合いが、強かったのかもしれない。

それでも月に二度くらい、「出てこない、飲もうよ」と誘われる。ぼくはヒモになるほど図々しくもなくて、相変らずディットの原紙をきり、猫ルパンは、窓のない部屋の中を、欲求不満そのものといった様子で歩きまわるが、ぼくには近づかない。

犬ならば帰ってくるだろうが、また、ルパンと過ごした亭主との赤羽のアパートでは、夜、外で遊ばせたそうだが、新宿は慣れていないし、車も多い、絶対に出すなといわれ、いわば軟禁状態。眞澄と外で落ち合えば、戻るのは午前二時、三時になる、出かける時なにやらかわいそうで、頭をなぜようとすると、どうも敵意としか思えない表情で、ルパンはぼくをにらんだ。

眞澄との待合せ場所は、日劇そばの喫茶店「白鳥」で、そこからは彼女が常に先達、NDT踊り子が栄養補給するというミルクワンタンとか、ガード下の安くてうまい「銀寿司」フジアイスの「カツカレー」東興園の「鳥そば」河岸の小町と謳われたお上の取仕切る、「国定」若い演劇人の集まる「東京茶房」どの店でも彼女は店、客双方に歓迎され、ぼくは身の置きどころに窮したが、彼女はいっさい斟酌せず闊達にふるまって、たいていは酒場「ルパン」へおもむく。昭和初年に店開きしたというその狭くて急な地下への階段は、三十年近い年月の客足によって段の中央がくぼみ、酔って危っかしい昇りよりも、しらふで降りる方が滑り易い、鰻の寝床風、奥に長い造りで右にカウンター、十数脚の椅子があり、突当りに三脚、その左がトイレット、太宰治の写真はこのカウンターの曲り角に彼が座り、引きが無いから林忠彦は、トイレットの中から撮ったという。

当時としてもかなり小柄な、酒場だからマダムがふさわしいのだろうが、お上さんと若いマスター、他に客ずれしていない女四人、こちらも女給の印象からはほど遠く、すべて素人風だった、眞澄は、十七歳にして、父に連れられてきているから、当然いい顔のわけだが、この店では、かなり酔っていても黙りこんで、それまでの、男に立ち混り小説、美術、演劇、映画論をまくし立てていた、颯爽たる感じがうすれ、なにやら肩をすくめ、周辺の客の賑々しい会話に聞き耳を立てる、いわばようやく大人の世界に足ふみ入れた小娘風、馴染みのお上さんのしゃべりかけるのにも、言葉少く答え、むしろぼくのかげに隠れる、ぼくを楯にして店の雰囲気をのぞき見する感じ。

ぼくにもいくらかは察しがついた、父が倒れて以後、どういう加減だか判らないが、ぼくが父親のある部分を肩代りさせられている、眞澄の父親とはついに会わずじまい、写真も見ていない、かなりの酒飲み、文学好きは確かだろうが、この面では別れた亭主にしても同様、彼の方が、活字の世界に、英米探偵小説の下訳にしろ、足を突っこんでいた、ぼくはラジオのホームソング楽譜の孔版印刷原紙きりなのだ。

「新青年」の編集にたずさわっていたのだから、父はそれなりのお洒落、万事に洗練されていたと思うが、ぼくはまるっきりの野暮、服装についても、一緒に暮しているうち、ずい分注意された、注意されて着替えるほど、シャツ、セーターの類はおろか、靴下だって数持っていた訳じゃないが、「こっちの方が良いんじゃないかな」眞澄がえらぶと、たしかに印象が変る、同棲中にベルトとネクタイを一本ずつプレゼントされた、地方出身者の多い大学では、けっこうダンディと認められていたのだが、銀座ではわれながら山出しそのもの、「銀座茶房」地下のバア「東京」へ集る若い演劇青年に立ち混ると、特にその感が深かった。

眞澄が、亭主と別れ、藪から棒のような感じで、ぼくと同棲した理由の一つには、たしかに父の突然の発病がある、ありふれた分析はひかえるが、「お父ちゃま」と、倒れた直後、泣きじゃくりながらいった、「お父ちゃま」の部分が、亭主には欠けていたと思われる、それは多分、「破滅」あるいは「無頼」性であろう。英文科を卒業し、堅気の会社に勤めつつ、こつこつと翻訳家を目指し、努力する亭主に眞澄はあきたりなかったのだ。

眞澄は、ぼくの文学というよりは、活字がらみにおける才能を片鱗も認めていなかったし、教養についても、平均よりは雑学的知識を有するとみなす程度、やがて彼女は、そのいう内職を手がけ、それは芸能人インタビュー、夕刊紙コラム、服飾関係雑文、映画評などで、ぼくに代筆を頼んだことがある、眞澄としては、活字へのキッカケを与えるつもりだったのかもしれないが、ディットの原紙でホームソングの楽譜をきっているから、いくらか縁があるとみたのか、テーマは「雨と夜と歌謡曲」というもので、千二百字、何を書いたのか忘れてしまったが、原稿を読みつつ、眞澄ははじめ苦笑、つづいて涙流さんばかりに哄笑し、「新仮名旧仮名ごちゃまぜ、改行、句読点なし、誤字だらけ、アハハハ」

その、無遠慮ないいかたに、かえってぼくは救われたのだが、考えてみれば、それまで小学校時代の作文の他、何百字とまとまった文章を書いた覚えがない、「でもこういうのっておもしろいのかもしれない」いわれてようやく屈辱感が起ったが、そもそも新、旧仮名の違いなど、まるで念頭にないし、今思えば不思議だが、「、」「。」をまるでつけなかった、さらにわれながら赤面の至りだが、「区」を「凶」「改」を「攷」と書いていた。この原稿はもちろんボツ。眞澄の父も、かつては文学青年だったのだろう、よくは知らないが、その友人朋輩たちが世に出て行く中で取残され、ひたすら酒に溺れ、妻の稼ぎにたよりつつ、なお昂然と肩そびやかし、あくせく世渡りする堅気を、はたからは滑稽な痩せ我慢、あるいはザコのトト混りと冷笑されつつ、乱歩とつき合い、また、酒場「ルパン」で織田作、太宰、安吾、淳と、あの厚い一枚板のカウンターで共にグラス傾けることに、生甲斐を見出し、いわばその晴れ姿を見せたくて、十七歳の眞澄を伴ったに違いない、才能の無い無頼、破滅派ほど、はた迷惑、なにより家族泣かせはないが、眞澄の父の場合、そこまで徹底はしていない。

だが、眞澄にしてみれば、父はそれなりに男の典型で、亭主にはこの部分がまったくなかった、ぼくは、自分に無頼、破滅志向があるなど、つゆ考えたことはないが、眞澄は、父と同じ肌合いを感じとったのではないか。

そして、酒場「ルパン」で、もとより織田作、太宰はとっくに故人、安吾も、ぼくがルパンに少し馴染んだ頃、桐生で亡くなっている。この酒場で、こちらが知らなかっただけだろうが、客に一人の文士も見かけず、かねて思いえがいていた、文人墨客の談論風発の姿を眼にすることはなかったが、他では、眞澄のかげにひかえているのに、「ルパン」だとむしろ勘定は常に彼女が払ったが、妙に肩幅広い感じでカウンターに肘を突き、眞澄はこの時、はじめて大人の世界に立ち混った少女にもどっていた。

三十一年、やはり内職として眞澄の引受けてきたラジオのコント、一篇三百字ほどだが、誤字脱字新旧仮名混合をあえて、手助けし、眞澄が一つひねり出す間に、ぼくは十以上仕上げて、その出来ばえについて、彼女も判定しかね、局へ持参すると、眞澄

の作品は二篇、ぼくのは二十三篇すべてが採用となった。

一篇五百円、税金と手数料、実はディレクターへのリベート計二割を引かれ、一晩の収入が約一万円、この日を境に、ぼくと眞澄の経済的な地位は逆転した、コントの注文には限りがあったが、ようやく民放ラジオ全盛期、ディスクジョッキーの台本、歌番組の構成、ホームコメディ、五分、十分刻みの朝、一時間単位の夜、いずれにしろ思いつきを、相変らずの誤字脱字で書きとばし、眞澄が清書、ペンネームは二人の名前を合わせて、眞須美ゆき、たちまちにして月収十万を超え、この年の五月、ぼくたちは六本木の、ようやくトイレット付きのアパートへ移った、ラジオ東京、ニッポン放送は有楽町、局の下請けとして番組を制作する電通ラジオ・TV部は、銀座にある、かつての縄張り新宿は、僻地の感じとなって、午後から深夜まで、ぼくたちは銀座界隈に入りびたりとなり、眞澄も内職が本業の収入を上まわって、出版社を辞めた。

新宿柏木の頃、ぼくはいちおうの稼ぎはあったが、一種のヒモに違いなかった。六本木へ移ってから、というよりも、だからこそ部屋代二万円が払えたのだが、ぼくの収入は眞澄の数倍、こっちが亭主面していいところ、彼女には、まったく家事を取仕切る才能が欠けていた、柏木の六畳では目立たなかったが、六本木はいわゆる2DK、経済的にゆとりもできたし、空間もあるから箪笥、東芝製当時としては先端を行く冷蔵庫、洗濯機、台所用品一式を備え、書棚、机、卓袱台《ちゃぶだい》をそろえた、ところが眞澄は掃除、洗濯をしない。いやするにはするが、二週間ほど放置して、まさに、これも林忠彦の名作、安吾の乱雑を極めた書斎風景、足の踏み場もない、箪笥の抽出しはすべて開けっ放し、閉めてあれば、中身がはみ出している、台所の流しは汚れたままの食器が山積み、洗濯機の中も同様、ただ一つ、猫ルパンの屎尿箱と餌だけは、常にあたらしく、考えてみると当時、彼女は九歳だったのだ。

　林町、赤羽、柏木、六本木と、太宰治によって生命拾いした老猫は転々として、依然、ぼくにはなつかず、ぼくだけが部屋にいる時、押入れの古びた籠の中から出て来ない。

　ぼくは、破滅派でも無頼でもない、アパートへ戻ると、整理整頓し、眞澄の下着まで洗濯、べつにいやではなかった、ラジオコント、ディスクジョッキーの台本を書いているよりも、部屋の隅に丸まっているルパンの抜け毛を拾い集めている方が、はるかに楽しい。

　三十一年の暮、根は実直な、ぼくの正体を見きわめた眞澄は、同人誌を主宰しつつ、生活のためにラジオドラマの台本を手がける男と意気投合、別れたい旨申し出た、仕事柄とはいえ、外泊があまりに多いから、そしてぼく自身の経験からして、男ができたと予想はしていたが、あまり率直にいわれ、こちらの方が何やら悪いことをした感じで、また、冷めたいといえば冷めたいのだが、どうぞ御勝手にの気分もある。

　儀式の感じで「ルパン」へ出かけた、たわいもない話をかわしたあげく、ぼくは少し気取って、「日曜日からスキーに出かける、その間に、あなたの必要なもの運び出したらどう」「うん、それからあの、彼、ジェラシーが強いのよね、同じ業界だからどっかで会うだろうけど、彼と一緒の時、無視してほしいの」「無視って」「ヤアとかなんとかいわないで」スキーから帰ってみると、カーテンと洗面器、柏木からいちおう持って来た氷で冷やすラブリー冷蔵庫だけが残されていた。

　半年後、眞澄は、純文学志向の男が、実はサジストで耐えられない、別れたいと訴えてきた。「いいよ」どうってこともないつもりで答えると、「彼、中学の時から高輪署で柔道やってて二段なの、気をつけてね」ぼくはかなり怯えたが、話をつけた、彼はかなり不本意な表情で、「そう眞澄をいじめたつもりはないんだがなあ」といった。この時、彼女は、年下の広告代理店アルバイト学生とできていて、純文学志向も、多分、その真面目さ故にフラれたのだ。

　眞澄はディスクジョッキーのライターとして、三十四年当時、大家の部類、ぼくはラジオと縁が切れていたが、構成マスミ・ユキというアナウンスを時に耳にし、よくやっているというより、痛ましい感じを受けた、破滅派というのなら、眞澄こそがそうじゃないのか。

　昭和三十四年五月、二十二年八月生れ、太宰治に助けられた猫のルパンは、眞澄のいう風邪とか肺炎ではないだろう、老衰で死んだ。

　ぼくは当時、四谷の父の地所二百坪の、一戸建てに住んでいて、猫の亡骸の一つや二つどこにでも埋められる、ずっと以前、いかにかわいがっていた生きものでも、自分の庭に埋葬してはいけないと、年寄りにいわれた記憶があったが、この土地は、空襲であたり一帯が焼野原となるまで、墓地だったという。戦後のどさくさにまぎれ、不動産屋が宅地に仕立てたもの、いまさら猫のたたりもあるまい。

　ぼくは墓の方位などまるでわからないが、西北の隅に穴を掘り、ありあわせの箱にタオルごとルパンの亡骸を納め埋めた。眞澄は、そのあたりが、今はないファッション雑誌に培われたセンスかも知れないが、たった一本の白いバラを用意していて、ルパンの眠る土の上に突き刺した。「ルパン・ペルデュ」眞澄がつぶやいて、泣き腫した眼が笑った、仏文に在籍しながら、文盲同然のぼくには、眞澄のこの意味が判らなかった。

　この白いバラは、そのまま根づいて、ぼくが四谷に住んでいた四十一年まで、季節になると、まことに心細いながら、小さな花をつけた。

　眞澄は、ルパンの埋葬以後、一度もあらわれず、ただ今でも、タクシーのラジオで、ごくたまに、作ますみ・ゆきの名を聞く、「ルパン・ペルデュ」が、プルーストのあの長大な小説の題名のもじりと判ったのは、ごく最近である。眞澄は、噂によると、やがて数え六十になろうとしているのに、男を漁るらしい、「失われたルパン」を、まだ求めつづけているのか、ルパンで飲んでいた父の面影を、忘れかねているのか。

　老猫ルパンの墓は、ぼくの父の死後売り払われ、今、宏壮なマンションが建っている。　（了）

（『オール読物』一九八八年九月号）

かつて〈戦後〉という時代ありき

昭和20年、東京の焼跡

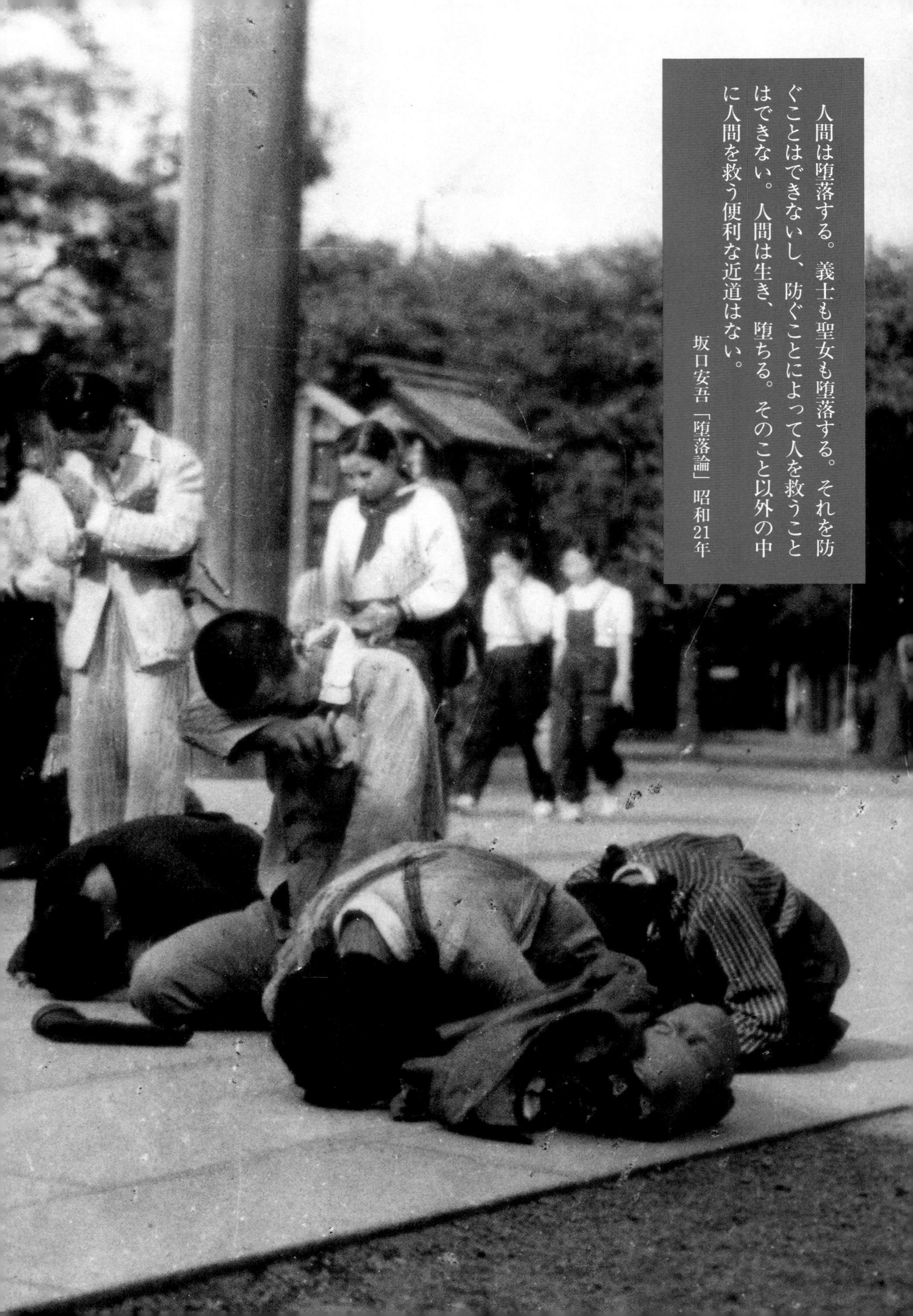

人間は堕落する。義士も聖女も堕落する。それを防ぐことはできないし、防ぐことによって人を救うことはできない。人間は生き、堕ちる。そのこと以外の中に人間を救う便利な近道はない。

坂口安吾「堕落論」昭和21年

昭和20年８月15日、ラジオで「終戦」を知り、
靖国神社の社頭でひれ伏す人々

「闇市」昭和20年冬、大井町駅前。撮影＝中村立行

「古本出店」昭和23年、大井町西口駅前。撮影＝中村立行

「米兵からもらったラッキーストライクを吸う」昭和21年、新橋ガード下で。撮影＝中村立行▶

「ドラム缶風呂」昭和21年、戸越五丁目で。撮影＝中村立行

「カストリ屋」昭和22年、大井町駅西口。撮影＝中村立行

革命は、いったい、どこで行われているのでしょう。
すくなくとも、私たちの身のまわりにおいては、古い
道徳はやっぱりそのまま、みじんも変わらず、私たち
の行く手をさえぎっています。

太宰 治「斜陽」昭和22年

昭和21年12月18日、吉田内閣の退陣を要求して皇居前に集まった労働組合員たち

「ある老婆」昭和24年、渋谷ガード下で。撮影＝中村立行

「板の住居」昭和28年、大井町立会川沿い。撮影＝中村立行

「街の子供」昭和30年、大井町線高架下で。撮影＝中村立行

昭和23年11月、銀座五丁目から四丁目交差点を望む。歩道に軒を連ねた露店は銀座名物となり、昭和24年から25年に最盛期を迎える

坂口安吾の世界

余は偉大なる落伍者となって
いつの日か
歴史の中によみがえるであろう──坂口安吾

I

あちらこちら命がけ

作品／対談

往復書簡

坂口安吾＋石川　淳

淳さん

そちらも涼しいだろうね。

ぼくは今年になって家から一時間半の距離に伊香保という涼しい温泉を知って、どうやら夏でも仕事ができるようになった。

どうしてこんなに夏がこたえるようになったのか、単純にふとりすぎのせいかと思うが、頭まで疲れきってしまうのがやりきれない。伊香保では夜半すぎから気持よく仕事ができるが、それでも湯の流れる音が音楽にきこえて参る時がある。幻聴とはちがって、単純に気のせいなのだが、これも下界の暑気にあてられた疲れが早急に去らないせいだろう。

去年の夏も暑気にあてられて前後不覚になったりしたが、今年の七月一日にも悪いツジウラがあって、また今年もかと一時は観念したものだった。というのは、その日ゴルフにでかけて、ドシャ降りの雨の中でカクランを起こしたわけだ。ドシャ降りのカクランとは奇妙な話だが、その日ぼくは一人だった。ゴルフ場へついたとたんに大雨になった。最初のティショットをうって歩きだすと、キャディが走りよって傘をさしかけてくれた。これがぼくにはちょっと参ったのだ。もともと好きな遊びのことで濡れるのは平気なのだが、初対面のキャディに変に親切にされてみるとオックウな気持になって、「雨具なら持ってるんだよ」

と云ってキャディのかついでるバッグの中からナイロンのジャンパーをとりだして著用した。これがいけなかったのだ。

ナイロンのジャンパーは雨をしめだす代わりに、こっちの汗を封じこめてしまう。ぼくの汗ときたらドシャ降りの雨と同じぐらい流れでるのだから、コースを半分まわったころに目がまわってきた。それでも脱ぐのを忘れていたのは、コースが湖水のようになっているからタマがポシャッと水たまりへ落ちたままころがらないことや、水たまりからタマを打ちだすのに五回も七回もチョロチョロところがしたり泳がせたりするのが無念やるかたなかったことのせいだった。キャディの奴、ワレ何をか云わんやという顔付でソッポをむいてるし、前後左右に涯のないような広いコースに人

「アンゴ、すなわちマットウの人だが、このマットウの人は、人を狂わせる」（中上健次）

影はぼくたちだけ、孤独、荒涼、無慙、自虐的にもなりますよ。このさき何十回同じように水中のタマをころがすか見当もつかないが、それはナイロンジャンパーをぬいだって変りはない。ナイロンジャンパーをかなぐりすてて、しかも尚キャディ先生にワレ何をか云わんやとソッポを向かれてはタネマキの権兵衛サンの何層倍もテイサイが悪い。畜生め、勝手にしやがれ、というわけで、目のまわるのを我慢しながら最後のパッターまで辿りついた。そこでやっと最後の穴ボコへ落したタマをとろうとかがんだら、クラクラと目がくらんで、そのまま前へぶっ倒れてしまった。勇気をふるい起こして立上がって、キャディ先生には金を払って追ッ払って、ぼく一人、ナイロンジャンパーをヨタヨタぬいでドシャブリの雨の下に一時間あまりうたれていた。むろんフンドシまでグショグショになったが、それでも人心地つくまで雨にうたれている以外に手がなかったのさ。

その一晩は全身が火焔を発する火の玉に感じられた次第で、またこの夏も万事休したかと観念せざるを得なかった。けれども苦心経営のカイあって、またそれから当分うちつづいた涼気のおかげを蒙って、だんだん常態に復することができた。そして突然の暑熱がきたとき、ゴルフ仲間の桐生の旅館の主人が伊香保をすすめてくれた。ぼくは暑熱の中の三時間以上の旅行に堪えられないのだ。せっかく涼しい宿へついてもそこへ辿りつくまでの道中の疲れで著いた晩から変テコになるのが例なのだ。伊香保は自動車で一時間半だ。しかもあとの三十分は涼しい山気に向かっての三十分だから、次第に肌につめたくふれてくる風の感触、無性にうれしくなるばかりで、ほとんど苦労を感じない楽しい旅だ。八月になって、ぼくはもう今で四度目の伊香保通いさ。二三日下界へ降りて、その呪うべき熱気をあざけるようにまたアタフタ伊香保へ向かう旅がとてもうれしい。はじめて夏の奴をやりこめてやった嬉しさを感じる。

しかしぼくも二十ぐらいまではこうではなかった。季節の中で夏ほど好きなのはなかったのだ。炎天の下で一日中遊んでいるのが何よりたのしかった。去年の夏のさなかに生まれた子供が自分のウバ車（ユリカゴと云うのかな）を押して歩きまわるようになったが、目のさめている間というもの無性にたのしんで押しまくっている。全身汗のかわくヒマがないのに、子供は暑熱が平気なんだね。ウチワであおいでやったりすると、渋い顔をそむけて逃げる。あんまり可哀そうだと思って伊香保へつれてきたら、汗まみれの全身が一日中かわいていた代わりに一晩でカゼをひいた。

ぼくは自分の子供からこの時ほど身にしみて自分の昔を思いださせられたことはなかった。一ツには、夏というものがぼくにはあまり切実だからだろう。オレも昔は夏が平気だった、大好きだった、ということだね。たったそれだけのことなんだ。しかしたったそれだけのことが、ぼくには身にしみる。そして、こんなになった歴史というものをボンヤリ考えてみようとしたり、ぼくの場合が人間全体の場合といくらかでも共通があるのかしらと考えてみたり、オレの子供がどうなるのだろうと考えてみたり――ちょッと考えてみてあとはボンヤリしているだけだが、要するに考えてもムダなんだ。ぼくにとってはこの現実を極力防衛する以外に手がないことが判りすぎているのだから。

ぼくの子供は去年の八月六日の未明に生まれた。そのときぼくは信州某山中で錯乱して警察の留置場に保護されていた。ブタ箱をでて松本の旅館で休息して、家へ電話をかけたら子供が生まれたことを知った。予定日は八月二十日前後であったが、まるでぼくに復讐するためのように、ぼくがブタ箱にねている時間にとび出してきたのさ。とても不愉快だった。実際、復讐されているとしか考えられやしないよ。とても家へ帰る勇気がなくなって、家から金をとりよせて、松本で若い芸者と一週間ばかり暮らしていた。そのとき、志賀高原のホテルにいる君のところへジャンジャン電話をかけて、だいぶ悩まして失敬した。どうにも堪らなかったんだ。桐生へ戻ってきて、またもや錯乱して、去年はまったくひどかった。

しかし、今年はよかった。伊香保のせいだ。かなり仕事もした。宿の番頭が呆れ果てるような無理な仕事をして、それを何回も重ねて平気なのだから、とても嬉しくて仕様がない。これからはじめて本当の仕事ができるのだというような夜明けのよろこびさえ感じる始末だもの、自分でも夏をやりこめてやったことがどうしてこんなに嬉しいのか、フシギでたまらないぐらいだよ。

一度伊香保へ遊びにやってこないか。もう君を苦しめることはないと思うよ。君の友情に一度も応え得たことがないのは切ないね。

さよなら

伊香保　金太夫旅館にて　安吾生

安吾君。


われわれはどうものべつに手紙を書きたがるという文人の習性をうしなってしまったらしいね。尺牘という具体的な品物は今日どこにもほとんど見あたらない。どうしてこう手紙を書くのがおっくうになったのかな。たしかに、ふだん活字と付合いすぎているというせいはある。だが、そればかりでもないだろう。むかし小学生の作文の手本に「友人に近況を知らせる文」などというやつがあった。あいにく、われわれには近況というものが無い。つまり、生活が自分の近況を意識しない。ちかごろなにをやっているのか、当人無我夢中だよ。しかるに、わざわざ近況をさがし出して、それを手紙に書く段になると、その手紙を書くという操作をいやにはっきり意識させられるね。ますますめんどくさい。臆測するに、むかしのひとはこの順序があべこべだったのじゃないかな。おそらく自分の近況は仔細に意識していたくせに、それを書きつける手はほとんど無意識にちかかったのだろう。それなら、いくらでも長い手紙が書けたはずだよ。ぼくはちかごろハガキより長い通信を書いたことがない。それもよくよくのことがなければ書かない。ハガキよりもみじかくて重宝なのは電報だね。こいつはちょっと粋なものだ。電文のスタイルを決定するのは、当人のきもちじゃなくて、要件の性質だからね。ぼくはそういうスタイルが好きだ。ラヴレターでさえ、いや、それならなおのこと、電報もっとも奇妙じゃないか。ざっと右の次第で、きみにもだいぶ御無沙汰している。この御無沙汰は今後もつづくだろう。ただし、ぼくがもし電報を打ったら、よっぽど意味深長な大事件がおこったとおもってくれたまえ。

さて、せっかくのおたよりだが、ゴルフとコドモでは、ぼくは両方ともできない。コドモができないというと、コドモをつくる生理的な能力が無いかのように誤解されそうだが、そういう意味じゃない。代数ができないとか、英語ができないとかいう、その「できない」なんだ。コドモという課目はどうもぼくは苦手だよ。ぼくはコドモのとき器械体操はまあいくらかできたが、木馬というショーガイ物はてんでいけなかった。ゴルフをやってみたことはないが、もしそれが器械体操系の運動なら、まんざらできないことでもないだろう。あるいは、こいつ、まったく別の系のものだということを発見するかも知れない。コドモに至っては、とくに体験してみるまでもなく、これは木馬以上のショーガイ物だということを承知している。自分のコドモという考えは、ぼくの生理にとっては夏なお寒いね。寒中でもカクランをおこしてみせる。そういっても、コドモ一般をかわいがらないということじゃない。じめじめしたコマチャクレのガキは大きらいだが、手のつけられないあばれ坊主なら、ぼくは友だちになれる。落語に依ると夏の医者はアタルそうだが、反対に夏のコドモというイメージは申分なく健康的だね。歴史の巻頭の挿絵にはあつらえむきだ。きみのコドモの顔を一度見たい。

いつか、ある雑誌社のひとがたずねて来たとき、きみのコドモのはなしを聞いたので、ぼくが「坂口のアカンボはどんな顔をしている」といったら、言下に「坂口さんにそっくりです」と答えた。ぼくはとたんに途方もなくたのしいきもちになって、からからと笑った。ちょっと大悟したようなきもちだった。じつは、きみのアカンボの顔はもう判っているようなものだ。このチビはいずれオヤジをあっといわせるほどの、破天荒の怪物に仕立てなくちゃならない。

ところで、ぼくはゴルフもコドモもいけない口だから、ほかにすることもないので、ときどき遠近を問わず、どこかに出かける。御同様に夏はもともと好きであったし、今でもきらいではない。したがって、避暑という不衛生な概念はもっていないが、それでも汗が出てこまるときには、しぜん涼しいほうに足が向くね。ついこのあいだまで、輕井澤の萬平にいた。ここはそう涼しくはなかったよ。この輕井澤というところ、根が碧眼のヤソ坊主の手にかかって開拓された札つきの文化街だけあって、インポテントが女をくどいてでもいるようなあきれた土地がらだね。だが、ぼくはなまけながらも、ホテルの部屋でささやかな売文の店をひろげたり、または山のほうをあるいたりしていたので、町中はちょっと車で見てすぎただけ、土地の風儀なんぞと付き合っているひまは無かった。商売の小説のほうでは別として、こう暑いときには、人間興味は当分オクラだよ。人間と付き合うなら、男でいうと、たとえばきみのような比類なき奇怪の紳士。注にいう、奇怪ということばはむかしは讃歎の意をこめて使っていたものだ。正解してくれたまえ。また女でいうと、これはどうも惚れた女にかぎるようだね。すなわち、電信局にとんだ手数をかけるということになる。

ぼくはどこに行っても、おおむねホテルに泊る。揣らずもホテル通になったよ。日本式の宿屋では、きみも知っているはずの本郷の龍岡なんぞのほかには、あまり顔なじみが無い。なぜホテルのほうを撰むか。それに感想らしきものを付ければいろいろ書けるだろうが、めんどくさいのでやめておく。そのホテルでのはなしだが、ちかごろ接収解除をうたっているやつは、一流と誇称しながら、食堂があまりよろしくない。バアはことにだめだね。料理の種類もかぎられていて、どこで何を食ってもみな似たような味だ。そのまずさ加減が共通している。この味は何か。カンヅメの味だよ。しかも、材料は決してカンヅメじゃなくて、ナマをつかっているのだが、そのできあがりが不思議にカンヅメの味になっている。すなわち、アメリカさんの味覚がまだ依然としてホテルの板前を接収しているということだろう。バアはもっとひどい。そこの棚にはろくな壜はならんでいない。日本に来てはじめてウィスキーをのんだようなアメリカ軍隊の趣味に完全に降服したままだよ。たとえばジンフィーズというと、ナマのレモンの代わりに、レモンのパウダーをえいとぶっかけて出すところさえある。こいつがすっぱいのなんの、テキサスうまれの馬の舌ででもなければ、これをありがたく頂戴するような人間の舌は無い。バアテンの身元をあらってみると、アメリカのパウダー会社のまわしものにちがいない。日本人はかねがね摸倣の一流だという名声を博しているのだそうだから、今日の一流のホテルもまずあっぱれの見本みたいなものかも知れないけれど、しかしカンヅメを白刃のようにずらりと突きつけられた中で、土地でとりたての川魚とか野菜だのをうまくしか食わせてやらねえというのが、料理のレジスタンスじゃないかね。レジスタンスどころか、せっかくのナマの材料までカンヅメに似かよわせてしまうような惰性的操作は、どうしたって人間の労働というものであるはずがないね。性格にレジスタンスが無いからじゃなくて、基本に労働が無いから、国は……すくなくとも、ホテルの料理は

石川淳

まずくなるほかないだろう。料理ばかりでなく、一般に労働の無いものは何でもまずいという格言になったようだね。

ときに、たったこれだけしか書かなかったのでは、あまりに曲がらないから、ごく軽いエピソードを一つおまけに付けよう。

これもついちかごろのはなしだが、ぼくはオイハギというものに逢った。ところは日本橋の電車道、時刻は夕方の七時ごろ、からりと晴れた夏の宵の口の、さかり場のまん中だから、道具だてはそろっている。ぼくはいくらか酔ってもいて、車に乗ろうとおもって、電車道を目でさがしていると、横合からいきなり、なま若いやつが、おい、金をくれと来た。どう見てもヨタモノだ。あたりにはぞろぞろひとが通っているが、だれも気がつかない。ぼくもこんなものを相手にして、声をたてるのは、はずかしい。金をくれというのだから、金をやるのが一番いい処分法だろう。ずぼんのポケットに百円札が何枚かあった中から、二枚だけ抜いて、だまってわたした。敵はもっとくれという。また二枚やった。ぼくもさすがに人品風采がものをいって、ヨタモノの目にすら一かどの紳士に見えたわけだ。寛大な紳士は悠然としてそばの横町のほうにあるき出そうとすると、手にもっていたクレーヴンAのカンをさっと引っさらわれた。中味はせいぜい十本ものこっていたか。それで、ぼくは安心した。これしきのものを狙うようでは、敵は下っぱにちがいない。すでにずぼんのポケットに百円札が何枚かあるのだから、胸のポケットにはさだめし千円札が何枚かあるだろうとおもうのは、きわめて自然の人情、すなわちもっとも初歩の推理じゃないか。敵はそれだけの推理さえはたらかないようすで、もっぱらずぼんのほうに気をとられている。そして、ぼくが抱えていた本のほうには目もくれない。これはごもっとも。オイハギには無用のものだよ。そいつはただしつっこく、もっと金をくれと、おなじセリフしかいわない。そこで、ぼくはこういった。そこの横町まであとからついて来い。知っているうちがあるから、酒をのませて、金もくれてやる。そういうと、敵はもじもじしている。おまえコワイのかといってやっても、だまっている。ぼくはさっさと横町の角をまがって、ふりかえらなかった。実際に、その横町にはなじみのすし屋があった。もし敵がついて来たら、約束どおり、酒をのませて金もくれてやるつもりでいた。そのうえにゴタゴタしたら、警察に電話をかけることもできた。だが、そいつはついて来なかった。ヨタモノとしては、どうも気合がにぶいね。敗戦直後でも今日でも、巷にオイハギがあらわれるという風景にはかわりがないが、やつら、いくらか里ごころがついたのか、だいぶ格がおちて、えい、ずばりと来るめちゃくちゃ精神をうしなったようだ。このチンピラも、まずいものの一箇だった。ただし、ぼくにしても、本格的にうまいオイハギにめぐり逢いたいとは、決しておもっていない。

そのかえりみちに、ぼくは胸のポケットにあった千円札の束をぱっとつかった。これはオイハギが取るべくして取らなかったものなのだから、ぼくにはけだし天授のものだね。つかってしまわないと、ケガをしそうなきもちだった。そして、つぎの日うちに来た借金取には日のべを申しわたした。もし得失を論ずれば、これで一番トクをしたやつ、あるいは一番ソンをしたやつは、ぼくか、オイハギか、借金取か。この初等算術はどうなるだろう。夏やすみの宿題。

つぎのおたよりを待つ。今度はどこか旅さきから返事をあげることになるかも知れない。

八月二十二日、東京にて、

Jun

淳さん

御返事おくれてしまった。久しぶりに「本格」探偵小説というのを書いていてね。「純」文学というのがあるのと同じようなものらしいや。探偵小説という奴ゴマカシがきかない仕事で、気が向けば詰将棋なぞよりぼくにはたのしい遊びだ。

ぼくが探偵小説に熱中してる最中にどやどや十五人ほどの客がきて左右の隣室を占領した。ちょうどぼくが便所へ立ったときこの連中がやってきたのにすれちがったのだが、いずれも四十四五から五十五六までの然るべき面魂の面々で、ぼくがこの旅館で拝顔した団体客では面魂の揃っている点で抜群だった。

便所で用をたしていると、便所の前にバルコンがあって、いまの連中の二人がもうそこへでて用談している。用便中というものは無心のせいか人の話がバカにハッキリきこえてしまうのだね。

「県のシッペタつッつけばいいさ」

というのがハッキリきこえた。五十ぐらいの眼鏡をかけた小ぶとりの男が同じ年ごろのノッポに云っているのだ。

江戸ッ子の君は知るまいが、シッペタというのは新潟地方の方言でお尻のことだ。方言でも中学生ぐらいになると云いたがらなくなる種類のものがあって、シッペタなぞはそれだ。他国へでれば意識しなくとも口にはでない方言と云ってよろしかろう。他国の人に通じるはずがないのだから。さては新潟の連中だなとぼくは思った。よしんば新潟地方の近隣にもシッペタという方言があるにしても「つッつけばいいさ」というのがこれまた新潟以外の何物でもない。新潟地方の連中は話声の大きいのが特色で、汽車が新潟県にはいるとたんに汽車中が話声になってしまうように感じられるぐらいだから、今晩は近所合壁《ママ》から新潟弁の総攻撃をくうものと覚悟をきめた。

女中が食事を運んできたので、いまの団体は新潟県の人だね、ときいてみた。すると女中の返事が意外にも、

「いえ、××大学の方です」

他の県の大学の先生方であった。このときはおどろいた。ありうべからざることに思えたからだ。よその県へ行ってシッペタなぞという方言を云ってる奴がいるのかと思ってね。ぼくはこの先生が云うのをきくまで、シッペタなんて言葉は何十年も忘れていたほどなのだ。

あるいは相手のノッポも新潟県人で、それで心やすだてに云ってるのか

も知れないが、いかに同県人同士でも大学校でた人間ならおのずから云わなくなるような言葉があるものだ。一応共通の日本語というものを習い終わっているのだからね。大学校をでて、大学校の先生をして、五十にもなって、他国で生活して、それで日常シッペタなんて言葉を用いている人間のフシギさに面くらってしまったのだ。同県人の心やすだてに云ってるのだとすれば、親友になったしるしに前をまくって見せるようなものではないか。

学問というものは数字のように一般的なものだ。そういう万国共通の場を職業とする人間が中学生でも云わなくなるような方言を用いているとは益々異様で、この先生の学問も方言の域をでるはずはなかろうとぼくは思わずにいられなかった。学問のシッペタとはどんなもんだろうなと思った。君のお手紙の一流旅館のカンヅメの味と話はちがうが、この先生の学問もカンヅメの味の域をでるはずがなかろう。大学という一流旅館で生徒にカンヅメを食わせているのだろうと思った。

田舎の方言と同じこと、特殊な江戸弁をふりまわすのもイヤなものだね。落語家ならよろしかろうが、江戸弁を優秀な日本語とカンちがいしてる連中はこれまた前をまくって自分の一物をひけらかしているようなものだ。方言の優秀なものはおのずから正統の言葉に採り入れられて生かされる。優秀な田舎料理と同じことだ。

ところで、正統の日本語というものだが、いまの学校教科書の日本語はどういう系統の言葉なんだろうね。方言としてあれに最も近いのは長野県の言葉だね。江戸弁よりも京都弁よりも長野弁の方が近いようだ。

江戸弁の特殊なものには上州系統のものが多いようだ。アバヨ、というのは上州の方言だよ。いつか安藤鶴夫という人が落語鑑賞というのを雑誌に書いてたのを読んだら、そう言ったん、こう言ったん、というように語尾がみんな幽霊みたいに足が消えてなくなっている。落語家が高座でそんな風に語っているのをぼくはきいたことがないのだが、安藤氏はそれを正統の江戸弁として落語家に教示する意味で書いたのかも知れない。しかし、そう云ったん、こう云ったん、と幽霊みたいな言葉というのはまさに上州弁がそうなのだ。上州でも悪い方の方言が江戸弁に多く採り入れられているようだ。

ぼくのようなガサツ者は、学校教科書の日本語にも、江戸弁にも、新潟弁にも、ついて行けない。どれもこれもバラックという感じがして、いっそみんなくずしてやれ、という気になってしまうんだよ。自分だけの言葉でやっちまえという気になってしまうのだ。

自分の言葉で語れというのは文学の鉄則だ。しかし、この場合、自分の言葉というのは特殊な言葉という意味ではない。自分だけの新語や造語という意味では尚さらない。ただ己れの語り方というだけのことだろう。

ところが日本語の場合だと、自分の言葉というと、自分だけの方言という意味になってしまうんだね。学校教科書を外れる、ハミだす、くずす、ということになってしまう。

学校教科書の日本語の歴史や根拠は浅くてアイマイだ。長いイノチや長い歴史の果てのものではない。間に合わせのバラックとしかぼくには思えないのだ。どうしても、ついて行けない。感覚的に、そうなんだ。ぼくの感覚が、ついて行けないのだ。自分の国の言葉に、感覚的について行けないなんてバカな話があるはずはないけれど、どの小説家も実は内々そうなんじゃないだろうかね。だいたい喋ってる言葉と書いてる言葉からして違うんだからね。日本語への不信のようなものがあるんじゃないかしら。ただし「いまの日本語」への不信だ。本当の日本語はあるべきはずなんだが「いまの日本語」だけがバラックなんじゃないかね。国定教科書以来の日本語がね。

カナづかいなんてものもいいかげんだね。いつか重箱（熱海のウナギ屋）のオヤジが、ドゼウと書いて泥鰌と読むんですが、と云った。ぼくがドジョウと新カナで書いてるのを皮肉ったつもりらしいね。しかし、「どぜう」というのも決して歴とした歴史的カナづかいというものじゃアないね。室町のころのものはむしろ「どでう」と書いている。江戸中期以降になって「どぜう」だね。「でう」と書いても「じょう」と発音するというのはヤッカイ千万だが、十條が「じふでう」。こんなカナづかいにこだわりたくないね。

君のように日本の古い文学に造詣があって正しい感覚をもつ人が、大いに骨格の正しい日本語をつくりだしてくれるといいと思うね。君にはできる仕事だよ。そして、そっちの方は君にまかせて、ぼくはもっぱらぶっこわす方だけやるつもりさ。笑わないでくれたまえ。オレにはそれしかできないのだから。では、アバヨ。

八月二十八日　伊香保、金太夫にて

安吾

安吾君

さきに手紙をあげたすぐあとで、ぼくはまた軽井沢に来て、まえとおなじホテルに泊っている。ほかに行くところはいろいろあるだろうに、ずいぶん智慧の無いはなしだが、これにはちょっと事情がある。その事情というやつがあいにく多分に私小説じみたものなので、私小説家なら結構商売のたねになるはずだが、ぼくの文学上の主張にとっては宝（？）のもちぐされで、きみ宛でさえ書く気がしない。これは伏せておくということとはちがう。それこそ、ほかに書くことはいろいろあるだろうじゃないか。

ところで、書くことはいろいろあるはずなのに、これもまたあいにくなことに、ぼくは今軽い病気にかかっている。失語症というやつだよ。ぼくはときどきこいつに見舞われる。げんに、雑誌の締切を明日にひかえて、連載小説の原稿がたった九枚しか書けていない。書くこと一般がどうもめんどうだね。自分でも、いい状態だとはおもっていない。こういうときには、だれのシッペタをつッつけばいいのか。

その方言のはなしだが、国定教科書の日本語にくらべれば、いかに悪い方言でも、ぼくは方言のほうがまだしもだとおもう。シッペタ云々はなるほど義理にも上品とは申しあげかねるが、きみがそれをとくに気にするのは、きみ自身が新潟のうまれだというせいもあるのじゃないかな。他国者のぼくには、きみほどにはそれが気にならない。ただし、意識的に方言をつかってみせたがる文化的田舎ぺえは、じつにいやだね。やつらは生活まで方言概念をもってまかなっているのだろう。この方言の中には、謂うところのエドッコをもふくむ。現在横車を押している素姓不明のエドッコというやつは、歴史的な江戸のことばといったい何の関係があるのか。越後のシッペタは、おもいきってお下品ながら、すくなくとも越後の土には付いているのだろうね。そういっても、すべての方言の悪いシッペタを、ことばの教科書の中にもちこみたいというわけじゃない。

このホテルでは、またこの輕井澤の町では、ぼくの耳にするかぎり、方言らしいことばはきこえない。ひとびと気をそろえて、国定教科書の日本語、すなわち標準語というものをさえずっているね。あきれたよ。標準語すなわち東京弁という寸法になっているとすれば、こいつらは東京うまれのぼくよりも東京弁をたっしゃに使う。ぼくは失語症の発作をおこしているさいちゅうだから、ぐうの音も出ないという恰好だ。ことばというものは生活からうまれるものだね。表現をさがしたり、つくったりするのは、生活だね、標準語とは何のことだろう。だれの口にも出しやすく、だれの耳にも入りやすいことばは、それはそれで便利なものだから、ぼくもあながち標準語に栖をついて見せるつもりは無い。しかし、どこにでも通用させなくてはならぬものは、標準語ということばの習慣じゃなくて、依然として人間の生活の表現だよ。生活の属性の思想というやつも、ここに便乗して来るだろう。そこまでは至極あたりまえのはなしだが、ことばに標準語の中央政権ができあがったのに対応して、生活にも思想にも標準型が設定されるようなことになると、くそおもしろくもない。どこの寒村僻地に行っても、東京弁をつかって、東京型の生活。その東京弁といい東京型というやつがそもそも実体不明のものなのだから、何をやっていやがるのだか、わけの判らないところが奇妙だ。講演旅行の文化屋先生は商売がらくになって、さぞかし御満悦だろう。軽井沢なんぞはむかしの宿場で、せいぜいそばぐらいが一つ自慢の土地がらであったはずだ。それが今日では、この町のそば屋のそばは東京のそば屋のそばよりもまずいというあっぱれの実績を示している。これは悪口じゃない。文化の普及というものだね。ぼくは胸がすいたようなきもちだ。つまり、ざまを見ろということになるかね。ここのホテルのボーイにもとんだ模範青年がいて、ぼくにむかって、サインしてくれなんぞと途方もないいいがかりをつけて来る。カツドー屋仲間でもないかぎり、サインというような難解な方言がどこに通用するものか。ぼくはその返礼に、ホテルの支配人にむかって、おい、うまいそばを食わせてみろと、非文化的な註文をつけてやろうとおもっている。ぼくがサインをことわったのと同様に、ホテルではそばのみならず、おそらくぼくをも拒否するだろう。これは日本が世界的に文化国家になった証拠じゃないかね。御同慶の至りだよ。それにしても、せめてひとりぐらい、ここのホテルの食堂で、大きい声で、シッペタとどなるやつがいやがらねえものかな。

ときに、檀一雄君が秩父で負傷したという。ぼくはとりまぎれてまだ見舞に行っていないが、又聞に依ると、その土地は無医村であったが、すぐ医者が駆けつけて来たという。無医村にも医者がいるとは、すげえ文化の普及だね。笑いごとじゃない。さて、その医者先生、来るとまずおもむろに檀君の手相を見て、この御仁は七十四まで長生する相があらわれておるから御心配無用じゃと、いったそうだね。ぼくはこれには感服した。医学と哲学とを兼ねて、つらつら天命を感ずっておられるね。危急にのぞんで、こういうことばはめったに吐けない。天下の名医というのじゃないかな。さすがに深山幽谷だけあって、むかしの信州のそばぐらいの、人間の名物を産出する。もっとも、むかし江戸で信州そばと称したやつは、おおむね中野のそばであったそうだから、この秩父のはなしにも、多少のズレがあるかも知れない。事の真相はいずれ檀君が軽妙な筆で書くだろう。何にしても、檀君は七十四まで生きのびると確定したのだから、今夜にも死にそうなぼくがあわてて見舞をいそぐにもおよばないだろう。

夜もだいぶ更けて、窓の外には小雨のあとの霧がふかい。ひとはすでにねむっている。ひとの寝しずまったすきをうかがって、ぼくは失語症を押して、どうやら標準語らしきものをもって、ひそひそこの手紙を書いている。われながら、いじらしい。おかげで、人格がいくらか文化的に向上したような気がする。すなわち、このへんで書くのをやめてもいいということだろう。そうそう、ぼくの私生活について、たった一つだけ、きみに知らせておこう。ぼくは敗戦後ながらく召しつかっていた家来に、ついこのあいだ長のいとまをとらせて、目下ひとりぐらしという結構な身分を回復したよ。友だちに羨望の念をおこさせるようなことを聞かせるのはいけないけれど、ぼくにしても、たまには一行ぐらい身辺の雑事を文字にするすこともある。あとは後編の出ずるを待ちたまえというところだね。それもまたおそらく一行ぐらいのものだろう。

八月三十日夜　軽井沢万平ホテルにて

Jun

（『新潮』一九五四年一〇月号）

無頼派の肖像──④

坂口安吾

写真・文＝**林 忠彦**

安吾さんと最初に会ったのは、僕が戦後まもなく北京から引き揚げてきた直後で、その頃、僕は銀座の酒場「ルパン」を事務所のようにしていて、雑誌編集者や評論家から、これから新しい仕事をするのは、織田作之助や太宰治、坂口安吾らの無頼派のアプレゲール作家だとよく聞かされました。

ある日、安吾邸に伺うと、安吾さんが、「おい、林君、俺、女を拾ってきてなあ」って言う。「へえ、紹介してくださいよ」「二階におるから上がってみるか」。

そこで、三千代夫人、のちのバー「クラクラ」のママに紹介されました。安吾さんは照れくさそうな顔で、「これなあ、新宿で拾ってきたんだよ」って、しきりに言うんです。安吾流の紹介の仕方だなと思いました。「ときに安吾さん、いったいどこで仕事をしているんですか」って訊いたら、「隣の部屋だよ。この女にもまだ見せたことないんだよ」「ぜひ一回見せてよ」「この女にも見せたことない部屋を見せられるか」「一台新しいカメラを買ったんで、なんか記念すべき写真を撮りたい一心できょうは早く来たんですよ。ぜひ見せてくださいよ」。しつこく頼んだら、「しようがねぇなあ」と言いながら、安吾さん、廊下をへだてたふすまをポッとあけた。びっくり仰天でした。ほこりが一斉に浮き立って、万年床から綿がはみ出して、机のまわりは紙クズの山。部屋中に一センチは、ほこりが真っ白にたまっていました。

（『文士の時代』より）

撮影＝昭和21年

伝統と反逆

小林秀雄＋坂口安吾

魔道

小林　しばらくだね。
坂口　いつだったかね、この前会ったのは。
小林　あんた、活動の会社にいた頃だよ。活動のシナリオを作るとか何とか言って来たこと、あるじゃないか。あれ以来だよ。
坂口　ああ、そうだったかね。
小林　僕はあんたに会いたかったんだけども、何だか、いろんなことで会わなかったナ。この間も僕は雑誌組合か何かから講演を頼まれてね、講演なんか厭だけれども、ちょっと義理があって、出るって言ったんだよ。そうしたら、その次に行ったら、洵にどうも済みません、坂口さんが出るんです、坂口さんが出れば、あなたはとても出ないと思って断りました、こう言うんだよ。
坂口　俺にもその話はしたよ。
小林　だから、僕はとにかく講演なんていうのはしたくないからね、講演しなくっていいのか、ああ、そうか、って言って帰って来たんだ。俺はお前さんの何とか論って言うのを何とも思ってないけどね。
坂口　ああ、「教祖の文学」か。あれは何でもないじゃないか。
小林　誤解しているんで困るんだ。
坂口　誤解じゃないよ。あれくらい小林秀雄を褒めてるものはないんだよ。
小林　いや、世間がさ。世間という奴は死んでも正解はしない。僕は批評の専門家だからね、何を書かれたって誤解なんか出来ないよ。
坂口　僕が小林さんに一番食って掛りたいのはね、こういうことなんだよ。生活ということ、ジャズだのダンスホールみたいなもの、こういうバカなものとモーツァルトとは、全然違うものだと思うんですよ。小林さんは歴史ということを言うけれども、僕は歴史の中には文学はないと思うんだ。文学というものは必ず生活の中にあるものでね、モーツァルトなんていうものはモーツァルトが生活してた時は、果して今われわれが感ずるような整然たるものであったかどうか、僕は判らんと思うんですよ。つまりギャアギャアとジャズをやったりダンスをやったりするバカな奴の中に実際は人生があってね、芸術というものは、いつでもそこから出て来るんじゃないかと僕は思うんですよ。
小林　そう、そう。それで？

坂口　僕が小林さんの骨董趣味に対して怒ったのは、それなんだ。

小林　骨董趣味が持てれば楽なんだがね。あれは僕に言わせれば、他人は知らないけどね、女出入りみたいなものなんだよ。美術品鑑賞ということを、女出入りみたいに経験出来ない男は、これは意味ないよ。だけども、そういうふうに徹底的に経験する人は少いんだよ、実に少いのだよ。……狐が憑く様なものさ。狐が憑いてる時はね、何も彼も目茶々々になるのさ。経済的にも精神的にも、家庭生活が目茶々々になって了うんだ。文士づき合いも止めて了って、骨董屋という一種奇妙な人間達と行き来してヘンな生活が始まるんだよ。それだけでも、結構地獄だね。それに、あの世界は要するに鑑賞の世界でしょう？　美を創り出す世界じゃないですよ。どうしてもその事を意識せざるを得ない。この意識は実に苦痛なものだ。これも地獄だ。それが厭なら美学の先生になりゃアいいんだ。

坂口　そう……。小林さんの言うことは、一種の惚れる世界じゃないですか。そうしてそれが文学じゃなくて、というのは、つまり生き方の暗示をうけるためじゃなくて、骨董品なんだ。骨董は、つまり、それ自身が生き方だ。しかも文学よりもう一つ上のものだと小林さんは考えてるんじゃないかな。

小林　上？　いや、決してそうは考えてない。文学者としてそんな不合理な考え方はない。美術や音楽は、僕に文学的な余りに文学的な考えの誤りを教えてくれただけなのだ。妙な言い方だがね、文学というものは文学者が普通考えているより、実は遙かに文学的なものではない、僕はそういう考えを持つに至った。この考え方は文学的ではないか。せいぜいそんな考えに達するのに高い価を払ったものさ。考えてみれば妙な世界だよ。狐が落ちてみればね。

坂口　公定価格のない世界だからかね。標準というもののない世界じゃないですか。

小林　美の鑑賞には標準はない、美を創る人だけが標準を持ちます。人間というものは弱いもんだね。標準のない世界をうろつき廻って、何か身につけようとすれば、美と金とを天秤にかけてすったもんだしなければならぬ。一種の魔道だろうが、他に易しい道があるとも思えない。現代には美的生活という様なものは不可能だからね。美を生活の友としようとすれば、魔道に落ちる他はない。落ちた奴は落ちた奴さ。とても人様におすすめ出来る事じゃない。上野で展覧会でも見ていた方が無事だろうよ。

坂口　だけど、骨董によく似てる世界でね、例えばメリメという野郎、あの野郎はカルメンからコロンバ、イールのヴィナスと、ほんとうに女を骨董的に見てる奴だと思うんですよ。一等終いはほんとうに骨董になってしまった。

小林　名言だよ。メリメの小説の長生きする所以は、そこにあるんだ。美術品的なところにあるんだ。趣味とか何とかいうものでなくてね。

坂口　そうなんだ。あれはほんとうに作ったものでね、鑑賞の世界から作ってゆくものなんだ。

小林　だけど、大体が小説家じゃないんだからね。貴族院議員で、そうして美術の大家ですよ。

坂口　それでいいんですよ。僕は小説家であってはいけないと思うんですよ。生活人でね、貴族院議員でもいいや、小学校の先生でもいいや、とにかく文士という職業はないほうがいいね。

小林　ないほうがいいよ。

坂口　文士という職業があっちゃいけないんじゃないかな。

小林　うん。パラドックスとしてはね。――だから、俺も明日からでも陶器《せともの》商売が出来る。そこまで行かなければ、何があんた、陶器が判るものかね。

坂口　それはそうだね、やっぱり生活を賭けるということがなくちゃダメなんだろうね。

小林　ダメらしいですよ。僕は陶器で夢中になってた二年間ぐらい、一枚だって原稿書いたことがない。陶器《せともの》を売ったり買ったりして生活を立てていた。

坂口　そうなるだろうな。

暴風雨のようなリアリズム

小林　僕は坂口君の小説は「白痴」というのを読んだ。面白かった。あれは君の昔の「木枯の酒場」だな。観念小説――。

坂口　そう。観念小説だ。

小林　僕は君の小説は一種の批評であり、エッセイだと思う。「堕落論」なんていうものもそうだよ。

坂口　同じこった、小説でも。

小林　君が「教祖の文学」を書いても、僕はすぐ判るんだけれども、君は自分を書いてるんだよ。自分のこと、自分、或いは自分の念願というものを、君は書いてるんだよ。君っていう人間と生活というものとの間に一種の木枯が吹いてるんだよ。お前さんは、やっぱり「木枯の酒場」に坐ってる、二十年前の坂口安吾なんだ。

坂口　そうなんだ。

小林　そこからあなた一流の生活観が出て来る。そういうものだ。

坂口　ただね、非常に卑近なことをいうと、家というものね、女房が怖いとか、僕はそういう非常に簡単なことの解決が一番大切じゃないかと思うんだよ。女房が怖くて浮気が出来ないとか、女房という観念が生活を縛っているとか、そういうことが非常に重大じゃないかと思うんですよ。僕はそういうバカなことを考えてみたいんです。

小林　日本のいわゆる自然主義文学というものは実に鞏固な経験主義の上に立っている。つまり生活即芸術という、抜きがたい一つの思想、というよりも、一つの心理傾向があるんです。……

坂口　ありますね。それが恋愛至上みたいになってゆくわけでね。

小林　それと違うの？

坂口　僕はそれを逆に言いたいんだよ。恋愛が人間を縛るよりか、女房が人間を縛る力のほうが強いんだよ。その点を一ぺん反省してみる必要があるんじゃないかと思うんだ。

小林　例えば志賀直哉の強味っていうものは、結局それではないのかねえ。恋愛観より寧ろ女房の方が人を縛る。

坂口　そうです。

小林　そういうふうなことは、日本の自然主義の文学は飽きるほどやって来たと思ってるんだよ。

坂口　しかし、もう一ぺん改めてやらなければならんのじゃないでしょうかね。

小林　そんなことはない、だろう。

坂口　しかし恋愛よりも家のほうが或る意味で強かったということは、今までの日本にないと思うんだよ。そういう比重でもって取扱ってないと思うんだ、女房というものをね。

小林　ふうん。

坂口　女房というものをああいうふうに大切にしたのは、夏目漱石だって誰だって、みんなそうだ。恋愛よりも或る意味で女房のほうがもっと重々しいもんだという、変テコレンな重さですね、そういうことを比重の上で取扱っていないよ、今までの文学では……。

小林　もう少し説明してくれると判るんだがな。どういうことを言いたいんだろうな。

坂口　恋愛ということじゃなしに、女房がなければ恋愛ということが成立つけどね、日本じゃ女房があると浮気ということになるでしょう。女房という名前、妻、これには或る絶対性というものがあるんだよ。それが一つの家というものを構成してゆく。そこに何か非常に強い形があると思うんですよ。

小林　封建主義家庭の力というものが厳然とある。

坂口　そこでだね、妻という形、別に封建性などとは別問題に、要するに人間はいつの世も何らかの形の上に絶対性があるものか、それが避けられぬものであるか、それに疑いを持っていないからね。志賀直哉でも夏目漱石でも反省を持ってないんだ。現実をそのまま受けとって、その現実を人間の宿命論というものに掘りさげる態度がない。そういうものを幼稚とみ、与えられた現実を絶対とする態度が大人だと見る。それについての反省を持ってないということは、俗世の勝利者であっても文学者じゃないと思うんだよ。

小林　判った。坂口安吾「木枯のリアリズム」とでも言うべきものだな。十九世紀自然主義文学者にはペシミズムがない、どうも見方がロマンチックで気に食わんという説だろう。それは形式を持たないで生れた僕ら不幸なる廿世紀文学者の心の破れだ、心の破れから現実を見る目だよ。僕らは現実をどういう角度からどういう形式でもって眺めたらいいか判らなかった。そういう青年期を過して来た。僕なんかが小説が書けなくなった、その根本理由は、人生観の形式を喪ったということだったらしい。例えば僕が恋愛をすると、目茶々々になっちゃったんだよ。こんな目茶々々な恋愛は小説にならねえから、あたしア諦めたんだよ。諦めてね、もっとやさしい道を進んだ――のか何だか判らないけど、もっと抽象的な批評的な道を進んだのだよ。抽象的批評的言辞が具体的描写的言辞よりリアリティが果して劣るものかどうか。そういう実験にとりかかったんだよ。これは僕らの年代からですよ。それまでには、ありゃアしません。その前のリアリズムというものは、僕らの感じた暴風雨みたいなリアリズムじゃないよ。

坂口　そうですよ。小林さんがそこで諦めたのはおかしいと思うんだよ。恋をして目茶々々になる、それは当り前のことなんだと思うんだ。表現のしようのないような世界っていうもの。それが当り前なんでね。でも、あの目茶々々は、もう、文学じゃない。もうという言い方は妙だが、僕はそう思う。万葉なんか、その目茶々々を歌う。そんなもの歌っても仕様がない。文学、つまり人生はその先にある。人生とは、つくるもの、つくらねばならぬものだ。小林さんは、その手前に止ったんじゃないかな。例えばボードレールだって、そこで止った。何かチャンと出来てますね。

小林　止った？　人生の方が僕に対して止ったのかも知れないさ。神様だけが御存知だ。ボードレールはちゃんと出来てます。

坂口　あの形式は僕はそう尊重すべきものじゃないと思う。

小林　進歩主義者みたいな事を言うね。

坂口　僕は文学者の態度からいうと、メリメなんか一番買うんですよ。あれは自分の人生を創造してるよ、あの小さい人生だけどね。とにかくカルメンからコロンバ、イールのヴィナスまで、一人の女を創造してる、あの文学者の態度ですね。チャンと後世の文名ということまで考えて、手紙まで意識して書いてるね。一生を仮構するのは、これまた一つの十字架だ。

小林　ボードレールも一生を仮構した人だ、バルザック的世界を諦めてね。「悪の華」は彼の十字架です。そう。メリメという人も自分を食い荒して了ったずい分苦しい人だね。ああいう人には、原始的なもの、自然なもの、単一なもの、そういう美的幻が、いつでもチラチラしているのだ。

坂口　まあ、しかし、一種の骨董屋ではあったね。僕はね、梅原龍三郎なんか好きじゃないんだよ。小林さんだって、ほんとうはいいものだと思ってないんじゃないかと思うけどな。

現代への繋り

小林　ほんとうにいいものじゃない。そんなものは幻の中にしかない。だけどね、あの人はやっぱり天才なのだよ。うん。……あの人はこれから面白くなるよ。あの位くたばりそうもない画家はない。

坂口　しかしね、芸術なら芸術で、どんなインチキなものでも、スタンダードというか、正道をとっていなければならん所があると思うんだよ。梅原龍三郎という人は正道をとってないですよ。脇道ですよ。たとえば威圧だ。そのくせ幽霊のように足がない、あれは。

小林　それは日本の西洋的文化の悲しさだよ。

坂口　そうかなア。

小林　日本画家は、チャンと師匠があり、伝統があり、いろんなものがあって正道を通れた。だけど、明治以後、洋画が雪崩れ込んで来て後の洋画家というものには、正道も邪道もヘチマもないのだ。文学者もまた然り。どこに、君、僕らの正道があるんだ。あの人は自分のエネルギイだけが自分の独断的な道を支えている、そういう非常につらい人なのです。幽霊に足があったら、何処に立てばいいのか、現代にか、それとも永遠の大地にか。

坂口　しかし、ちょっと本質的に畸型な所があると思うんですよ。例えばこういうことが言えると思うんだ。文学で言いますとね、「万葉集」というもの、これは今から見てどうであっても、あの時代の正道だと思うんだよ。

小林　無論。

坂口　一つの時代の正しい生き方、つまり時代的に限界された生き方というものがあって、それを表現する芸術形式というものがあってさ、そこで芸術が時代の正道になる、そこに芸術が、時代的に完成することによって、他の時代にも生命をもちうる意味があると思うのです。梅原氏の芸術形式には、時代の精神や思想がもたらした真実の足場をもたない。つまり骨董的玩味からきたものだと思う。それで僕は現実の生活や僕らの生存がジカに結びつく、時代と必然的なつながりのある形式をもたねばならぬ。あの時代の「万葉集」と同じように、現代の「万葉集」であるという時代の正道的な作品を持ち得ると思うんですよ。

小林　誰が、さ。

坂口　僕自身。

小林　君が何だっていうの。

坂口　僕自身が「万葉集時代」においては「万葉集」、現代においてはそれと同じ現実の繋がりのある作品であるということを、僕は僕については言える。

小林　ああ、そうか。君の自信は自信として判らぬ事はない。

坂口　ところが、梅原さんには、そういうものがないと思うんだよ。あの人には、その時の一番幼稚なもの、つまり人生、その一番正しいものと関係がない。そういう畸型児だと思うよ。

小林　あなたの説は正しい。だから僕もそれを書いて置いた筈だ。梅原という人は肖像画が描けない人なのだ。あの人の肖像は、女の裸体であって、社会感情を持った女ではない。また、ルノアールは健全な幸福境にあるが、梅原氏は一種の恍惚境、陶酔の裡にある。そういう事を書いたのだよ。乱暴に言えば君の畸型児説になる。だが、問題は決して易しかないよ。畸型児だって遂に天道を極める時が来るかも知れない。あの人がもしもフランスに生れていりゃ、もっと普通的な健全な画をかいていただろうと思うんです。本質的畸型児というより、日本にいて奇妙な戦を強いられている、そう考えたい。これは現代に繋っていないということではないんだよ。

坂口　そうかな。僕は繋っていないと思うんだ。

小林　あんたは現代々々というが、落下傘部隊のように人間は現代に落下して来るのではない。そこが面倒な処なんだよ。落下傘部隊的な現代人というものは、俺がこうして呼吸しているという以外の事ではない。呼吸してる事が問題じゃない。その意識も心理も問題じゃない。その意味だ、大事なのは。その哲学的意味合いだ。時に木村名人が敗ける話、あれを私は読んだんだよ。

坂口　ああ、書いた。

小林　坂口安吾という人がよく現われていると思って面白かった。ああいうことに対する一つの熾烈な興味があるんだな。つまりアップ・ツウ・デイトのことさ。

坂口　アップ・ツウ・デイトって、誰にもあるものじゃないですかね。

小林　いや、そうじゃないんだよ。

坂口　素朴です。当り前のものです。

小林　かも知れない。ただ、ああいうものを活躍させる才能が君にあるんだ。それが君の観念なんだ。思想なんだ。

坂口　それは誰にもある。しかし僕がやらなければ、ふつうの人は看逃すものじゃないでしょうかね。人はアップ・ツウ・デイトを軽蔑するものでもあるから……。

小林　それが、現代に関する君の哲学的意味合いです。

生活と伝統

小林　「白痴」というのは……。

坂口　あれはいいものじゃないよ、あんなものは……。「白痴」なんかよか、さっきの将棋の観戦記みたいなもののほうが、かえっていいんじゃないかと思ってるよ。小説は一つの作り物だからね、或る一つの人生を作るものでなくちゃ嘘だと僕は思うんだよ。

小林　人生を作る——思想を作るとは言わない。君はそういう人だ。僕もずいぶん考えて来た問題だ。僕は、君、いわゆる生活問題ではひでえ目に遭ってるからね、一種の強迫観念ていうようなものも、俺にはあるんだよ。殊に女なんかに対して、ね。

坂口　それは俺の方がもっとひどいものがあるんじゃないかな。

小林　ああ、そうかも知れない。——僕は決して観念派ではない。だけど、生活は生活を知らない、生活では生活に勝てぬ。つまり、言わば生活の無限旋律というものを厭でも思い知らされたんだ。女をひっかけたって、女には勝てない。

坂口　うん。

小林　だから、何か工夫がある筈なんだよ。生活と芸術の問題は両者の間の工夫の問題だ。

坂口　僕はね、人間の世界というものは自由な世界じゃないと思うんだ。ほんとうの自由ということは、自由をどう料理するかというようなものじゃない。芸術なんていうものは、いかに自由を自分で料理するということが不可能であるか、それを判らせてくれる仕掛みたいなものだ。自由を与えられれば与えられるほど生きるのはつらいんだよ。縛られれば縛られるほど生きるのはやさしいんだよ。ほんとうに自分で芸術を自由に作ってゆく世界というものは、誰の力にもないよ。小林さんの評論にだってないし、また小林さんは、そこのところを良く知る人だと思うのだ。小林さんは無理に自分を縛ろう、縛ろうとしてるんじゃないですか。立場を不自由にしようと心掛けてるんじゃないですか。

小林　不自由に……。

坂口　ええ。自分を限定しようとしてるんじゃないかね。

小林　うん、うん。

坂口　僕はその意味に判ずるんだよ。自由というものは、いかに疲れるものか、苦しいものか、ということをね。小林さんなんかは自由ということと争った挙句、自分を非常に不自由な人間にして縛られようとしている。そういう所に論理を見付けようとしてるんじゃないですか。今の小林さんの立場はそうじゃないかな。

小林 どうもよく意味がわからないな——こんな風に考えて見てはどうだい。一般に近代の芸術家は自由のなかに道を失っている、とね。それが僕には何か脆弱に見えて仕方がないのだよ。画家が人間のいない風景に挑む様に文士は伝統のない生活に躍りかかっている。両方とも伝統的技術なり手法なりを軽蔑している。技術を裸の自然から、裸の生活から得ようとしている。自由だよ、だから安定もない。確固たる何ものもない。そういうものに対する嫌厭、それが僕にはある。僕は鐵齋という画家を非常に好きなんだがね。あの人の画の効果は大変近代的だ。しかし画のモチーフは極めて古風なのだ。不自由な伝統から自由な天地を作り出す、近代風景画家の逆のやり方、やっぱりそれが正道だよ。これは他でも書いた事だが、あの人の写生帳はデッサンの練習帳ではないのだ。覚えなのだ。歴史の知識を実物を見て確かめた記録なのだ。大旅行をしてそれを何十年もやっている。一方あらゆる伝統的画法に通暁する。そのうちに自然と人間との言わば相会する世界を会得するのだ。人間のいない自然、大地に立たぬ人間、そんなものは鐵齋にはないのだよ。観音さまが船に乗って蓮池を渡る。漕いでる奴は向う鉢巻のあんちゃんさ。仙人が酒を呑む。そいつは岩の間から生える茸《きのこ》みたいなもんだ。それが自然と人間との唯一の会合点だ。いいかい。

坂口 ふむ。——

小林 そこでね、文士にも同様な問題が出て来る筈ではないか。

坂口 文学においては、やっぱりそれは恋愛感情とかそういうものに出て来るんだろう?

小林 あらゆるものに出て来るな。

坂口 つまりさ。鐵齋が信仰から発見した会合点というものが、文学じゃア現世に生きることから発見せざるを得ない。

小林 誰も彼も現代に生きざるを得ない。

坂口 しかし、鐵齋でもそうだけれども、実際画家の思想というものが線を規定してると思うんですよ。これを文学で言うと、発想法、着想法の限定です。鐵齋も非常にあると思うんだ。

小林 逆の場合が言いたいのだよ。近代文学に描写小説が侵入した事は近代絵画に風景画が侵入して来たようなものだ。その結果芸術における規矩というものの蔑視ということが生れた。それで彼等は自由に直接に自然に近付き真実に近付いたと思っているか知らんが、恐らく疑わしい。——という説がある……。

小林秀雄

坂口　無論、そうですよ。

小林　そうすると日本の経験主義的リアリズムというものは、日本の風景小説ですよ。風景画家ですよ。規矩がないんだ、全然。いよいよ無くなる傾向だな。

人生をつくる

坂口　そうなんだ。だから、小林さん、描写とかリアルとかいう問題じゃないんだよ。人生自体が作る物だと思うんだよ。つくったものが真実だということではありません。規矩に対する絶望でもない。結局自分の生れたということ、そして、そのために生きざるを得ないことを信仰せざるを得ないです。五十年しか生きられない人生というものは、僕は決して規矩に近づくためのものでも真実を発見するためのものでもなくて、何か作るところのあるものだと思うんだよ。文学も人生と同じものだと思うんだよ。

小林　そんな事を言えば、作るものでもいいし、写すものでもいいさ。

坂口　いや、写しちゃいけない。

小林　写すことも作る一法さ。

坂口　フランスでも、作る物だというハッキリした観念は、まだ樹立されてないんじゃないかと思うんですよ。

小林　そんなことないでしょう。

坂口　いや、それが実にハッキリしてないんだ。恋愛でも何でも、人生が作らなくちゃならないものなんだ。自分勝手にさ。自分の一番いいように作ってゆかなくちゃならないものだ。

小林　作者が、か?

坂口　一人一人の人間がだ。それがまだ確立されてないと思うんだよ。

小林　どこに。

坂口　どこでも。今の世界中全体にさ。確立されてないよ。

小林　お前さんが心配したほどでもないだろう。

坂口　そうかなア。

小林　と思うよ。

坂口　そんなことないよ。

小林　廿世紀人という奇怪な人種の考えは皆そんな風になって来た。

坂口　なって来たとか何とか言ったって、一番古い思想だよ。プラトンあたりの思想ですよ、人生は人間が作るものだという思想は。ギリシャ時代の思想ですよ。

小林　プラトンにはないだろう。

坂口　あるよ。そういう即物性というものは非常にあるですよ。

小林　即物性かね。未来性かね?

坂口　うん、作るというのは未来性だけど、そういうのは言葉の話でね、つまり人生というものは、よりよき或る表現の世界だというようなことを言ったじゃないか。

小林　お前も少し酔って来たな。(笑)

規矩の蔑視

小林　お前さんの言うことは判るよ。判るけどさ、もう少し私の言うことも聞いてくださいよ。さっきの現代画家論さ。

坂口　そうそう、それをやろう。

小林　それは無論作ってもよろしい。どうせ、あんた、芸術家なんていうものは、みんな作ってると思ってるよ。そんな自信がなきゃ、やってやしないんだ。俺はリアリズムじゃない、創造してます、なんて言いますよ。ただ、やり方さ。そのやり方に規矩がない。この芸術的規矩の侮蔑がどういう形で復讐を人間にしてるか……。

坂口　いや、復讐の形で出ちゃいけないよ。勝利の形で出てくれなきゃ困るんだよ。

小林　勝利があるかなあ、こんな状態で。俺は否定的だよ。近代人というもの、近代芸術というもの、それがもう何か間違った道にさしかかって来ているに違いない、そういう気がして仕方がないのだ。

坂口　ふむ。……

小林　そうすると、規矩というものがある。私はそれが気になる。たいへん気になるんです。それでね、あんたが僕に、あんたは自由をわざわざ制限しているんではないか、と言ったけど……。

坂口　そう……。

小林　そこへ話を持ってゆきたいんだ。この規矩というものが曲者だ。なぜかというと、人間ていうものは歴史のなかで、死んだ奴が生き返るかも知れぬような不思議な生活をしてるんだよ。死んだ奴がほんとに死ねば、俺たちはラクだよ。芸術家はラクだよ。

坂口　そこが違うと思うんだよ。あなたは規矩を鑑賞して……。

小林　鑑賞じゃないよ。

坂口　規矩を作る立場……。

小林　バカなことを言いなさい。規矩なんて作れますか。規矩は服従することが出来るだけですよ。

坂口　こういうことを言いたいんですよ。鐵齋という、あれが規矩だとしたらば、あれが一つの規矩を持っているとすれば、規矩とは人を窮屈にするものだと思うんだ。その点では小川芋銭のほうが遙かに闊達だと思う。

小林　何を言ってるんだい。あんたは造形美術で苦労しないからそういうあまいことを言うのです。

坂口　それはどうか判らんな。小林さんは非常に観念と協力してる美術鑑賞家だと思うな。

小林　僕はいつでも経験主義だよ。

坂口　それはそうだよ。小林という人は偉い経験主義者なんだ。だから、ほんとうの経験のことばかり言ったらいいのに、詰らんこと、言うんだよ。経験とは何ぞや。見たり、きいたり、することじゃないね。それと争うことによって、レーゾン・デートルがあるという性質のものだ。お前は文学をやらせれば、日本で一番偉い奴だよ。それを音楽だとか、画だとか……。

小林　君も文学的な余りに文学的な文学者だなあ。今の批評家で音楽も画も好きな奴はたくさんいる……。

坂口　いる。

小林　ところが、何故俺は音楽が好きだ、画が好きだということを、文章で実証するだけの勇気がないのだろう。

坂口　それは判るよ。それは、然し、随筆だ。

小林　随筆でよろしい。

坂口　小林さんはモーツァルトは書いたろうけど、音楽を知らんよ。（これは、つまり、小林秀雄は、文学者、又は人間、小林秀雄がモーツァルトを解するのでなく、小林秀雄が「音楽的」にモーツァルトに近づこうとしている。そういう意味だったのです。——後記）

小林　知らんさ、僕は音楽家ではないから。僕は専門の音楽批評家と争おうとは少しも考えていなかった。そんな事は出来ない。あれは文学者の独白なのですよ。モーツァルトという人間論なのです。音楽の達人が音楽に食い殺される図を描いたのだ。それに現れる信仰とか自由とかの問題——まあ、そんな事はどうだっていいや、作者の苦心の存する処は、先ず大概看過されるものだからな。今度ゴッホを書くよ。冒険する事は面白い事だ。

坂口　詰らないことだよ。あなた、画のことを知らんから画にぶつかるのが嶮しい道だと思ってる。

小林　冗談だろう。じゃ、女を知らないから女にぶつかるのがおかしいかね。

坂口　うん、おかしい。

小林　おかしくてもぶつかった方がましですよ。

坂口　だけど、文学においては、小林秀雄がそういうことで生長してゆくものじゃないしね。それはわれわれの生活サークルとして音楽を知り、画を知るということは、いいことだよ。しかし……。

小林　ぶつかっちゃいけないかね。

坂口　いけないんだ。

小林　私はぶつかりたいのだよ。

新しい文学批評形式

坂口　でも、あそこには小林秀雄の純粋性がないよ。つまり、小林がジカにぶつかっていないね。ひねくり廻してはいるが、争ってはいない。書斎の勤労はあるかも知れないが、レーゾン・デートルがあるわけじゃない。そして、何かモデルがあるよ。スタンダールとか、変テコレンなモデルがあるよ。

小林　新しい文学批評形式の創造、それがレーゾン・デートルだ。新しいモデルがなければ、新しい技術を磨く事が出来ない。新しい技術がなければ新しい思想も出て来ない。思想と技術を離すのは観念論者にまかせて置く。

坂口　しかし小林さんは文学者だからね、文学でやってくれなくちゃ。文学者がゴッホを料理するように。絵に近づこうとせずに。

小林　材料はなんでも、僕は文学的料理法しか知らんよ。

坂口　一番間違ってるのは、こういうことだと思うんだよ。文学の批評の専門家だからね、その専門以外のものに未知であるが故に惹かれているんだろうと思うんだよ。

小林　無論そうだ。未知だから惹かれる。

坂口　だから純粋じゃないというんだ。

小林　何言ってやがる！

坂口　小林秀雄は批評家だよ。だから作ればいいじやないかっていうんだ。
小林　何が書けるか判らないようなものにぶつかるよりほか、作る道はない。
坂口　あんたは批評家という形で文学を生かした男だからね。音楽を批評する人じゃないんだから、何か作りなさいよ。
小林　文学も生かす、画も生かす、音楽も生かす——。ものを分析して説明するのはもう退屈で厭だ。
坂口　俺も厭だよ。
小林　そうするとどういうことになるか。結局、描写したくなるんだよ。
坂口　描写は詰らないだろう。
小林　例えば君が信長が書きたいとか、家康が書きたいとか、そういうのと同じように、僕はドストエフスキイが書きたいとか、ゴッホが書きたいとかいうんだよ。だけど、メソッドというものがある。手法は批評的になるが、結局達したい目的は、そこに俺流の肖像画が描ければいい。これが最高の批評だ。作る素材なんか何だってかまわぬ。俺は昔から文芸時評でやくざな材木ばかり彫っていたから、今度は大理石をカンカン叩きたくなったんだ。まだドストエフスキイという大きな石のかたまりが残っている——。
坂口　小林さんは、弱くなってるんじゃないかな。つくるか、信仰するか、どっちかですよ。小林さんは、中間だ。だから鑑賞だと思うんです。僕は、芸術すべてがクリティックだという気魄が、小林さんにはなくなったんじゃないか、という気がするんだよ。
小林　そんな気がするかねえ。どうも致し方がない。力量が不足しているんだよ。時々気がメイッて困る事がありますよ。そんな時には、セイては事を仕損じると自分で自分に言いきかせてるだけだ。具体的描写に慣れた日本の読者もやがて抽象的描写に慣れるようになるだろう。
坂口　そう。しかし、その慣れというものを小林さんは過大に評価してるんじゃないかな。
小林　過大？　寧ろ過小だ。
坂口　そうかな。
小林　そうですよ。

ドストエフスキイ

小林　まあ、どっちでもよい。それより、信仰するか、創るか、どちらかだ——それが大問題だ。観念論者の問題でも唯物論者の問題でもない。大思想家の大思想問題だ。僕は久しい前からそれを予感していたよ。だけどまだ俺の手には合わん。ドストエフスキイの事を考えると、その問題が化け物のように現れる。するとこちらの非力を悟って引さがる。又出直す、又引さがる、そんな事をやっている。駄目かも知れん。だがそういう事にかけては、俺は忍耐強い男なんだよ。癇癪を起すのは実生活に於てだけだ。
坂口　僕がドストエフスキイに一番感心したのは、「カラマゾフの兄弟」ね、最高のものだと思った。アリョーシャなんていう人間を創作するところ……。
小林　アリョーシャっていう人はね……。
坂口　素晴しい。
小林　あれを空想的だとか何とかいうような奴は、作者を知らないのです。
坂口　ええ、馬鹿野郎ですよ。あそこで初めてドストエフスキイのそれまでの諸作が意味と位置とを与えられた。そういうドストエフスキイのレーゾン・デートルに関する唯一の人間をはじめて書いたんですよ。
小林　我慢に我慢をした結果、ポッと現われた幻なんですよ。鐵齋の観音さ。
坂口　そうかな。
小林　ああ、同じです。
坂口　僕はアリョーシャは文学に現れた人間のうちで最も高く、むしろ比類なく買ってるんですよ。鐵齋がアリョーシャを書いてるとは思わなかった。
小林　描いております。
坂口　ドストエフスキイの場合、アリョーシャを書かなかったら、僕はあんまり尊敬しなかったね。
小林　そうか？
坂口　人間の最高のものだな。
小林　ウォリンスキイという人が、アリョーシャをフラ・アンジェリコのエンゼルの如きものであると書いてるのを読んだ時、僕はハッと思った。あれはそういうものなんだ。彼の悪の観察の果てに現れた善の幻なんだ。あの幻の凄さが体験出来たらなあ——と俺は思うよ。
坂口　それはそうだよ。アリョーシャは人間の最高だよ。涙を流したよ。ほんとうの涙というものはあそこにしかないよ。しかしドストエフスキイという奴は、やっぱり裸の人だな。やっぱりアリョーシャを作った人だよ、あの人は……。

小林 裸だ。だが自然人ではないのだよ。キリスト信者だ。

坂口 そうでもないじゃないかね。あいつの生活っていうものとそんなに結びついてやしないんじゃないかな。女の子と遊んでる時なんか、キリスト教の観念は入ってないだろう。

小林 いや、そうじゃないんだ。入っています。俺は今は自信がないが。だけど、俺はそこまで書きたいと思ってる。あの人が偉大なる一小説作家なら俺は書けるんだよ。単なる偉大なる小説家ならばね。

坂口 あいつのやってることは、みんな飛躍してるんだよ。その飛躍には尊敬すべからざるものが、ズサンな観念の玩弄にすぎない甘さがあったと思うのです。然し、それをつみ重ねて、とうとう、アリョーシャにまで到達するとは、やっぱりキリストに近い奴だね。

小林 まあ、俺はやってみる。まあ、俺は出来ねえだろう。ダメかも知れないや。ほんとうの俺の楽しみは、そこにあるんだけどね、楽しみって、つらいことだ。

坂口 ドストエフスキイがアリョーシャに到達したことは、ひとつは、無学文盲のせいだと思うんだよ、根本はね。

小林 そんなこと、ないよ。

坂口 いや、無学文盲だと思うんだよ、ドストエフスキイという奴は。仏教では無学文盲を尊ぶけど、その正理なることが彼の場合あてはまる。

小林 無学ではないね。

坂口 そうかね。心が正しい位置に置かれてあったというだけじゃないかな。

小林 巧みに巧んで正しい位置に心を置いた人です。

突破

小林 君なんか、誰も尊敬してないだろう。

坂口 誰も尊敬してない。

小林 そうだろう。そうに決ってるんだよ。それでいいんだ。誰も尊敬しない人が出て来るのはよい事だ。

坂口 バカですからね。

小林 坂口さんも今つらい所さ。突破すればいいんだよ。

坂口 昔から同じですよ。

小林 何言ってるか。あなたは書けなかった十年ていうものがあるじゃないか。あの時期にあなたは苦労したに違いない。それが「白痴」というものに現われたんだろう。

坂口 ……。

小林 だけど、お互にこんなバカバカしい世の中は、ぶち破らなければダメだよ。僕は進歩ぐらいはするさ。進歩ぐらいしなければこんな飛んでもない世の中では、飛んでもないことになっちゃうからね。だから、進歩ぐらいしてやるけどさ、俺はほんとうは円熟したいんだ。

坂口 小林さんは円熟したいというけどね、俺はもう破裂しようと思ってるんだ。

小林 破裂？ 破裂なんざいけないよ。

坂口 そうかな。

小林 信仰心の足りねえ奴だ。

坂口 もうやっちゃうよ。めんどくせえから……。

小林 短気起しなさんな。

坂口 小林秀雄なんていうのは死ねる奴だね。だけど、俺はそういうこと、嫌いなんだよ。

小林 何？

坂口 例えばこういうことを言うんだよ。死ぬ座について顔色を変えなかったとか、そんなことを言うんだね。そんなバカなことないよ。顔色を変えたほうがいいと思うんだよ。お前をこれから死刑に処します、と言われたら、真っ蒼になるよ。

小林 そんなこと、通俗じゃないか。

坂口 ところが、通俗じゃないよ。それが文学を支配してると思うんだ。

小林 顔色は変えないほうがいいだろうね。

坂口 そう？ 僕は変えたほうがいいと思うな。

小林 芥川龍之介の逆説かね。

坂口 あれは、顔色を変える方がいい、という原始にかえれ、というようなモラルをふくんでいるが、僕のはそうじゃなく、そういう意味の大人、大人物になるのはムダな労力だという能率論だ。

菊池寛と志賀直哉

小林 近頃読んで面白かったのは菊池寛の自伝だな。あれは破格な文学観で面白い。批評家はどうしてあれを取上げないんだろう。どうして文壇常識の中か

「人間は何をやりだすか分らんから、文学があるのじゃないか」(「教祖の文学」)

ら出られないんだろう。文壇を離れると文学から逃避したと言う。困った事だなあ。

坂口 そう。ほんとうの人間の問題が批評家に判らないんですよ。

小林 これがフランスあたりだと……。

坂口 でも、ダメな所もあるよ。アンドレ・マルロウなんていう……。

小林 あれは読まず嫌いだ。

坂口 小説は下手ですよ。人間を書いてません。

小林 読まず嫌いってものもこさえとかんとね。——そう何も彼も読めん。

坂口 しかし日本でもそういう幽霊みたいなのがあるね、志賀直哉なんて、そういうものだと思うんだよ。

小林 僕は志賀直哉論を二度やってます。学生時分に一ぺん書いた。それからもう一ぺん書いた。

坂口 ああ、みんな読んだよ。

小林 あれ以外に一つも言うことないです。

坂口 そう。言えるとすれば、あの頃、小林さんもまだ若かったということだと思うんだ。

小林 ああ、勿論そうだ。

坂口 日本の文壇が若かったということなんだよ。

小林 そうだよ。

坂口 一番癪に触るのは、志賀直哉にはモラルがない。全然ないです。あの人がモラルと言ってるものは、全然逆なんですよ。小林さんがあれをモラルと解してる、それが腹が立つんだよ。

小林　それはあんたの言葉が曖昧なんでね、モラルというと何ですか。道徳性ということでしょう。道徳性が志賀直哉にないか。――有り過ぎるんだ。『白樺』的道徳性が有り過ぎる。その事があの人の晩年の仕事をたいへん苦しいものにしてる。「蝕まれた友情」がその証拠です。

坂口　いや、それは江戸の隠居爺さんなんかにモラリティがあるという、そういうモラリティですよ。

小林　そういうモラリティは無さ過ぎるんです。小言幸兵衛のモラリティなんていうものは、あの人にはないんだ。

坂口　ありますよ。ちょっと時代が違っただけで、同じものじゃないですかね。

小林　あの人のモラリティは落語にはならん。

坂口　今の落語にはならんかも知らんけど、やっぱり落語じゃないですか、本質的にはね。

小林　君の言いたい事は判っておる。だけど、こういうことがある。――新しい文士どもには嘘が巧に言える。志賀直哉には嘘が言えない……。

坂口　嘘は合理化してもいいものだと思うけどね。

小林　そこにキッパリした区別があります。

坂口　それは江戸通人的の趣味で……。

小林　全然違います。

坂口　永井荷風なんか、私はエロでない、なんて言いながら、エロな野郎だと思うな、あいつは。

小林　永井荷風とか谷崎潤一郎とか、これは又別人種だ。だけど志賀直哉という人は違いますよ。だから『白樺』的モラリティと言ったじゃないですか。それで判らない？

坂口　判ります。判りますけどね、ちょっと小林さんが無理してるんじゃないかという気がするな。

小林　志賀さんという人は、僕が世話になった大先輩だ。そういう人に対して不満を持つかも知れないが、悪口は言わぬ。それが僕の主義だ。一体人情というものを抜きにした冷静公正な批評に堪えられる様な大人物は百年に幾人も現れないものだよ。そういう大人物に対しては僕は戦う。あとは人情主義で行って誤る事はない。僕はそう思う様になっている。

坂口　そうだよ。一番常識的なんだよ、俺なんか。貴方は常識的な人だ。いい意味で言うのだが。

小林　うん。一番常識的な、一番道徳的な作家だよ。戯作者というのは当らん。

坂口　俺なんかが一番常識的なあたり前のことを言う人間なんだが、判ってくれないのだね。

小林　判るというのは辛い仕事だ。辛い仕事なんか誰もしたくはないさ。菊池寛ていう人が、僕の会った文士で一番天才的な人間だな。お前はどこどこへゆけ、と言われれば、行ったよ。日比谷公会堂へいって役者もしたよ。何でもしたよ。先生が役者をしてるのを見ると、何ともかんともしょうがねえって、文学青年が抗議を申込んで来たことがある。百も承知ですよ。だって、しょうがないじゃないか。それだけのものが菊池寛にはチャンとあったんだから。しょうがないじゃないか。

坂口　当り前な人間、ということじゃないかな。

小林　うん。

坂口　一番単純なるものだよ。これも無学文盲のうちか。

小林　うん。

坂口　菊池さんの偉さというのは、たいへんなもんだね。小説を書く必要のない文士だった。

小林　偉さが活字に表現されておらん。あの人は。

坂口　そうでしょうね。でも随筆だの、座談会のほうに何分の一かは出てるんじゃないかな。

小林　そりゃそうだろう。

坂口　われわれと直接取引するものが出てない。

（たぶん、何か別のことを表現するつもりだったんだろう）

坂口　福田《ママ》恆存に会った？　小林秀雄の跡取りは福田恆存という奴だ。これは偉いよ。

小林　福田恆存という人は一ぺん何かの用で家へ来たことがある。あんたという人は実に邪魔になる人だと言っていた。

坂口　あいつは立派だな、小林秀雄から脱出するのを、モッぱら心掛けたようだ。

小林　福田という人は痩せた、鳥みたいな人でね、いい人相をしている。良心を持った鳥の様な感じがしてよかった。

坂口　あの野郎一人だ、批評が生き方だという人は。

次第に酔いがまわり、二人とも何を喋っているかわからず、坂口君の忠告に従い、この辺りでチョン切る。速記者秋山君の責にあらず。彼の腕は天才的であるという。坂口君の説にも同感である。――小林

（『作品』一九四八年八月号）

阿部定・坂口安吾対談

阿部　定＋坂口安吾

坂口　おそくに伺いまして……。

阿部　もうガスも出ないんで、お茶も沸かせないから、これでも。（ブドウをすすめながら）いつも停電してましてネ、ちょっと前に点いたんですよ。（坂口氏の出す名刺を見て）坂口安吾先生ですか、ああ、そうですか。とてもいい本をお書きになって……。

坂口　僕はネ、阿部さんのこの前の事件も、あれくらい世間にセンセイションを起したものはありませんけどネ、しかし、あれは明るい意味で人々の印象に残ったもので、阿部さんを悪い人だと思った人は、あの頃一人もなかったのじゃないか、と僕は思うのですよ。（阿部さんは下を向いてジッと聴いている）それで今も阿部さんがいろいろと話題になるということは、やっぱり、どこかしらに人々の救いになってる、というような意味があるんだろうと私は思うのです。今度阿部さんは告訴されたけど、むしろ阿部さんの御心境や何かを、大胆率直にお話なさったほうが、かえっていい結果を及ぼすのじゃないかと思うのですよ。

阿部　はあ。……

坂口　阿部さんは大きな話題になったけども、阿部さんをほんとに悪い人間だと思ってる者は一人もありませんよ。文学の上から云いますと、あらゆる人間はそういう弱点を持っている。ただ阿部さんはそういうことを率直におやりになったというだけで、だからみんな同感して、なにか懐しむような気もちがあるんじゃないかと思うのですよ。もし悪い犯罪事件でしたら、決してそんなにいつまでも問題になるもんじゃありませんよ。阿部さんがいつまでも問題になるのは、その意味で非常に名誉なことじゃないかと思うんだ。人間ていうものは身勝手なもので、いつだって自分の救いを求めているんですから、自分に不利益なことを何遍も問題にするわけがないんです。兇悪な犯罪を二度も三度も世の中が思い出すという例はないんです。織田作之助君は「妖婦」という小説を書いていますが、しかし、あれは題は非常に悪いんですけど、内容は決してあなたを傷つけるものじゃなかったと思うんだ。

阿部　先生とあの方と同じような書き方ですね。

——そうじゃないんですか。

坂口　まあ、大体は似てるかも知れません。

阿部　あとの人は、とても下品だもの、ね。

坂口　あなたの告訴されたあの本を書いたのなんか、文筆家じゃないんですよ。——で、阿部さんはこれからどうなさるお考えですか。

阿部　それはまだ考えてないんです、これから先のことは、ね。どうなるのか判らない……。

坂口　それはそうでしょう。非常によく判りますね。

阿部　それにこのことが早くきまりがつけばね。でも、どういうふうにきまりがつくのか判らないし、いま気もちが落着いてないんですの。自分の家を出ているし……。あたし、いま考えてみると、あの織田先生が書いたなら、こんなに怒ンなかったかも知れないわね。あんなに下品に書かないから……。

坂口　しかし世の中の評判というものを、そんなに問題にする必要はありませんよ。一体あなたはあの事件を後悔なさってますか——僕は悪い事件じゃないと思うけど。

阿部　そりゃア、別に後悔してませんね。今でも、あんなことしなきゃよかったかしらん、と思うけども、やっぱし、そうでしょうね。ちっとも後悔してないんです。死んだ人に悪いけどもネ。——それが自分でも不思議なんだけど。

坂口　いや、不思議じゃない。それが大切なことなんですよ。あなたはそうことをハッキリおっしゃるべきですよ。

阿部　あたし、先生の本は好きなんですよ。最近の「堕落論」なんていうのネ、あれ読もうかと思ったけども、高いから……。

坂口　そうですか。じゃ、ひとつ贈りましょう。

（しばらく沈黙）

阿部　あたしのことを、みんなが誤解してんのよ、ねえ。

坂口　そう。しかし……。

安吾いわく「平凡な、おとなしい、弱々しい、女らしい女」・阿部定

阿部　ほんとの気もちは、なかなか口で云ったって判らないけど、ただそんなことだけでそういうふうにしたっていうふうに思ってるから。

坂口　しかし、それはネ、案外そうでもないんですよ。人間ていうものは二つの心があるから、一つの心でエロ本を面白がる。しかし、もう一つの心、内面では、ちっともあなたを悪いと思っていない。そういうもんですよ。

阿部　あたしはみんなもそうなんじゃないかと思うの。あたしみたいな考えを持ってて、ただしなかっただけのことなのね。

坂口　無論そうなんです。そうなんですよ。だから、みんなあなたに同情してるんですよ。ただエロ本を読む気もち、読者の気もちというのは別ですからね。それはネ、あなたがモデルであっても、なくても、問題にしなくってもいいんですよ。

阿部　でも、いい人が書けば、あんなゲビた書き方はしないでしょう。

坂口　それは勿論そうですね。

阿部　ずいぶんヘンなふうに書いてるけども、いい人の書いたのは下品でない、ね。あんなバカバカしい、あれじゃ、ほんとに可哀そうだ。……でも、いくらあたしがこういうふうに云っても、世間の人は、やっぱし見直してはくれないだろうと思ってね。

坂口　しかしネ、それは問題にすることないですよ。自分が理解される、されないじゃなくてネ、根本は自分ですよ。
阿部　でも、告訴しなけりゃ、あたしは世間の人に誤解されてたんですのよ。告訴したから判ったけど、今まであんたが本を出したり、お芝居したりして、お金儲けしてたと思ってた、なんていう人があるんです。ずいぶん浅間しい誤解ね。可哀そうだわ。
坂口　僕はこういうことを思うんですよ。新聞なんていうものが、阿部さんは死者の冥福を祈っているとかそういう生活をしているとか書くでしょう。それがいけないんだと思う。むしろ阿部さんが大胆に自分の心情を吐露されれば、みんなに判ると思うのです。僕は万人が自分の胸にあることだと思うんですよ。あなたはそれをおやりになっただけなんだ。だから、万人が非常に同情したんです。だから、へンな云いわけはなさらんほうがよろしいんだ。
阿部　あたしは云いわけはちっともしてないんです。あの人をああいうふうにしたことについては、あたしは云いわけはしないんです。あれはあれでいいんです。あたしは今でも満足なんです。あんなことをしなけりゃよかった、なんて思ってないんです。だけど、世間がただ肉慾のことだけであたしがしたように思うでしょ。そのために少し云ってるんです。それと、あたしが隠れて一生懸命まじめに暮していたのに、それをこういうふうに騒いだでしょ。毎日毎日寝られない日ばっかし続いたんです。ラジオなんかでも云うしネ、とてもいやだったんです。だから、とにかくこういうことを無くなしてもらいたいと思って告訴したんですの。ほんとは、あたしがうまく書ければ、自分の気もちを書いてみたいくらいなんです。あたしには書けないからね、あたしに代って書いてくれればと思うけどネ、そういう人もないし……。人の気もちはむずかしいからね。
坂口　むずかしい、まったく。
阿部　ずいぶん手紙なんか来るんです。ほんとにあたしを思って云ってくれる手紙なんか、とても嬉しいんだけど、石川県だの九州だのでやってるお芝居なんて、ほんとにひどい。あたしを軽蔑してるんですよ。そんなことをしちゃ可哀そうだわ、死んだ人が。……それもあたしが何か浮ついたことしてる時なら、まだいいけどね。……お芝居なんてひどいのよ。あのことから裁判の所もやるんですって。だから、弁護士なんかが出てくるらしいわ。でも、若い学生さんからまじめな手紙をもらったりすると、嬉しいですわ。
坂口　みんなそう考えてるんですよ。そういう手紙をよこさない階級も、みんなそうなんですよ。——僕は阿部さんなんか、一番純情な人だと思うんです。そういう純情一途な思いを、阿部さん自身が少しも偽らずに云ってしまえばいいんです。それがエロになる筈は絶対にないんだ。純情一途の思いというものは、決してエロになりっこないですよ。そういうことが大切だと思うんです。
阿部　でも、あたしがあの時のことを後悔していないッて云ったならば、ずいぶんおかしく響くでしょうね。
坂口　いや、響きません。僕は絶対に響かんと思う。
阿部　それが心配だから、ほんとのことはなかなか云えないのよ。
坂口　決してヘンに響きませんよ。ほんとうのことを云うのが一番大切なんじゃないかナ。
阿部　あたしが後悔してないと云っても、先生ならば、そこをうまく考えるわね。今までの小説を読んであたしが知ってるから、そう思うんだけど、世間の人は、あんなことをして悪いと思ってないのかッて、また誤解するでしょう。
坂口　そんなものじゃない。
阿部　先生なら、この深い気もちは判っていただけるだろうけど、あたしは、今あの人がいれば嬉しい、なんてことも思わない。——そういう立入ったことは、あたしは云うの厭なんだけど。
坂口　それは阿部さんの場合だけじゃないですよ。
阿部　本に書くっていうことは、ほんとに後に遺るからね。うっかりしたことを喋べったら、なんだ、後悔してないのか、なんて思われるでしょ。そうじゃなくてネ、ねえ、あたしの気もち判るでしょうよ。
坂口　よくわかりますよ。
阿部　あたしはいま安心しているんですよ。あの人がいないから安心しているんです。あたしは安心して、自分ですることをしちゃったから、今度はまじめに、そういうふうな感情のない人と一緒にいるんです。ただ漠然と一緒にいるんです。ちっとも感情なんかないんです。その人には申訳ないけど……。さりとて、あたしなんか学もないし、手に職もないから、独りで生活していくっていうのは、やっぱり

「坂口さん自身、稀代のジャーナリストであった」（池島信平）

結婚生活に頼らなくちゃならないでしょ。だけども、愛情なんていうことは、あれ以来あたしは全然抛っているんです。だから、あの人がいないほうがいいと思って、安心して暮しているんです。静かに暮しているんです。信仰生活もしてますけど。

坂口　しかし、あの人だけが問題じゃないでしょう。私はやっぱり、あなたのもっと重大な時機はズッと前にあったんだろうと思うナ。

阿部　どういうこと？

坂口　あなたのもっと若い時、幸福になっていればよかった。そういう時代があったんだろうと思うナ。

阿部　そんなこと、なかったわ。

坂口　一度も？

阿部　ええ。割りと恵まれなかったんですもの。自分の出発点が間違っていましたから……ですから、ほんとの愛情を持ったとか、このまんま死ぬまでこの生活が続いたらいいと思うような境遇になったことがないんです。で、あの時だけそういう気もちになって、それが最後になっちゃったわけなんです。だから、あの人が奥さんも何にもない人だとしたら……。それでもああいうふうになったかも、それは判ンないけど……。だからあたしにとっては初めの終りなんですよ。今はもう全然そんな気もちがないの。

ラジオなんて、ずいぶん云ってたわ。終戦後ふた月くらいの時と、それから憲法発布の時ね、昭和十一年度の事件だって、二・二六がどうのこうのッて、そのあとであたしのことを……。それから新聞でも書いたけど、厭だなア、まだあたしのことを云って、と思ったんです。それでも我慢していたんですけどネ、『りべらる』に出て、そのほかにも出て、また夏ごろラジオで云ったんです。そうして単行本が出て、とても厭ンなっちゃったんです。ほんとの気もちを出してくれればいいけど、ただ男とふざけることばかり書いてるんだから……。織田さんが書けば、それほど怒ンないかも知れない。

坂口　「妖婦」は途中までですけど、決して悪いものじゃないんです。

阿部　それでも名前を出せば厭ですけれど。

坂口　じゃ、阿部さん、若い時、ほんとうに夢みたいに男が好きになった、ということはなかったんですか。

阿部　とにかく最初騙されてネ、——騙されたっていうとおかしいけれど、子供みたいな年のころで、好奇心もあってネ、そのころ処女じゃなくなったんです。それから後は転々といろいろに暮してましたから、そういうふうな時がなかったんです。ですから、あれが初めてなんです。あの三十二の、あの時がね。その時まで結婚生活は全然なくて、世帯を持っても蔭の生活だとか、芸妓をしてたとか、かりに旦那があっても、それは好きッていうんでなくてネ、商売の、フーッとした生活でしょ。心からその人を好いたッていうことは、初めてだったんですよ。三十ぐらいになってそんなことはおかしいかも知れないけど、それはほんとのことなんです。一生、恋しない人もあるから、ね。

坂口　今はもう気もちはズッと落着いておられますか。世間の悪口とか、そんなことは別にして、家庭の生活は、生きる満足とか慰めとかいう、毎日毎日が楽しいと感じておられますか。

阿部　ええ、このことが始まるまでは、平凡に静かでしたね。その代り、熱もなかったけど。毎日が楽しくて楽しくてという生活ではなかったけど、ごくあり来りの、朝起きて、ごはん食べて、夜になったら寝るっていう、ただ平凡なスーッとした生活なんです。ですから、今までいた家の近所の人から手紙が来て、あなたがそうだったなんて信じられない、帰っていらっしゃい、なんて云ってくれるんですよ。

今度はあたしネ、いい意味で働いてみたいと思うんです。そんなことを宣伝して儲けるなんて、そんな汚くじゃなくネ、社会事業なんていっちゃ大きいけど、あんなことをやった人が今度はこんなことをやってる、偉いねッて云われるようなことをやってみたいと思うんです。それが何だか、まだ判らないけど。

あたしも吉井マサ子になりきって、かりにも浮ついたこともなく、一つには信仰もありましたけど、それで満足して、これでいい、あたしがあんまり幸福じゃ、死んだ人に申訳ない、と思って静かに暮してたんです。それがこういうふうになっちゃって、今さら引っ込みがつかないでしょ。どうせウンと云われたんだから、今度は偉いと云われることをやってみたいと思うんです。何かいいことを、ね。

坂口　それはいいことですね。

阿部　あたし、学問があればいいんだけど、云うことや書くことがうまくないから……。

坂口　そんなことないですよ。世間のそんなことは問題にしないほうがいいですよ。

阿部　あたし、立派に書くことができれば、本を出してやりたいくらいですよ。

坂口　世間ていう奴は物好きだから。

阿部　これからどうやって暮したらいいか、今の人はこの騒ぎが起きてから、どこかへいっちゃったんですよ。あたしは吉井マサ子で結婚してましたからね。知らないで夫婦になったんでしょうけど。

坂口　そんな、逃出すなんてないですよ。そんな人とは離れてもいいと思いますね。

阿部　今度はあたし、チャンと阿部定で配給を取ろうと思ってるんです。

坂口　かえってそれがいいですよ。

阿部　でも、家庭が破壊されちゃったんです。あの発表があって、夫が家を出てから、もうやがて一ト月になりますもの。

坂口　強く生きることですよ。

阿部　そう?

坂口　あなたがしっかりしてゆくのが、かえって非常にいいことなんです。

阿部　あたしの今までの間に間違ったことっていうのは、あれだけなんですものね。まだほかにたくさんいろんなことがあるのならば、しょうがないけど、あれだけだったんですもの。

坂口　いや、間違いといっても、純粋な意味で間違いということは、ちっとも悪いことじゃないんだから、これからだって、あなたが間違いをやったって、ちっとも悪いと思っていないんです。

阿部　みんなだって、自分の男に対してそう思ってるだろうと思うんですよ。ただ、いろんなことを考えて止すだけでしょ、きっと。だから、何でもないでしょうね。

坂口　そうですよ。強く生きるといいんだ。阿部定を隠して生きるなんていいことじゃないですよ。

阿部　ええ、今度はチャンと出して、偉いわねッて云われるようなことをやりたいと思ってるんです。

坂口　それはいいですね。しかし、それからがむずかしいですよ。その時に腐ったりしたらダメですね。闘いですから。

阿部　どうしたらいいでしょう。

坂口　それはあなたの情熱の問題だ。それをあなたがやり通そうという、命懸けみたいなものを持って事に当らなければダメですよ。人にちょっと云われて引っ込んだりしちゃ……。

阿部　ええ、今度は……。

坂口　じゃ、強く生きてください。あんまり晩くなりますから失礼します。

阿部　そうですか――。何にもお構いできませんで……。

（『座談』一九四七年一二月号）

Ⅱ

戯作者の素顔

インタビュー

坂口安吾夫人・三千代さんに聞く

ゼロ地点からの人間観察

個人、家族、映画、そして文学

坂口三千代

【聞き手】関井光男

映画『ハイ・ヌーン』のゲーリー・クーパー

関井　今年（一九八六年）は、安吾生誕八十周年ということでもありますので、知られざる安吾のエピソードを中心に、安吾の人間観や家族観、あるいは安吾の映画への興味などをおうかがいできればと思います。

　これまで安吾と映画について語った人はいないんですが、安吾の映画歴は大正期から始まっている。先日奥様からうかがったところによると、安吾は『ハイ・ヌーン』を十回以上も観ているそうですし、ヘップバーンの映画も観ているんですね。

　坂口安吾はどちらかというと、重苦しい感じを持たれるけれども、底抜けに明るい、優しい面もあるわけで、人間の個人性を非常に尊んでいる面もあります。今日は、そんな安吾の一面をお話ししていただけたらと思います。

坂口　個人性を尊んでいるというのは？

関井　木村弘一さんという人が書いた「青春の碑」（『医家芸術』昭53・11）を読みますと、木村さんは大変な安吾のファンで、蒲田の家や桐生の家を訪ねて行ったことがあるそうで、その時、奥様が大層ごちそうを作って下さったり歓待をされた、ということを嬉しそうに書いているんですね。

坂口　木村さんて、眼医者さんの？

関井　そうだと思います。一度しか会ったことがないのに、訪ねて行ったらとても大事にされた、と書いているんです。社会的な枠組の中での個人の尊重ということでなく、もっとこう、ひとりの人を愛したということ、それは安吾が『ハイ・ヌーン』を十数回観たということと同じだと思うんです。十数回観たというのにはびっくりしたんですが。

坂口　よっぽど気に入ったのね。ああいう、何ていうのかなあ、ちょっと情けないけど情けなくないような男の気持っていうのがあるじゃない、どうしても闘わなくちゃならない。ああいうところがきっと好きだったのかも知れない。ああいうゲーリー・クーパーのようなもっさりした感じも坂口にあるし。決してクラーク・ゲイブルじゃあないのよね（笑）。クーパーみたいにもさっとして、体も大きいし。そんな感じがするのかなあ。やっぱり男って、一種の闘う姿勢ってもってるのよね。だからああいうの、好きなのかも知れない。

関井 あの映画のゲーリー・クーパーはウィル・ケーンという保安官の役を演っているんですね。フランク・ミラー（イアン・マクドナルド）という無法者が彼を殺しにくるのを知って、町の人たちはクーパーに町を逃げ出せ、と言うんだけれども、逃げない、逃げる途中で思い返して町に戻り、たったひとりで三人の無法者と闘うところですね。

坂口 そうね。

関井 それは安吾も同じですね、人に加勢を頼まないで自分ひとりで闘ったんですから。だからよけい共感を覚えたんじゃないでしょうか。それに先日も奥様がおっしゃっていたけど、クーパーの顔の感じが安吾に似てるんですね（笑）。

坂口 ええ。何か身のこなし方が似てるというか、そんな感じのところが似てるのね。

関井 無口でね。

坂口 でも安吾は喋るとき、気が向きさえすれば相当お酒飲んで喋るのよね。わりと声のトーンが高くて。

関井 噛んで含めるような、自分を納得させるという喋り方をしますね。

坂口 そうねえ。声の感じなんかはすぐ思い出せるけど、ちょっと言葉で表現するのは難しいわね。

関井 録音されたのを聞いた感じだと、自分を納得させながら人に語りかける、その時々の思いつきで人に語りかけるんじゃなくて、こう、噛んで含めるような喋り方なんですね……。

坂口 「バッカダネー」、というのが入って（笑）。

関井 あれは実感なんでしょうね。

それはそうと、奥様は映画を御一緒に観に行かれたことはずいぶんあるんですか。

安吾愛用の眼鏡、万年筆、自筆原稿　撮影＝坂口綱男

坂口 ときどき一緒に行きました。

関井 桐生の映画館のパンフレットが今も残っているくらいだから。

坂口 ええ、どこかにとってあります。

関井 安吾が映画に対して親近感を抱いているというか、少年時代から新潟ですでに映画をずいぶん観ているんですよね、無声映画を。

坂口 そうでしょうね。

関井 雨の日に学校さぼると行き場がなくて映画館に入っていたらしいですね（笑）。東京へ出て来てもよく映画を観ているんです。無声映画からトーキーへ変わっていった時には、トーキーによって文学なんてものはなくなってしまうんだといっているんですね。

坂口 そうね。

関井 『生きているモレア』というパラマウント映画があるんです。ベン・ヘクト原作のものなんですが、これが昭和十年に日本で公開された時、安吾はこの映画を観ていてこの映画について書いているので、これについて調べてみたんですが、安吾の映画の見方というのは、自分のものの考え方を映画を通して考えてる。この見方には感心したんです。

坂口 それ、誰が主演してますか。

関井 ノエル・カワードです。チャールス・マックアーサが監督をやっています。

坂口　女の人は？

関井　ジュリイ・ヘイドン。

坂口　わたしも何ていう名かちょっと思い出せないけど、昔の人でね、何とかっていう女の人が安吾は好きだったのね、女優さん。柄が大きくって娼婦の役ばかりやる女優さん。

関井　マレーネ・ディートリッヒ？

坂口　違う違う、もっとロマンチックな顔付きした人。たぶんフランスの女優だと思う、柄が大きくて。昔の『映画の友』でも見れば出てくるのよね。

関井　シモーヌ・シニョレみたいな？

坂口　違う違う、だってそれは新しいじゃない、もっと古い人。ディートリッヒの時代と同時代か、あるいはもっと古いかも知れない。『映画の友』をよく二人で見ましたが、時々たしか出ていてね、安吾がこの人が好きなんだ、ってこう言ったことがあるわ（笑）。

関井　でも誰のことなんですかねえ。ガルボみたいなタイプの女優ですか。

坂口　そうかも知れない。ガルボみたいな柄の大きな人だった。フランスの、マリーとか何とかいったかしらね。

関井　フランス映画、アメリカ映画にかかわらず、安吾は外国映画をよく観ているんですねえ。桐生在住の頃が映画を一番よく観ていた時期なんですか。

坂口　桐生時代も良く観ていました。あの頃は前線座でやっていた頃かな？

昭和24年9月、療養のために転地した伊東の海岸で、三千代夫人と

『ハイ・ヌーン』は桐生で観ましたけど。

関井　そうすると、戦前と昭和二十二、三年頃なんですね、その当時は映画が軒並みに日本で公開された時期ですよ。その体験が安吾の文章には生かされているのかも知れませんね。『白痴』の冒頭などは映画のカメラで撮った書き方なんです。『白痴』を初めて読んだ時、これは映画だと思いましたね。でも長い間、安吾がどういうふうに映画を観ていたのかということが分からなかったんです。ところが調べてみると映画は観ているし、浅草オペラやレヴュー、歌舞伎も観ている。それを自分

の文学の血肉にしているんですね、それだけに安吾の映画に対する興味というものに妙に惹かれるんです。

鞄ひとつで何処にでも行ける生活

関井　ところで映画の話はこのくらいにしまして、安吾の生き方は、昭和二十年代の社会ではなかなか理解されなかったと思うんです。そういう状態で奥様と出会えたことで、安吾はほっとした時があったんではないでしょうか。それまでは心安まることのなかった苦闘の時代で、戦後の一時期かも知れないけれど、初めて心安まる時期をもつことができた、と僕は考えているんです。

坂口　そうでしょうか。

関井　奥様が病気をなさって、安吾が看病をしている時期をみますと坂口安吾は実にかいがいしい。まったく新しい体験をしていたんじゃないかと思うんです。『クラクラ日記』を読むと、その辺のことが実によく伝わってくる。当時の社会からみれば、奥様との出会いは破天荒なんだろうけれど。

坂口　そうねえ……当時、戦後まもなくの時期でパンパンというのがいたでしょう。上野や有楽町に有名なパンパンがいてインタヴューした記事があったり、男たちが飲みに行けば必ずパンパンとどうしたなんてことが話題に上ったり……その当時安吾がわたしのことを女房だと言ったり愛人だと言ったりパンパンだと言ったり、いろんな言い方で人に紹介するんですよ。わたしはパンパンだと言われても、なんとも思わなかったんですよ。なぜって、パンパンていうのはある意味じゃ家もなんにもなくて、鞄ひとつで何処にでも行けるでしょ、そういう生活ってちょっといいんじゃないかという気がしていたのよ（笑）。

関井　それは面白いですね（笑）。

坂口　でもまともな人はそうは思わない、あなたはパンパンだって言われてよくぞ黙っていたものだって（笑）。よくも傷つかずにいられたものだととられちゃった。わたしはそれが心外でね、別に本当にパンパンをやっていたわけじゃないし、安吾もそんな商売したと思っていて言ってたわけじゃないんだから。パンパンっていうのはその当時の社会では蔑称ですよね。蔑称ではあるけれども大変な自由さがある、それにそこら辺のことはあんまり言われないけど、アメリカの中に入っていって、日本の女の先兵ですよ。

関井　防波堤ですね。

坂口　そう防波堤。それに、日本人にはないさっそうとした、アメリカ人の、アメリカ的なところに魅かれていたのかも知れない。だってそうでしょ、日本人は皆しょぼくれていたんだから……。

　さっきも言ったけど、非常に有名人のパンパンがいて週刊誌をにぎわしていたりしてましたよね。わたしは当時、一回目の結婚に失敗して離婚して……相手は慶応の学生だったしわたしも十九か二十歳で、ままごとみたいな結婚でしたよ。お姑舅さんがいて、兄と兄嫁がいて、お手伝いさんがいて、大家族の中へ入っていったんです。若くて遊びたい盛りなのに妊娠していたものですから外へも出られず、相手は一人で外で遊び回っていて……つまらないから思い切って帰ってきちゃった（笑）。政治家の家庭で厳格で、もう、鎖につながれてるみたいだった。束縛がいやで離婚したというところもありましたね。で、非常に窮屈な思いをしてきたものだから、よけいにパンパンの自由さというものに憧れがあったのかも知れない。そういうところで坂口に会っているから、パンパンと言われようが平気だったんでしょうね。それに坂口が私をどう考えているかわかりませんでしたからね。

家庭の安心と負担

関井　安吾と奥様は、個人と個人のいい意味での出会い方をしたんでしょうね。当時の社会全体が大家族制の中にある時代に、坂口安吾は実はたいへんなことをいっていると思うんです。僕は今、お話をうかがっていて、安吾にすればパンパンと言ったり、愛人と言ったりするのは、彼の一種のテレだったんだと思うんです……。

坂口　でもね、そういう人と結婚しても構わないという気持も安吾にはあるんですよね。

関井　安吾の考え方からすればそうですね。『クラクラ日記』の中に安吾が奥様にいった言葉が書かれているけれど、要は心なんですね。あの言葉は印象的ですよ。「私くらいお前を愛してやれるものはいないよ。お前は今より人を愛することがあるかも知れないけれど、今よりも愛されることはないよ」なんてなかなか言えない。

坂口　ずいぶんいい殺し文句よね。誰でもバンザーイって感じの（笑）。ただささ、男は最初そう言うかもしれないけれど、すぐにそんなこと忘れっちゃうんだから（笑）。

関井　しかし安吾の外へ出かけて行く在り方は青春時代のそれとは違いますね。青春時代は、外へ出かけても帰らなくてもいい。帰る場所というものがないんですよ。だからユダヤ人のような放浪生活を送っているけれど、戦後の安吾をみていると、家族ぐるみの放浪で、外へ出て行くにしても、安心して出て行っている（笑）。

坂口　帰るところがあるのよね。時々女と、つまりわたしという家族と居て。それもまた安吾には一種の負担ではあったでしょうね。本当は行った先を住みかにするという、それがやっぱり好きなんじゃないのかな。だから三年毎に引っ越しを考えていますものね。

関井　引っ越しが好きというよりも、漂流するのが好きなんですね。

坂口　そう、漂流したいのね。でもわたしにもそういうところがありますね。だから伊東へ皆で一緒に遊びに行ってそこへ住みつくようになったけれども、それをわたし自身、あんまり不自然に受けとめてないんです。

関井　戦後の坂口安吾には、その自分の居場所ももっているという漂流が重荷だったかも知れないけれど、重荷と感じつつも家族を必死になって守っている。そんな感じがします。

坂口　そうですね、重荷には違いなかったとは思うのね。だからこっちもひがんで……だから、たぶん放たれたみたいに外へ行きたかったという気もするんです。

個人を尊重し筋を立てる

関井　最近、田辺聖子さんが毎日新聞で、女性はこれからどんどん離婚せよ、と言っている。これは大変新しい考え方だと思うんです。家のためとか子のためとかという理由づけがまったくなくて。ところがこれは、安吾が終戦直後に言っていることなんですね。ですから最近になってようやく安吾が言っていた世の中にちょっと近づいたんじゃないかという気がする。先程奥様の離婚の話をうかがって、思い切りよく出てきてしまわれたということも、同じことのように思うんですけれど。

坂口　やっぱり好きで一緒になるわけだから、相手にはいいところもあれば未練もあるし、どこかで思い切って手術してしまわないと別れられないと思いますね。

関井　その手術の在り方が個人の自覚をつくっていく、ということを田辺聖子さんは言っているんです。離婚をするということが大事だというのじゃなくてね。

坂口　わたしはこう思うんですよ。人生ていうのは決して自分一人で生きているわけじゃなくて、ほかの人の思惑とか体面とか体裁とかを考えながら生きているのよね。それなしには生きられないものだけれど、本当に自分の欲することをしたい時、逆にそういったものが邪魔になることがあるわけ。今ですら、ああしたいこうしたいと思っても、他人の思惑だのが気になってなかなか思うようにはいかない。ましてや若い頃というのはなおさらなのね、どこで思い切りをつけるか、ものを断ち切っていくか、難しいのよね。

関井　日本の社会は世間や体面に重きを置くけれど、安吾はものをゼロの地点で考えていった人だと僕は思うんですよ。安吾が人間を大切にするのは、裸の人間が分かっていたからなんですね。その気持が人一倍強いから怒る時は激しくもなる。友人に絶交状を出したりまた元に収まったり、まるで激情に駆られているようにドラマチックなことをする。優しいんですよ。

坂口　そういえば家にいつもお手伝いさんをおいていたんですけど、なかには手癖の悪い人が何人かいて、お金が失くなるんです。わたしはおかしいなと気づいて、ある時など盗みの現場をみて、坂口に言ったんですよ。そうしたら、いや、俺がそんな所に財布を置いといたのがいけない、咎めるな、と言うんです。たぶんそのあとやめてもらったのかもしれないけれど、「咎めるな」というひと言が印象に残っています。

関井　その話はとても安吾らしいですね。お手伝いさんを「咎めるな」という言い方が。目につき易い場所に置いた自分が悪いということなんでしょうね。筋を通しているんですね。

　安吾は筋を立て、論理を立てる人で、もの言いがきちっとしてた人だと思うんです。それは税金闘争をみても一貫している。筋の立て方がゆきとどいているんです。

理解者との出会いを一途に望む

関井　安吾は自分自身を探し続けた人ですけど、奥様に対しても自分のことは自分で探せみたいなところがあったような気がするんです。その点はどうですか。安吾との生活は自由で……。

坂口　自由じゃあない。今の若い人の

◀桐生の自宅で、息子・綱男氏と愛犬ラモーと

桐生時代の安吾の書斎と三千代夫人

結婚生活のほうがよっぽど自由よ。わたしはたった一回、実家へ帰っていたために疑ぐられちゃったのよ。そのくせ自分は何日も家をあけて（笑）。

関井　出かけて行っている時は、そういうことは頭に一切ないんですよ。

坂口　ないですね。そのくせ帰った途端にわたしが家に居なくちゃならないのね。

関井　信頼感覚なんですね、安吾の。

坂口　帰ったらすぐ、わたしが飛び出して迎えると思い込んでいるのね。それが居ないともうカンカンに怒っちゃう。

関井　自分の帰るべき場所に帰ってきたのに居ないと安心できなかったんですよ。しかし安吾に家父長的な意識はないですね。

坂口　そういう意識はないわね。

関井　綱男君（安吾の長男）の可愛がり方もそうだけど、安吾は子供ができようができまいが、まったく本質は変わっていない。ただ他者が一人できてびっくりしているんですね。そして父親にはどういうふうにすればなれるんだろうということを悩んでいる。ですから奥様と結婚されて暫くは、女房ができたことに相当悩みながら生活していたんじゃないでしょうか。

坂口　それ、ありますね。結婚するつもりなんて、あまりなかったと思う。一種のさすらい志望みたいなものがあるから、結婚なんてしようと思わなかったと思いますね。それが、わたしは押しかけ女房だし、居座った感じでいつまでも居るわけね。

関井　それが安吾にはまた居心地いいわけでしょう？

坂口　まあねえ……仕方がないと思ったんでしょう。自分でも納得して、人にも女房だと言うようになったんじゃないですかねえ。

関井　戦争中の雑誌を見てましたら、「坂口安吾に結婚の話があり」という一行が出てきましてね、「これは噂の域を出ない」と書いてあったんです（笑）。しかし安吾は世間一般の「結婚」を、考えてはいないと思うんです。それが、奥様と出会えて、結婚を納得したんですね。

坂口　そうかしらねえ。

関井　奥様が病気で入院された時の安吾の誠心誠意の尽し方というのは……物資もないたいへんな時代だったわけですから。

坂口　本当にできるかぎりのことをや

ってくれたわねえ。人をやって林檎とカステラを東京中探してくれたり……。

関井 あの時代にそれは大変なことですよ。

坂口 ええ、ええ。

関井 ですから戦後、奥様と結婚した時が砂漠にオアシスというふうに映るんです。

坂口 それは言い過ぎですよ（笑）。

「おっか様、助けて下さい」

関井 しかし安吾は人に尽すことが好きですね。

坂口 ええ、好きですね。ほめ言葉の上手いことね、あんな上手い人ないと思うな。文学者としてヴォキャブラリーが豊富というばかりではないと思うわね。文章で残っているのを読んでも、そう思いますね。

関井 ええ、上手いですね。ほめることができるということは、人に元気を与えるってことですよね。

坂口 そうですね、自信を持たしてくれる。

関井 安吾というのは人に自信を与える、そういう力を内側にもっていた人でもありますね。人への思いやりですね。あれほどお母さんのことを憎んで心の中で闘い、最後は普通の親子以上に分かり合えるというのは、そういうことだと思うんです。

坂口 だってそれは……お母さんのこと、すごく好きだったんじゃないかなあ。坂口は亡くなる少し前、お酒飲みながら「おっか様」って泣いていたことがあるんですよ。何で泣いたのかは分かりませんが。確か、「おっか様が助けて下さる」とか何とか言いながら、泣いていたような。何か変に心細いところがあったんじゃないでしょうか。人間て、こう、何となく自分の死期が潜在的に分かる、そういうのがあったんじゃないかしら。それと、もっと前、薬の中毒でいろいろとたいへんな時期、ヒロポンなんてやめる時の禁断症状で苦しんだ時かな。そういう苦しさのなかでやっぱり「おっか様、助けて下さい」と言ったんじゃなかったかしら。二度くらい、そう言って泣いているのを聞いているから。

関井 陳情書の中にも命日の十六日がくればおっか様が助けてくれる、と書いている。

坂口 陳情書って？

関井 税金闘争の時に国税局へ出すため陳情書を書きましたでしょう。その中に一行、あるんですよ。

坂口 そんな条り、あった？

関井 ええ。それがとても強烈でね。憎しみを通り過ごしたあとの母親への気持がよく伝わってくるんです。

坂口 でも、憎しみというのは、わたしには信じられないのね。

関井 愛情を求めるから出たということなんでしょうけど。

坂口 そうだと思うの。愛されたい気持が裏返しになって表われたのでしょう。

関井 愛されたいという心の中の葛藤ですよね。本当は母親を独占したかったんですよ。

坂口 それはあったみたいですねえ。

関井 安吾の書いているもののなかに中学時代のこういう話が書かれているんです。ちょうどお父さんが病気で入院するという大騒ぎのあった時ですが、安吾はその時浜辺で寝転がっているんです。家庭教師をやっていた人が海岸を探し回ってようやく見つけて連れ帰った、ということがあるんですね。これも愛憎逆転の逆説で、安吾は父親が好きで好きでたまらない、しかし自分の気持がうまく伝わっていかない、そのもどかしさを屈折したかたちで表現していたと思うんです。そうじゃなきゃ、お姉さん宛に心のこもった手紙を書いたりしてますが、そんなことできないと思いますよ。

帰って行く自分の場所

関井 僕は戦後になってから、安吾が実際に子供が生まれて父としてどうあればいいのか悩み、でもそれにうろたえずに立ち向かうところも優しさだと感じますね。先程の『ハイ・ヌーン』のゲーリー・クーパーさながらなんじゃないですか（笑）。

坂口 まあ、客観的にいえばそういうことかもしれない。女房持つつもりもなかったのに持っちゃったあたり、自分でも驚くでしょうからねえ。子供も、別に欲しいと思っていたわけじゃないから。

関井 ショックだったんでしょうね（笑）。

坂口 そう、ショックなんですよ（笑）。

関井 でも、そこから逃げない。この安吾の姿勢というのはその後も一貫している。それにもかかわらず、安吾は自分の場所に帰っていくんですね。

坂口 そうね、それはやっぱり芸術家だから。もの書きだし、いつも自我に帰っていかなくちゃならないから。ど

んなにそばに愛するものがあったとしてもね。サマセット・モームの『月と六ペンス』、わたしはこれを読んだとき思いましたけど、あんなのは凄まじいと思うけど、やっぱり同じなんじゃないかと。

関井　『ハイ・ヌーン』のゲーリー・クーパーはこの映画に出演していた当時、私生活が混迷していたらしいんですが、これを自分の芸で脱出しています。彼はこの映画でオスカー賞をとったんですが、結局この映画の中で飾らない自分を出したらしいんです。監督のフレッド・ジンネマンもそれを望んだらしくて。そういう原風景が、安吾の心の中にもあって、それがこの映画を何回も観させたんじゃないでしょうかね。『ハイ・ヌーン』を西部劇としては観ていないんです。この映画では人間の弱さをこらえて闘いに立ち向かっていく姿がイキイキと描かれていると思うんです。結婚間もない妻のエイミー（グレース・ケリー）がこんな闘いはやめて一緒に逃げようと言うけれど、一生追いかけられるのは嫌だといって自分一人闘うんですね。

発明、探偵、子供の眼

関井　安吾は家でパイプをつくってますね。安吾のおもちゃ好きということと……。

坂口　そうね、あれもそういうことじゃないの。

関井　おもちゃは子供さんにも買ったりして。

坂口　あの頃、あんまりおもちゃなんて売ってない時代だったから……でも、おもちゃと一緒に写ってる写真が残ってるわ。

関井　物資のない時代に、おもちゃなんて探すのは容易じゃありませんでしたよね。それに安吾は行った先々でいろんなものを見つけ出して家へ送っている。旅行先からダンボールで物を送ってくるということもありましたよね。

坂口　旅行先からのお土産のことね。大きなつづらが届くのね。開けてみると、例えば春慶塗だったら全部それ。長崎からはカステラが畳半帖分くらい大きいのが箱に三箱も。一体どうやってどこへ持って行って食べてもらおうかって思った。行った先々で坂口はお土産を買いたいのよね。

関井　買うのが好きなんですね。その割には衣服には注意が向かないけれど……。

坂口　衣服にはまったく興味を示しませんでしたね。息子も、そうなんです。

関井　一番買ったのは、何だったんですか。

坂口　やっぱり本が多かったですね。歴史の本が多かった。それからお祭りや縁日の夜店で何かこまごまと。ひとつのものに何か執着するということはなかったみたいよ。その時気に入ればそれで良かったみたい（笑）。

関井　それから、望遠鏡をくっ付けたメガネをみつけたり。それと一種の発明意識もあったんですね。

坂口　そうなの。あちこちポケットだらけの競輪用の服、作ってみたり（笑）。あれ、どこにいったかしら。

関井　今も残っているスモックは？

坂口　あれも作ったの。自分でデザインして、あそこは赤にしろ黒にしろとか（笑）。

関井　やはり発明意識が強かったんですね。

坂口　探偵が好きなくらいだから、発明発見が好きなんでしょうね。だから謎解きも好きですし。事実と違っていても、謎の解き方が面白いんじゃないのかなあ。実証精神も大切にして、そんな謎解きにも独特のものがありました。

　大人になると、子供の頃のことは忘れるじゃない。結局、それが忘れないでいられるのね、安吾は。それが子供のまま大きくなって、そのまま大人にならず終いなのか。

関井　大人とはかくあるべし、というような「大人」像というのが安吾には気に入らなかった。

坂口　そう、そう。そういうのがある。

思いやりと女性観

坂口　『明日に向かって撃て』という映画があったでしょう？　あれをもし坂口が観ていたら、きっといいって言うと思うの。まったく悪いという意識はなくて泥棒を職業と考えて天職と思っているのよ。いままでとまるで違った視点から眺めていますね。坂口がこれを観ていたら、感心すると思う。ああいうふうに、すっかり違ったものの見方のできる人だと思うんです。わたし、あの映画のラストの殺されてしまうところまで気に入った。ああいうふうに生きられるんなら、ああいうふうにして死んでもいいと思った（笑）。

関井　それは安吾的だなあ（笑）。

坂口　と、思った。だから、ジャン・ジュネにも相当感動することのできる人なのね。本当に感心していた。だから坂口は、『明日に向かって撃て』にもたぶん同じ感覚で、感心すると思う

昭和54年4月、蒲田の家を訪れた三千代夫人　撮影＝坂口綱男▶

んです。

関井　奥様は安吾と碁をお打ちになった?

坂口　いいえ、とても歯が立たなかったわ。

関井　でも、お相手されたんでしょ。

坂口　いいえ、お相手なんておこがましいものじゃなくて、とうとう馬鹿にされて相手にしてもらえなかったわ。「下手な考え休むに似たり」だって(笑)。

関井　表現が魅力的ですね。

坂口　そうねえ……魅力的な人だった。でも、ほかにも魅力的な人は一杯いると思うし、安吾一人を愛した女《ひと》といわれるのは心外よ。

関井　わかるなあ(笑)。それでいいんじゃないですか。安吾もまたケロリとして同じことを言うんじゃないですか。

坂口　そうね。きっとそう言ったと思う。思いやり!? があるからね(笑)。

関井　人を接待する仕方にもそれがありますね。

坂口　ええ、お客がくるとごちそうしろって。特にお酒の飲めない客だと、「あの人はお酒が飲めないからごちそういっぱい作れ」と。材料を集めるのが大変でした。だいたい、桐生でも伊東でも、食事は家で食べるものだと思って、絶対外食はしませんでした。だから、一緒に外へ洋食を食べに行ったりしたことは数えるほどしかありませんでしたね。

関井　でも浅草に居た頃は……。

坂口　あれはいいんです。向島のわたしの母の家で、仮住まいだから。仮住まいだと外食してもいいんですね(笑)。感覚人間、観念人間なんです。

関井　詩人なんですよ。とてもイメージを大切にする。

坂口　そう、食事はレストランじゃなくて家でするもの、というイメージもってる。浅草の時だけ、外食しました。

関井　浅草は安吾がとても好きな場所ですしね。昔からよく行っているし、周りを気にせずに自由になれた場所でもあったんですね。中学時代から浅草に落語を聞きに行ったり、レヴューを観に行ったりしている。森川信なんて喜劇役者の楽屋を訪ねたりもしてますしね。

安吾はよく男性的な作家といわれているけれど女性を良く理解していた人でもあったと思います。それが『ジロリの女』や『青鬼の褌を洗う女』などに結実している。作品の上でも実生活の上でも、安吾のように女性をよく分かってたという人はそうはいないと思うんです。奥様から考えると安吾はどうですか。

坂口　そうですねえ……例えば安吾が謡曲「檜垣」の老醜の話をしたときに、宇野千代さんが最もそれに驚き、関心をもったという話(「青春論」)など、わたしは今歳をとってみて身をもってよく理解できるけど、安吾にその、女のほんとうに悲しい気持がどうしてわかるのかと思いましたね。それとか、恋愛のことで「終わりがあることを知っている大人は可哀そうなものだ」(「恋愛論」)というのを読むと、うんうんこれこれという感じね。思いあたるんじゃないかしら(笑)。

関井　そんなに奇をてらった表現をしてるわけじゃないんですけどね。

坂口　そう、ごく平凡に言っているけれど、胸にグサッとくるところがあるんです。

関井　「〝青鬼の褌を洗う女、これは君だよ〟と安吾が言った」と『クラクラ日記』にお書きになってますが、本当は褌を洗う女じゃなくて洗い続けた女じゃないかという気がします(笑)。ひょっとすると、洗わされてしまったのかも知れないけれど。しかし安吾は厳しかったんでしょう?

坂口　ええ、とっても厳しい人だと思う。だからあとから考えてみると、一種の修行をしていたような気持がする。結婚生活って、結局夫婦なんていうのは、ふたりの世界があってそれがこわいんじゃない? それぞれ独特の個性がぶつかるのだから。

「僕の書いているものをもっとよく読んでくれ」

関井　安吾はいろいろ本を買ってきて積みあげていたということですが、どんな種類の本が多かったのかおうかがいしたいのですが。

坂口　そうですね、思い出すままに挙げてみると、探偵小説が多かったわね。それから『金瓶梅』もありました。ああいう軟文学も読んだほうがいいと思ってたらしいですね。

関井　バルザックもありましたよね。

坂口　ええ。バルザックは『ウージェニー・グランデ』。それにメリメの『イルのヴィーナス』とか、マゾッホの『毛皮のヴィーナス』とかいろいろありましたよ。海外のものに限らず、尾崎士郎の『人生劇場』などもありました。この本はわたしもこの時に初めて読みました。坂口が買って、積んであった本は、だいたいわたしが読んだんですよ。坂口はとうに読んでいたでしょうから。『アドルフ』というのもあったわね。探偵小説もずいぶんあったような気がします。それまでわたしが読んだことがないものが、とにかく多かったわ。探偵小説なんて、江戸川乱歩しか知らなかったし。

「親があっても、子が育つんだ」(「不良少年とキリスト」)

関井　安吾の考えていたのは、乱歩とは違う世界の探偵小説ですからね。

坂口　ええ、そうでしたね。

関井　安吾の好きになる本をみていると、登場人物が涙を殺しながら生きているものや、突き放して書いているものが多かったように思いますね。『生きているモレア』という映画も、主人公が涙というのを馬鹿にして、徹底的にものを冷ややかにみているんだけども、最後には涙というものを非常に大事にするという映画なんです。それは『ジロリの女』や『花妖』の登場人物にも感じます。メロドラマにしかならないようなものでも、安吾が書くとメロドラマにはならない。『街はふるさと』にしてもそうですね。

坂口　そうね、ならないわね。

関井　それから、安吾は原稿を書き上げると、必ず奥様に見せていましたよね。

坂口　原稿を、夜中に起こしてまで読めとは言いませんでしたけどね。編集者に渡す時に読むか、誰それという編集者が来るからその時渡してくれと、わたしのところへ原稿をもってくるから、その時読むとかしていました。別に読んでくれと言われるわけじゃないんですよ。だけど、亡くなるしばらく前かなあ、「僕の書いているものをもっとよく読んでくれ」っていわれた。……ぞっとするというか、ぎょっとしましたね。

関井　その時奥様はどう答えたんですか。

坂口　あの時はポカンとして……なんにも言えなかったように思います。だってそれは、もっとよく理解しろということでしょう。ただ怖かった。

関井　それは信頼ですよ。「もっと読んでくれ」と言うのは、安吾の切実な気持だったんでしょう。

坂口　ええ、でもわたしは怖いみたいだった。なかなか怖いところがあるのよね。だからわたし、死なれたあとに二度と結婚しようとは思わなかった(笑)。

関井　しかし安吾は死んだあとのことについてとやかく考えた人じゃありませんよね。

坂口　どうでもいいのよ、死んだあとは。たぶんそうだと思う。でも世間の人はそうは思わない。ああいう人の女房だから、身持ちをよくしてね(笑)。そんなこと、関係ないんですよ。こだわる人じゃあない。「死」というものがどういうことだか識っている人だから、そんなことというわけがない。そういうことを、いつも身近に考えた。そこから考えというのが出発するんでしょうね。

関井　安吾はいつでもゼロから考えたんですよ。普通は死ぬのが怖くてうろたえるんでしょうが、安吾のデスマスクはいい表情でしょう。僧侶が死ぬ時の入寂《にゅうじゃく》の顔をしているんです。まさに入寂していると思うんです。

坂口　そうですね、……でも死ぬのは悲しいことですよ。

関井　あれだけ人の心の中に強烈なイメージと何かを語りかける姿を残す人は、そういないと思いますね。

坂口　今でも坂口の本をあれこれ読み返してみると、あ、これコレ、この一行! って思うことがありますものねえ。一人で相槌を打ったりしてね。

『狂人遺書』――裸の心理通

関井　綱男君のことは、何かお話しになりましたか。

坂口　あまりよくは話し合わなかったんですけど、ただ「豊かに育てたい」とは言ってましたねえ。物心両面とも豊かに、ということじゃないでしょうか。やっぱり、人間ていうのはたいへんなものだから、将来のことを心配していたようですね。神仏に頼って守ってほしいという気持があったと思うの。だからわたしは『狂人遺書』、これは家族や自分の子供に対する気持を書いている気がします。あの秀吉の、敵にまでも頭を下げて頼んでいる哀れな気持、あると思うな。

関井　秀吉が家康の五人の衆に切々と頼むんですね、「お頼み申し上げ候五人の衆よろしう申し上げ候」と。

坂口　そう、そう。自分の気持を書いてると思うんです、秀吉の気持と重複してね。

関井　そこがまた安吾の歴史小説の面白いところなんですよね。ものごとがよく分かっていた上で感情移入しているから。

坂口　ええ。また人間心理がよく分かったうえで歴史小説を書いているから、面白いんじゃないですかねえ。一種の謎解きというか、人間心理の上から探偵小説的な見方が坂口にはできる。

関井　そうですね。人間通なんですよ。そこが小林秀雄と違うところなんです。彼の場合は教養が人間通と一緒になっている。安吾の場合は、裸の人間通だから、人間を透明に見てしまう。だから二人の対談（「伝統と反逆」）を読むと、まったく相反しています。

精神上の同志

関井　それでは奥様の少女時代のことをうかがいましょうか。以前うかがって、安吾のことを考えると非常に興味深かったんです。大阪へ行きましたでしょ。

坂口　わたしは子供の頃、大人の考え方がわかると思っていたような、非常にませた少女だったの。お祖母ちゃん子でね、母もそれを望んでいるような気がして、親元を離れて大阪の祖母の許へ行ったんです。

関井　それはどのくらいの期間？

坂口　四歳から小学校へあがる前まで。それに小学校も一学期行っただけでまた大阪へ行って三年生まで。先生が怖くて物蔭にいつも隠れているような子で、またすぐ大阪へ戻ったの。幼稚園なんて、やっぱり十日くらいしか行かなかった。これはもう血統で、綱男もそう。

関井　社会になじめない一家（笑）。最初の結婚は、どういう経緯でそうなったんですか。

坂口　もう妊娠していたから。そうなったらもう、相手と結婚しなくちゃならないと思い込んでいたのね。

関井　そういう時期を経て、個人というものに目覚めたわけですね……。それは、安吾の辿ってきた道と似てませんか。

坂口　そうですかしらねえ。

関井　安吾もまた、束縛がいやで苦しんだ人ですね。少年時代の安吾をみていると、家のために精神的に苦労しているところに安吾の人生の出発があるんです。『てのひら自伝』で、新潟に居た間は自分で自分の人生を創っていない、東京へ出てきてから自分の人生を創ったんだ、といっているのは、そのとおりという気がします。だから、安吾と太宰の家のことを比較して論じることは、僕はあんまり意味がないと思います。安吾は両親や兄弟をとても大事にしていますし。ただ、昔の社会が大事にしたようなし方でそうしてはいない、ということなんですね。

坂口　確かにそうですね。

関井　僕は奥様も同じように思うんですよ。

坂口　自分では分からないですけどね。

関井　それだから、あまり結婚しようなんて思ってもみなかった安吾が、結婚生活に入っていけたんですよ。重荷を感じることがあったとしても同じような考え方をもっている人間同志でないと、一緒には暮せないと思いますよ。

坂口　うーん、どうかな。

関井　結婚前後から安吾の作家活動というのは実にめざましいものがあるんですね、これも「同志」を迎えて自分が元気づけられた結果と思うんです。安吾の創作のイメージの補強になっているんです。

坂口　坂口のものに対するこだわりのなさというか、自分の持ち物を決めたりしないから、そういうものにとらわれたことがない。その点で坂口の気分的なものが好きだったということで……坂口自身の、ものにとらわれないというのは天下一品ですからね。

　同志と言えばね、『紅楼夢』とか『平妖伝』の話をした時、ほんとうに気が合ったのね、楽しかったわあ。今ならともかく当時はね、ああいう荒唐無稽な話を面白がる傾向はなかったのね。そんな話をする相手がいなかった。初めてそんな話を一緒にできる人に会った。嬉しかったあ。

関井　それ、実感じゃないですか（笑）。安吾もそういうところがあったんですよ。

坂口　でも、わたしは押しかけ女房だから、しょうがないナと思って安吾は結婚したんじゃないの。

関井　いや、結婚を考えてもみなかった安吾が結婚するにあたってこだわっていたのは、自分自身の心ですね。だから押しかけられないと安吾は受け入れられなかったんですよ。

坂口　四角四面にプロポーズしたりはしそうもない。そんなお体裁、しきたりにはこだわる人じゃないから。やっぱり坂口は、わたしじゃなくたって押しかけ女房ね（笑）。

（『ユリイカ』一九八六年一〇月号）

III

淪落の光景

安吾追想

坂口安吾を悼む

●判りきったことをいうが……

石川 淳

第一に、何も書きたくない。友達が死んだからといって、あわてて書く馬鹿もない。第一といったが、これには第二はないのです。しかしこれは談話筆記ということなので、坂口君の霊前にささやかな花を一つ捧げるという程の気持で何かいうことにします。

○

これ程の人物は、僕の知っている限り、一人も居ない。之は現存の人を含めてそういうのです。

人物を書くと言うことは、小説で書く他ないでしょうが、坂口君は小説的表現に直ぐのって来て呉れるような奴ではない。それに、僕は今坂口を小説に書こうなんぞと言う商売気は毛頭ないのだから坂口が如何に凄い奴だったかと云うことは、僕が凄いと言っただけであとは諸君が想像し得る限りを想像して下さい。只、如何なる諸君の想像をも超えるような人物が坂口だと思って居て下さい。

僕が初めて坂口に会ったのは、何時頃だか勿論僕は知らない。況《ま》して坂口が知っている筈はない。此の人物には、また我々のつきあいには時間はないのです。と言うことは、坂口と言う人間が時々刻々に生きて居たということに他ならない。これが芸術家の生活論理です。

僕が坂口と言う友達について何か言うとすれば、どうしても断片的なことになる。坂口に会った時、恐らくそれが初めてであった時に、僕は前から知っている人間であったような気がした。

この気がすると言うことは、一片のレトリックで気がしたのでなく、元から知っている人間だった。その証拠には、その後坂口に会う度毎に、こいつは元から知っている人間なんぞという甘い人間ではなくなっていた。

実は、こんなことを言ってもしようがない。こういう架空な人格が、肉体をとってあらわれたような不埒な奴について、人間の思い出なんぞと言う情無いものは、何の役にも立たないと言うことを、痛感するだけだ。

坂口と言う人間が、言葉の正確な意味に於いて具体的な芸術家なのだから。それについて具体的なことを言おうとすると何も言わないにひとしくなる。もし諸君が坂口についてアネクドットを欲するなら、諸君がそれを作って下さい。僕は諸君の創作の面倒を見ている暇はない。

戦争中、どの戦争でもよいが、町を歩いていて、坂口に逢った事がある。坂口でなければ、こんな奴はいないと一目でわかる男だ。いつでもそうだが、戦争中のことだから、どうしても酒を呑むということになる。ところで、その時、酒が巷に湧いて出るはずはなかった。

「本当の倫理は健全でないものだ」（「デカダン文学論」）

しかし、坂口と僕と逢ったということは、すでに、白昼の奇蹟なのだから、酒なんぞという人工の品物を湧き出させる位のことは造作もない。但し即座に巷に酒を作ってみせるという大神通は坂口のものである。二日二晩位、ぶっつづけに飲んだが、どうして戦争中これ程豊富に物資があったか不思議であった。これは俗物の感想である。酒なんぞはいくらでも湧いて出るものだ。僕は任意に酒という言葉を使ったが、これはつまらない言葉だ。他のどの言葉でもいい。これも諸君の趣味にまかせる。

恐らく諸君が聞きたいと思っている事で僕の絶対に言わないことがある。それは坂口が先年、別の世界に暮していた時のことだ。そうでなくとも、坂口は別天地の人物なのだが、それが諸君の眼にはっきり別世界に行ったとわからせてしまったのは僕としては坂口の芸のやり損いのようにも思うし又、坂口の大サービスの精神の表れのようにも思う。これについては僕はいろいろ言いたい事があるのだが、又それ故に何も言わない。僕はこの話については諸君に絶望を与えるだろう。即ちこれは諸君に有難すぎる位の希望を与えたということだ。こういうことを芸術家のサービスという。

熱海の大火（二十四年四月）の時、僕は熱海に居て火事を避けて、伊東に行ったが、その時、伊東駅のプラットホームで坂口に会った。僕は火事を、いや、火事に似たもの一般を見ると言う興味はないから、火事の現場から直ぐに引き揚げて来たのだが、その同じ電車に当時伊東に住んで居た坂口が乗って居たのだ。これはどういうことか。実に簡単なことだ。坂口は火事と聞くと直ぐに伊東から車に乗ってわざ〳〵熱海迄実地見聞に出掛けたのだ。

それが僕と同じ電車で帰って来たと言うのは、火事が終ったからではない。もっとよく火事を見ようとしても、警察と野次馬とが無礼にもこの芸術家の観察の邪魔をしたからだ。観察という言葉を使ったが、これはそういうなまやさしいものではない。それでは坂口を探訪小説業者にしてしまう危険がある。坂口が火事を見に行ったのは、実に単純に野次馬精神だ。あの野郎に限って、観察なんぞという低脳文士の真似をする筈がない。しかもおかしなことに、当人は大真面目で火事を観察したような錯覚を持って居たようだ。こういう馬鹿野郎みたいなものが、一般に芸術家の性格の部分である。恐らく、芸術家が大衆とかいうものによびかけるのは、この部分のしわざだろう。

　競輪とか税金とか、僕はよく知らないが、それに似たことで坂口は何か発言して居たようだが、結果的には、世間では坂口がけんかに負けたように誤解しているらしい。しかし、けんかに負けるのは、芸術家の本分ではないか。坂口が負けるのは、分り切ったことだが、当人は勝ったつもりで居たようだ。僕は極めて公平な見方で言うが、あれは絶対に坂口の勝ちだ。坂口程の芸術家が、勝ったと言うのだから、それが人生に於て勝ったということだ。教訓。諸君も又いつも自分が勝ったのだと思いたまえ。只、諸君がそう正しく主張するためには、諸君も少くとも坂口程度の途方もない馬鹿な生活者でなくてはならない。

　一寸《ちょっと》坂口文学のことを言いましょう。

　僕の言うことは、只一言「白痴」が傑作だと言うことだ。傑作と言った以上、註釈は要らない。これは戦前戦後と言うようなことではなく、明治以来、文学史的には、二葉亭の「浮雲」からかぞえていくつというものだ。勿論、これまた公平な見方だが、「白痴」の方が「浮雲」よりもいいと言うことはことわるまでもない。こゝで批評家に当って見せることはないが、「白痴」が如何にいゝかと言うことを納得させてくれるような批評家が、一人位居てもいゝだろう。

「白痴」の次に、坂口は「外套と青空」と言うものを書いた。その当時、坂口は自分でこれは「白痴」よりもいゝと言っていた。坂口ほどの芸術家になると、批評家に余計な手数をかけないで、自分で先の先迄しゃべってしまう。そゝっかしい奴が居れば居たものだ。こういうことを芸術家の不幸な宿命という。

　ところで、これは僕の不公平極まる見方で言うのだが、「白痴」と「外套と青空」とどちらを買うかと言えば、僕は「白痴」を買う。これはどうしても売買の「買う」と言う言葉を使うほかない。即ち、俗物の眼を以てする判断である。坂口は、如何なる読者をも皆俗物にしてしまう魔法を心得ている。僕は坂口が生きて居る間、何一つ当人の為になるようなことをした覚えはないが「白痴」の読者として、俗物になってみせるのは、僕が坂口に対する只一つのサービスかも知れない。ということは、若しかすると、「外套と青空」の方が、「白痴」よりも、傑作だと言うことになるのかも知れない。まあ、当人がそう言っているのだから、諸君もたまには作者にサービスしてそうだと思ってもいゝでしょう。いや、こうなると行きがかり上、僕ははっきり言う。どう間違っても、「外套と青空」の方が、「白痴」よりも傑作に違いない。

　坂口の伝記の中で、最もはつらつとしているくだりは、当人が伏見の碁会所の二階に居候していた時のことだ。しかし、坂口は文学上の現在の位置としては、いつでも伏見の碁会所の二階に居た。これが芸術家の位置のエネルギーと言うものだ。そこから、坂口は運動を始めた奴だ。坂口の作品は、今後もなお運動し続けるだろうが、やんぬるかな、当人の身体は既に亡い。しかし位置のエネルギーとしての坂口安吾は、永遠にすべての芸術家の生活の中に立っている。

　坂口が近ごろ書いたものの中で、僕が感心したものが一つある。「真書太閤記」だ。これは完全に浪花節だ。ところが、これは同時に言わなければいけないが、絶対に浪花節ではない。実に単純なことです。浪花節を書いても、坂口のような芸術家が書くと、気の毒な位に浪花節になってみせない。これは大変なことです。そうよりほか、言いようがない。語をくだせば即ち違《たが》うとはこのことです。

　今朝（二月十七日）僕が寝て居るうちに檀一雄君から電話で坂口の訃を伝えられた。その直ぐあとで、多くの人から感想を求められたが、いゝかげんにしろ、感想なんぞあるわけがないじゃないか。

　太宰が死んだ時は、これは自慢して言うが、僕は一寸泣いた。坂口が死んだと聞いて、僕は恥ずかしい程涙が出なかった。これを誇張して言えば、からからと呵々大笑とでも言うところだろう。たゞし、註をつけて言うが、呵々大笑ではない。これだけ言えばわからない人でもわかったような気がするだろう。それが坂口の死の殆ど具体的な印象と言うものだ。つまり、心臓を持っていない人間でも、心臓がどきりとしたような気がするだろうと言うことです。

（談）

（『別冊文藝春秋』一九五五年二月号）

坂口安吾

檀一雄

坂口安吾が生まれたのは明治三十九年（一九〇六年）十月二十日。新潟市西大畑町である。十三人兄妹の十二番目で、長兄坂口献吉氏は、現在ラジオ新潟の社長であり、新潟日報の会長でもある筈だ。

安吾の本名は「炳五」と云ってヘイゴは丙午に音が通じるから、ヒノエウマ生まれの五番目の男の子と云うぐらいの意味合いであったろう。

お父さんの仁一郎は憲政会の総務をやっていた代議士で、もう一、二年永生きしていたら、加藤内閣か、若槻内閣に入閣していたろうと惜しまれた人である。また詩をよくして、五峯と号し森槐南の高弟であった。著書に「北越詩話」がある。

安吾自身は、「なーに、オヤジは中どころの政治家さ」とうそぶいていたが、相当の豪傑であったらしく、大安寺にあるその墓地に行ってみると、高さ五尺ばかりの墓石には、戒名も本名も記されていない。遺言によって、ノッペラ棒の細長い墓石だけが立てられているだけである。

安吾のジイ様の代には、米、大豆、麦の入付があらまし二千俵程もある大地主であった。

だから、その一門には相当の豪傑も輩出したらしく、例えば何代前かのジイさんは、或時国上山に良寛を訪ねていって、歌を唱和したり、半日の歓をつくして帰ってきたと思ったら、

「ありゃ、ナマグサ坊主だぜ」

そんなことを云っていたそうである。

また、どのジイ様かは、花火を打上げることがバカバカしく好きで、寒中、雪の中でもボンボンと花火をうちあげる。

年がら年中、自分の家に食客を置いて、その食客をひき連れながら、馬に乗って新潟の遊里に遊ぶ。剣を取っても相当な腕前であったらしく、自分で一派を開いて「神道無念流坂口派」を称えていたそうだ。また詩文をよくし、碁も二段であったと云うような話が残っている。

私は何も、安吾が、とりたててこれらの血筋を曳いていると云ってみたいわけではない。ただ、幼年の安吾の耳が、自分の祖先達のさまざまな伝説を聞いて、なにほどかの愉快な反応を呈したろうとほほえましく想像するだけである。

安吾だって冬の花火は大好きな筈だ。食客は年がら年中たえることがなく、その食客をひきつれて、大盤振舞い、あっちこっち飲んでまわるのは、安吾の終生やめられなかった生活の気質である。

金の使い道を税務署から問いつめられれば、

「右から左、右から左……。それっきりですよ」

とだけ答えてあとは黙る。いくら税務署だって「右から左」だけじゃ困ったろうが、安吾にしてみ

れば、事実、右から左、右から左で、ほかに答えようはなかったろう。

安吾と云う人は、まったくの話、金銭にふれるのをおそれおののくあんばいに、ドカドカと右から左、右から左……、通過させていた。いや、ひょっとしたら人生そのものを、ドカドカと大模様に右から左、右から左と、通過させていたようなものかもわからない。

ケチが美徳か、「右から左、右から左」が美徳か、私は知らない。おそらく生活を持続し、再生産する為には、ケチでなくてはならないぐらいのことなら誰だって知っていよう。しかし安吾と云う人は、人間のまぎれのない姿だけを知り過ぎていたから、人間から派生する、もろもろの従属物……、金銭であれ、いかがわしいその時々の義理人情、こんなものは木ッ端ミジンに粉砕して、右から左、右から左に、押し流していたのである。

さて安吾も人なみに八歳で新潟尋常高等小学校の一年に入学する。

手のつけられないあばれん坊で、毎日学校から帰ってくると鞄は玄関に抛り出し、そのまま、まっ暗くなるまで帰ってこない、ガキ大将であった。

少年時代から特に文章がうまいというようなことはなく、屋根裏にかくれて立川文庫を愛読し、猿飛佐助のマネをして、いきなり壁にかけ上がってはひっくりかえりかけ上がってはひっくりかえる有様であったと云う。

十四歳。新潟中学校に入学。この頃からそろそろ安吾自身で云うところの「偉大なる落伍者」の生活がはじまるのである。

学校には殆ど顔を見せない。お天気の日は、学校をサボって、自分の家から防風林の松を抜け、砂丘の上の午砲台の辺りで、ボンヤリと海を見ている。「海と空と風の中に、ふるさとと愛を感じた」と安吾自身が語っている。

雨の日には、学校の隣りのパン屋の二階に寝ころがって、終日天井を眺めくらしていたらしい。いや、自分のやり場のない心熱の行方を見つめてでもいたようだ。

十六歳。学校を落第する。家では心配して家庭教師をつけてくれたけれども、相変らず学校に精を出す気配はなくて、海辺のあたりをうろついているだけだ。砂丘の下にひろがる日本海の波と、空と、風を眺めくらしているらしい。

学校の方は又候、落第の気配であり、二度落第すれば、放校と云うことになるから、父の仁一郎は、安吾を東京に移し、豊山中学の三年に編入させた。

この時、新潟中学校の机の蓋の裏に、「余は偉大なる落伍者となっていつの日か歴史の中によみがえるであろう」と小刀で文字を刻みつけ、そのまま新潟を去ったと云われている。

豊山中学に転校してからも、相変らず学校をサボることはやまなかった。しかし、野球、水泳、陸上競技等の運動に熱中し、野球はピッチャーをやり、ハイジャンプではインター・ミドルで優勝した。

ここまではまあ、月並な不良少年のコースと大して違いのあるものではないだろう。

しかし、後に安吾の精神生活の基盤をつくったところの、広く深いネガの部分は、大きな映像となって、安吾の全身全霊に大きく焼きついたに違いない。

その一つは家だ。

安吾の郷里の辺りを廻ってみると、その親戚の大ていの家が、バカデカい雪国特有の家である。

そこに並べられている家財道具は、何百年か何十年か知らないが、家の亡霊のように重苦しくのさばりかえっている。

安吾が後にくりかえし、

「家なんて、実にいらないもんですよ。三畳か四畳半の部屋一つあれば沢山だね。厭になったら、いつでも、ハイ、さよなら、ハイチャーと何処へでも引越して行けるぐらいの家でなくちゃ」

昭和28年6月、新潟五智浜で檀一雄（左）と

と語りつづけていたし、実行してもいたのは、安吾の生い立ちの背後にそびえていた巨大な家に対する復讐でなくて何だろう。

「自分の身辺には実用以外の何も置かない」

とは安吾のはげしい悲願であった。

ここらでちょっと、安吾のくらしざまの大あらましを書いておくが、終生、家などと云う馬鹿げたものをつくらなかった。いや、一度私がすすめて、石神井に三百坪ばかりの土地を買おうとしたことはある。テニスをやりたがっていたからだ。その三百坪の土地いっぱいにテニスコートを作り、そのテニスコートの守小屋のあんばいに、十畳一間だったか、十二畳一間だったか、造ろうと計画していたことはある。

「檀君。板の間の十畳に、グルリと造りつけの腰掛を取りつけておくだろう。それだけで実に充分なもんだよ。そうだ、便所だけは水洗でなくちゃいけないね。汽車便式に、男女共用一つだけあれば結構だけど……」

実現はしなかったが、まあ、これが安吾の家に対する究極の理想であったと考えても差支えないだろう。

貧乏作家の時なら別だ。

月収五十万あったか、百万あったか、流行作家の絶頂の時である。

服装だってそうだ。随分と永い期間、安吾はどこへ出かけるのにも、ドテラと浴衣だけで通していたことがある。

夏は浴衣一枚、冬はその浴衣の上にドテラを重ねるだけである。フラリと風のように私の家などにやって来て、急に暑くなってくる時なぞ、懐にしまい込んだ手拭を取り出して、盛んに汗を拭きながら、

「ドテラと浴衣の生活が一番いいけどね、暑さ寒さの変り目の時だけがちょっと困りますよ。まあ、朝晩冷え込めばドテラをつっかけるし、暑くなってくれば、脱ぎますがね。こんなあんばいさ」

　愉快そうに笑いながら、そのドテラをおもむろに脱ぎ捨てるのである。

　その安吾を、私の死んだ女房がびっくりして見守った揚句、

「偉い人ね。でもこわーい」

　と云っていたことを覚えている。

　これもまた安吾の悲願のあらわれだ。紋付だの、羽織だの、やれ袴だの、モーニングだの、ヒトが着用している分には、やさしく見過ごしてやるが、自分はもう、蛇蝎をでもうちかけるようなおそれかただ。

　そのドテラと浴衣が、流行作家の絶頂の頃には、「安吾服」と云う奇っ怪な制服に変っていた。その云い分はこうだ。「檀君。君、そんなポケットの五つも六つもついているようなへんてこりんな背広なんてよしなさいよ。君、人類の進歩を知らないね。僕が一つ安吾服を寄附するよ。着なさいよ。いいもんだよ」

　そう云って仕立て上がったばかりの安吾服を着用に及んでみせた。

　いやはや、服地は格別の上等かも知らないが、アメリカの作業服と、日本の大工のドンブリと二ツつなぎ合わせて仕立て上げた奇妙なキテレツな服である。

「君、知らないね。背広のように無駄なポケットを五ツも六ツも着けとくから、金をどこに入れたんだか、名刺をどこにしまったんだか、煙草がどこなんだか、まるきりわからなくなって、ヤミクモに、あっちのポケットを探してみたり、こっちのポケットをかきまわしてみたり大騒ぎさ。つまらん話ですよ。これを見給え、これを……」

　そう云って、安吾は胸から腹にかけて、大きくふくらみをつけたドンブリ風の大ポケットを私に自慢する。

　何のことはない。カンガルーが突っ立ったあんばいだ。その大ポケットの中に、煙草を三ツ四ツ、ライターを入れ、金を入れ、御叮嚀にウイスキーの角瓶迄もねじ込んで、

「いいもんでしょう。何の心配もいらないね。ここさえ探しゃいいのさ。あとは原稿用紙と鉛筆をこんなふうにつっこむだろう。これで世界中どこを歩いたって何の不自由もしませんや、檀君にも献納するから、すぐに寸法をはからせよう。服屋を呼びなさいよ。服屋を……」

　と奥さんに命じるから、私は大あわてで辞退した。

「君、バッカだね。これを着たら、颯爽たるもんですよ。頭がよくなる。智慧がこんこんと湧きますよ。作りなさいよ」

「いや、またにしますよ。またに……」

　と私が答えると、

「人類の進歩を知らないね、進歩と云うもんを……」

　安吾はその安吾服のポケットからウイスキーを抜きとって、大酒をくらいながら、又候、安吾服の自画自賛になった。

　しかし、当の安吾がこの制服を着ているところは一、二回見たきりで、そのあと、またただの背広にノータイ姿だったから、

「安吾服はどうしたの？」

　と聞いてみたら、

「アハハ、ポケット一つって云うのは、あんまり具合のよいもんじゃありませんや」

「どうして？　恰好が……？」

「いやー、そうじゃないですよ。原稿料があっちこっちから入るでしょう。それをみんなドンブリの中につっ込んどくとね、残らず女房からさらわれる。やっぱり、ポケットが五つ六つあるとね、その一つから、どこかの原稿料を抜きとると、もうそれで女房は安心するらしいんだね。別のポケットにちゃーんと残ってますよ。第一、自分でも、自分の有金がみんなわかってしまうって云うのは淋しいもんですよ。五つ六つポケットがあると、まだどこかに残ってるような心の余裕がありますね。アハハ、その為に考え出したんじゃないか、背広のポケットと云うヤツを……。どうも数が多すぎると思ったが、昔の偉いヤツは、ちゃーんとやっぱり見通してるね」

　そう云って、安吾は巨体をゆすぶりながら笑い出すのである。

　後にまた、安吾がウンと云うのを制定して、着用しているのを見かけたが、これは、昔のドテラを、

昭和27年1月、三千代夫人の実家（向島の料亭）で

丸洗い出来るように、ちょっと簡便に改良しただけのことだろう。

安吾服はとうとうその後使用せず、夏はアロハ、冬はノータイ、背広の着流しであった。

つまり安吾は、家とか、家財道具とか、さまざまの衣類とか、まして書画骨董だとかが、自由人の足腰をさらって、その心情を曇らせる仇敵だと云うきびしい戒律を持ちつづけた。

いつだったか、その安吾の部屋に、大きな日本画がかけられていたから、

「ほう、珍らしいものがありますね」

と云うと安吾は照れ臭そうにその画を見上げて、

「O君の妹さんのとこから来たんだよ。おろすわけにもいかないし、誰か、大切に貰ってくれる人、ないもんかね？　オレは持つがらじゃないからさ、気の毒ですよ、この画に……」

悪いことを云ってしまったと、私は安吾の思いやりに感服したことがある。

衣食足りて礼節を知るの反対で、安吾は屋敷や、家財や、衣類なんかが集ってくると、人間の心情は忽ちにして曇る。これを生涯の戒律にしていただろう。簡便と実用を眼目にして、全生活を能率主義にあんばいしたかったにちがいない。

これは、「阿賀野川の水は涸れても坂口家の金は涸れない」とその昔云われた大きな家の古さから、脱出して、安吾流の人生をしっかりと手にとりたい悲願に他ならない。

このお父さんの坂口五峯は、森槐南とも親交のあった程の漢詩人だが、安吾は自分の親父さんが著名な漢詩人であったなどと云うことを、オクビにも出さず、無学な風来坊のふうに、自分を装って、ちょっと舌を噛むような文字は全部カタ仮名。文章も安吾流の能率主義に按配して、気取った虚飾をことごとく剝ぎとってしまったわけである。

では安吾は無学な落第坊主であったのか。とんでもない。落第坊主は豊山中学を卒業する二十歳までのことだ。

お父さんの仁一郎が安吾の十八歳の時に死ぬ。その財産を整理してみたところ、五万か十万ぐらい残るかと思ったら、反対に十万ばかりの借金が残っていた。

「学問が嫌いな奴は大学に行っても仕方があるまい」とハタも思い、自分も思って、二年ばかり小学校の代用教員をやった。

その頃から、安吾の、瞑想的な、独断的な、はげしい求道心が頭をもたげてくる。はじめはそれが、宗教に対する漠然たるあこがれのような形で現れるが、次第に、それがヨガの行者のような超人的な行や求道をやってみたいと云う願望に変わる。

とうとう二十一歳の春に、小学校の代用教員をやめて、東洋大学の印度哲学科に入学した。

さて、それからの安吾の勉強ぶりはすさまじかったらしい。一日、睡眠四時間の生活を一年半もつづけ、メシを喰う時と、風呂に入る時以外は、ことごとく読書にあてている。過労から極度の神経衰弱にかかったようだが、その神経衰弱を、梵語、パーリ語、チベット語、フランス語、ラテン語等を勉強することによって、克服したと語っている。

これは誇張でもなんでもなく、当時の書簡類が残っていて、

「僕の不断に勉強していることは、君が忍術で僕の部屋にひと月姿をかくしていればよくわかるのだが……」

と或る友人に書き送っている。

同時に東洋大学に在籍のまま、アテネ・フランセに通学して、モリエール、ヴォルテール、ボンマルシェ等の作品を熟読した。

当時を知っている友人はことごとく、精神的な高貴さと威厳が溢れるような、その頃の安吾の風貌を語っている。

しかし、この頃また、

「オレは思い切ってデカダンな生活に飛び込もうとする烈しい一面が欝屈していることに気がついた。この力はやがて全身を焼きつくすかも知れない。恐らく近いうちに奔放な放浪性を帯びた生活に転げ込むのだろう」

と、或る友人に手紙を書き送っている通り、安吾の生涯の放浪に向かって、文字通りダイビングの姿勢に移る。

丁度その頃のことだ。安吾は九段の祭りに出掛けて行って、サーカスを見たらしい。一人の少女が落馬して、馬の片足が顔にふれた。鮮血がほとばしる。一人の男衆が馳けよりざま、荒々しく少女の手を引摑んで、引っ張り起こす。少女は引き起こされて立ち上がり、幕の裏へ馳け込んだが、その少女の顔に、自分の未熟に対する自責の苦痛があった。

「無情も、この時は、清潔だった。落馬する。馬の

片脚が顔にふれる。実に、なんでもない一瞬だった。怪我などは考えられもしないような、すぎ去る影のようなたわいもない一瞬にすぎないのなら、顔一面にふき出している鮮血は、まるでそれもなんでもない赤い色にすぎないような気がしたものだ」

　これは安吾が、その時を回想した文章だが、その直後に、安吾は突然曲馬団の中に自分を入れてくれと嘆願しにいくのである。本気になって、曲馬団の一員になろうと決心するわけだ。

　少女に対する感傷ではないだろう。実に、このなんでもない、過ぎ去る影のようにたわいのない曲馬団の見世物に、自分の全身全霊をかけて、習練してみたいと思い立ったに違いない。

　人は笑って、その過ぎやすい影を見守っている。しかし、演ずる当人は、足の爪先迄、練磨し習練して、その曲芸をやってのけねばならない。

　これが後々まで、安吾が繰り返して宣言する、奉仕の精神なのである。

　そうして安吾はその曲馬に一生をかける気で、本気で入団を申し込んだわけである。

　話が少しわかりにくくなってきたから、女の話に変える。

　安吾がしょっ中語っている言葉だが、

「私は女がタスキをかけるのは好きではない。ハタキをかける姿などは、そんなもの見るぐらいなら、ロクロ首の見世物を見に行く方がまだましだと思っている。部屋のゴミが一寸の厚さにつもっても、女がそれを掃くよりは、ゴミの中に坐っていて欲しいと私は思う」

　そのすぐあとに、

「女は娼婦の様に振舞わなくてはならない。女は娼婦の様に自在でなくてはならない。女はしかし、その娼婦の時にすら、自己を犠牲にする」

　これほど斬新に語られた人生論はないだろう。

　そうして、

「真実の娼婦は自分の陶酔を犠牲にしているに相違ない（中略）それは我々の仕事にも似ている。真実の価値あるものを生むためには、必ず自己犠牲が必要なのだ。人のために捧げられた奉仕の魂が必要だ」

　こう云う女を安吾は自分の安吾人生の中に設定して、女とともに、自分の自由人としての覚悟を鼓舞したわけである。女と云うものはタスキなどかけて、女房と云う鬼になってはいけない……一寸のゴミの中に坐っている女の方がいい……女は娼婦のように自由でなければならない。……そうして、そう云う真実の娼婦は、陶酔の瞬間迄、自己犠牲が必要なのだ。

　安吾はこう語って、自由な男女の極限の理想を語って聞かせるわけである。

　ここでちょっとつけ加えておくが、安吾と云うペンネームの由来について、鵜殿新氏が面白いことを伝えている。この前も書いた通り、安吾の本名は炳五である。炳五はヒノエウマの丙午に音を合わせて、かたがた五番目の男の子と云う意味あいでもあったろう。勿論、炳は炳乎としての炳である。

　実は三年まで安吾が学んだ新潟中学に、通称「河馬」と呼ぶ勇ましい漢文教師がいて、そのカミナリ教師が、

「おい、坂口炳五。貴様の炳五の炳は、アキラカと云う意味の文字だぞ。ところで、貴様ときたら、まるっきりその逆だ。坂口五峯先生の息子ともあろう者が、そんなことでどうするんだ。今からは炳五をやめて、暗吾にしろ、暗吾」

　こう云って黒板に「暗吾」と大書したそうである。もちろんのこと、教室の中はワッと湧きかえって、それから後は、みんな坂口炳五を「アンゴ、アンゴ」と呼びならわすようになったらしい。

　安吾はその「アンゴ」の音をかりて、易々と自分のペンネームに転化したわけだろう。ペンネームと云うよりは、早くから自分の呼び名に変えてしまっていたらしい。

　二十歳頃の書簡の中に、既に安吾の署名がハッキリと見られるのである。

　この逸話も安吾の人柄を語っていて、非常に面白い。どうでもいいのだ。人の呼び慣わすところを易々と自分の名前に転化する。本来、名前なんかと云う奴は、ただの符牒だと云うことを、安吾ほど正確に知っているものはなかったろう。

　坂口安吾の背丈は、はっきりと記憶しないが、五尺六寸余りはあったろう。体重は二十貫前後か。その堂々たる巨体が、蓬髪をふり乱しながら歩き過ぎる姿は、さながらタンクが驀進するようであった。

　その昔、三好達治氏が安吾を評して、

「坂口は堂々たる建築だけれども、中へ這入ってみると畳が敷かれてない感じである」

「むごたらしいこと、救いがないということ、それだけが、唯一の救いなのであります」(「文学のふるさと」) 撮影＝中村正也

と語ったそうだ。その意味するところが、何であるかハッキリとはわからないが、安吾と会っていると、その人柄のなつかしさとは別に、空漠荒涼の感じに吹きさらされる心地がする。

「まったく、お寺の本堂のような大きなガランドウに一枚のウスベリも見当らない。（中略）土足のままスッと這入り込まれて、そのままズッと出て行かれても文句の云いようもない。どこにも区切りがないのだ。ここに下駄をぬぐべしと云うような制札がまったくどこにもないのだ」

　と安吾自身が、その三好達治氏の語ったと云う噂話に答えて書いているが、そんなものかもわからない。

　安吾の本来の性情は、どはずれて人なつこく、また、友誼に厚かった。人間なにものかと云う安吾のつきつめた思考と模索の果てに、安吾が形成した人格は、この言葉の通り、吹き抜けるガランドウの様に巨大で荒涼たる大堂宇の趣があった。

　何ものも受け入れる。何ものも通過するがままだ。

　ここに堕落論が生まれ出る寛容で厳粛な人間是認のひびきがこもるのである。

「ももとせの命ねがはじいつの日か御楯とゆかん君とちぎりて。けなげな心情で男を送った女達も半年の月日のうちに夫君の位牌にぬかずくことも事務的になるばかりであろうし、やがて新たな面影を胸に宿すのも遠い日のことではない。人間が変ったのではない。人間は元来そういうものであり、変ったのは世相の上皮だけのことだ」

　と安吾自身が語っている。

　堕落論が繰り返し語っている言葉の本旨は、

「あなた達が失ったと思っているものは、はじめっから無かったものなんです。そういうまやかしの妄想を捨てて、早く人間の平常心に帰りなさい」

　と云うだけの、たしかでやさしい慰安と激励の言葉であったろう。処女と云うものが何であるか……。貞節と云うものが何であるか……。そのまぎらわしい妄想を捨てて、人間本来の姿に立脚しようじゃないか。何事もそれからのことだ。と安吾はやさしく語っているだけのことである。

「特攻隊の勇士はすでに闇屋となり、未亡人はすでに新たな面影によって胸をふくらませているではないか。人間は変りはしない。ただ人間へ戻ってきたのだ。人間は堕落する。義士も聖女も堕落する。それを防ぐことはできないし、防ぐことによって人を救うことはできない。人間は生き、人間は堕ちる。そのこと以外の中に人間を救う便利な近道はない」

　これ程おだやかに諄々と語られた人間是認の凪模様の文章を私はほかに知らない。

　安吾が生涯を賭けてかちとろうとしていたものは、おそらく人間の自由と云うことだと私は思う。云い換えてみるならば、この人体と云うもろい、朽ちやすいものを、明々白々に諒解して、その上に、まぎれのない自由人の人生を樹立してみたかったのであろう。

　だから家は、フラリとやってきて、フラリと住みつき、また厭になれば、

「ハイ、さよなら、ハイチャー」

　といつでも移動出来るだけの間借りで結構。着るものはドテラと浴衣。

　これは生涯、安吾が貫ぬいた、安吾人生の根幹である。

　安吾と云う人は、その純潔の故に、思い立ったとなると決して事をぐうたらに終らせない。徹底苛烈に実行に移して、まるでヨガの行者そこのけの荒行になるのである。

　自由人の生活は簡便と実用を旨としなければならない。という安吾人生の戒律が生まれるとするだろう。すると、ことごとくの生活を簡便な能率主義によってあんばいする。この場合、間違っても簡素倹約を建てまえとしているのではないのだから、金銭は相変らずドサドサと右から左、右から左。金銭が人の足をとり、心情を曇らせる、大きな魔ものであると云う考えも安吾の同じ人生観につながっているのだから、まるで悪魔をでも手にとるように、金銭もまた木ッ端微塵に粉砕して、天地に四散させなければならないわけである。

　濫費癖と云うよりも、金銭に足を取られるな、人間の心情を曇らせられるな、と云う意味合いの方が強いから、無いときは無いでまた実にさっぱりとしたものである。

　人に無心することを、極端に嫌う性分で、おそらく、黙って水ばかり吸っていたことが再々であったろう。

　いつだったか、私に、

「檀君、半生の借金の苦しみが、とうとう胃の腑にきちゃったよ」

　大きな腹のあたりを撫でさすりながら、しみじみ

「この一枚をもって私の写真の決定版にする」(「机と布団と女」) 昭和21年、酒場〈ルパン〉で 撮影=林忠彦

とそんなことを語っていたのを覚えている。

生活のことごとくは、簡便、実用を建て前としていたくせに、安吾その人はおそろしく苛烈な精神主義者であったことを見逃してはならない。

まことに東洋の哲人の面影があった。

そのはげしい精神主義が、社会の万般にまぎらわしくのさばっている、あらゆるデクノボウ、虚飾に向かって突撃して行くから、或る時は破戒僧の面持を呈し、或る時は、類い稀な聖僧の面持を呈するわけである。

ところでだ。安吾が決意したさまざまな安吾人生の掟があるだろう。

バカデカイ無駄な家と云うものを持つな、だとか、着るものは浴衣とドテラで充分だとか、或はまた、安吾服一ツあれば世界中何の不自由することも無いだろうとか……。これらはまあ、かりに不自由を感じることがあったとしても、事は生活の便益の問題だから、出来事にともなう自然の報復があったとしても、安吾独特の愉快な大哄笑に終ればすむ。

ところで、安吾が実行しようとした、安吾人生の実践は、こんなまやさしい出来事に終らない。

男女の愛情の問題にまで徹底させる覚悟でいたことは明白だ。

いや、おそらく徹底されていた。

「女房という鬼になるな」とは、彼が愛する人に、絶えず語り聞かせていた言葉に相違ない。

「男がするものなら、女もまた、仇心、遊びと浮気はやってみてもいいだろう」と同じ公正な純理論から、安吾はその愛する人にも絶えずつぶやいていたに相違ない。

いや、事実、或る年のクリスマスに、その愛する女性を二日三日、町の中に遊ばせてやっている。安吾が愛情の中にまで、自分の純理論で打ち立てた人生観を徹底させようとする時に、その報復はもとより覚悟の前であった筈だ。彼は、彼の創立した安吾人生を徹底的に実践することによって、もろもろの永い人間の生活から、申し分のない報復を受けることを期待した。

その報復の上に、自分の孤独を、永い人間生活の中に浮んでは消える茶番のように、際立たせてみたかったのであろう。

「生れなかった子供」と云う安吾の哀切な一文を読んで見給え。安吾の次第に苦しげな戦闘の表情はわかるだろう。

安吾の愛する人は、繰り返し、それが安吾の子供であることを私達に打ち明けてもいたし、事実、そうであったに違いない。

しかも、安吾の純理論は、それが安吾の子供でなくとも、何も問うところではない、と言う人生観を強行しなければならない立場にあったと、私は思う。

この文章の末尾にある、安吾の凧模様の声を聞くがいい。

「女房よ。恋人の名を叫ぶことを怖れるな」

私はあえて凧模様の言葉と言った。安吾自身、その愛する人が、安吾でないほかの男の名を呼んでいた時に、

「しかし、親しい人のウワゴトを聞くのは、切ないものである。うなされるとき、人の子の無限の悲哀がこもっているのだから。断腸の苦悶もこもっている。そして、あらゆる迷いが」

と書いているのである。

自由の堅持！　安吾の純理論がいかなる報復を受けても、その罪を他に転嫁することは出来ない筈だ。

ここに被告と検事が全く同一の人格であって、その論告が、人類史上の最も苛酷な裁判より苛酷であるというようなバカなことがあり得ようか？

ところでそのバカなことが安吾という人格の中では常住起こり得たのである。

安吾は安吾人生という壮大な信条に則って、卑小で女々しい安吾自身を間断なしに論告させていた。

その論告によってかもし出される警抜な悲喜劇を、思い切り愉快な哄笑に変えていた。

その哄笑ははじめのうちこそ、愉快な響きをあげていたが、次第に沈痛な、やりきれぬほど孤独な、空漠の響きに変わっていった。

私はここで安吾の愛情問題が、安吾を破局に追いつめたなどと言っているのではない。ただ安吾流の壮大な仮構人生が、人間の永いもろもろの生活の集積から、申し分のない報復を受けたと言ってみたいのである。

いつだったか、私の家が差し押え処分の通告を受けた時に、安吾に相談をしてみると、

「ああ、そいつは檀君。しめたもんだよ。家が差押えになるだろう。つまり国家が買いとるわけだ。いくら政府だって、そこに住んでる者は追い出せませんや。そうなると君、家賃の公定価格と言うことになるぜ。一畳百円か二百円の家賃を払えば、一生住

めるわけだろう。こんないいことはありませんや。家を自分のモンだなんてケチな根性さえ棄ててしまえば、何の不都合もないよ」

慰めたのか激励したのか知れないが、そんなことを言っていた。

私は、大安堵で、なるがままにうちまかせてみたところ、やがて家の買受人と言うのがやってきた。お陰で税金の三割増の金額で買い取る破目になり、大あわてにあわてたことがある。

まだ、安吾の『負ケラレマセン勝ツマデハ』の税金闘争がはじまっていない前のことであったに違いない。

人生万般、安吾の意気込みはざっとこんなあんばいの無手勝流であったから、例の税金闘争が珍無類の様相を呈したことに不思議はない。

金銭の用途に関して訊かれた時に、

「右から左、右から左。ただそれだけですよ」

と言う言葉は安吾にとっては、どう変えようもない真実の表現であったに相違ないが、税務署にしてみたら、困ったろう。

税務署を相手どって、安吾人生のあり方を堂々、百五十枚にわたって解説した、『負ケラレマセン勝ツマデハ』も、結局安吾の多くもない身辺の道具と、重大な書籍類を、ことごとく公売に附されてしまう結果になったばかりである。

私は、税金闘争があらましどのように進展したか知らないが、或る日、安吾を安方町に訪ねていって、その異様な変貌にゾッとしたことがある。

目は空漠を見据えている。ひっきりなしに洟水を垂らしてちり紙で拭っては捨てる。ジンとアドルムを交互に飲んで、その陰鬱な声はブルブルと周りにふるえるのである。

足の裏に巨大な灸をすえていて、その灸が半分化膿しかかっていたことも覚えている。

「こいつは効くね。檀君、天元の灸だよ」

安吾はそんなことを言って笑っていたが、その空漠な笑い声は、まるで陰惨な天地の悪霊を呼び寄せるように感じられたものである。

そう言えば、太宰治にも、同じような、沈鬱にのめり込むような時間があった。しかし、太宰の場合は、女々しく泣く。それに体力が雄健でないから、あばれると言ってもたいしたことではない。

安吾の場合、並はずれた膂力だから、ハタで押えようがないのである。

これが安吾の戦後第一回の鬱病の発作であったろう。

そのまま安吾は、尾崎士郎氏のすすめに従って、伊東に引越していった。

光と、海と、空は、安吾のふるさとだから、鬱病の発作は、幾分鎮まったようにも感じられた。

その昔、自分の鬱気をサンスクリットや、パーリ語や、フランス語の勉強によって克服した自信もあってか、安吾は自分の仕事をへらして、身心の健康をはかるなどと云う心得がまったくない。

頼まれれば、相変らず徹夜で、一晩に七十枚、八十枚を書き飛ばしてみたり、揚句の果ては、大酒をくらって、アドルムやセドリンを掌一ぱいあおると云う有様だ。

昭和二十六年の九月。謂うところの競輪事件がはじまった。私はその是非も知らないし、どのようないきさつで、安吾が事をはじめたかもわからない。

安吾が競輪を愛好するに至ったのは、おそらく、読売のA氏や、福田蘭童氏のすすめにでもよったのだろう。あとで福田氏の話を聞いてみると、

「あの事件は、僕がおだてたんだね」

そんなことを云っていた。いずれにせよ、安吾は単身伊東をのがれて、五反田、小石川辺りを転々した揚句、私の家に難をさけたわけである。

静かな同居人であった。朝から晩まで机の前に端座して、私が一晩徹夜して二、三十枚書き飛ばす時には、安吾は四、五十枚、綺麗な鉛筆の文字で、サラサラと原稿を書き終っているのである。

偶々、静岡の地方裁判所から呼び出しがあって、是非とも安吾が出頭しなければならないから、私は護衛代りに、私の弟も同行させて、出掛けていった。

車は、タクシーなど、敵に買収される危険があり、どうしてもどこかの自家用車を借りてくれと安吾が云うから、私は、文藝春秋の佐佐木茂索氏に懇願して東京八八八八と云う自動車を廻してもらった。

さて、静岡からの帰りがけが大変であった。安吾の云い分によると、

「君、八八八八などと、人目につきやすい。どこかからバスを借りてくれ給え。バスだ、バス」

「そんな危険、ぜんぜん無いと思うんだけど」

と私は何度も云ったが、安吾は頑として聞き入れない。しかたがないから、私は熱海のバス会社に電話して、一台のバスを借り切った。安吾と私と弟の

三人で乗り込むのである。

十国峠を越えてゆく、はじめの間は、バスの座席に正座していたが、そのうち、バスの床に身を投げ出す。車が後から追い越すたびに、まるで敵襲をでも受けた兵士のように、その床の上にはいつくばった。

私は安吾が感じている身辺の恐怖がただごとでないことに気がつくのである。

洋服は泥まみれだ。運転手はけげんな顔で振り返る。それでもようやく熱海のうなぎ屋「重箱」にたどりついて、バスを返した。

文藝春秋から廻してもらった「八八八八」の方は、直後、坂口夫人と犬の脱出に使ってもらうことに頼んでおいた。

「重箱」にたどりついても、安吾のおびえはおさまらない。人の足音を聞くと、押入れの中に身を隠したり、金剛杖を振り廻してみたり、日頃、豪気で闊達な安吾を、何物が喰ってしまったのであろうと、安吾の異常な風貌を眺めやりながら、私はいぶかしい気持が押え切れなかった。

さいわい、暮れてくるのと一緒に、尾崎士郎氏が、かけつけて来てくれた。

私は繰り返し、

「ここに尾崎さんもおりますよ。坂口さんもおりますよ。私もおります。仮りに、どんな馬鹿馬鹿しい暴力団があらわれたって、この三人を襲撃するとなったら、日本的な事件じゃありませんか。そんなことはあり得ないし、もし、あったら、それこそ僕らも奮起しがいがありますよ」

繰り返しそう云ってみたが、安吾の妄想は払いにくいようであった。

むろんのこと、何事も事件は起こらない。安吾と夫人と犬は、私の家に安着するのである。

しかし、安吾の鬱気は去らなかった。私の家にやって来ても、絶えず、襲撃者の幻影におびえてか、五尺何寸の杖か金剛杖かを振り廻している。

しかし、いったん機嫌が上向いてくると、驚くほどの饒舌であり、快活であり、私の子供の当時五歳の次郎が、安吾の巨大なライターをつけるのを喜んで、

「ヤー、次郎君はうまいや、ライターをつけるのが」

そう云って、吸いたくない煙草を無理に点火させていたことも覚えている。

しかし鬱気がこうじてくると、素っ裸になり、私の家の芝生の傾斜面をゴロゴロと血まみれになって転げながら、

「まだ檀君。トンボ返しぐらい打てるんだよ」

そう云いながら、芝生の上を、身ぐるみもんどりを打って見せるのである。

その揚句の果てに、

「おい、三千代、ライスカレーを百人前……」

「百人前とるんですか?」

「百人前といったら、百人前」

云い出したら金輪際後にひかぬから、そのライスカレーの皿が、芝生の上に次ぎ次ぎと十人前、二十人前と並べられていって、

「あーあ、あーあ」

仰天した次郎が、安吾とライスカレーを指さしながら、あやしい嘆声をあげていたことを、今見るようにはっきりと覚えている。

これらの安吾の乱心が、何に起因したものであるか、くわしくは知らない。原稿もあったろう。それらの苛酷な仕事に伴なう、アドルム、セドリン、ヒロポンなどの乱用もあったろう。

税務署問題あり、競輪問題もあったろう。しかし、その大根は、安吾その人が突貫していった人間のバカバカしい見せかけだけの人情、道義、虚飾……、これらとの壮烈な差し違えに起因しているに相違ない。安吾はこれらの見せかけだけの気質、道義、人情をことごとく解体して、その果てに、安吾流の人生を、未開の規模に創出する熱願に燃えていた。

死の前年の夏であったと思う。私は安吾と信州から越後にかけて、十四、五日の間、一緒にうろつき廻ったことがある。大変な旅だった。自動車をぶっ飛ばして、上高地に抜ける。かと思うと、深夜鈴蘭小屋に強行する。

宿は転々。飲酒酩酊して、揚句の果ては、筑摩警察のブタ箱にぶち込まれた。

ちょうど、その留置場から出て来たところで、安吾は、綱男君の誕生の電話を聞いた。

「やーやー。とうとう生まれちゃったよ。オヤジがブタ箱から出て来たところを、生まれる子はちゃーんと知ってやがる」

この時の安吾の一息ついたような微笑の表情を忘れない。乱心の果ての、素朴で正確な覚者の表情を忘れない。

（『週刊現代』一九六二年三月四日・一一日号）

旧い友達

田辺茂一

私が文章を書き始め、その文章をいち早く読んで、賞めてくれたのは、坂口安吾である。嬉しかった。その恩は、今でも忘れられない。

坂口安吾ときくと、旧い友達だなあ、と思う。さいきんは、旧い友達が、無暗となつかしい。尾崎士郎、高見順、坂口安吾と、天邪鬼のようだが、私にはそういう旧い友達たちだけが、私の考えている作家たちだと思う。

昨今の流行作家は、私の性に合わない。

元へ戻るが、私は安吾を生涯の恩人と思っていたので、数年前、安吾忌にことよせ、紀伊國屋ホールで、坂口安吾フェスティバルというのを催し、講演や寸劇をやり、彼を偲んだ。

三船敏郎、中島健蔵、檀一雄、巌谷大四さん達にも、手伝って貰らって、賑やかであった。

未亡人や一粒種の成長した綱男君も出席して、遺影のパネルの前で、挨拶などして貰らった。

生前の安吾さんとは、数えると数回の出会いしかなかった仲だが、それでもイキナリ、うまが合った。男が男を知ると云っては、大げさだが、お互いに語らずして、有無通じた。

一番印象的で、記憶にあるところでは、安吾さんは、群馬桐生の田舎で、春二月、亡くなったのだが、丁度、その五十日ぐらい前、つまり前年の歳末、私は桐生の家を訪ねた。

用件は、簡単に云うと、喧嘩の仲裁のためである。たしか協同出版社だったと思うが、そこの社長が、安吾と喧嘩をし、その結果、安吾さんが印税に判を押さない、そこで出版もできないというウワサを耳にして、私はノコノコでかけたのである。

上野からでかけ、知らない桐生の土地であったが、きくとすぐわかり、玄関をまたいで、すぐ用件を云うと、安吾、なかば含羞で、カラカラと笑い「そりゃ悪かったネ、もういいよ、貴方が来たんじゃ、仕様がない……」

つまり、それで解決したのである。

それから座敷にあがり、「まあ一杯」ということで、時間を知らぬ酒盛になった。

お互いに若いときだったから、いくらでも飲んだ。

若い夫人が、赤ちゃんを抱いていた。それが、一子の綱男君だったのである。

だいぶおそくなってから、私は同伴の彼女を思い出した。前夜、銀座の酒場で、明日は桐生に、高名な坂口安吾を訪問する予定だが、一緒に行かないか、と誘った彼女である。

仲裁に女づれではと遠慮して、駅前の喫茶店に待たして置いたのである。

「あっ女がいたんだ」私は思い出して、思わず声に出した。

それから、慌てて彼女を呼びに、使いを出したりした。

安吾が云った。

「士郎さんが泊った宿屋へ、案内するよ……」

坂口家を出て、安吾さんが武勇伝をふるったという酒場に案内され、そこでしたたか飲んでからのことである。

だいぶ疲れたので、私は同伴の彼女に、

「もう汽車がないからね……」と説得したが、ナカナカきいれない。

「始めから計画的だったのでしょう」と云うのである。

安吾さんも、説得してくれたが、彼女は容易にいうことをきかない。

「明朝一番で帰る」という。


バスの東京便が一番早いという。そこで漸く彼女が納得し、宿屋へ同伴した。

むろん、蒲団なんか敷かせないのである。つまらない前後だが、私には、ちょっと壮絶の夜であった。

東京便のバスが大利根の鉄橋を渡るとき、前夜の残りの月が、淡く見えた。


（『カイエ』一九七九年七月号）

「私は誰。私は愚か者。私は私を知らない。それが、すべて」（「私は誰」）

彼は誰?

坂口綱男

父は私が生まれる前から小説家で、私が物心付いた時にはすでに他界し、私は作家の遺児とか忘れ形見と呼ばれていた。

昭和二十八年八月　作家坂口安吾の長男として群馬県桐生市で生まれる。

昭和三十年二月十七日　群馬県桐生市にて　作家坂口安吾　他界する。

毎年二月十七日の父の命日に「安吾忌」と呼ばれる父を偲ぶ会が催され、私は遺児の綱男君として集まった人々に紹介される。

私が七つくらいの頃、当時のテレビで遺児と呼ばれる言葉の前には必ず戦争という言葉がついていた。日曜の朝のテレビ番組では、硫黄島やガダルカナルなどの太平洋戦争の実写の実録番組を毎週やっていた。

以上の事柄を、子供ながらに推測すると、私が遺児と呼ばれるのは戦争遺児の短縮形で、あれだけ沢山の人の前で遺児として紹介されるのだから、父は太平洋戦争でかなり華々しく散ったのに違いなく、戦闘機乗りなら隊長、戦艦なら艦長クラスの人物だろうと思った。

七～九歳までの我が父は、まさに血沸き肉踊る私のヒーローだった。

父が戦死でないことに薄々気づき始めたのが、小学校三年の終わり頃だと思う。母から父の死因が脳卒中と聞かされ「ノーソッチュウ」が病名で、何だか間抜けな響きの病名なのでがっかりした。

それでは私の父は何者なのだろう。

家にある「坂口安吾」と書かれた背表紙の沢山の本が父の作品で、その本を書いた小説家だとわかったが、小学生には手におえる代物ではないので、いつか読もうと思いながら中学生になった。

私の記憶は、十歳ぐらいからしっかりしている。父の法事にして父の友人たちが大挙して集い大酒を食らい熱く語り合うイベントの「安吾忌」では、彼の友だった人々が酒宴で私を呼び付け酒臭い息で熱く語る。

暴動の首班、留置、税務署との闘争、大酒と薬で暴れる、犬屋との喧嘩。

檀一雄、石川淳、田辺茂一といった面々が、そんな話をした後で、「お前のオヤジは凄くエライ奴だったんだぞホーヤ」と付け加える。

これじゃまるで盗賊の頭の慰霊祭みたいで、わが父の大アウトローぶりを誇らしく思うほど、こちらは子供ができていなかった。

アウトローな小説家の父とはいったい何者なのか、小学生の論理を越えて困惑し謎は深まる一方だった。

中学生になって文庫本で「坂口安吾」を少々つま

み食いするが、「太宰治や芥川龍之介のほうが読みやすいね」などと言って、母にいやな顔をされ、さらに徳を積み精進せねば安吾は理解できない旨、諭され、またしばらく父を忘却する。その間にも、私にとっての「安吾さん」がらみの事件は次々に起きていく。

　母が安吾との半生を綴った『クラクラ日記』を原作とした、連続テレビドラマ「クラクラ日記」をテレビで見るや。コミカルに、しかしかなり凄まじく脚色された藤岡琢也さん扮する我が父の生きざまを見て、果たしてこんなムチャクチャな人が世の中に存在し、さらには己のルーツであるとは、何と因果な家に生まれたものかと、ただただ唖然とした。

　ある日、三島さんが私の家の近所で腹を切って死んだ。

　これは私の家の目と鼻の先で起きたこともあって、ものすごいインパクトのある事件だった。事の詳細は理解できないのだが、首謀者と父がまんざら知らない仲ではないらしいと言う事を大人の会話から聞き、謎のアウトロー作家の正体はさらに混迷の度を増した。

　おもえば二歳に満たないうちに父を亡くし、亡くなった父に翻弄される幼児期を引きずりつつ今に至ってしまったが、悪いことに、亡き父に出会う機会は最近になってさらに増えている。

　ただ彼の息子であるがために、講演を依頼されたり、こうして、ついうっかり原稿を書くはめになっていると、あがいている私を見て、謎のアウトロー作家の安吾氏はニタリと笑う。

　それにしても死して四十年余り、いまだに私の思考の中に現れ煩わすとは、たいした人だ。

（世田谷文学館「坂口安吾展」図録・一九九六年四月）

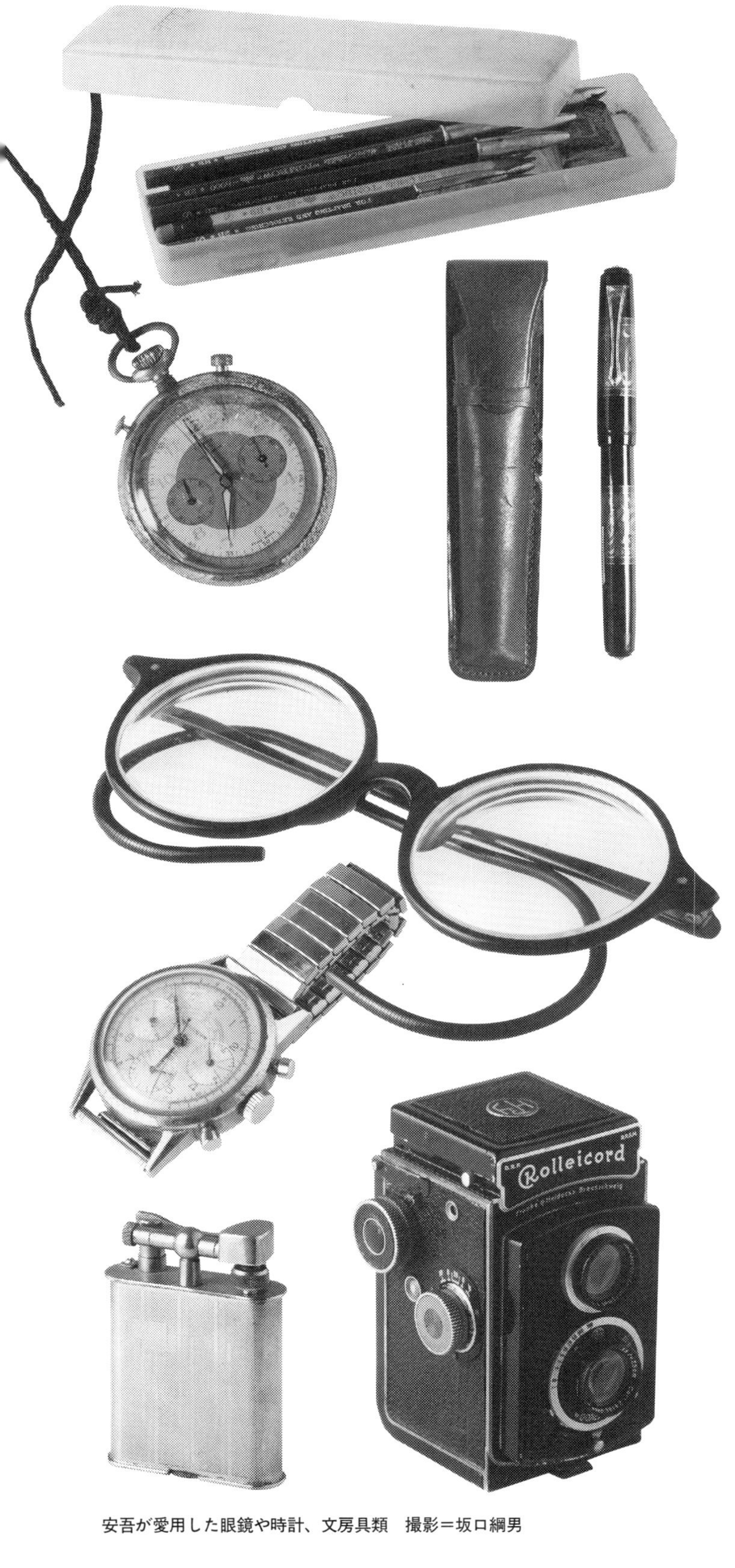

安吾が愛用した眼鏡や時計、文房具類　撮影＝坂口綱男

Ⅳ

坂口安吾を語る

坂口安吾と中上健次

山口昌男

「安吾はわれわれの『ふるさと』である」という新刊『坂口安吾と中上健次』（柄谷行人著。太田出版刊）の中で、安吾のテクストはまだほとんど汲みつくされていない「可能性」として活きている。

中上健次が安吾を意識していたことを示すのは『夢の力』（講談社文芸文庫）の中に収録されている「空翔けるアホウドリ」と「ファルスの光線」という文章である。

中上は安吾を尊崇する余り、安吾を話題にして酒を飲むと「きまって悪酔いする」と云う。尤も、いつでも悪酔いはするのだが。郷里（新宮）の高校の先輩と酒を飲んで先輩が安吾の悪口を云ったので喧嘩になった話に触れて「エンジャクイズクンゾ、コウコクノココロザシヲシランヤ」と書きつける。私の記憶ではココロザシヲエンヤであるがそれはどちらでもよかろう。梁塵秘抄の「アソビヲセントヤウマレケム」と共に中上が時々引く、最も好きな二つの古い表現である。

中上は安吾の「白痴」を例に取って、安吾が第二次大戦下に起った日本という国土の終末的状況を肯定的に描いた点に注目する。

> およそ、考えられるかぎりの乱脈な生活者、淫売から人殺しの満州老人、妾から肺病息子、近親相姦から気違いまでのここは、〈破壊という巨大な愛情〉がふりそそがなくとも、充分〈破壊〉されたところであると言ってよい。安吾はわざわざそこを、「白痴」の舞台に選んだ。

このように「どん底」より一そう底（中上は「奈落の底」か又は「絶対零度」と呼ぶ）を安住の地にできる人間の状態に希望を託そうとする決意のようなものを、中上は強調する。

> 生れて、生きて、死ぬ、それが人生の意味だと言った人がいるが、「白痴」の主人公伊沢が、アメリカ軍による空爆につぐ空爆で知ったものは、単純な生存の方法以外のもの一切、人間の衰弱のもたらしたものだということである。

これは中上による安吾のメッセージの怖しい解釈である。文化というのは随分多くの混乱を捲き起して来た言葉である。文化は人間の衰弱の産物というのは途方もない割り切り方である。従って「文化人」という表現がいかに滑稽なものであるかということを安吾も中上も知り過ぎる程知っていた。十年前ならこうした申立てはひね者の反語的表現と受け取られていたが、今日では何のてらいもない直截的表現と受け取られるようになった。見落してはいけないのは、安吾も中上も、そうした「素晴らしくまっとうな」地点が文学及び芸術の（「なぜだかわからない。なつかしさで一杯になる」）始発の地点であると信じて疑わなかったことであった。中上は強調する。

> 長いこと、安吾の「堕ちよ、生きよ」というあの呪文を私は、自分一人のお守り札のように首にぶらさげ、心に刻んできたが、つまり、堕ちるところ、生きるところとは、ここだ、この場所だ、

と思うのである。……この場所から離れ、この場所を、われわれはかくしてしまったのである。

ここに中上の市民社会批判が始まる。きれいごとの市民社会が厳しい眼に曝される。市民社会の生活は「すべてが嘘だ」と全面否定の対象になる。

ついで中上が論じるのは安吾の小説及び批評の復権についてである。

中上の要約による安吾の小説の世界は、私が一九七四年『文化と両義性』で現象学を援用して象徴的な周縁世界について語ったところと重なる。中上は書く。

安吾の小説からまず感じることは、世の中から疎外されたもの、抑圧されたものの、復権というやつである。白痴、気違い、淫売、近親相姦、山賊、サンカと思われる男等である。

こうした人間たちの姿について言及し、中上は、「しかし、いったいこれはなんだろう。ことごとく、一定の熱を帯び力を持っている。すっくと、胸をそらして立っている。実にまっとうである。」

安吾の小説について、中上は、「人物は、氏素姓、出所来歴を問われない。……氏素姓をさぐるのは小説家の衰弱だと言っているように見える」と書く。四国巡礼から連れて来た白痴、「夜長姫と耳男」の耳男、「桜の森の満開の下」の山賊を中上は例に挙げる。続いて上田秋成の「樊噲《はんくわい》」の主人公について触れる。この主人公は安吾の小説の登場人物ではないが中上が深く心に留めた存在で、別に独立して扱っている故、少し後にもう一度取り上げる。

とにかく「樊噲」は短篇のはじまりに、若者宿で、夜山上へ行って登ったという印を残して来れるかと挑発を受けて、「それ何事かは」と反撥するところから物語がはじまる。「桜の森の満開の下」も攫《さら》った女の口にはしない「それ何事かは」をばねに首の蒐集に狂う山賊と、蒐められた首で人形芝居に興ずる女の物語を紹介したあとに梁塵秘抄の「遊びせむとや生まれけむ」の一句を引用し、ふと、こんな歌がきこえてこないだろうかと云う。

「それ何事かは」という心意気に無頼の本質を見、そのまま日常世界の現実の境界を踏み越えて行く安吾の小説の主人公が形造る、芸術形態としてのファルスについて語る。

坂口安吾は昭和六年五月創刊の『青い馬』第一号（岩波書店）に「ピエロ伝道者」と、昭和七年三月の同誌第五号に「FARCEに就て」を発表した。この二つのエッセーは、互いに深く繋っていて双生児のような関係にある。更につけ加えればジャン・コクトーの「エリック・サティ（訳及補註）」を飜訳した。コクトーの著書は「雄鶏とアルルカン」が原題で、安吾の飜訳は戦後原題で刊行された。昭和六年は私の生れた年である。奇しくも「ピエロ伝道者」「FARCEに就て」飜訳「エリック・サティ」が出たのは私の生年の昭和六年であったことになる。「FARCEに就て」は『堕落論』（昭二十二）に再録されたから高校生の頃友人から借りて同時代的に読んでいて、私自身心魅かれ、戦前の『悲劇喜劇』に掲載された渡辺一夫訳の「ピエール・バトラン先生」などを読んだ記憶がある。しかし、道化的世界観についての日本の作家によって書かれた最高傑作の二つのエッセーが岩波書店発行の雑誌に掲載されていた事には気づかなかった。

「ピエロ伝道者」の冒頭の部分で「空にある星を一つ欲しいと思いませんか？　思わない？　そんなら、君と話をしない。／屋根の上で、竹竿を振り廻す男がいる。」という書き出しで、竹竿を振り廻して月を手に入れようとする男自身に語りかける。この男は十九世紀末に姿を現わした道化（特にピエロ）が竿で月を取ろうとしている姿である。ピエロは元々イタリアのコメディア・デラルテでは狡猾で、抜け目ない。

しかし、イタリアからフランスへ来て舞台の人気者になった。アルルカンは背景に退き「天井桟敷の人々」に描かれたような青白きピエロ、嘆きのピエロ、コキューのピエロが前面に押し出されて来た。日本でのピエロのイメージが何時頃入って来たかは明かでない。昭和六年というのはエノケンが「カジノ・フォリー」に参加し、川端康成が「浅草紅団」を新聞に連載していた少し後頃の事である。同時代的に安吾がエノケンを見ていた確証はない。西田幾多郎がカジノ・フォリーを見ていた証言はある。

ピエロには幾つかの顔がある。

(1)青白いピエロ。これは一九世紀フランスで変質を遂げたブールバール劇的なもの。
(2)弱さの仮面の下に邪悪さを秘めている。
(3)世紀末病患者。

⑷深層の意識の媒体。
（近代日本のピエロのイメージの形成については田之倉稔『ピエロ』朝日選書参照）

弱者、涙を押し売りする半分白痴の北原白秋流のピエロ・イメージは、コクトーを経た安吾にはない。これは近代日本文学史上劃期的な事であった。

ピエロに対して「竹竿を振り廻す男よ、君の噴飯すべき行動の中に、泪《なみだ》や感慨の裏打ちを暗示してはならない」と忠告する安吾は、感傷に流れがちなピエロに代表される道化のイメージに異議を唱えていると云えるだろう。

話を日本のナンセンス文学に転ずることによって安吾はナンセンス文学の代表的存在として井伏鱒二と中村氏（正常のことであろう）に転ずる。彼らは先駆的存在であり、よき天分を持つ芸術家であるとは認めている。とはいうものの「正しい見方からすれば、あれはナンセンスではない」。井伏の方はむしろユーモアの方に分類してナンセンスを中村正常の側に重点を置いて、「ことに中村氏は、笑いの裏側に、常に心臓を感じさせようとする。そして或時は奇術師のように、笑いと涙の混沌をこねだそうとする」と指摘してのち「人を悲しますために笑いを担ぎ出すのは、むしろ芸術を下品にする」と断定する。安吾は笑いはそれだけでよろしい、涙やその他の意味づけを必要としない、と云う。

結論的に安吾は次のような檄を飛ばす。

日本のナンセンス文学は、涙を飛躍しなければならない。「莫迦莫迦しさ」を歌い初めてもいい時期だ。勇敢に屋根へ這い登れ！　竹竿を振り廻し給え。観衆の涙に媚び給うな。……。

「FARCEに就て」は「ピエロ伝道者」の延長線上で書かれている。安吾は、笑いを一般に低俗なものと考える日本文化の通念について述べる。

……一般には、笑いは泪《なみだ》より内容の低いものとせられ、当今は、喜劇《コメディ》というものが泪の裏打ちによってのみ危く抹殺を免かれている位いであるから、道化《ファルス》の如き代物《しろもの》は、芸術の埒《らち》外へ投げ捨てられているのが普通である。

ファルスを道化という漢字のルビとして使っているのが秀逸である。悲劇、喜劇そして道化を芸術の枠内で定義すれば順に三つの型に分けられるとする。

A、悲劇とは大方の真面目な文学。

B、喜劇とは寓意や涙の裏打ちによって、その思いありげな裏側によって人を打つところの笑劇、小説。

中上健次

C、道化とは乱痴気騒ぎに終始するところの文学。

こう道化を芸術の他のジャンルの間に位置づけたのち、日本の古典にはCに該当する勝れた滑稽文学が多く残されているとして「狂言」他九つの種目、作者、作品名を挙げる。

このあたりまで来ると安吾は、ファルスを説明するのに荒唐無稽という言葉を突如として取り出して来る。そして云う。

荒唐無稽というものには、人の悲しさを唆《そそ》る力はないものである。ところがファルスというものは、荒唐無稽をその本来の面目とする。ところで、荒唐無稽であるが、この妙チキリンな一語は、芸術の領域ではさらに心して吟味すべき言葉である。

昭和七年という年に荒唐無稽という一語が肯定的な意味で使われたと思うことは難しい。殆ど馬鹿々しいという言葉と同義語として使われていた時代に安吾は敢えて「芸術の領域では、さらに心して吟味すべき言葉である」。

安吾のこのメッセージが同時代に受けとめられていたとは思えない。この時にこのメッセージを同時代の批評家、作家、読者が理解していたならば、戦後、フランスから現代哲学新思潮として実存主義や不条理の文学とか演劇を意味も解らずに三拝九拝して受け入れることは無かった筈である。多分安吾はアブサーディティという英語の単語やアプシュルディテという仏語を知らなかった。が、不条理の哲学というカミュが云おうとしていたことを安吾は理解していた。戦後においても、安吾が論じていたのは「荒唐無稽」であったことに気づかない同時代の批評家によって囲まれていた。

安吾はここで、現実と空想を分けて、前者に優越した位置を与える世間一般の考え方に異を唱える。「形が無い」つまり不可視というだけで非現実と現実を区別すべきでない、と安吾は主張する。安吾は超現実主義の文学の刺戟のもとにこういう多極的に、現実の理念を煉り上げる思考法を学んでいた。

次のように云う時、安吾は「仮想的現実」を芸術の次元で先き取りしていた。

……感じられる世界が私達にとってこれ程も強い現実であること、此処に実感を持つことの出来ない人々は、芸術のスペシアリテの中へ大胆な足を踏み入れてはならない。

「感じられる世界」とは取りも直さず「仮想的」現実という事である。嘗てはこの「感じられる世界」は、詩人の想像力の中に求められるものであったが、今日ではコンピュータの技術で再現出来るようになった。

安吾のファルスについての定義の試みはしばらく続く。先ず「ファルスとは、最も微妙に、この人間の『観念』の中に踊りを踊る妖精である」という表現が来る。妖精とは、ふつう「真夏の夜の夢」のパックに見られるように変幻自在、物質の間を容易に通過できると説明できよう。こういう存在はギリシャ神話ではヘルメス、アフリカではトリックスター神として、現存の秩序を壊し、思い掛けない形で新しい秩序を形成したため「文化英雄」という名前を捧げられて来た。混沌の弁証法の主とも云うべき存在であった。

この後に来る定義は、中上健次が安吾に心酔した核の部分である。少し長いが引用する。

現実としての空想の――ここまでは紛れもなく現実であるが、ここから先へ一歩を踏み外せば本当の「意味無し《ナンセンス》」になるという、斯様な、喜びや悲しみや歎きや夢や嚔《くしゃみ》やムニャムニャや、凡有《あら》ゆる物の混沌の、凡有ゆる物の矛盾の、それら全ての最頂点《パラロキシミテ》に於て、羽目を外して乱痴気騒ぎを演ずるところの愛すべき怪物が、愛すべき王様が、即ち紛れもなくファルスである。

ファルスはその荒唐無稽性の故にあらゆる現象、奇現象を結びつけることが出来る。安吾は云う。

……人間それ自身が現実である限りは、決して現実から羽目を外していないところの、このトンチンカンの頂点がファルスである。もう一歩踏み外せば本当に羽目を外して「意味無し」へ堕落してしまう代物であるが、勿論この羽目の外し加減は文学の「精神」の問題であって、紙一枚の差であっても、その差は、質的に、差の甚しいものである。

周縁的な現実の問題を安吾は衝いている。

中上はこれに続く次の部分を引用する。

ファルスとは、人間の全てを、全的に、一つ残さず肯定しようとするものである。凡そ人間の現実に関する限りは、空想であれ、夢であれ、死であれ、怒りであれ、矛盾であれ、トンチンカンであれ、ムニャムニャであれ、何から何まで肯定しようとするものである。ファルスとは、否定をも肯定し、肯定をも肯定し、さらに又肯定し、結局人間に関する限りの全てを永遠に永劫に永久に肯定肯定肯定して止むまいとするものである。

中上はここから、安吾の、ふつう世間では排除の対象とする白痴、淫売、気違い等の男女、不具な者、抑圧されたもの、それらが、人間の全て、裸の生存というものである、というふうに話を展開することによって、周縁化され「見えない存在」になる人々の方へ焦点を移す。安吾は、禅問答みたいな論理によって笑いを仲介としてすべての存在が肯定されるとする。他方中上では笑いの契機は落ちる。そういう人物たちはアウラを帯びるという方向に重点が移動するからである。

勿論中上もこの程度のことは意識していた。「白痴」の中の「その女」の描写を例にとって述べる。

「その男、伊沢は作家安吾の放つ一条の物の虚飾をはぎとる肯定の肯定たるファルスの光線にさらされている。」

中上は「桜の森の満開の下」と「夜長姫と耳男」に安吾の作品の神話に対する類似性を読みとる。

この二つが歴史物であることからも来るのであろうが、小説が、近代小説につきものの描写や心理というものを省いたことによって、今昔や、霊異記等の説話に気脈を通じているように思える。

ここで二人の作家のどちらも触れていない点について云えば、二人が言い当てようとしているのは仮面の問題であるとも云える。小説が近代（心理）小説につきものの描写や心理というものを省いたことによって、説話の世界を再び獲得したという視点は、演劇、映画における仮面の問題と重なるところがある。日本においては、能における仮面の今日にいたるまでの使用によって、集合的アイデンティティの問題に一つの解決が与えられている。ところが西欧においては、市民社会の上流階層を背景に持つリアリズムの興隆の結果、瑣末的描写、云うなれば心理描写が小説の前面に押し出されてしまった。その影響は十九世紀末の演劇映画に及び、演劇においては十六世紀にはマスク（仮面劇）が道化劇《ファルス》と同一視され、十八世紀に来るまで仮面劇の先端を行っていたイタリア喜劇がゴルドーニをきっかけに後退し写実主義の演劇にとって替られた。その結果顔の表情で個人の心情を現わすという心理的写実劇が仮面を舞台から追放する結果を招いた。スラップスティックの時代の映画には、イタリア喜劇の演技の伝統が復活し、表情で表す心情より身体全体で現わす演技の方が等身大を超えた世界を表す、という理解に行きついた。ということは身体を仮面として使うということであった。安吾が身分出自にこだわらず、中上健次が固有名詞にこだわらない書き方に仮面の帰還を読みとることが出来る。

では安吾はどのような仮面を被っているかというと、中上によれば、小林秀雄が「父」という仮面を被っているのに対し、「男」という仮面を着けているということになる。安吾は実生活の上でも、作品の上でも、「父」として成熟しなかった。成熟を拒絶した、というのは中上の見解である。丁度、中上の若者としての主人公達が、「父」になる前に「男」として自死を遂げるように。そのように規定した上で、中上は、

……男が、自由にすっくと立つことは、男のみならず、彼と対の関係にある女もすっくと立っているものである。……「男」とは、またあの〈なに事かは〉の無頼の精神の謂でもある。氏素姓《アイデンティティ》も身元も問われぬ男、父親、兄弟を谷底に蹴り落して逃げに逃げる男だ。

と云う事によって、中上は、樊噲をファルス論に近づけて行く。といっても、中上がとっている立場の中に男性中心主義《マチスモ》を読み取ってはいけない。中上の背景に歴史的文脈の中で再構築された母系主義が拡がっている。

物語の系譜―上田秋成を論ずるに当って中上は国文学における人間中心主義を論難することで始めている。

この秋成も論じ難い。たとえ論じたとしてもその論は、この国の近代にはびこる人間中心主義、「文学」主義に毒され、秋成という物語や秋成が残した作品がさし示す物語を提示する事なく、重箱の隅をほじくる論に終始する。

中上は新しいもの追っかけの国文学雑誌に連載していたために、こういう辛口の表現をとっているが、文学研究者一般についても云っていると見てよいだろう。

「春雨物語・樊噲」の出だしはこうである。

むかし今をしらず。伯耆の国大智大権の御山は、恐しき神のすみて、夜はもとより、昼も申の時過ぎては、寺僧くだるべきは下り、行ふべきはおこなひ明すとなん聞ゆ。(以上原文・以下現代訳)

その麓の里に、毎晩、若い無頼どもが集って酒を飲み、博奕を闘わせて遊ぶ宿があった。今日は雨が降って、野山の仕事を免除され、昼頃から集って、無駄話に打ち興じていた者たちの中に、腕力を自慢し、口生意気な若者がいた。皆は憎らしく思い「口では強そうなことを云うが、お山に夜上ってしるしの物を置いて来て見せろ。できぬと云うなら、力はあっても肝たまはたいしたことは無いな」と大勢の中で恥をかかした者がいた。この挑発を受けて若者は「それ何事かは」と云って山上に出かける。中上は「それ何事かは」という言葉の中に共同体の掟を超えて行く者のきっかけの言葉を見て次のように書く。

山上にて、〈何のしるしをかおかん〉と見巡るに、ぬさたいまつる箱（賽銭箱）の大きなるが有り、「是かづきて下りなん」とて、重きをかるげに打ちかづきてんとする〉とあるが、触穢という言葉にあるようにここで主人公は聖域に侵入し、抵触するのである。それは単に鎮守の〈ぬさたいまつる箱〉をかついだからではなく、その侵犯や抵触は、「それ何事かは」という無頼の心の働きからはじまっていると取った方がよい。

この侵犯や抵触をきっかけとして「それ何事かは」という言葉をばねとして共同体の規範から樊噲は飛び出して行く。であるから中上は行為そのものの侵犯性が問題なのではなく、「それ何事かは」という無頼の心が原動力であると強調する。樊噲は、その力の只ならぬ過剰性の故に潜在的共同体をはみ出している。「それ何事かは」は相手に向って云われているより自己表出の言葉であると云う。つまり自己の肯定の衝動である。ここで中上は最も強く云いたい言葉でしめくくる。

それは法・制度を侵犯し、抵触する人間の共通の気持であり、それが書かれたものであるなら定理定型である。悪漢小説、主人公が悪を次々起こしていくという小説の原基、この「それ何事かは」である。

悪漢《ピカロ》小説は南欧を中心とした小説と理解されて来たが、中上が樊噲を例に取る場合日本文学の中で秋成から中上にいたる伝統が意識の中にあると見てよいだろう。中上は、近代日本の小説の流れも、制度化された日本という枠組から出たところで組み立てられている、という事実の上に立ってこの流れに異をとなえる。従って制度の枠を踏み外す危い場をつくり出すことによって、小説の伝統の作り変えを可能にするような主人公の必要性が強調される。それはとりもなおさず安吾がファルスという言葉で云っていることに外ならない。安吾が荒唐無稽を介して笑いによる混沌の弁証法を指示しているのに対し、中上は悪漢《ピカロ》小説を通して神話・物語に達するか、或いは物語的方法による神話恢復力を目ざし熊野小説群の主人公達にそれを託したと云えよう。

安吾のファルスは神話的な姿においてはトリックスターに向う。「風博士」の風博士はその成果である。安吾はアテネ・フランセでフランス語を学ぶ以前は東洋大学で仏教学を学んでいた。従ってこの背景から、安吾の世界にバサラ的世界観の浸透が考えられないことはない。バサラは中世日本においてインドから伝来した生き方であった。南北朝、室町の武将、殊に佐々木道誉や楠正儀、下っては織田信長の如く機略に長《た》け、豊かな知的芸術的背景を持つ武将、殊に大名を今日バサラ大名と云う。極限までつきつめるバサラ大名を安吾は好んでいた。今は手許にないが二十数年前坂口安吾とバサラを結びつけて論じた国文学の論があったと記憶する（『国文学―解釈と鑑賞』坂口安吾特集）。或る意味で安吾のファルス概念もバサラに極めて近いと云える。

文化という枠を越える方法としての熊野の若者の無頼の主人公達もバサラ的生き方を追求したと云ってよかろう。中上の小説はこういったタイプの主人公達で一杯である。

なかんずく、中上未完の作「天上の愉楽」はそういった若者、つまり聖痕で覆われた若者達のアンソロジーである。この作中の若者は誰も、生き急ぐ。簡単なきっかけで他の世界に行ってしまう。中上も自らが描いた若者たちの後を追うかのように夭折した。中上の台本による「火まつり」を演じた太地喜和子も海の魔力に引きずり込まれた。

中上の描く、被差別の若者達は、暴力と無頼と死の至近距離にある。これが歴史に規定された熊野の近代の歴史を背景にして起っている現実の反映と云えばそれまでである。しかし未だ文学という形には反映していないがインドの西ベンガル州においても、最下層パーリアの若者の間に中上が描いたような状況が現実に起りつつある。

現在調査中の人類学者戸川昌彦が報告するところでは、最近パーリア（最下層カスト）の間に二つの興味深い傾向があるとのことである。一つには、パーリアの住民の調査を行っていると、意外に王との結びつきが語られ、王との秘かな繋りが強調されて語られることが多い。王の依頼でこれこれの仕事をして報酬として与えられた様々の事物を大事に保管しているというものである。事物は主として不可触賤民の匿れた連関の証しとして保存されている。それはまさに、猪瀬直樹氏や網野善彦氏が注目した鬼の子孫と云われる八瀬の住民が、天皇の葬儀において棺を担ぐ事例を思わせるものである。

西ベンガルの不可触賤民に観察される第二の傾向、村落地域では、集団強盗が多発する。警察は犯人達を挙げてもすぐ釈放してしまう。犯人達がパーリアの村落の若者と知っているからである。ここに見られるように、パーリア出身の若者達は、ひどい目に会って来た先祖達の歴史を知っているし、そういった集合的記憶に基いて起しているのが強盗の組織化ということである。彼らに対する扱いはどうなるか、まだはっきりした方向は無いようである。にもかかわらず、若者の覚醒が犯罪という形を取らざるを得ないところに、中上の描いた地域の若者像との類似性を感じないでは居られない。西ベンガルではこういう状況を逆手にとってカスト社会を描く現代文学は現われていないようである。昨年の十二月カルカッタでアジア作家会議が開催されたようだが、この点に関して問題提起がなされたとは聴かなかった。

中上が国境を越えるのは熊野小説群の母系的性格においてである。

中上の作品に常に登場するオリュウノオバは産婆であるが、取り上げた子供たちに対して象徴的母として振るまう。路地という半ば神話的空間においてはこの世に姿を現わした大地母神と見ることが出来る。尤も『坂口安吾と中上健次』においては、柄谷行人氏は、この母系は近代において被差別に対する抑圧の構造が生み出した歴史的産物であるという。

今日、世界中で母系社会が人為的に再生産されているのは貧困社会に多い。例えば中南米及びカリブ海地域では男たちに家族を養う力が欠如しているため、家族形成力が無い。女性たちは複数の男たちの子供を、マーケット・マミーなどの仕事によって扶養して家族を維持する。男たちは日雇いに近い仕事にありついて、年をとるとホームレスに転落する。山の中腹の見すぼらしい小屋に吹き溜りの群の如くみじめな生を生きていく。

中上に登場する母系は、歴史的産物とは云え、マラヨ・ポリネシア型の母系原理を想わせるところがある。

中上の母系への傾斜については柄谷氏も、川村二郎氏も、井口時男氏もこれに触れ乍ら論じている。しかし、中上自身が「母系一族」（『鳥のように獣のように』講談社文芸文庫）という文章で自らの母系性について語っているので、この文章に触れないわけにいかない。

中上は、或る時母と電話で話をしてこんなことを云う。「あんたの骨、死んだらおれにくれよ」。母親はどうでもいいと云う。中上は、親父の墓に一緒に埋めるのが普通なのだろうが、先に死んでいる中上の兄を一人で放っておくのがかわいそうだから中上が墓をつくる、みなで一緒に入ろうと提言する。母親が気が済むようにせえと云う。

……自分が、母に対して単なる子の領分をこえて、物を言っていることに気づく。つまり、ポリネシアの未開人としてである。……

いや奇妙なのは、子であるぼくなのかもしれない。どうも自分の体の中、心の中に、ポリネシア

◀昭和30年、『安吾新日本風土記』の取材先にて　撮影＝中村正也

昭和三十年
暦

の未開人を一人住まわせているようで手におえない。……あえて、恥を覚悟で言ってみる。つまりぼくは、完全に母系一族で育った。母を頭とする異父きょうだいの中で育った。

ポリネシアと中上が的確に云い当てたから云うが、単純に人類学を引き合いに出しすぎると嘲られるのを怖れず云えば、中上のこの自分の位置への言及は正しい。マラヨ・ポリネシア系文化においては母を中心とする霊的絆は強いと考えられる。姉妹は兄弟に霊的な影響力を持つ。このマラヨ・ポリネシア系の影響力は台湾、沖縄のオナリ神信仰にまで及んでいることを私はこの説の唱導者として世界的に知られた故馬渕勇一に一九五七年、レヴィ＝ストロースの「親族の原始構造」と共に学んだ。その時私は教室でこの講義を聴き乍ら「山椒太夫」のことを思い出していた。森鷗外の方ではなく説教節の「さんせう大夫」の方であった。安寿と厨子王という姉と弟が姉の犠牲において母と再会する物語にはオナリ神信仰の投影が見られると考えていた。中上は「土のコード」（『鳥のように獣のように』）という文章の中で鷗外の「山椒太夫」を小市民むけの洋風マシュマロの観を呈すると批判する。説教節の原「さんせう大夫」という貴種流離譚の土のコードが脱け落ちているという理由によるものである。貴種流離譚が土のコードであるとするなら、その神話の底にオナリ神的原基を見ることも不思議ではないだろう。中上は母系一族について次のように続ける。

母系一族は、家族を構成しても、イエを構成しない。家庭を構成しない。従って、そういうイエも家庭も構成することのない母系一族は、イエや家庭も基にした父系の日本社会や世間とは相容れない敵対状態におちいるのは当然だった。

中上が、安吾をついに小林秀雄の説く意味での父にはならなかった、その代り男になったと云うとき、中上は安吾が父系家族の離脱者になったことを認めているのである。

本稿において安吾の最良の部分と中上の安吾的部分の出遭いを確かめてみた。ファルスを論じつつ、この世に生起することのすべてがドタバタだとし、すべての矛盾を混沌の中に共に呑み込み乍ら、世の規範から大きく外れることも生かして行く道を探る安吾と、母系性という聖痕を印すことによって存在としてはオーヴァーサイズになり此の世の枠を突破していく者たちに、夢を託して去っていった中上健次との出遭いを確かめようと試みた。

（前半部のみ収録・『文学界』一九九六年六月号）

坂口安吾の思い出

江戸川乱歩

坂口安吾君がこの二月十七日に急逝《きゅうせい》された。四十八歳の若死にである。探偵小説に縁故の深かった同君の死を惜しみ、その思い出ばなしを少しく書いて見る。

坂口君に初めて会ったのは「新小説」昭和二十二年新春号のための座談会の席であった。だから実際この座談会をやったのは終戦の翌年、二十一年の十一月頃ではなかったかと思う。「新小説」は明治以来の春陽堂の文芸雑誌で、戦後もしばらく命脈をたもっていたが、間もなく廃刊になった。当時の編集長は松本太郎君で、純文学と大衆文学の双方から作家を集めて議論をさせ、一つの新らしい文学を生み出す機運に資したいという考えから、この座談会を開いたもののようであった。座談会の表題も「新文学樹立のために」というのであった。終戦直後のドサクサまぎれのようなところもあり、ここから何か新らしいものを生み出そうとする意欲も感じられるというような座談会であった。出席者の顔ぶれも、そういうときでなければ組合せられないような、従来に例のない人選であった。いろは順に九人の名がならんでいる。

　井上友一郎、伊藤整、江戸川乱歩、大林清、木々高太郎、坂口安吾、平野謙、福田恆存、山岡荘八

　この頃はアメリカ軍政によって、武士道小説、仇討小説、斬り合い小説、つまり刀を抜く小説が禁じられていたので、大衆文壇は探偵小説のひとり天下といってもよいほどで、各作家の昔の作品が続々本になっていた。この座談会が縁になって、坂口安吾、平野謙、荒正人の諸君が、われわれの探偵作家クラブの例会に出席するという時代であった。坂口君は二度ぐらいしかやって来なかったが、平野、荒の両君はもっとしばしば出席された記憶がある。又、そのころ、私は銀座裏の酒場「ルパン」で逝去直前の織田作之助君に出会い、「探偵小説を書かないか」と云ったら、「僕は書こうと思っている。この次の新聞小説に書くよ」と云って握手したものである。「宝石」はその頃今の五六倍の部数を売っていた。小売屋さんが直接岩谷書店へ仕入れに来て、店頭に行列を作るという有様であった。そんな情勢から、当時のジャーナリストの頭には、探偵小説というものが大きく印象されていたので、この座談会でも木々君と私と二人も出席を依頼されている。

　座談会の記事を見ると、従来の座談会では二三行ずつポツポツしか話さない私が、最初から長い発言をして、全体に亘って非常に多く喋っている。これも当時探偵小説が世に容れられているというバックがあったためだろうと思う。坂口君は売出しの流行作家であったが、この座談会でははなはだ無口で、時々オヒャラカシたような寸鉄的な発言をしているにすぎない。例えば、

　（大衆を離れた文学ではいけないという話に対して）

「僕は一般的に読まれたくないね。正直なところ、僕は普通の人に読まれたくないのです。（笑声）或る魂の病人みたような人の一服の鎮痛剤というか、麻痺薬《まひやく》といったようなもので、病人以外の人に読まれたくない。不健全ですからね……」

「僕は大体文学というものは、読者というものを相手にしたものは一種の口説《くぜつ》だと思うが、その情熱が足らないのではないか。純文学の連中は、面白くないということを何か純粋と思っているね。実にばかな話ですね。退屈するということは悪徳だと僕は思っている」

「僕は大衆文学の方が俗悪に徹していないように思う。僕の方がよほど徹している。（笑声）」

　これは一例だが、坂口君はこんな風な短い発言を七八度しているにすぎない。その無口の中で、自分も探偵小説を書く気だということは、ハッキリ云っている。私はクイーン雑誌コンテストにフォークナーが応募している話をして、日本の純文学の人も、そういうサバケた態度に出てもらいたいと云うと、坂口君は直ちにこれに応じて、

「僕は本格（探偵）小説を一つ書く予定です。読者と競争しようと思っている。犯人を当てっこさせて、誰にも判らない小説を、昔から一つ書きたいと思っている」

　と云い、また別のところで、私が、探偵小説でも、英米のような構成の綿密なものが出るといい、と云ったのに対して、坂口君は、「僕はそんなことは何も考えず、読者が犯人を当てるかどうか、それが愉しみです」

と、自作への抱負をもらしている。

　座談会の引用はこれだけにとどめるが、坂口君が一つ探偵小説を書いて見ようと考えたのは、終戦直後の探偵小説流行に影響されたという意味も多少あっただろうが、もっと遡って別の動機があった。それは戦争中、何も書けなかった時代に、「近代文学」の人々、平野謙、荒正人、大井広介その他数人の諸君と共に、坂口君は主として西洋の本格探偵小説（クリスティーが一番面白いと云っていた）を愛読し、皆で寄り合ったとき、誰かが長編の前半を朗読して、データの出揃ったところで読むのをやめ、皆がその解決を紙に書いて見せ合うという、論理的な犯人探し遊戯に耽っていた時期があり、これが探偵小説への病みつきとなった模様である。

　前記の座談会が発表されて間もなく、雑誌「日本小説」に坂口君は「不連続殺人事件」の連載をはじ

めた。それのはじまるまでに、一度か二度われわれの土曜会に出席したが、スピーチを頼んでも余り長い話はしなかったように記憶する。私はこういう人が探偵小説を書いてくれれば探偵文壇が大いに賑かになると思ったので、土曜会に誘いもし、友達になろうともしたが、坂口君は無愛想で、そういう親しみは見せなかった。私が土曜会の帰りに一杯やろうという態度を見せても乗って来なかった。ひょっとしたら彼が土曜会へやって来たのは一種の敵状偵察だったのかもしれない。又、もう一つ邪推をすれば、彼が座談会で云っている「ある魂の病人みたような人の鎮痛剤云々。病人以外に読まれたくない」というような性格が私の一部にもあるので、それに興味を持っていたのが、会って見ると、ひどく平凡な俗人なので愛想がつきたのかも知れない。いずれにしても、私は坂口君に振られたような気がしたので、私の方でもこの人とは交友関係は結べないのだと思って、引きさがってしまった。

連載をはじめた「不連続殺人事件」には毎月本文の末に、オヒャラカシたような挑戦状がついていた。それは読者へのものでもあったが探偵作家へのものでもあり、どうだいお前たちにもわかるまいという、人を小馬鹿にしたような文章であった。私はこれにも反感を持った。だから、その挑戦に応じる気にもなれず、連載第一回を卒読したきりで、毎月は読まなかった。

ところが、いよいよ完結してみると、やはり探偵作家としての責任上、一読しなければならぬと思い、通読したのだが、従来の純文学作家の探偵小説なみ

「安吾のよろこびもかなしみも人間の歴史とともに尽きるときがない」（石川淳）

に考えていただけに、そのトリックの構成がよく考えてあるのに一驚を喫した。そして、私は昭和二十三年十一、十二月合併号の「宝石」に「不連続殺人事件を評す」という長文の讃辞を書いたのである。坂口君個人には前記のような感じを持っていたけれども、それとは別に、小説そのものに感心したからである。

あの批評は、探偵文壇からは、褒めすぎだと云われた。たかを括《くく》っていたところへ、よく考えた本格構成を見せられたので、反動的に感心しすぎた点がなかったとは云い切れぬが、あれは当時の私の本当の感想であり、今でも間違っていたとは思わない。「不連続殺人事件」はその年度の探偵作家クラブ賞作品となった。これも、詮衡《せんこう》委員の一部には、外部の人にやるよりも、多年探偵小説で苦労して来た人にやるべきだという説があったが、私は「不連続」への授賞を主張し、それが多数決となった。そして、土曜会の一日をさいてクラブ賞贈呈式をやったのだが、その席へ坂口君は出て来なかった。私は探偵作家などから賞を貰うことを、いさぎよしとしなかったのかと邪推した。当時は副賞が僅か一万円ぐらいだったと思うが、幹事がその賞金を坂口君に届けると、これはクラブに寄附するということであった。クラブでは、ただ貰うのも何だからというので、それを坂口君の終身会費にくり入れた。従って坂口君は逝去まで探偵作家クラブの、一度も出席しない会員であった。

坂口君の探偵作品については、中島河太郎君が詳しい目録を作ってくれるそうだし、私は今手元に資料がないので、題名などをあげることは出来ないが、「不連続」の次にもう一つ長編探偵小説を書きかけて、雑誌廃刊のために中絶したのがあったと思う。

そのあとでは明治初期を舞台とした短編「安吾捕物帖」を沢山書いている。これも好評であったが、私は一二編しか読んでいない。そして、文章は坂口流で面白いが、筋は「不連続」のようによく考えた創意のあるものではなかったように感じている。

私の私情は別として、純文壇の人で、おれは探偵小説を書くのだと宣言し、それを見事にやって見せた作家は、あとにも先にも坂口君のほかにはいない。その点で同君の死は探偵小説のためにも、はなはだ惜しまれるのである。

（『宝石』一九五五年四月号）

安吾純情録

大井廣介

坂口安吾がなくなつて廿年経つた。彼についてはは幾度もかかされたので重複した個所があつても御容赦願ひたい。

ある夕方、その頃浅草の区役所通りにあつた「さんとも」（現在銀座八丁目千疋屋裏）で坂口、南川潤、私が並んで腰をかけ飲んでゐた。坂口の隣りは常連で北海道でその下に小林多喜二が勤めてゐた、極めてまじめな人でしたときかされてゐた。坂口とその人がすこぶる意気投合してゐるが、私まではきこえない。南川が笑ひながらささやくには、小林は日本一の文学者だと共鳴してゐるが、あの人のいつてゐるのは多喜二で、安吾さんは小林秀雄のつもりなんだと。そういう錯誤は日常茶飯で坂口は苦にしなかつた。

私のうちで徹夜でゲームをやつてゐる時、南川が部屋の一隅で薬を使ひ、坂口が傍へ寄つてしきりに訊ねてゐた。のちに家内がヒロポンだつたと語つてゐたが、私の朧げな印象では注射でなく服用してゐたやうな気がする。服用品があつたかどうか、私には知識がない。当時かなり売れつ子の南川が薬を使ひ、好奇心の強い坂口が興味を抱いた。これが、やがてヒロポン、アドルムをこもごも使ひ、中毒症状を呈する伏線になつた。もつとも東大附属病院精神科に入院中、長畑一正が見舞ひに立寄ると、檻のなかに檀一雄をひきつれ、焼酎で酒もりをしてゐたといふ。それでは病院は短期間しかおいてくれない。

彼が蒲田の住居を捨て、尾崎士郎を頼つて伊東へ俄かに移つたのは、錯乱の彼が乱暴をすると警察にたれこんだ奴がゐる。てつきり前の家だときめこみ、怒鳴りこんだ。坂口探偵の早合点で、同居人の仕業とわかり、前の家の家族と顔を合せるのがつらかつたからだと、本人が説明してゐた。

データは割愛するが、彼は味覚はからつきしダメで、酒を愛した結果酔ふのではなく、脳髄をシビレさすのが目的だと述懐してゐた。シビれると、ダダをこね、わけのわからぬからみかたをして手をやかせ、時々記憶を喪失してゐた。薬を濫用して、しばしば錯乱状態になり、三千代夫人をなやましたのは、容易に察しがつく。しかしヒドイ中毒患者かといふと、その辺は微妙で、誇張して、誰々が心配してくれるか見届けやうとするような節々があつた。手のこんだ甘えつ子だつた。

ある時、彼からこんな葉書がきた。女が一人、雇人一人つきりの小さな飲み屋に通つてゐるうち、女とできて終つた。処が雇人だとばかり思つてゐた男はあにはからんや女の亭主だつた。思ひ余つた二人はとびだし、一週間ほど安宿で一緒にくらした。すると彼の臍の中にだにがくひこんでとれないで弱つてゐる。どうしたものだらうと。嘗て宮内寒彌がエロだにはこうしてとるのだと身ぶり手ぶり語つてゐたのを思出し、宮内君にきいて御覧なさいと返事した。其処へ平野謙がやつてきたので、その葉書をみせると、宮内君がその話をしてゐたでせうが、彼にきくといいですね。実は私もそう返事した処なのですよと、二人で大笑ひをした。どうも、この坂口の葉書はよく出来すぎてゐる。思ひついた短篇の骨子を退屈しのぎに本当らしくまとめたのかしれぬ。彼のいふ戯作者精神乃至サーヴィス精神といふやつだ。

彼とは殆ど文学談をやらず、彼の家系などプライバシーに関して質疑したこともない。ある日、彼がぽつりぽつり自作『吹雪物語』について語りはじめた。彼と面識のできる前『吹雪物語』の書評をかき、観念小説として扱つてゐたのだらう。あれにはモデルがあるのだよ。これこれ一族の婦人で、物議をかもさないよう、体裁よくかいてゐるが、男でいりが多く、もつとひどいのだよ。関西では職業野球の黒というよく打つた選手ともくつついてゐた（黒田でなく、妻帯する前の黒沢か）といふやうな、解説をしてくれた。調査すれば実在者が浮びあがる筈だ。没後『吹雪物語』のモデルは矢田津世子だと推測する人がでた。坂口が誤解させるやうな小説をかいたためだ。絶交状をかいたなどと、絶交状をかかぬ人ならしらぬこと、坂口は無数に絶交状をかいた。戦災して都おちした私に、彼から平清盛をかくつもりだといつてきた。罹災の夜もせつせと清盛を調べてノートにとつてゐた私には、傍いたく、貴方は清盛より三好清海入道の悲哀が適しいと返事すると、絶交状が届いた。たあいない憎まれ口ばかり並べてあつた。ものの二箇月もすると、寂しい。ぼくは忘れた。君も忘れたに違ひないと、和睦を申入れてきたが、私が執念深いので、君も忘れたに違ひないという個所が消されてゐたのに失笑した。

『桜』の同人時代から、坂口が一人合点な主張をして譲らず一同を困らせる。矢田がやんはりたしなめると、たちまち軟化した。矢田と結婚したら堅気の勤め人になる決心までしてゐましたよと、井上友一郎がよく話してゐた。矢田がなくなり、坂口が小説の上で強がつてみせたにすぎないと、井上と私は同意見だ。

事件といふのは「時事」が坂口によくかかせてくれた（己がエッセイが優れてゐたからしばしば依頼されたと、自信家の彼が考へないのが不審）。これは矢田が和田日出吉に推挙したからだとしり、耐へられなかつたというのがサワリだが、そのじぶん和田は大船映画から十代で登場した木暮実千代に執心、結婚し今日に及んでゐる。当時の木暮と矢田に類似点は殆どない。しかし美貌の閨秀作家に肩いれするのもわるい気はしない。一緒に食事にでかけても恰好がいい、唐津に引込んでゐる笹本寅が当時「時事」で坂口、矢田の担当記者だつたさうだから証言をあほいでおくといい。和田と矢田にプライベートな交渉が何処まであつたか、確証をおさへたわけではなし、所詮想像の域を脱せず、坂口は酒をあふり、脳をシビらせ、妄想をふりはらおうとした。

坂口は酒が回り、メートルがあがると、思ひつく人々を片つ放しからくさし散らしたが、矢田の生前、冒瀆したり、悪くいふやうなことは一切なかつた。

私はムーラン・ルージュの客席で矢田をみたことがある。現在の小説読者は矢田の肖像を御存知ないかたが多いだらうが、貴族的な品格は坂口と一脈相通じてゐた。年齢はどうだらう。矢田の方が聡明な姉といふ感じだ。武田麟太郎主宰の『人民文庫』の執筆グループに井上、田村と加はり、短篇集『神楽坂』がある。同じ執筆グループには大谷藤子、上田文子（円地文子）がゐた。

ムーラン・ルージュをみにきてた矢田さんをみましたが、成程、美人ですねというと、坂口は嬉しそうに微笑してゐた。かなり前のことだといはなかつたのが私のおちどで、坂口はまだ時々矢田がみにくるやうに早合点した。その次現はれると、ムーラン・ルージュに脚本をかきたい。菊岡君の処へ案内しろといふ。菊岡久利はムーラン・ルージュを辞め、貨物駅寄りの運送店に勤める傍ら、其処の経営者をパトロンに苦楽座をはじめてゐた。「昨今の脚本は赤紙がきて葛藤が棚あげされ幕になり、あんな物貴方にはかけません」「うまくかくつてば」と、せつつかれ、同行し、菊岡と二人がかりで翻意させた。菊岡とは同人のあつまりや徹夜で面識があるので、私の同行を求めたのは助言させる肚だつたわけだ。ところが翻意してはいなかつた。菊岡がなくなる前、私の見舞ひにきてくれた時、実はあのあと再三菊岡をおとづれ、ムーランに世話してくれとせがまれ、なだめて、はぐらかすのに苦労しましたヨという。運送店と私の住居はぶらぶら歩いて六、七分の間隔、その足で何喰はぬ顔をして私の処へ立寄つてゐたわけだ。一本かかせておけば戦後何処かが大々的に上演してゐたかもとは菊岡の説。

「憂鬱だね」「へえーつ、貴方にも憂鬱な時がありますか」、家内が横から「パパ、小父ちやまは打撃をうけてゐらつしやるのよ。矢田さんがなくなられたぢやありませんか」「そうなんだよ。君はなんにもわかつちやゐないんだから」

矢田がもし健在だつたら、おそらく坂口の作品に矢田が実名ででてきていない。いはんや、矢田を想定し『吹雪物語』のやうなフィクションをかいてのけるような勇猛心はない。買ひかぶりだ。

和田、矢田間にたとへ一時大人の恋愛があつたとしても、それで矢田に全面的に否定的になるほど、純潔だつたわけではなく、なほかつさうなら坂口に恋愛などする資格はない。いや矢田は坂口の内にあつては永久に神聖にして犯すべからざる偶像だつたのだ。

彼は伊東を脱出した。競輪の不正を摘発し、黒幕の自由党の殺し屋に狙はれてゐる。佐々木茂索に車をかりたが、置場所がなく、前夜水野成夫の処へ預かつてもらつた。自由党から行方をくらますのに、財界池田派三羽烏といはれた水野に車を預けるのはおかしい。これから地下に潜行する。ついては代々木病院に紹介してくれ。軍資金には「西日本」に連載小説を斡旋してくれ。回虫とりに私ども家族がかわりばんこに入院し、当時代々木病院は閑散だつたのに眼をつけた。地下潜行さきとはね。そんな迷惑はかけられませんと断つた。小説が連載されれば、所在はすぐつきとめられる。そんなバカげた潜行があるものか。それも断つた。どちらも言下に断られ、返す言葉もなかつたが、それを怨み、日頃往来のない花田清輝をよびだし、ぼくが危急存亡の窮地におちいるや大井君は裏切つたと訴へてゐる。殺し屋だの地下潜行だの、ものものしい顔をしていつてゐるが、坂口もオウバアなのは承知してゐる。人騒がせで話題になれば道化もいとはぬ、サーヴィス精神過剰な企画で、そんな邪道な傍役はまつぴらだ。坂口と古くから懇意な記者が、安吾さんが狂つたと噂がありますから狂つてはいない解明をしてやつて下さいといふので、匿名で無難な擁護をしてやつた。するとその新聞社に使ひを寄越し、てれんぱれん良加減なことをかくなと大井君に伝へ給へだとさ。私は会つたらブン撲るから要心しろと葉書をだし、正規な絶交状は早晩伊東に荷物をひきあげに現はれるのを見越し、尾崎士郎に託した。後年、あれは手きびしいといふより、彼にはショックが強すぎる。読ませたら自殺してゐたね。わるいけれど、渡さなかつたよと氏にうかがつた。

最後は南川潤を頼みに桐生へ移ると、私の観測通りになつたが、到々南川も怒らせ、孤立し、若干反省したらしい。薬も断ち、やうやく平穏な家庭人に納つたやさき、俄かにみまかつた。さして苦労をしらず、太平楽な生涯をすごしたのは果報者だつた。

（『ユリイカ』一九七五年一二月号）

石川淳と坂口安吾 あるいは道化の宿命について

澁澤龍彦

石川淳と坂口安吾とを同列にならべて、たとえば新戯作派だとか無頼派だとかいったレッテルを貼りつけるやり方は、すでに戦後も三十年を経過した今日、まったく無意味になってしまったと私には思われる。現在の石川淳には、どこにも無頼派らしいところは見られない。いや、織田作之助も太宰治も坂口安吾もすでになく、社会の経済的基盤が完全に変質してしまった現在、無頼派などというものは日本文壇に存在しえなくなったのだ。そして存在しえない過去の名称を、げんに生きて仕事をしている作家に貼りつけることの不当は、いうを俟たぬであろう。

なるほど、坂口安吾はまだ戦後の狂瀾怒濤の完全には終っていない時期に、文学的にも生活的にも捨身の破滅的な行動を演じて、あわただしく死んでいった。安吾は最後まで、外部から人間の行動を規制してくる、あらゆる文化的な価値としての形式の支配に対して、果敢な捨身の抵抗を示したように思われる。一言をもってすれば、彼はあらゆる形式の破壊に一生を賭け、ついにその文学も中途半端のまま、その生活さえも破壊してしまったような趣きがあった。

しかし石川淳の生き方はちがっていた。より巧智であったといってもよい。文学的にも生活的にも、淳は安吾と同じ基盤に立ちながら、なおかつ生きのびるための方法を模索したのである。ここで私が用いた「生きのびる」という表現は、もちろん一つの比喩である。そういえば、安吾はもっとも有効な修辞学上の武器であるべき、この比喩というものにも徹底的に無縁であった。安吾のいわゆる説話（福田恆存の表現）には、石川淳の短篇におけるような、形而上学に向ってひらかれるべき視覚が欠けていた。

私には、坂口安吾が孜々としてあらゆる形式をぶちこわすのに対して、石川淳がひたすら方法を模索するといったような意味で、この二人の昭和十年代に出発した作家の関係を、ダダイスムとシュルレアリスムの関係として捉えてみたいような気がしないでもない。本人が実際に影響を受けたかどうかはともかくとして、安吾の初期作品『木枯の酒倉から』や『風博士』には、たしかに日本的なダダの味わいがあるし、淳の『山桜』から戦後風俗を素材とした数々の幻想的短篇、あるいは『鷹』から『虹』にいたる中篇には、明らかに超現実主義風の味わいが読みとれるであろう。しかし、私が強調したいのは必ずしもそのことではない。むしろ私は、生き方や倫理の問題に重点を置いて言っているのである。周知のように、フランス本国のダダやシュルレアリスムも、単に美学上の変革ではなく、より大きく生き方に係わるところのものであった。

「反芸術といふことも、作品を事件と見ることも、ことばはいろいろだらうが、今はじまつたことではなかつた。近いためしに、第一次大戦のあとにダダがおこつてゐる。今さらダダの説明でもあるまい。当時わたしはまだ年少、仕事にもなんにも、芸術の現場から遠いところにふらふらしてゐたが、しかしピカビヤは気に入らないものではなかつた。わたしは精神……とまではいはない、青二才の生活感情に於ていくぶんはダダのはうに傾斜しかかつたやうなおぼえがある。」

右は石川淳の興味ぶかい回想（『夷齋遊戯』より）である。この言葉につづけて、「それでも、ダダの波のあとに置きざりをくった貝殻の一かけらになったやうなおぼえはない」と淳はつけ加えている。これは私流の言葉に翻訳すれば、気楽な形式からの逸脱に安住せず、観念と形式のスリリングな追いかけっこ、つまりは絶えざる方法の模索によって、ダダの波を乗り切ったということを意味する。観念のみが突っ走り、やみくもに形式をぶちこわそうとする安吾にくらべて、淳がより巧智であったと私が前に書いたのも、この意味にほかならない。

名高い『日本文化私観』における断定によれば、「必要性がすべてに優先する」という一種の実用主義哲学を堅持していた安吾にとって、その散文は、どうしても無定形のなかに突入してゆくほかはなかった。安吾は散文から一切の形式をはぎとり、その純粋な内容を提示することができると考えた。

ところで、石川淳によれば、文章の内容とは「そこに持続された精神の努力の量であり、形式とはその努力の言葉に於ける作用」（『文學大概』）である。淳においては、内容と形式はいつもスリリングな追いかけっこをしているのである。コミュニズムにおいてさえ、形式を離れた思想の純粋な内容などというものは、彼にとってはありえなかったのである。

しかし安吾の独特な合理主義あるいは実用主義の弱点をあげつらうのは、むしろ容易であろう。小林秀雄との対談で、小林が持ち出した「規矩」という概念を、ほとんど理解することができなかったか、あるいは理解することを頑強に拒否していたのが安吾という度しがたい人間であった。それでも、安吾の論理がいかに支離滅裂であっても、その一途な願望が、必ずしも私たちに感得できないものではないかぎり、その文学は生きているといっても差支えないのである。『白痴』や『紫大納言』や『夜長姫と耳男』などは、彼の評論における浅薄な形式否定の論理を裏切って、石川淳の表現によれば「部分と全体とをくるめて」光り輝いているのだ。

ここで私が思い出さざるをえないのは、おそらく戦後三十年間に輩出したわが国の批評家のなかで、石川淳および坂口安吾に対するもっとも良き理解者であり、同時に、その仕事の性質が彼ら二先輩のそれを正統に引き継ぐものと思われる、花田清輝の例によって例のごとき卓抜な評言である。

花田は「スカラベ・サクレ」というエッセーのなかで、林達夫の「異常な好意と尽力」（著者の後記）によって出版されたという中橋一夫の名著『道化の宿命』に拠りながら、「荷風・淳・安吾の系列は、わたしに、シェークスピアの芝居に登場する道化の三つの型――辛辣な道化《ビター・フール》、悪賢い道化《スライ・フール》、愚鈍な道化《ドライ・フール》を連想させる」と述べ、荷風を辛辣な道化に、淳を悪賢い道化に、そして安吾を愚鈍な道化に、それぞれ当てはめているのである。しかも花田は、一般に見られる道化の進化のコースを逆転させて、「たとえば、荷風の『花火』におけるおもわせぶりなプロテストが、淳の『曾呂利咄』における手のこんだ諷刺に変り、最後に安吾の滑稽小説のたぐいにおける痴呆的な笑いと化した、とみればみれないこともないではないか」という、彼一流の弁証法的な、目のさめるような逆説を吐いているのだ。

このエッセーにおける花田清輝のねらいは、いうまでもなく、愚鈍な道化たる坂口安吾の名誉回復である。私は前に、安吾と淳との関係を、ダダからシュルレアリスムへの進化のコースによって捉えたが、花田流の弁証法にしたがえば、むろん、このコースも逆転され、どちらかといえばダダの真価が強調されることになるにちがいない。それはそれで一向に差支えないし、私としても、べつだん、淳と安吾の進化における優劣を論じるというがごとき、愚かしい意図は最初からなかったのだということを強調しておかねばならぬ。花田の意図も、おそらく私と同様であろう。

悪賢い道化たることを自覚している石川淳は、次のように書いている。

「どうも日本の芸術家諸君はのべつにマッチをすつて思想のたばこを燃してゐるくせに、自分が信じてゐるわけでもなささうな『永遠の秩序』には、たつた一本のマッチをすら惜しんで、火をつけてこれを燃さうとしないほどケチンボで無精のやうに見える。たぶんオトナといふものだらう。」

この点から見るならば、坂口安吾は明らかにコドモだったということができよう。安吾は火遊びの好きなコドモのように、マッチを惜しまず「永遠の秩序」を燃そうと躍起になっていた。その論理は支離滅裂、とても「思想のたばこ」を燃しているとはいえず、たしかに愚鈍な道化と呼ばれるにふさわしかった。しかし安吾の魅力は、繰り返していうならば、このコドモ性にこそあるのである。

私はこれまで、石川淳と坂口安吾とを、主として文学および精神の領域から比較してきたが、もっと次元の低い日常生活の領域で、この二人の歴史に対する精神のありようを特徴的に示すような事例があるので、それを次にぜひとも書いておきたいと思う。安吾が死んでから書かれた、石川淳の「安吾のゐる風景」というエッセーからの引用である。私はこのエピソードが大好きなので、わざわざ最後まで取っておいたのである。

「あるとき、安吾は関流の数学が秘伝として閉鎖されたことをののしり、事のついでに海苔の焼き方に定法あることをののしつて、海苔なんぞはただ漫然とこれを火で焼けばいい、きまつた焼き方があつてたまるかと、意気軒昂たるものを示した。なるほど、関流の秘伝の件は、秘すべからざるものを秘すのだから、たれもおなじくにくむだらう。しかし、海苔のはうはちよつと事情がちがふ。これを適当な仕方で火にあぶつてこそ、海苔は人間の食ひものとなる。きまつた仕方があるとすれば、さうするのが一番うまく食へるといふことを、われわれが経験的に知つてゐるからだらう。茶の湯の作法といふほどのものではなし、とくに秘伝のあることを聞かない。紙をこがすのとおなじ仕方であつかふのは海苔を焼いたといふことにならぬではないかと、わたしはいつた。」

　もちろん、この淳の主張に対して、安吾はおいそれと承服しはしない。やがて安吾は火鉢の前にすわつたまま、実際に海苔をとり出して焼きはじめる。

その焼き方は、淳の観察によれば「わたしの期待に反して、決して紙をこがすやうにではなく、ふつうの仕方で、すなはち定法にしたがつて、これをあつかふ手つきはわたしよりもたくみに見うけられた。ただこれを食ふ段になつて、安吾は面目をあきらかにした。一枚を手でつかんで、ぎゆつと口の中に押しこむ。すなはち、こどもの食ひ方であつた。」

　ドライ・フールの面目、まさに躍如たるものがあろう。と同時に、スライ・フールの面目も躍如としてはいないだろうか。案ずるに、スライ・フールとは、歴史に対する透徹した目をもった道化の謂であろう。

（『国文学』一九七五年五月号）

無頼派の肖像——⑤

石川 淳

写真・文＝**林 忠彦**

石川淳さんを太宰や坂口安吾と同じような無頼派と思うのは大変な間違いのように思います。東京外語仏語科を出て旧制の福岡高校で教鞭をとり、和漢洋に精通する実に幅広い学者でもあったんですね。

　僕が石川さんに会うのはいつも「ルパン」で、酒を飲んでいる彼しか知らなかった。飲んでいるときのすさまじさは、酔うにしたがってバカヤロウの連発で、ちょっと今では見られない酔っぱらいでしたね。何か言うたびにバカヤロウと言うので、数えてみたら、一晩に二十数回は言っていたように思います。そのバカヤロウの調子が、酔っているのに、江戸っ子が啖呵を切るような歯切れのよさで、無口な人が不思議に饒舌になっていなせな言葉を使うなあと思ったら、浅草の生まれということで、なるほどと合点がいきました。

「ルパン」のママなどは、石川淳さんが酔ってくると、「これ、預かってんのよ」と言って、ポケットに電車賃を残しただけて、腕時計から定期、財布まで、全部あずかっていましたね。ときどき、酔っぱらって新橋駅のホームに座り込んでいる姿を見かけましたが、本当に大変な飲んべえでした。

　この本をつくるのに石川さんのネガを探したが見当たらず、石川家に差しあげた写真を複写しましたが、その写真の裏に、林忠彦君が撮影、ときちんとした字で書かれていました。いかにも学者肌の大真面目なところが感じられ、酔っぱらいの石川さんしか知らなかったのが申しわけないように思います。

（『文士の時代』より）

撮影＝昭和22年

衛生学としての〝安吾文学〟

島田雅彦

いつだったか、柄谷行人氏と坂口安吾をめぐって対談をしたおり、安吾の運動神経についての話が出た。『安吾巷談』の「東京ジャングル探検」で安吾自身語っているように、彼は運動神経抜群の餓鬼大将だった。中学生の時、頼まれて競技会へ出場し、さりげなく全国大会で優勝してしまうのだ。柔道をやれば、向うところ敵なしだし、砲丸を投げれば、相撲選手よりも遠くへ飛ばす。ついでにハイジャンプの中学記録を塗り変えたりしている。病気と感受性の野合が日本の近代小説の根拠になりかねなかった中で、安吾はただ一人健康であった。だから、自ずと「堕落」や「デカダンス」も怨念やコンプレックスとは無縁な、爽快さに満ちていた。安吾が「堕落」や「デカダンス」を口にする時は、常に清朗な生への意志に裏打ちされている。「世相は変わっても、人間は変わらない」と安吾は書く。それは「絶望している暇などない。生きるのに忙しいから」といった全面的な生の肯定につながる。

　どの時代でも変わらない人間を描く態度は小説でもエッセイでも史談でも一貫していて、安吾はその方法をファルスと呼ぶ。ファルスとは悲劇でも喜劇でもなく、人間の全てを肯定するものだと安吾はいう。『安吾巷談』には彼と同時代の作家、例えば、田中英光とか石川淳とか檀一雄など、や無名の市井《しせい》の人々、一膳めし屋の主人とか新宿の巡査とかが登場して、賑やかに時代風俗を浮き彫りにするが、ここでも安吾独自の「変わらない人間」を肯定する態度を読むことができる。別に戦後だろうが、戦前だろうが、明治時代だろうが、安吾は人間について同じようにしかいわないだろう。終戦を境にして、いうことなすことの全てを変えて戦後の生活に順応しようとしたカメレオンたちとは安吾自身は一線を画している。彼には別にやましいところはないのだ。戦争があろうと、なかろうと、安吾は安吾だったと自信を持っていえるのだ。だからといって、安吾は「人間は変わってしまった」と嘆き、カメレオンたちを批判したりはしない。人間はもともとそうしたものだといって、平然としている。

　安吾の態度は三島由紀夫のそれといいコントラストをなしている。三島の場合、戦前と、戦後の変化をあたかも自意識の内部で起こった事件のように語る。つまり、天皇、日本文化、日本語の三点セットを合理的に組み合わせて、戦後日本のカタログをフィクションとして構成し、それを自意識の鏡に映すというやり方をした。しかし、安吾は天皇にも日本文化や日本語にも付加価値を与えようとはせず、それらとは無関係なところに自らを立たせた。「われわれは日本を発見するまでもなく日本人である」といってのけるのである。三島は日本を島国の内部でしか見なかったが、安吾は大陸的な見方で日本を相対化して見ていた。だから、日本を神国として絶対化したり、共同体的な美意識で美しき日本の自然を謳い上げる必要もなかった。

『安吾史譚』では鋭い洞察力で歴史上の人物を描写している。とりわけ、古代史を扱う時の安吾の視点は日本を大陸との関係で捉えるものだ。

「国史以前に、コクリ、クダラ、シラギ等の三韓や大陸南洋方面から絶え間なく氏族的な移住が行われ、すでに奥州の辺土や伊豆七島に至るまで土着を見、まだ日本という国名も統一もない時だから、何国人でもなくただの部落民もしくは氏族として多くの種族が入りまじって生存していたろうと思う。……特に目と鼻の三韓からの移住土着者が豪族を代表する主要なものであったに相違なく、彼らはコクリ、クダラ、シラギ等の母国と結んだり、または母国の政争の影響をうけて日本に政変があったりしたこともあったであろう。」(道鏡童子)

安吾の手にかかると、天草四郎も柿本人麿も源頼朝も史実の迷路から飛び出し、活々とその人となりをさらけ出す。歴史の現場に行って見てきたような調子で書く。『安吾史譚』に講談のような面白さを感じる人は多いはずだが、そのたたみかけるような調子と資料の読みの深さからくる説得力はその後の歴史家や歴史小説家をも大いに鼓舞しただろう。「柿本人麿」などはそれ自体がファルスである。この中で人麿はただの恐妻家であり、その詩才も「アイツの歌は大ゲサだなア。しかし、調子は天下一品だなア」と同時代の人々に評されるだけのおめでたいタイコモチのような歌人でしかない。

「門づけの詩魂溢るる一生は、実はつまらない一生だった。思えば悲しい一生でもあった。……無能な人麿は小さな畑を不器用に耕しながら、いつとはなく息をひきとった。村の邪魔物のような風来坊の老いぼれが死んだので、村の人々はどこかの片隅へ葬った。本当の死にのぞんで、彼はすでに歌わない人麿であった」(柿本人麿)

現実というのは不安定で、偶然で、行き当たりばったりである。しかし、歴史はそれを合理的に再構成しようとする。安吾はその歴史の合理性をあくまで不合理なものと見る。むしろ、不合理ともいえる現実を合理的なものとして受け容れようとする。『安吾史譚』の底を流れているのは、不合理な合理性に全てを押し込もうとする歴史主義への抗議だ。安吾が描く人麿は「熱海復興」で火事場から逃げまどう石川淳にも似ている。人間は一つの社会的なフィクションであり、時の権力や世相に合わせて解釈され、型にはめられるものだ。しかし、ひとたび歴史主義の定義から人間を解放したとたん、人間は原始以来、殆ど変わっていないように見えてくる。理性的に見える一方で、情動に身を任せる動物であるかも知れないし、性懲りもなく、先人の誤ちを繰り返すバカ者であるかも知れない。安吾はそのことを認めたうえで〝人間〟のありようを探求する。安吾が考える〝人間〟とはニーチェのいう超人に近いものかも知れないとぼくはある時考えた。例えば、ニーチェのこんな言葉を憶い出してみる。

「超人」ということば、これは「近代的」人間、「善」人、キリスト者やその他のニヒリストと対立する、最高の出来のよさの典型をあらわすことばであり——道徳の絶滅者であるツァラトゥストラのような人物の口にのぼった場合、たいへん意味深いものになるのに、——それがほとんどいたるところで、しごく無邪気に、ツァラトゥストラの姿にあらわれているのとは正反対の価値の意味にとらわれている。つまり半ば「聖者」で半ば「天才」といった、より高い種類の人間の「理想的」典型と解されている。(この人を見よ)

安吾のいう〝人間〟は控えめな自画像であると同時に、人間を語る形而上学や宗教意識、道徳、主義を一切拒絶したところに立つ〝ただ生きる人間〟なのである。悟りを開こうと睡眠時間を削って、神経衰弱になるような安吾であったが、坊さんたちの共同体の中で偉くなるだけの日本式仏教においては下手に悟らなくてよかったというべきだろう。それはキリスト教の聖人が教会内の権謀術数や解釈学で決まるのと同じようなものである。あくまで、悟りはマゾヒスティックに厳しい修行を積んだり、道徳をクソ真面目に守ったりするところからは生まれない。むしろ、そんな悟りの方程式から自由になったところから生まれる。悟りを開こうと焦って、それがキリストや仏陀に対するコンプレックスやましさ、狡猾で世渡りのうまい連中に対する怨念になったらおしまいだ。

「弱さから生まれた怨恨は、だれよりも弱者そのひとにもっとも有害である。——ところが別の場合、すなわち、ゆたかな天性が前提となる時は、怨恨など、ちゃんちゃらおかしい感じなのだ。つまり怨恨みたいな感情にとっつかまらないことこそ、ほとんどそのゆたかさの証明といえるのである」(この人を見よ)

安吾は生きてゆくのに便利な処世の術だけを示そうとする。もちろん、処世の術といっても、他人を騙したり、逆に他人に気に入られようとする努力のことではない。現に起こっていること、かつて起こったこと、そして未来に起こり得ることに対して、最低限覚悟しておかなければならないことをさりげなく説いているのだ。いみじくも、ニーチェが仏陀の哲学を評していったように、安吾の〝辻説法〟も一種の衛生学なのである。ぼくが一連の安吾の作品を読んで、何となく儲かったと感じるのはこの理由による。しかし、安吾のような不思議な知性（風博士のような）は日本文学の共同体にはハタ迷惑だったふしがある。小林秀雄は〝日本文学村〟の神様みたいな存在になってしまったが、実は安吾にさんざん攻撃され、しどろもどろだったのである。（対談『伝統と反逆』）

（ちくま文庫『坂口安吾全集』第17巻・一九九〇年一二月）

坂口安吾あるいは日本的思惟の内省

関井光男

坂口安吾は小説家であって、思想家ではない。それは安吾がエッセイストであって、思想家ではないといっても同じことである。たしかに安吾は思想家ではない。それにもかかわらず、安吾の言説が喚起してくるのは、思想の徹底した明晰さである。文学者が秀れた思想家にならざるを得なかったのは、日本の伝統であるが、安吾の明晰さはその文人の歴史においても異数といってよく、物狂おしいほど自己内省に徹底している。「日本文化私観」にしても「堕落論」にしても、そこに書かれているのは、安吾の徹底した自己省察であり、それ以外の何者でもない。佐藤春夫が安吾を評して「自分を眺め入るしつこさと生活感情の充実を貪って飽きない点とで彼ほど特色のある生粋の芸術家も珍らしい」（「現代日本には過ぎものの文学者」）といっているが、安吾の自己省察は西田幾多郎のいう「純粋経験」（『善の研究』）に近いものがある。佐藤春夫のいうように「生活感情の充実を貪って飽きない」ところに安吾の凄さがあるにしても、それは安吾の純粋精神の凄さであり、内省のすさまじさにほかならないからである。佐藤春夫は「彼は健康な知性を持つた狂人であつた」と書いているが、狂気を孕まない自己省察があるはずもない。自己省察すること自体が日常の生活においては一種の狂気といってよいからである。

たとえば西田幾多郎は『善の研究』のなかで、「完全なる真理は個人的であり、現実的である」と指摘し、「真理の標準は外にあるのではなく、反つて我々の純粋経験の状態にある」といっている。「純粋経験」とは西田幾多郎によれば、「全く自己の細工を棄て丶、事実に従うて知る」ことであるが、安吾はこのような経験を通して狂気を体験している。昭和二年十月頃と推定される山口修三宛書簡のなかに、その体験が記されている。

ピンとはり切った鋭い頭が、何を仕出かすか。これは無気味ではない。多くの芸術家は、彼等が凡俗だから、すぐ無気味というに違いない。だが僕はそんな表現はしない。極めて「当然」に心にこたえて来るものである。芥川さんは「何か知らぬ不安」と言った。だが、僕に言わせれば、芥川さんは、極めて、当然に、極めて素直に、何かしらぬ不安を愛したことであろうと思う。これは僕によく分る。僕ももう少しで、遊戯をしようとした。しかし僕は、あまんじて運命のままに進む決心をした。一つには、僕には、僕の命かぎりの芸術が、まだないからだ。僕は力を持っている。きっと僕自身の全力で創り上げる力がある。従てその力は又発狂する力なんだ。これは、今や僕には、実に楽しい鬼ごっこだ。

この自己省察のすさまじさは、作家以前の安吾も作家以後の安吾も変わらない。その意味でいえば、安吾の資質は日本の伝統的な近代小説家のそれとは本質的に異なっている。日本の近代小説家は写実を重んじて分析や描写に傾いていくが、安吾は自己内省から出発し、その徹底化を重んじた小説家である。安吾には「二つの相対した情念が内包されている」（矢島道弘『相対する情念――坂口安吾の世界』）などという指摘は、怠惰で群盲象を評す愚直さ以外の何物でもないだろう。安吾は「虚無的合理主義」（奥野健男）であったことも、「破戒と求道」の文学者であったこともない。安吾は精神という自然を観察し、内省する生存の構造だけを信じていた小説家である。「通俗作家　荷風」のなかに「元々荷風という人は、凡そ文学者たるの内省をもたぬ人で、江戸前のただのいなせな老爺と同じく極めて幼稚に我のみ高しと信じ、わが趣味に非ざるものを低しと見る甚だ厭味な通人だ」という荷風批判の文章があるが、ここにはその姿勢が的確に語られている。この文章が興味深いのは、荷風批判が主題であるにかかわらず、自己内省の不徹底さが主題になっていることである。それは「デカダン文学論」のなかで島崎藤村、横光利一などのリアリズム作家の批判についてもいえる。安吾はリアリズム小説への批判を書いているのではなく、自己内省の不誠実さ、疑うことの不充分さをそこでも難じている。内省とは何よりもまず疑い得るだけ疑う「純粋経験」にあるからである。西田幾多郎が『善の研究』において「純粋経験」を基礎づけているが、そこに示されているのも、この内省の徹底である。

西田幾多郎はこう書いている。

もし真の実在を理解し、天地人生の真面目を知らうと思うたならば、疑ひうるだけ疑つて、すべての人工仮定を去り、疑ふにももはや疑ひ様のない、直接の知識を本として出立せねばならぬ。（中略）科学といふ様なものも、何か仮定的知識の上に築き上げられたもので、実在の最深なる説明を目的とした者ではない。

西田幾多郎においては、この「純粋経験」は「意識現象が唯一の実在である」という唯心論の考えに結びつき、「主客を没したる知情意合一の意識状態が真実在」として示されるが、安吾においては、それは癒しようのない「魂の孤独」をめぐっての心的なパラドックスとして示されている。「文学のふるさと」のなかでシャルル・ペローの童話「赤頭巾」を例に挙げて語っていることは、このパラドックスということができる。安吾は、赤頭巾をかぶった少女が森に住むお婆さんを訪ねて行くと、狼がお婆さんに化けていてムシャムシャ食べられてしまったという話には、「むごたらしく、救いようのないもの」「暗黒の孤独」があり、「突き放されたもの」があるという。それは「何か、氷を抱きしめたような、切ない悲しさ、美しさ」であるともいっているが、重要なのは、それが「生存それ自体が孕んでいる絶対の孤独」であり、「救いがないということ自体が救い」であるというパラドックスとして語られていることだ。安吾は「救いがないということ」に救いを求め、「絶対の孤独」から脱却しようとしているのではない。そのパラドックスを逃れられない現実としてありのままに認めている。たとえその認識が奇怪な倒錯に見えようとも、それが疑いようのないものであるならば、そこから出発しなければならない。一口にいえば、そういうことだ。だからこそ安吾はここに「文学のふるさと、或いは人間のふるさと」を見、「生存それ自体が孕んでいる絶対の孤独」を見ざるを得なかったのである。内省が狂気を孕んでしまうのは、こういう場所をおいてはない。それは悲惨なむごたらしさを伴わない自己内省などはあり得ないということを意味する。西田幾多郎にはそれが見えなかった。西田哲学の戦時下の思想が「純粋経験」の批判性を喪失し、自己内省を安易な弁証法に転化させざるを得なかった不幸は、ここにあるといってよいだろう。安吾が戦時下において「日本文化私観」を書き、「青春論」を書いて自己の思想を確立していく過程を考えると、これはまったく対蹠的である。安吾にとっては自己内省は「生存それ自体の孕んでいる絶対の孤独」を見続けることで、それは他のどんな弁証法にも転化できなかったのである。「文学のふるさと」が救いを求めた倫理的なエッセイではなく、人間の生存の構造を追究した存在論的なエッセイであることを看過すべきではないだろう。

私は文学のふるさと、或いは人間のふるさとを、ここ（救いがないこと自体が救い）に見ます。文学はここから始まる――私は、そうも思います。

アモラルな、この突き放した物語だけが文学だというのではありません。否、私はむしろ、このような物語を、それほど高く評価しません。なぜなら、ふるさとは我々のゆりかごではあるけれども、大人の仕事は、決してふるさとへ帰ることではないから。……

だが、このふるさとの意識・自覚のないところに文学はあろうとは思われない。

安吾の自己内省が日本人の伝統的な思惟方法から遠く距っているだけでなく、ラディカルに対決しているのは、この人間の根源的で疑いようのない存在観にあるが、注目すべきなのは、インドの原始仏教に同じような存在観があるということだろう。安吾が悟りを得ようとして東洋大学印度哲学倫理学科に入学し、パーリ語を学んでインドの仏典などに親炙したことは知られているが、その仏典のパーリ文『法句経』一八八と一六〇に次のような言葉がある。

子も救いえない。父も親戚もまた救いえない。死に捉えられた者を救うことは、親族もなしえないのである。

自己は自己の主である。

安吾がこの『法句経』を読んだという確証があるわけではない。これを証明する手立てがあるというのでもない。パーリ語を習って仏典などを読んだという文章があるにすぎないが、そこに一貫して語られているのは、「自己は自己の主である」という教えである。「死に捉えられた者を救うことは、親族もなしえない」のは、この自己の存在観にある。インド哲学を学んだ安吾がこれを知らなかったとは思えない。「坊主の勉強も一年半ぐらいしか続かなかった。悟りの実体に就て幻滅したのである」（「処女作前後の思い出」）と書いているが、その「悟りの実体」が自己の存在の自覚にあることを知らなかったはずはない。宇井伯寿の『印度哲学史』にも、それは記述されている。だが、その論証がここでの主たる目的なのではない。私がここで問題にしたいのは、安吾の学んだインドの原始仏教には救いのない人間の根源的な存在観が示されているが、それは安吾の「生存それ自体が孕んでいる絶対の孤独」観と重なるということである。日本の仏教はこのような認識を変容させ、凡夫もまた現世において悟りを開けば、覚者になれるという人間の生の理想を見ようとする。インド人が死（絶対の孤独）を通路として人間の生に迫ろうとする態度は、日本の仏教にはない。安吾が悟りに幻滅したのは、いうまでもなく日本の仏教が強調している悟りへの幻滅であるが、この幻滅が日本人の思惟方法への安吾の幻滅にもなっている。自然の風景に安息の地を見い出し、安易に悟りに入っていくのが日本人の一般的な思惟方法である。仏教に基いて無常を観じた鴨長明が世俗を脱した閑居の生活に安息の地を見い出し、無常観や厭世観を内省的に追究しないのは、この日本人の思惟方法にある。中村元の『東洋人の思惟方法』によれば、それは与えられた現実の絶対的容認にあるが、自己の生存にたいする内省の不徹底にあるということだろう。現代においても、この不徹底さを払拭できてはいない。これは驚くべきことである。安吾の言説は戦後の社会において常識化され、一般化したといわれているのも、そのひとつといってよいかも知れない。安吾の自己内省の徹底化が一般化したことはないからである。たんに安吾の言説を知り得ただけにすぎないのが事実であろう。

たとえば、中村元の『東洋人の思惟方法』に次のような文章がある。

日本人の思惟方法のうち、かなり基本的なものとして目立つのは、生きるために与えられている環境世界ないし客観的諸条件をそのまま肯定してしまうことである。諸条件の存する現象世界をそのまま絶対者と見なし、現象をはなれた境地に絶対者を認めようとする立場を拒否するにいたる傾きがある。このような思惟方法にもとづいて成立した思惟形態は、明治以後の哲学者によって「現象即実在論」と呼ばれ、一時、世に喧伝されたが、その淵源はきわめて古いものである。（傍点・中村元）

現実の現象が制度としての絶対者であって、立場を異にする者は疎外される。つまり思惟方法が現実の現象から離れていると、拒否されるということであるが、安吾が批判したのは、この一般的な日本的思惟の方法である。丸山真男はこの日本人の思惟方法を、現実が無批判に「である」ことになっていく価値様式であると指摘し、「儒教的な道徳が人間関係のカナメと考えられている社会が、典型的な『である』社会だ」（『日本の思想』）ということを批判的に明らかにしたことがある。ところが今日においてもこの価値様式はまるで地下水のように見えない影を引きずって生き続けている。これは醜怪な不思議な光景である。安吾が生涯に亘って定住することを拒絶し、流転という移動を生きたのはほかでもない、この日本人の思惟方法への異和感が根本にあったからにほかならない。もちろん、その根底には飽くことのない自己省察がある。それが安吾の生きることであり、存在することであったからである。流浪することが心の平安の地であったからではない。これほど安吾にとって無縁のものもなかったろう。芭蕉のように「日々旅にして旅を栖とす」（『奥の細道』）という漂泊の思いは、安吾の流浪していく移動とは異質である。安吾の流浪は絶えず自分の内部にズレを起こしていく装置のようなものであり、実存することと同義である。そこに格別に意味があるわけではない。意味づけることは、流浪に定住と同質の価値を与えることになる。安吾の流浪はそこからの絶えざる移動、ズレていくことなのだ。

安吾は「余はベンメイす」のなかで書いている。

> 私は一個の不安定だ。私はただ探している。女でも、真理でも、なんでもよろしい。御想像におまかせする。私はただ、たしかに探しているのだ。
>
> 然し、真理というものは実在しない。即ち真理は、ただ探されるものです。人は永遠に真理を探すが、真理は永遠に実在しない。探されることによって実在するけれども、実在することによって実在することのない代物です。真理が地上に実在し、真理が地上に行われる時には、人間はすでに人間ではないですよ。

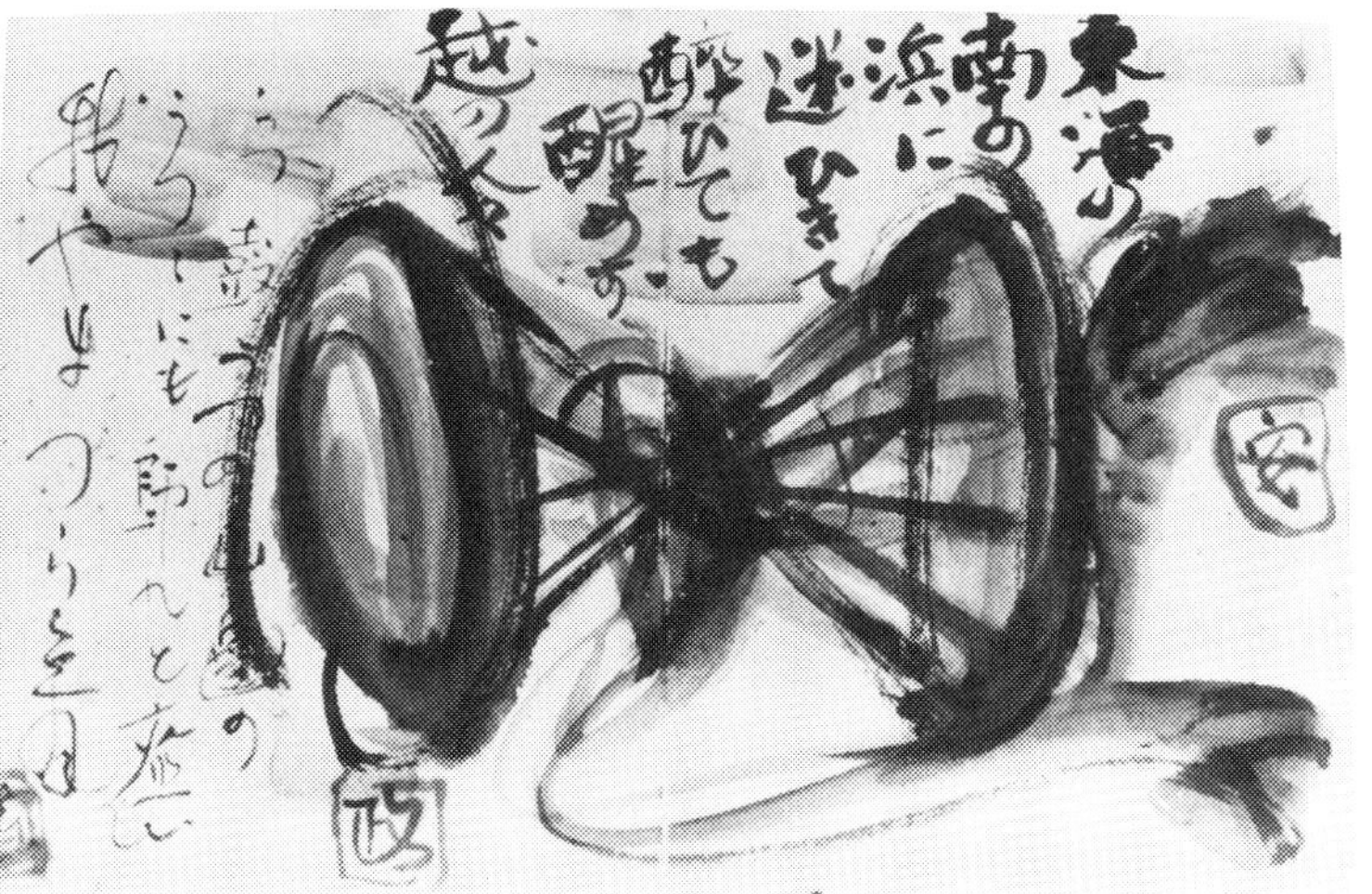

人間は普遍的な真理から追放され、生存という「一個の不安定」を真理を探し求めて生きている。それを避けることはできない。安吾がいっているのは、真理を探して流浪すること自体が「一個の不安定」であるということである。これは逆説ではない。パラドクシカルな不条理の感覚である。発想はカフカの『城』の世界に似ていなくもない。カミュが『シーシュポスの神話』のなかで語っている、無益な労働に従事するシーシュポスの物語に似ているともいえる。安吾は「私は誰？」のなかでも、こういっている。「私はただ、うろついているだけだ。そしてうろつきつつ、死ぬのだ。すると私は終る。私の書いた小説が、それから、どうなろうと、私にとって、私の終りは私の死だ。私は遺書などは残さぬ。生きているほかには何もない」。安吾は「私」という人間の存在が無意味であり、ただ「うろついている」のが「私」という人間だといっているのではない。生きて流浪しているのが「私」という人間の存在のすべてである。それを全的に肯定すると共に突き放さなければならないのが「私」という人間の存在だ。それ以外のどんな観察もどんな意味づけも意味はない。「私」は「一個の不安定」の存在で死ぬしかなく、生きていることが「私」という人間の存在の総量であるといっているのだ。つまり、「私」は「私」の存在以外を生きることはできないといっているのだ。これはカフカの『審判』の主人公Kが一度も見たことのない裁判官を捜し続けるが、そこに行き着くことができずにまるで「犬のようだ」と

いいながら殺されていくこととほとんど同じである。安吾とカフカを決定的に拒てているのは、安吾にとっては、「私」という人間の問題は神や宗教の問題ではなく、「私」の背負わなければならない問題であったことだ。安吾が日常生活ばかりでなく、その文学においても思想においても安住することを徹底して拒絶し、安息の地を見い出そうとしなかったのは、この「私」という存在の内省にある。内省することは徹底して見ることであり、意味づけたり価値を与えたりすることではない。内省によって解決できる問題などないからである。安吾の言説が徹底した思想の明晰さを喚起するのは、自己内省を通してありのままに見ることを実践し、それを書いているからにほかならない。安吾のこのような資質は文学者の資質ではなく、思想家のそれであるといったところで、それは何をいったことにもならない。おそらくたんに怠惰なだけである。安吾の思想の明晰は、そういう意味づけを越えたところにある。文学者や思想家の一般的な資質などがあるものでもない。「私」という存在はどうあがいても「私」という存在の特殊性、個別性から逃れられないものだ。内省するということは、この特殊性を徹底して見ることで「外部」の世界に行き当たることなのだ。それは「私」という存在についてだけいえることではない。日本人という存在についてもいえることである。

　安吾はブルーノ・タウトの『日本文化私観』の題名を藉り、それをタウトの『日本美の再発見』批判を通して書いている。

　タウトが日本を発見し、その伝統の美を発見したことと、我々が日本の伝統を見失いながら、しかも現に日本人であることとの間には、タウトが全然思いもよらぬ距りがあった。即ち、タウトは日本を発見しなければならなかったが、我々は現に日本人なのだ。我々は古代文化を見失っているかも知れぬが、日本を見失う筈はない。日本精神とは何ぞや、そういうことを我々自身が論じる必要はないのである。説明づけられた精神から日本が生まれる筈もなく、又、日本精神というものが説明づけられる筈もない。日本人の生活が健康でありさえすれば、日本そのものが健康だ。彎曲した短い足にズボンをはき、洋服をきて、チョコチョコ歩き、ダンスを踊り、畳をすてて安物の椅子テーブルにふんぞり返って気取っている。それが欧米人の眼から見て滑稽千万であることと、我々自身がその便利に満足していることの間には、全然つながりが無いのである。彼等が我々を憐れみ笑う立場と、我々が生活しつつある立場には、根柢的に相違がある。我々の生活が正当な要求にもとづく限りは、彼等の憫笑が甚だ浅薄でしかないのである。

　説明づけられ、決定づけられたものは、どんなものにせよ、形而上学的であればあるほど滑稽である。安吾はタウトの『日本美の再発見』を批判して、こういっている。これはいうまでもなく逆説である。安吾はタウトの日本美の再発見を論難しているだけでなく、日本精神とは何か、日本人とは何かという問いかけを発する日本人自体をも根柢から批判しているからである。日本美も文化も「私」という存在、生活の必要からのみ生まれ、与えられた「外部」からは生まれない。「外部」に日本の美や文化の意味を求めるのは愚行以外の何者でもない。安吾がいっているのは、必要やむべからざる実質が「私」という存在の生成の問題であって、それは文化の問題も変わらないということである。説明づけられた形而上学に意味づけを求めていくことを拒絶し、「私」という存在の地点に還ること、このほかに日本の美や文化を発見していく道はなく、思惟方法もありえない。安吾が戦後になって「堕落論」において書いたのも、このことである。

　人は正しく堕ちる道を堕ちきることが必要なのだ。そして人の如くに日本も亦堕ちることが必要であろう。堕ちる道を堕ちきることによって、自分自身を発見し、救わなければならない。政治による救いなどは上皮だけの愚にもつかない物である。

　我々は今日においても、この己れを突き放し、ゼロ記号にして生活の必要を発見するという安吾の言説を乗り越えてはいない。相も変らず「外部」に価値を発見し、自己内省という「私」の存在を見い出せずにいる。それは自己のすべてを捨てることによって己れの生活（精神）の必要性を見い出す自己内省の不徹底にあることはまちがいない。生きよ、堕ちよというのは、倫理の問題ではない。

（『ユリイカ』一九八六年一〇月号）

「狂人遺書」に至るまで

津島佑子

坂口安吾の代表作と言えば、やはり「桜の森の満開の下」や「白痴」、「青鬼の褌を洗う女」といったところになるのだろうか。もちろん「堕落論」も、「不連続殺人事件」などの推理小説も忘れることはできないわけで、たとえば、「アンゴウ」という小さな推理小説仕立ての小説を読んでみても、私などは改めて、この人はなんという達者な小説書きなのだろう、と感嘆してしまうのだ。一人の男が偶然、手に入れた友人の蔵書に暗号の書かれた紙を見出す。いろいろ考えれば考えるほど、その暗号文は、自分の妻と友人との間に交わされていたものではないかと思われる。男は暗号の正体を見きわめようと、いろいろな方面を調べまわる。複雑な経緯があり、最後に、それが男自身の戦火で死んだ子どもたちが遊びで交わしていた暗号だったことが判明する。

このような内容の短篇であるわけだが、最後の、事実が明らかになるところに至るまでの男の心情、戦死した友人と戦火で盲目になった妻との間にあったことに、今更、こだわることもないではないか、と思いながらも、むしろあさましく友人を呪い、妻をうとんじずにいられない、その心情と、最後の子どもたちの無邪気な世界との対比が、鮮やかすぎるほど鮮やかなのである。「小説の書き方」という教科書があったら、ぜひ、そこにお手本として入れてもらいたい、と思われるほど、巧みなのだ。

この作品ひとつを考えてみても、坂口安吾という小説家がほぼ完璧に、小説の技法というものは知り尽くしていた作家であったことを悟らずにいられない。

けれども、私がここに書き示したいと思うことは、そのことではない。むしろ逆の、つまり「桜の森の満開の下」のような作品への、私の微かな不満なのである。

無論、私も「桜の森の満開の下」、あるいは「夜長姫と耳男」、「青鬼の褌を洗う女」、「白痴」、これらの作品を愛読してきた者である。それぞれ、確かに完成された美しい世界なのである。がこれは、私自身もまがりなりに小説を書きながら生きはじめた、という事情によるのだろうか、つまり、作者というものを考えると、これらの作品が坂口安吾にとっての代表作であると言い切ることはできないような気がしはじめるのだ。

作者と作品を切り離して考えることも、確かに大切なことで、そのように考えるなら、「桜の森の満開の下」から坂口安吾の名前を完全に削り取ってしまってもかまわない、ということになる。それで、作品の世界が少しでも損なわれることはないので、そのことが「桜の森の満開の下」の価値である、ということもできる。他の代表作と言われる作品についても、同様のことは言えると思う。

それはそれで、私も感嘆の気持を惜しんでいるわけではないのだが、一方で、現代の小説の読み手であり、書き手である私は、個というものにも執着せずにはいられないのであり、無視することもできない。個、すなわち坂口安吾という一人の人間である。

坂口安吾の全集をぼんやり眺めていると、今まで、なんとなくこの作家を分かっていたような気分は消え去ってしまい、一体、この人はなにを書きたかったのだろう、と妙にあてどのない気持になっていく。

全十二巻という全集がある。一人の人間が生涯を通じて書き残したもののすべてである。大変な量であるとも、わずかな量であるとも言える。ともかくこれですべてなのか、と思うと、量にはかかわりなく、そのエネルギーに圧倒される思いがする。さてそれでは、そのエネルギーはどこから発していたものなのか、どこを目ざしていたのか、と探りたくなる。オヘソはなんだったのか、ということである。

　このように考えると、「白痴」にしろ「桜の森の満開の下」にしろ「堕落論」にしろ、どうもオヘソだとは思えなくなってくる。もちろん、作品の完成度をここで言っているのではない。はじめに書いたように、この作家にとって完成度の高い作品を書くことは、さほどむずかしいことではなかったろう、と思える。長篇はことごとく失敗している、という坂口安吾に対する言い分があるようだが、「捕物帖」や、「不連続殺人事件」が書ける作家にとって、長篇小説が〝むずかしい〟はずはないので、〝失敗〟しているのだとしたら、なぜ〝失敗〟しないわけに

「日本精神とは何ぞや、そういうことを我々自身が論じる必要はないのである」（「日本文化私観」）

はいかなかったか、を考えなければならないだろう。「白痴」、「堕落論」の翌年、「桜の森の満開の下」、「青鬼の褌を洗う女」と同じ年に書かれた作品で、「ジロリの女」という作品がある。これも完成度、ということでは、かなりメチャクチャな作品であることには間違いない。けれども、妙に気にかかる作品でもあるのだ。まず、「白痴」や「堕落論」を書いた作者が、次に書いた作品がこれなのか、と思って読むと、確かに、作者は次の段階に足を踏みだしているという感想が湧いてくる。

「私は人の顔をジロリと見る悪い癖があるのだそうだ。三十三の年にさる女の人にそう言われるまで自分では気づかなかったが、人の心をいっぺんに見抜くような薄気味わるさで、下品だという話だ。それ以来、変に意識するようになり、ああ、又やったか、そう思う。なるほど、我ながら、卑しい感じがする。……」

「ジロリの女」という題で、このような書きだしではじまれば、読者は誰でも、〝私〟が「ジロリの女」であるに違いない、と思いこんでしまうのではないだろうか。ところが、この小説は男である〝私〟と〝ジロリの女〟である高慢なタイプの女とのいきさつを描いたものなのである。私は少くとも、この導入部で混乱させられ、最後までうろうろと分からずじまいだった。単純に失敗作だと言いきってかまわない作品なのだ。がなぜ、わざわざこんな作品を書いたのだろう、と気にかかる。そして、また冒頭の部分に戻る。そう、この小説にとって、〝私〟がなにも〝人の顔をジロリと見る悪い癖〟を持っていなくてもいいので、全く余分なことなのである。強引に言いきってしまえば、高慢なタイプの女をものにしようとした男が、結局、それで身を滅ぼしたという話なのだから、冒頭に表われている〝私〟の特性は、無意味どころか、全体をぶちこわしにしてしまっている。

　そこで、もう一度、私は、どうしてそんな余分な書き出しではじめなければならなかったのか、とこだわりたくなる。こだわりつつ、以前の作品、後の作品と、読み返してみる。そして、あるひとつのことが浮かび上がってくる。女である。

　初期の作品を見ると、マリア像と、鬼婆的な血の怨念に生きているような母親像との、作者のなかでの極端な分裂を感じないわけにはいかない。つまり、精神と肉体ということであり、憧れと現実、ということにも、それは置き変えることができる。

　その分裂は、「白痴」や「青鬼の褌を洗う女」などで、一応、ひとつの思想のなかで融和したようだが、忘れてはならないのは、その融和した場所は、あくまでも〝女〟という性のなかでしかなかったということで、作者もその意味において、これらの作品に大きな不満を感じずにはいられなかったのではないか、と思われた。〝女〟においてすべてが融和し、怖ろしさ、苦しさ、悲しさがそのまま救いであるとすることは、文学の伝統ではむしろ、安易な筋道なのである。私には、そう思えてならない。「夜長姫」や、「桜の森の満開の下」の女などは、あるいは「白痴」でも、これは陳腐なイメージである、と私などには反論したい部分がある。作者も、同じことを感じていたのではなかったろうか。本当は、男である自分自身に感じている世界なのだ、自分が書かなければならないのは、「白痴」ではないのだ、と。

　その思いが「ジロリの女」の冒頭に表われている、と読み取るのは、深読み、ということになるのだろうか。

　けれども、この作者の最後の作品となった「狂人遺書」を読むと、私はあながち、自分の思いが見当違いだったわけではないという気持がするのだ。ここには、「白痴」や「夜長姫」に表わされたものが、男という性のなかに、見事に表現されているのだ。男もマリアであり、鬼婆であり、妖怪である。作者はようやく、この作品で、その事実を書き示すことができたのではないか。作者にとってのオヘソは、女だけが怖ろしいのではない、怖ろしいのは男も女も同様、清らかさも同様、狂うのも同様、つまり、同じ人間だという確信をなんとか自分のものにしたい、という思いだったのではないか。

　それは当然、母親、性、家族、人間、社会、とどこまでも拡がっていく坂口安吾という一人の人間の精神活動のオヘソなのである。

「狂人遺書」における一人の〝男〟の狂いを眼の前にすると、他の作品についてはとやかく言いたくなる私も、一言もさかしらなことは言えなくなってしまうのである。

（『カイエ』一九七九年七月号）

坂口安吾と戦後という時代

村上　護

戦時下においても、坂口安吾は臆することなく国体について、率直な意見を書いている。先ず思い出すのは、一九四三年に刊行した『日本文化私観』で、「法隆寺も平等院も焼けてしまって一向に困らぬ。必要ならば、法隆寺をとりこわして停車場をつくるがいい」などと大胆に書く。すべての国民に超国家主義の伝統を強い、思想的自由のない時代である。表現の度が過ぎると、いつ拘禁されるやもしれない怖い世の中だ。けれど安吾は、形骸化された天皇絶対の国体に納得してはいなかった。

戦争はすべて天皇の名のもとに遂行され、幾百万人の犠牲者を出して無条件に降伏した。敗戦後の日本は連合国軍、実際はアメリカ軍によって占領され、占領は六年八ヵ月の長きにおよんでいる。

降伏にともなう占領というのは、敵対的行動の全面的な終止を保障するためだけの軍事的措置である。敗戦国を征服し併合でもしないかぎり、ただちに講和の手続きに入るのが通常とされてきた。歴史的に見ても六年八ヵ月の占領は異常な長さというほかない。

異常といえば、天皇の絶対命令による戦争で、負けた責任を誰がとったか。普通に考えれば天皇制国家権力に戦争責任があるはずだが、それを追及する行動や抗争は一切なかった。国民は天皇に対し戦後も戦中と変わらぬ関係を保ちながら、進駐してきた占領軍にも、また軍事的に抵抗する試みはまったくなかった。これも敗戦処理の情況として、他国に例のないあり方だったという。

安吾はこうした日本独特な国体というものを、どう考えていたか。戦後いちはやく発表した「堕落論」で、「人間は可憐であり脆弱であり、それ故愚かなものであるが、堕ちぬくためには弱すぎる。人間は結局処女を刺殺せずにはいられず、武士道をあみださずにはいられず、天皇を担ぎださずにはいられなくなるであろう。だが他人の処女でなしに自分自身の処女を刺殺し、自分自身の武士道、自分自身の天皇をあみだすためには、人は正しく堕ちる道を堕ちきることが必要なのだ。そして人の如くに日本も亦堕ちることが必要であろう」と書く。

ちょっとこれだけの引用では分りずらいが、安吾の「堕落論」では、人間いかに生きるべきかを逆説的に説いている。敗戦までの日本は、ただ体制維持のためだけに多大な犠牲を払ってきた。その体制たるやまやかしで、いかに支えても救われない。救いの道はあらゆる体制から離脱することで、堕ちて堕ちて正しい道を堕ちきることで大悟徹底しなければならないと説く。

大悟徹底については『ユリイカ』（一九八六・一〇）の安吾特集号で、私は「大悟徹底の人」と題して書いたことがある。ここでは詳しく触れる余裕はないが、禅の言葉と解してもよい。大悟とはすべての迷いを打ち破り、絶対の真理と不二になること。また徹底の語も、おおいに悟りきるという意で、同義語を重ね合わせた熟語である。

安吾は青年時代、仏教に凝った一時期がある。そのとき好んだ仏教語の一つが大悟徹底で、またそれを目標として修行したこともあった。そんな体験を踏まえての「堕落論」執筆であったが、私がさらに注目したいのは敗戦直後の安吾の志向である。

無頼派を任ずる安吾であったが、兄弟仲はすこぶる良かった。また郷土愛に燃えていたことは、意外な一面であろう。特に長兄の坂口献吉に対しては、口答えすることなど一度もなかったという。私は長兄献吉夫人の坂口徳さんから、以前いろいろ思い出話を聞く機会があった。そのときの印象で、記憶に残っているのは次の言葉だ。

「炳五さまは敵機のB29、あれが東京の空にいるときはそうは思わなかったけど、新潟方面に行ったとなると心配でならなかった、と話しておりました」

長兄献吉は、当時新潟日報社の取締役社長であった。敗戦直後にはその兄を心配して、安吾は一九四五年九月八日と、十八日、三十日に長文の手紙を三通出している。その中の一通、九月十八日の献吉宛では「あなた自身、戦時中は軍の一カイライ的指導者でありましたが、当時の事情として仕方のなかった事ですから、今はできるだけ完全に之を脱却、積極的に新日本建設に向わるべきで、転向を怖れず、転向を理論的に合理化して弁護することも不要、ウシロ指など黙殺して、オメズ、オクセズ、新発足せらるべしと思います」と書く。

安吾自身の思想は戦中戦後においても一貫したものであった。けれど転向を余儀なくされた人々に対し、非難がましい態度は一切とらない。むしろ多くの転向者のために、生きる指針を与えようとしたのが「堕落論」であったかと思う。爆発的に世評を沸かせた「堕落論」は、敗戦から半年過ぎて書いたエッセイ。その冒頭は「半年のうちに世相は変わった」ではじまっている。ここでは終戦日から二十五日目の、九月八日に書いた長兄宛の手紙に注目してみたい。

当時すべての命運は、占領軍の進駐にかかっていた。その降伏文書調印の九月二日まで、日本は支配権力の空白期間。連合国最高司令官であり、同時にアメリカ太平洋陸軍総司令官であったマッカーサー元帥は八月三十日に厚木飛行場に降り立った。先ず仮の司令部は横浜の税関ビルに置いて、九月十四日まで事態の推移を見守っている。

その間、国民は占領軍への敵対意識も反抗もなく従順であった。多くの人がひたすら嘆願したかったのは、天皇制保持の保証だけであったという。マッカーサーもこれには当初面食らったが、やがて日本特有の統治機構を利用する間接統治を選んでいる。九月十五日には警戒をゆるめ、GHQの本拠を皇居の向かいに建つ第一生命ビルに移した。

安吾はそのあたりの情勢を観察し、新潟の長兄に知らせている。一部を引用してみよう。

「先日、渡邊憲一郎氏とも語りましたが、渡邊氏の話では政界の連中も略米軍のやり方に楽観論で、日本の民政に苛酷な差出口はしないだろうと見ているらしい様子で、之は然し、僕は反対です。楽観禁物でしょう。

どうやら議会も終り、然し一向に無気力的平穏なのは、ともかく八月十五日の大詔と宮様の出馬が利いて一応まとまってるせいもありますが、実際は、まだ米国が命令一号をだしたのみで、日本の内政に対する何らの意志表示をも致さないので、どういう反応も起り得ず、無気力な平穏をつづけているだけで、やがて米軍の意図が分ると共にポツポツ混乱が起り、今年の暮あたりから相対深刻な国内状勢になるものと予想しなければなりません。相当暴動化する恐れもあるでしょう」

安吾の予想はどうだったか。あるいはマッカーサーが当初の予定どおり直接軍政をしき統治したら、安吾の言うとおりになったかもしれない。だが天皇制保持のままの間接統治を行ったから、安吾の予測するようにはならなかった。同じ手紙の中で、彼は次のようにも書いている。

「さて、ここで、最大の眼目を率直に申上げますと、混乱、動乱を怖れてはならぬ、ということです。もし、混乱、動乱を廻避することを之事となし、できるだけ表面の波瀾をさけて一時のまとまりを主眼とするなら、我々は全く大いなる犠牲を払って負けたことが意味をなさぬ。よって我々はこの敗戦を最大の教訓として真に新に、真に光輝ある出発となすために、当然起こるべき混乱は廻避せず、当然あるべき波涛を率直に迎えて、之を誤魔化すことなく、真実の力を以て一つずつ乗り越えて建設しなければならぬ、ということです。之が今後に処すべき我々の覚悟の眼目でなければなりません」

こうした安吾のいう〈覚悟の眼目〉は、兄献吉宛の手紙では本音で書かれていることに注目すべきだろう。紙面に余裕がないのではしょるほかないが、敗戦直後に書いた三通の手紙のバリエーションが「堕落論」のエッセイとなり、「白痴」という小説になっている。

混乱を回避することなく、すなわち正しく堕ちて道を堕ちきるなら、真相が見えて来るというのだ。中途半端で弥縫することは真に新しい国家建設のためには害をなすだけだと考えていた。しかし、こうした最悪の事態がだんだん露わになってゆく。

アメリカ占領軍の間接統治とは、一体どんなものであったか。たとえば新しい日本国憲法は一九四七年五月三日から施行されたが、いわゆるポツダム緊急勅令というものがすでにあって、マッカーサーは緊急を要する命令の実施を立法措置をとることなしに命令することが出来た。すなわち憲法以前の絶対命令というべきものである。そうした強権をいかにクリヤーして施策を実行するか、これが戦後日本の大きな課題となってゆく。

戦後の世界情勢の変化に伴い、アメリカの占領政策も変わってくる。その一つは冷戦によって、日本をアジアにおける反共の防壁とする構想が立てられた。そのためには経済復興を促す必要があり、政府と官僚機構は強力なものに育成されてゆく。その象徴ともいうべき大蔵省の腐敗構造が、今やあらわとなって槍玉に挙げられている。その強大権力はもともとGHQから委ねられた傀儡であったわけだ。

このあたりのことを書いていくと際限がなくなる。あるいは安吾が今日あって発言するなら、大蔵省の今日的問題は敗戦直後からの混乱を回避するための弥縫にあったと指摘するに違いない。生前は弥縫の一端に腹を立て、権力機構と戦った一つが税金闘争であった。

安吾夫人の坂口三千代さんからは、最後まで安吾を悩ましたのは税金問題だった、と聞いたことがある。また私は安吾の税金闘争で直接対決した、元国税局徴収部長の廉隅伝次氏に会って取材したことがある。そのとき明かされた話は「あの当時、GHQがやかましくて、税金の取り立てを厳しくしろと命令されていましてね」ということだった。

安吾に果して勝ち目があったかどうか。そんなことを度外視してよく闘ったが、そのため惜しい命を縮めたともいえる。その闘争記を、彼は「負ケラレマセン勝ツマデハ」と題して書く。その眼目とするところを引用しておしまいにする。あるいは次の一節が、安吾の戦後における生き方を示す、縮図のようなものであったかもしれない。

「日本の歴史というのは根本的にウソツキだからね。ウソを土台にしているのです。学問というものは真実を探究するものだが、日本の歴史だけはウソを前提とし、いかにしてウソのツジツマを合わせるかということを仕事にしています。つまり天皇家の万世一系という前提があり、のみならず天皇家私製の(これを官撰というな)日本書紀の史実を疑ってはならんというタブーがあるのだ。(中略)

私がこういうガラにない根気仕事をやりだしたのは、天皇家中心の日本歴史のイツワリにツムジをまげたせいです。ツムジをまげた結果、正体を見破ってやろうとカンタンにモクロミをたてたが、雲をつかむようなことにツムジをまげたのは失敗であったらしいや。しかし、マゲてしまったツムジは今さらどうにもならんです。

そういう悩みがあるところへもってきて、今度は税務署にツムジをまげた。するとアニはからんことには両方のツムジがぶつかって、雲の本が差押えられたから、拙者が怒るのは二ツのツムジがここで重なっているのだもの、ツムジなどというものが二ツも重なるとタダならぬことになるらしいや。そういうわけで、拙者のヘソの曲げ方が大そう素直でタダならぬことが分っていただけるかも知れん」

太宰治略年譜

明治四十二年（一九〇九）　1歳
六月十九日、父津島源右衛門・母たねの六男として青森県北津軽郡金木村に生まれる。本名津島修治。実家は県下屈指の大地主。父は後に衆議院議員、貴族院議員を歴任。

明治四十四年（一九一一）　2歳
四月、近村タケが太宰の子守として住み込み始める（大正六年六月まで）。

大正五年（一九一六）　7歳
四月、金木第一尋常小学校に入学。

大正十一年（一九二二）　13歳
三月、金木第一尋常小学校を六年間全甲首席で卒業。四月、組合立明治高等小学校に入学し、一年間通学した。

大正十二年（一九二三）　14歳
三月四日、父源右衛門が死去。四月、県立青森中学校に入学。井伏鱒二の「幽閉」を発見し、芥川龍之介、菊池寛などの小説に親しむ。

大正十四年（一九二五）　16歳
三月、青森中学校『校友会誌』に最初の創作「最後の太閤」を発表。十一月、同人誌『蜃気楼』を創刊、編集兼発行人となる。

昭和二年（一九二七）　18歳
二月、『蜃気楼』が第十二号で廃刊。三月、青森中学校を卒業。四月、官立弘前高校に入学。同学年に石上玄一郎がいた。秋頃、芸妓紅子（小山初代）と知り合う。

昭和三年（一九二八）　19歳
五月、個人編集の同人誌『細胞文芸』を創刊し、本格的な創作活動に入る。また、弘前高校新聞雑誌部委員になる。

昭和四年（一九二九）　20歳
十二月、カルモチンを多量に嚥下し、自殺未遂事件を起こす。

昭和五年（一九三〇）　21歳
三月、弘前高校を卒業。四月、東京帝国大学仏文科に入学。五月、井伏鱒二を訪ね、生涯にわたり師事する。この頃、左翼の非合法活動に加わる。十月、青森の小山初代が出奔して上京。一時、初代は帰郷。その間、鎌倉の海岸でカフェの女給田部シメ子と薬物心中を図る（シメ子は死亡）。十二月、初代と仮祝言を挙げる。

昭和六年（一九三一）　22歳
二月、初代と品川区五反田に新世帯をもつ。

昭和七年（一九三二）　23歳
七月、青森警察署に出頭。非合法活動と絶縁する。

昭和八年（一九三三）　24歳
大学卒業予定の年であるが留年し、長兄に仕送りの延期を哀願する。一月、今官一の紹介で同人誌『海豹』に参加。二月、はじめて太宰治の筆名を用いる。三月、「魚服記」を発表。四月、「思ひ出」連載開始。

昭和九年（一九三四）　25歳
井伏鱒二との合作小説「洋之助の気焔」が、井伏鱒二の名前で発表された。十二月、檀一雄・山岸外史らと『青い花』を創刊。

昭和十年（一九三五）　26歳
三月、大学の卒業試験に落第。都新聞の入社試験を受けたが、これにも失敗。鎌倉で縊死を図るが、未遂に終わる。四月、篠原病院で急性盲腸炎の手術後、腹膜炎を併発し重態に陥る。入院中、患部鎮痛のためパビナールを射ち、習慣化する。五月、檀一雄・山岸外史らと『日本浪曼派』に加わり、「道化の華」を発表。七月、千葉県船橋に転居。八月、「逆行」が第一回芥川賞候補になるが、次席に留まる。佐藤春夫をはじめて訪問。以後師事した。九月、授業料未納により東京帝大を除籍。十月、「ダス・ゲマイネ」を発表。同月、芥川賞の選考をめぐり、川端康成との間で応酬。

昭和十一年（一九三六）　27歳
六月、檀一雄の尽力により第一創作集『晩年』を刊行。第三回芥川賞に落選し、衝撃を受けた。十月、井伏鱒二らの勧めで武蔵野病院に、パビナール中毒治療のために入院。十一月、中毒を根治して退院。十二月、熱海事件。

昭和十二年（一九三七）　28歳
三月、初代の姦通事件を知り、水上温泉で夫婦のカルモチン心中を図るが未遂に終わる。六月、『虚構の彷徨　ダス・ゲマイネ』を刊行。初代との別離が決定し、杉並区天沼の鎌滝方に単身移転する。デカダンな生活へ傾斜していく。七月、『二十世紀旗手』を刊行。

昭和十三年（一九三八）　29歳
取り巻き連相手に無為の日々を過ごす。九月、山梨県河口村御坂峠の天下茶屋に赴き、二ヶ月滞在。井伏鱒二の紹介で石原美知子と見合いをする。

昭和十四年（一九三九）　30歳
一月、井伏鱒二夫妻の媒酌で井伏宅（杉並区清水町）において石原美知子と結婚式を挙げ、甲府市に新居を構えた。五月、『愛と美について』『女生徒』を刊行。九月、甲府を引き払い、三鷹に転居。

昭和十五年（一九四〇）　31歳
六月、「走れメロス」を発表、『思ひ出』『女の決闘』を刊行。十二月、『女生徒』が北村透谷文学賞副賞を受賞。

昭和十六年（一九四一）　32歳
六月、長女園子誕生。七月、初の書下ろし長編小説『新ハムレット』を刊行。

昭和十七年（一九四二）　33歳
六月、『正義と微笑』を刊行。十二月、母危篤の報を受けて帰郷、十日、母たね死去。

昭和十八年（一九四三）　34歳
一月『富嶽百景』を、九月『右大臣実朝』を刊行。

昭和十九年（一九四四）　35歳
五月、「津軽」執筆のための取材旅行で、越野タケ（旧姓近村）らに会う。七月、小山初代が青島で病死。八月、長男正樹誕生。十一月、『津軽』を刊行。

昭和二十年（一九四五）　36歳
一月、『新釈諸国噺』を刊行。三月末、妻子を甲府の石原家に疎開させ、四月には自身も甲府に疎開。七月、妻子と共に青森の生家に疎開し、そこで終戦を迎えた。九月、『惜別』を刊行、「パンドラの匣」連載開始。十月、『お伽草紙』を刊行。

昭和二十一年（一九四六）　37歳
四月、「十五年間」を発表。五月、「返事」を発表し、無頼派を宣言。十一月、三鷹の旧居に戻る。十一月二十五日、坂口安吾・織田作之助らと座談会「現代小説を語る」「歓楽極まりて哀情多し」に出席。十二月四日、安吾・織田と銀座の酒場「ルパン」で飲む。同月、「親友交歓」を発表。

昭和二十二年（一九四七）　38歳
一月十日、織田作之助が急逝。通夜、葬儀ともに列席。十三日、「織田君の死」を発表。同月、「トカトントン」「メリイクリスマス」を発表。二月、太田静子に会い、その日記を携え「斜陽」を執筆。三月、「ヴィヨンの妻」を発表。この頃、山崎富栄と知り合う。次女里子誕生。十一月、太田治子誕生。十二月、『斜陽』を刊行。

昭和二十三年（一九四八）　39歳
二月九日、関千恵子より「太宰治先生訪問記」のためのインタビューを受ける。三月、「如是我聞」連載開始。この頃から「人間失格」の執筆に専念し、五月に完成。六月十三日、山崎富栄と玉川上水に入水。十九日早朝、遺体が発見された。翌日、自宅で葬儀が行なわれ、三鷹の禅林寺に葬られた。死後、『人間失格』『桜桃』などが刊行される。翌年、一周忌に際して今官一により《桜桃忌》が提唱される。

坂口安吾略年譜

明治三十九年（一九〇六）　1歳
十月二十日、新潟市に父坂口仁一郎、母アサの五男として生まれる。本名坂口炳五。父は衆議院議員で、県会議長、新潟新聞社社長等を歴任。

大正二年（一九一三）　7歳
四月、新潟尋常高等小学校に入学。

大正八年（一九一九）　13歳
四月、県立新潟中学校入学。

大正十一年（一九二二）　16歳
九月、東京の私立豊山中学校に編入学。父、長兄献吉とともに戸塚諏訪町に住む。

大正十二年（一九二三）　17歳
十一月二日、父仁一郎死去。

大正十三年（一九二四）　18歳
九月、第十回全国中等学校陸上競技会に出場し、走高跳びで優勝。

大正十四年（一九二五）　19歳
三月、豊山中学校を卒業。四月、荏原尋常高等小学校の代用教員に採用され、その分教場の教師となる。

大正十五年・昭和元年（一九二六）　20歳
三月、代用教員を依願退職。四月、東洋大学印度哲学倫理学科に入学。睡眠四時間の生活を一年半続ける。

昭和二年（一九二七）　21歳
強度の神経衰弱にかかるも、梵語、パーリ語、チベット語、ラテン語の学習により克服する。

昭和三年（一九二八）　22歳
四月、アテネ・フランセに入学。

昭和五年（一九三〇）　24歳
三月、東洋大学印度哲学倫理学科を卒業。十一月、アテネ・フランセの友人と同人誌『言葉』を創刊。

昭和六年（一九三一）　25歳
一月、処女小説「木枯の酒倉から」を発表、『言葉』廃刊。五月、その後継誌『青い馬』創刊。「ピエロ伝道者」、翻訳「ステファヌ・マラルメ」「エリック・サテイ（訳及補註）」を発表。六月、「風博士」を発表。牧野信一より激賞される。七月、「黒谷村」を、九月、「海の霧」を発表。牧野信一との交友が始まる。

昭和七年（一九三二）　26歳
三月、「FARCEに就て」を発表。八月、矢田津世子と出会う。中原中也との交友が始まる。

昭和八年（一九三三）　27歳
三月、田村泰次郎の誘いにより『桜』同人となる。

昭和九年（一九三四）　28歳
一月、長嶋萃死去。二月、「長嶋の死に就て」を発表。三月、お安さんと同棲生活に入る。

昭和十年（一九三五）　29歳
三月、若園清太郎の出版記念会で石川淳と、五月、尾崎士郎と知り合う。六月、処女創作集『黒谷村』刊行。十二月、お安さんと別れ、蒲田の家に戻る。

昭和十一年（一九三六）　30歳
三月、本郷菊富士ホテルに転居。同月、牧野信一が自殺し、激しい衝撃を受ける。五月、阿部定事件。六月、矢田津世子に絶縁の手紙を送る。十一月、『吹雪物語』の執筆にかかる。

昭和十二年（一九三七）　31歳
一月、京都へ旅立つ。五月、『吹雪物語』の大半を書き上げたが、その後は囲碁と酒の日々。

昭和十三年（一九三八）　32歳
六月、『吹雪物語』を脱稿して帰京し、菊富士ホテルに滞在。七月、『吹雪物語』を刊行。

昭和十四年（一九三九）　33歳
五月、茨城県取手に転居する。

昭和十五年（一九四〇）　34歳
一月、三好達治の世話で神奈川県小田原に転居。七月、「イノチガケ」を発表。十二月、大井廣介の誘いにより『現代文学』同人になる。

昭和十六年（一九四一）　35歳
四月、「文学のふるさと」を発表。

昭和十七年（一九四二）　36歳
二月、母アサ死去。三月、「日本文化私観」を発表。十一月、「青春論」を発表。

昭和十八年（一九四三）　37歳
二月、母の一周忌で新潟に帰省。六月から十月にかけて新潟に滞在し、「島原の乱」を執筆。十月、『真珠』を、十二月、『日本文化私観』を刊行。

昭和十九年（一九四四）　38歳
二月、日本映画社の嘱託になる。

昭和二十年（一九四五）　39歳
四月、召集令状を受けるが、応召せず。九月、長兄献吉宛に手紙を書く。日本映画社を退社。

昭和二十一年（一九四六）　40歳
四月、「堕落論」を発表。六月、「白痴」を発表。十一月二十五日、太宰治・織田作之助らと座談会「現代小説を語る」「歓楽極まりて哀情多し」に出席。十二月四日、太宰・織田と銀座の酒場「ルパン」で飲む。同月、「続堕落論」を発表。

昭和二十二年（一九四七）　41歳
一月十日、織田作之助が急逝。告別式に出席せず、ひとり痛飲する。同月、「風と光と二十の私と」を発表。三月、梶三千代を紹介される。四月、「大阪の反逆」を発表。五月、『白痴』を刊行。六月、『堕落論』を刊行、「桜の森の満開の下」「教祖の文学」を発表。八月、「不連続殺人事件」連載開始（翌年八月まで）。九月、梶三千代と結婚。十月、「青鬼の褌を洗う女」を発表。十二月、「阿部定・坂口安吾対談」を発表。

昭和二十三年（一九四八）　42歳
六月十三日、太宰治が入水自殺。七月、「不良少年とキリスト」、八月、「太宰治情死考」、小林秀雄との対談「伝統と反逆」を発表。この頃から多量の覚醒剤と催眠剤を用いる。

昭和二十四年（一九四九）　43歳
二月、『不連続殺人事件』が第二回探偵作家クラブ賞を受賞。二十三日、催眠薬中毒により東大病院精神科に入院。四月十九日、退院。七月、再び健康を害し、療養のため静岡県伊東に転居。

昭和二十五年（一九五〇）　44歳
一月、「安吾巷談」連載開始（十二月まで）。五月、「我が人生観」連載第一回「生れなかった子供」を発表（翌年一月まで）。十月、「安吾捕物帖」連載開始（二十七年八月まで）。

昭和二十六年（一九五一）　45歳
二月、『安吾巷談』が第二回文藝春秋読者賞を受賞。三月、「安吾新日本地理」連載開始（十二月まで）。五月、税金滞納で家財、蔵書、原稿料が差し押さえられる。六月、「負ケラレマセン勝ツマデハ」を発表。十一月、「光を覆うものなし——競輪不正事件」を発表。

昭和二十七年（一九五二）　46歳
一月、「安吾史譚」（八月まで）連載開始。二月、南川潤の世話で群馬県桐生に転居。十月、「信長」連載開始（翌年三月まで）。

昭和二十八年（一九五三）　47歳
六月、ブロバリンを服用し、錯乱状態になる。南川潤と絶交。七月、檀一雄と川中島から松本にかけて旅行。八月六日、長男綱男誕生。

昭和二十九年（一九五四）　48歳
二月、父の三十三回忌、母の十三回忌のため、初めて家族で新潟に帰省。十月、石川淳との「往復書簡」を発表。

昭和三十年（一九五五）　49歳
一月、「狂人遺書」を発表。二月、「安吾新日本風土記」連載（三月まで）。十五日、取材先の高知から桐生に帰宅。十七日、桐生の自宅で脳出血により急逝。二十一日、青山斎場で葬儀が行なわれる。死後、絶筆「砂をかむ」が発表される。

執筆者一覧

●阿部定（あべ・さだ）
一九〇五年東京生まれ。三六年情痴殺人により懲役六年の刑を受け服役。四一年出所。

●石川淳（いしかわ・じゅん）
作家。一八九九年東京生まれ。著書『普賢』『狂風記』『紫苑物語』『森鷗外』『夷齋筆談』『夷齋座談』『石川淳全集』等。八七年没。

●伊藤比呂美（いとう・ひろみ）
詩人。一九五五年東京生まれ。詩集『草木の空』『姫』『青海』『テリトリー論Ⅰ・Ⅱ』等、エッセイ集『感情線のびた』等。

●井伏鱒二（いぶせ・ますじ）
作家。一八九八年広島県生まれ。著書『黒い雨』『ジョン万次郎漂流記』『さざなみ軍記』『太宰治』『井伏鱒二全集』等。九三年没。

●江戸川乱歩（えどがわ・らんぽ）
探偵小説作家・探偵作家クラブ初代会長。一八九四年三重県生まれ。著書『屋根裏の散歩者』『江戸川乱歩全集』等。六五年没。

●大井廣介（おおい・ひろすけ）
評論家。一九一二年福岡県生まれ。著書『文学者の革命実行力』『左翼天皇制』『英雄よみがえる』『ちゃんばら藝術史』等。七六年没。

●奥野健男（おくの・たけお）
文芸評論家。一九二六年東京生まれ。著書『太宰治』『坂口安吾』『三島由紀夫伝説』『〝間〟の構造』等。九七年没。

●長部日出雄（おさべ・ひでお）
作家。一九三四年青森県生まれ。著書『神話世界の太宰治』『鬼が来た—棟方志功伝』『見知らぬ戦場』『津軽じょんがら節』等。

●織田作之助（おだ・さくのすけ）
作家。一九一三年大阪生まれ。著書『夫婦善哉』『青春の逆説』『可能性の文学』『織田作之助全集』等。四七年没。

●キーン　ドナルド（Donald Keene）
アメリカの日本文学研究者。コロンビア大学名誉教授。一九二二年ニューヨーク生まれ。著書『日本文学の歴史』『百代の過客』等。

●小林秀雄（こばやし・ひでお）
文芸評論家。一九〇二年東京生まれ。著書『私小説論』『無常といふ事』『本居宣長』『小林秀雄全集』等。八三年没。

●坂口綱男（さかぐち・つなお）
写真家・坂口安吾の長男。一九五三年桐生生まれ。写真集『現代俳人の肖像』等。

●坂口三千代（さかぐち・みちよ）
坂口安吾夫人。一九二三年千葉県生まれ。著書『クラクラ日記』『追憶坂口安吾』。九四年没。

●澁澤龍彦（しぶさわ・たつひこ）
作家・評論家・フランス文学者。一九二八年東京生まれ。著書『高丘親王航海記』『サド復活』『偏愛的作家論』等。八七年没。

●島田雅彦（しまだ・まさひこ）
作家。一九六一年東京生まれ。著書『優しいサヨクのための嬉遊曲』『彼岸先生』『忘れられた帝国』『君が壊れてしまう前に』等。

●関千恵子（せき・ちえこ）
女優。映画『看護婦の日記』出演。

●関井光男（せきい・みつお）
文芸評論家・近畿大学教授。一九三九年東京生まれ。著書『坂口安吾の世界』『引用の修辞学』。『決定版坂口安吾全集』編集。

●相馬正一（そうま・しょういち）
国文学者・岐阜女子大学教授。一九二九年青森県生まれ。著書『評伝太宰治』『津軽』『若き日の坂口安吾』等。

●高橋源一郎（たかはし・げんいちろう）
作家。一九五一年広島県生まれ。著書『さようなら、ギャングたち』『文学じゃないかもしれない症候群』『ゴーストバスターズ』等。

●田辺茂一（たなべ・もいち）
作家・紀伊國屋書店創業者。一九〇五年東京生まれ。著書『正体見たり』『世話をした女』『茂一ひとり歩き』等。八一年没。

●檀一雄（だん・かずお）
作家。一九一二年山梨県生まれ。著書『火宅の人』『小説太宰治』『小説坂口安吾』『青春放浪』『檀一雄全集』等。七六年没。

●津島美知子（つしま・みちこ）
太宰治夫人。一九一二年島根県生まれ。著書『回想の太宰治』。九七年没。

●津島佑子（つしま・ゆうこ）
作家・太宰治の次女。一九四七年東京生まれ。著書『寵児』『光の領分』『黙市』『夜の光に追われて』『生き物の集まる家』等。

●野坂昭如（のさか・あきゆき）
作家。一九三〇年神奈川県生まれ。著書『エロ事師たち』『アメリカひじき』『一九四五・夏・神戸』『骨餓身峠死人葛』等。

●橋川文三（はしかわ・ぶんぞう）
思想史家。一九二二年対馬生まれ。著書『日本浪曼派批判序説』『柳田国男』『昭和ナショナリズムの諸相』等。八三年没。

●林忠彦（はやし・ただひこ）
写真家。一九一八年山口県生まれ。写真集『文士の時代』『カストリ時代』『カラー日本百景』『林忠彦写真全集』等。九〇年没。

●平野謙（ひらの・けん）
文芸評論家。一九〇七年京都生まれ。著書『戦後文芸評論』『芸術と実生活』『政治と文学の間』『平野謙全集』等。七八年没。

●森敦（もり・あつし）
作家。一九一二年熊本県生まれ。著書『月山』『鳥海山』『わが青春わが放浪』『意味の変容』『森敦全集』等。八九年没。

●村上護（むらかみ・まもる）
作家。一九四一年愛媛県生まれ。著書『聖なる無頼』『安吾風来記』『山頭火の手紙』等。『世田谷文学館「坂口安吾展」図録』監修。

●山口昌男（やまぐち・まさお）
文化人類学者。一九三一年北海道生まれ。著書『文化と両義性』『人類学的思考』『敗者の精神史』『「挫折」の昭和史』等。

●吉本隆明（よしもと・たかあき）
詩人・思想家。一九二四年東京生まれ。著書『擬制の終焉』『共同幻想論』『源実朝』『マルクス読みかえの方法』『太宰治を語る』等。

＊

●齋藤愼爾（さいとう・しんじ）
編集者・俳人・深夜叢書社代表。一九三九年京城生まれ。句集『冬の智慧』『夏への扉』等。『井伏鱒二の世界』『司馬遼太郎の世紀』『吉行エイスケとその時代』等を編集。

編集余滴

「太宰や安吾を中学時代に読んでいた」と自らの読書遍歴を語る人に出会うと、その早熟ぶりにほとほと感じ入る一方で、しかし今のあなたからは過去に二人を読んでいたとはとても思えない、と内心独りごちたりする。まあこれは作品に熱中すると容易に影響されてしまう単細胞人間のコンプレックスに発する哀しい習性なのかもしれない。太宰や安吾は読む側の精神の成長にしたがって膂力を増殖する作家で、「ハイティーンではあこがれのように、二十代では現実のように、三十代以降では追憶のようによめる」（清水昶）という具合にいけばよいが、私など今も憧れのように、時に現実のように読んでいる。▼戦後五十年に当たる九五年、「週刊現代」誌が「戦後日本の十冊」という特集を編んだ。社会に衝撃を与え、人々の記憶に刻みつけられた戦後の日本を象徴する本の第一位が安吾の『堕落論』で、太宰では『ヴィヨンの妻』が入っている。太宰や安吾の文学が、焼跡闇市に象徴される戦後の荒廃と混迷の季節抜きには語れないことの証左であろう。人々はその文学に戦後の原風景の底に蹲っている虚無、生の倦怠をみてとり、自らの生の在りようを重ね共感したのであろう。六〇年安保闘争後に太宰が、七〇年全共闘運動の後に安吾がブームになったことが納得されるのである。されば、阪神淡路大震災、地下鉄サリン事件、バブル崩壊を招来させた世紀末の風景に、太宰・安吾はよく似合うといおうか。▼六〇年六月の所謂「政治の季節」終焉後の辛い覚醒の刻、太宰に耽溺するという日々を持った。生活的に精神的にもうここらがどん底かもしれないと思いさだめ、かろうじて息を継ぎ、いっさいが過ぎていくのを見詰めていたように思う。「わが友、中村地平、かくのごとき朝、ラジオ体操の音楽をきき、声を放って泣いたそうな」（『喝采』）――ラジオの躁音は「トカトントン」の幻聴より胸奥に沁み入り、わけもなく落涙したりした。それゆえに、いま、「人間のプライドの窮極の立脚点は、あれにも、これにも死ぬほど苦しんだ事があります、と言い切れる自覚」（『東京八景』）が、わかるような気がする。▼「正岡子規三十六、尾崎紅葉三十七、斉藤緑雨三十八、国木田独歩三十八、長塚節三十七、芥川龍之介三十六、嘉村礒多三十七」と、『津軽』の冒頭は先行者の歿年を記す。「太宰治三十九、坂口安吾四十九」と、後進は誌す。▼直接に太宰・安吾を論じたものでないエッセイに、蠱惑的な太宰・安吾が姿をみせる。吉本隆明氏の『現代学生論――精神の闇屋の特権を』は、学生時代に太宰を訪ねた吉本氏が「精神の闇屋になれ、それ以外に打ちこんでやるものはない」と言われた挿話を録す。以下は吉本氏の呟きだ。「精神の闇屋にとっては、おちてゆく場所を択ぶことも、択ばないこともおなじようにみえるはずだ。どこへいってもこの世は明るい地獄だということを熟知しているから（略）一介の生活人にすぎなくても、精神は砂漠のなかで、この社会の革命派や保守的な秩序の外で語ることができるのである。そこで語ることは、労働者階級の本質と対話することである」。当時、これこそ太宰の呟きに映ったのである。▼失念していた野坂昭如氏の掬すべき一篇を記憶の襞に甦らせてくれ、またアルバム未収録写真を多数蒐めてきたのは太田和徳氏である。ADの高林昭太氏も快調である。太宰治と井伏鱒二の合作小説、評論、インタビュー、読物、座談、訪問記etc、盛り沢山の、かつてないアンソロジーが出来たと自負する。井伏夫人節代さんは「マスコミ」初登場である。心からお礼を申し上げます。

（齋藤愼爾）

＊

「健全にして整然たる常識人」「マットウの人間」とは安吾の太宰評であるが、安吾もまた「マットウの人」（中上健次）である。

道徳はあっても倫理はなく、集団はあっても個人はいないこの国において、「マットウの人」は稀な種族であった。彼らと世間とを分つもの、それは〝エチカ〟にほかならない。

太宰没後50年を迎えた今日、依然この国はマットウさの彼岸にあるのではなかろうか。

齋藤愼爾氏を編者に迎えての編集作業では、氏が「伝説の名編集者」たる所以を垣間見た気がした。殊に井伏夫人へのインタビューは、齋藤氏の存在なしには実現を見なかったことを特記しておく。また、ADの高林昭太氏には、デザインにとどまらず口絵等にも貴重なアドバイスを頂いた。ご協力をいただいた方々皆様に感謝を申し上げたい。

（O）

責任編集◉齋藤愼爾

編　　集◉芳賀啓／太田和徳

本文デザイン◉高林昭太

装　　幀◉毛利一枝

写　　真◉田村茂／林忠彦／中村立行／中村正也
坂口綱男

写真協力◉田村和子／田村真生／林義勝／坂口綱男
林忠彦作品研究室／鷲野恵子／坂本道夫
品川区立品川歴史館／木挽社
朝日新聞社／毎日新聞社／読売新聞社
共同通信社

校　　正◉松林依子

協　　力◉深夜叢書社／楽文社／虹工房

◎本書収録の作品および写真の一部に、著作権者が不明のものがございました。お心当たりの方は小社出版部まで、ご連絡いただきますようお願いします。

新装版《しんそうばん》
太宰治《だざいおさむ》・坂口安吾《さかぐちあんご》の世界《せかい》
反逆《はんぎゃく》のエチカ

1998年5月30日　第1刷発行
2010年2月5日　新装版第1刷発行

編　者　齋藤愼爾

発行者　富澤凡子

発行所　柏書房株式会社

〒113-0021
東京都文京区本駒込1―13―14
電話　03（3947）8251（営業）
03（3947）8254（編集）

印　刷　株式会社亨有堂印刷所

製　本　株式会社ブックアート

Printed in Japan　ISBN 978-4-7601-3761-9